我思
< COGITO >

沈志明 主编
Collection de précurseurs
先 驱 译 丛

（法）马塞尔·普鲁斯特 著
沈志明 译、编

*Marcel Proust*

Morceaux choisis

de Proust

超越智力
普鲁斯特的写作课

GUANGXI NORMAL UNIVERSITY PRESS
广西师范大学出版社
· 桂林 ·

超越智力：普鲁斯特的写作课
CHAOYUE ZHILI: PULUSITE DE XIEZUOKE

策　　划：吴晓妮@我思工作室
责任编辑：韩亚平
装帧设计：何　萌
内文制作：王璐怡


**图书在版编目（CIP）数据**

超越智力：普鲁斯特的写作课 /(法) 马塞尔·普
鲁斯特著; 沈志明译、编. -- 桂林 : 广西师范大学
出版社, 2022.3
（先驱译丛 / 沈志明主编）
ISBN 978-7-5598-4762-1

Ⅰ. ①超… Ⅱ. ①马… ②沈… Ⅲ. ①普鲁斯特
(Proust, Marcel 1871-1922)－选集 Ⅳ. ①I565.074

中国版本图书馆 CIP 数据核字(2022)第 027321 号


广西师范大学出版社出版发行
（广西桂林市五里店路 9 号　邮政编码：541004）
网址：http://www.bbtpress.com
出版人：黄轩庄
全国新华书店经销
山东韵杰文化科技有限公司印刷
（山东省淄博市桓台县　邮政编码：256401）
开本：787 mm × 1 092 mm　1/32
印张：14.625　　　　　字数：253 千
2022 年 3 月第 1 版　　2022 年 3 月第 1 次印刷
印数：0 001—5 000 册　　定价：58.00 元

如发现印装质量问题，影响阅读，请与出版社发行部门联系调换。

# CONTENTS

# 目 录

译本序<sup>1</sup>

普鲁斯特是以美文起家的，美文集《欢乐与岁月》便是他的处女作，散文散论集《驳圣伯夫》大部分是他文学探索的见证。他从被圣伯夫忽视和低估的一批同代作家诸如波德莱尔、巴尔扎克、福楼拜、司汤达、奈瓦尔等获得启示。<sup>2</sup> 仅举巴尔扎克为例。巴尔扎克要赶上但丁，普鲁斯特则要超过巴尔扎克。远在法国文人普遍认为《人间喜

---

1　这本集子根据法国伽利玛《七星文库》1987 年重版《追忆似水年华》和《驳圣伯夫》选译，所选章节或段落基本上是完整的。为方便读者，按照散文类型，打乱文章的先后顺序重新编排，其标题除少数外，均为选译者所加。为了尊重原著，各段落编排、句号分布都未作变动（除极个别的地方）。正为了不改变句号，不得不在冗长的句子中扩大分号（；）的用途，不太符合汉语标点的规范，尚希见谅。书中除注明"原注"外，所有注释均为选译者所加，不再一一说明。

2　圣伯夫是法国文学史上第一位专业文学批评家，也曾出版过三部诗集和一部长篇小说，但从 19 世纪 20 年代起，主要从事文学批评。从 30 年代初至 60 年代末，近四十年间，圣伯夫称霸文艺论坛，甚至叱咤风云于最高学术权威机构法兰西学院，其影响直至 20 世纪二三十年代才减弱。对这样一位文学批评权威，第一个发难的，就是普鲁斯特。早在 1905 年，他就指出："圣伯夫对同时代所有伟大的作家一概不认。"后来他进一步指出，圣伯夫对同时代天才作家的批评全盘皆错。

剧》"粗制滥造"的那个时代，普鲁斯特就看出这部鸿篇巨制的重要性。他虽然觉得巴尔扎克文字不美、风格欠雅，甚至有点粗俗，但推崇其创作激情、叙述天才、作品架构和布局，欣赏其作品画面的宏伟、想象的均质、人物语言的多样和真实，尤其佩服巴尔扎克像瓦格纳创造套曲那样首次推出史诗小说，即同样的人物在不同的小说中出现。基于此，普氏把这一手法大胆纳入自己的鸿篇巨制。除此之外，普鲁斯特另辟蹊径，独抒性灵，不拘格套，创造出一整套完全不同于巴尔扎克的作品。

这套作品，我们称之为散文小说，总题为《追忆似水年华》。虽然总体上像小说那样谋篇布局，人物也具有某些完整的典型意象，但不受巴尔扎克式传统小说布局和格局的束缚，各部自始至终几乎没有情节，或只有很少情节。为此，我们特意选择了《敲错了窗户》，这就算少数最富情节的一篇记叙了。试想一下，作者把《驳圣伯夫》的思想内容和行文风格几乎全盘移入《追忆似水年华》，甚至连少量文字都相同！为此，我们特意选了《似睡非睡》《睡觉与习惯》《丁香的诱惑》《房间》《德·盖芒特先生心目中的巴尔扎克》等，借以证明很难把这部巨著按传统的体裁进行归类。就说是散文吧，也很难用"叙事""抒情""议论"等形式去分类，因为往往是描写、抒情、记叙、议论熔为一炉，交相为用。既有小说的描摹渲染，也有（更多的是）散文诗的意象转换。西方古今的文学手法，诸如象征、通感、拟人、比喻、倒叙、穿插、勾连、对比，他运用得纵横交错，多姿多态。时有戏剧的精练对白和诙谐的文字游戏，或如促膝谈心，闲情逸致，整套作品就是以母子赤诚的亲情和童稚细腻的推心置腹开始的，比如《妈妈的吻》《妈妈为我朗读〈弃儿弗朗索瓦〉》《〈费加罗报〉上的文章》；或如高头讲章，侃侃而谈，诸如《艺术是最为真实的东西》《风格即启示》等议论性的哲理散文，揭示了社会、人生、自然的奥妙和真谛，精深透辟，阐真理发幽微，真正做到见人之所未见，发人之所未发，处处散发着哲理美。总之，虽然全书确是小说的构架，但具体的篇章，绝大多数应视为散文，更准确地说应视为美文，其手法多样杂糅，行文挥洒自如，无"成法"可拘，唯有整体的统一与和谐。

## 一、意识流手法（内心独白形式）

普鲁斯特从学生时代就立志"诗化哲学"，让文学觊觎哲学的王冠，望诗人取代哲学家的位置。经过重重挫折，到达深谙世态的年纪，才意识到文学创作的哲学追求是有限度的，因为作家的情感和理性必须和谐统一，否则艺术情感哲理化就会走火入魔。但他始终未放弃哲学思想的艺术化，这方面得益于他的老师和亲戚柏格森。他与柏格森确实有不少共同之处，诸如对智力的批判，对直觉的推崇，对时间相对性的研究等，但他从来不是柏格森主义者。普氏 1913 年在《索多姆和戈摩尔》中指出："我的作品凸显区分无意识回忆和有意识回忆，这种区分不仅在柏格森哲学中没有显现，而且直接受其驳斥。"普鲁斯特否定柏格森有关"记忆"和"忘却"的观念，他说："我个人经验所得的结果正好相反。"根本分歧在于对时间这个概念的理解和诠释。柏格森讲的是纯时间，即把时间和空间隔离。而普鲁斯特则认为，时间，对艺术而言，必须通过形象和情感来体现抽象的、哲理的思考，因为时间和空间是紧密相连的，对时空的思辨，只有经过形象化才使人可及可感。面对时空的浩渺，怎么表述时间的流动性呢？如何复得失去的时间呢？凭记忆。但普鲁斯特认为，智力记忆，即我们调动智力所唤起的有意识的记忆，不能使我们深刻看清已消失的时空境界。因为这只能让我们重见事物的表象，却不见事物的实质。唯有通过无意识的回忆才能重新回到过去真实的境界，重新获得失去的时间：一个蛋糕，一方餐巾，一声铁锤，一块方石，一株丁香，等等，都会引起绵绵不断的无意识回忆。《玛德莱娜小点心》便是众所周知的范例。

为了用回忆来表现内心情感和理念思辨，普鲁斯特将象征主义时期出现的"内心独白"（法国人不用"意识流"一词），系统地运用到自己的创作中去。顺便说明，另一位西方意识流艺术大师詹姆斯·乔伊斯，不管世人对其名著《尤利西斯》有多高评价，从发表的时间来看，其意识流创作是晚于普鲁斯特的——1918年3月至1920年8月纽约一家先锋派文学杂志陆续发表其大部分作品后，直到普鲁斯特逝世那年即1922年，《尤利西斯》的英文版全书才在巴黎首次出版，其时的普鲁斯特早已蜚声西方文坛。

这种内心独白的形式特别适合表达怀念和追忆，往昔岁月不禁随着绵绵思绪如水倒流，恍如面对仍然存在的"逝者"（人、事、物、景），把感情的丝缕和理性的思考交织在一起，用时间的流动来带动空间的变换，随着情绪的流动和思维的辐射，洒脱的笔墨便可纵横驰骋，不仅洞察幽微，而且意象纷呈，作品的内涵深蕴旋即洞开。身染沉疴的作者，常年倚枕回首往事，感情曲折缠绵，调性柔和婉曲，缠着温顺、体贴、博学、有识的母亲，如歌如诉，"如怨如慕"，内敛的情感缓缓释放，徐徐流动，低回婉转，可谓"余音袅袅，不绝如缕"。

## 二、艺术——无神的宗教

普鲁斯特不信上帝不信鬼神，却崇拜艺术，他一生都致力于建立艺术宗教，可谓鞠躬尽瘁死而后已。文学艺术是他的第一需要。他为此倾注全部激情，在孤独和寂寞中自我完善。在他，"孤独是一种他人思想无法进入的生命存在状态"。最后心诚则灵，在艺术宗教中获得至福至乐。

他牢记柏格森的教诲："艺术总是以个体的东西为对象的。"比如画家在画布上画出来的是在某日某刻某地所看到的景色，带着别人以后再也看不到的色彩。普鲁斯特同意这一看法，因为这种色彩带着画家特定的主观感情色彩；但他不同意柏格森将此观点引申到文学上来："诗人歌唱的是他自己而不是别人的某一精神状态，而且这个精神状态以后再也不会完全重现。"普鲁斯特认为，如果仅仅停留在这种精神状态，那就不一定会有好诗。因为这种带有特色的精神状态，包括视觉、听觉、嗅觉、触觉、味觉印象，只有通过无意识回忆重现时才真正是个别化了的情感，才是真正的好诗。因此，抒写由无意识回忆激起的印象就成为他思考的主题、论述的对象、感觉的坐标、艺术的精髓、生命的动力、幸福的源泉。

这里我们仅举《三棵树》一文加以说明。一次叙述者坐马车赶路，见到三棵树构成一条林荫园径的入口，骤然间觉得似曾相识，一种幸福感油然而生，以至某个遥远的年代和眼前的时刻在脑海里磕磕绊绊，于是各种回忆虚虚实实，蜂拥而至。此时作者笔下的树木，不再是纯客观的描摹，而是无意识回忆所引起的主观感觉，是客观事物在他心灵上的投影，即印象，只不过采用了"移情"手法，把树木染上了特殊的个性色彩。谁能猜得着印象来自何处？包括作者自己也没想到，最后发现此印象来自某本书：书中描绘了一个真实的环境，读着读着仿佛真的置身其间了。这种体验，普氏认为非常难得，也最富有诗意。因为，作者主观因素的渗透使原有事物起了变异，这种主观"印象"的抒写比机械的客观写实具有更大的艺术力度，从而扣人心弦。更有甚者，作者对人世沧桑的体验通过这种印象输入对象中，使读者产生共鸣和别开生面的联想，扩大艺术视野和思维领域。所以他说，艺术真实是最真实的，而现实的真实，如果从生活中全盘照搬到艺术作品中去，反倒失去真实性，至少不会变成艺术的真实。

这种内情与外物的融合和意境的幽远含蓄，使普氏艺术散文的创作往往据实构虚，就像拿破仑和巴尔扎克写家信和情书，写着写着就虚构起来，任凭想象与回忆的融合来营造诗境。普鲁斯特用第一人称"我"这种带个性色彩的自叙形式，尤其令人如临其境。再者，内心独白这种形式又最适合表达朦胧感受和缕缕情丝，即最适合表达在特定情况下自己感受到而别人感受不到的东西，或把众人感受到却说不清道不明的东西，巧妙地通过印象、回忆用形象表达出来。为此，必须把握朦胧美。我们通常把朦胧美的文字，称为意识流美文，而普鲁斯特正是文学朦胧美的首创者，即意识流美文的大师。

这里先得简单提一下罗斯金。当今法国人知道这位19世纪英国艺术批评家和社会学家，几乎只是因为普鲁斯特曾翻译出版罗斯金的《亚眠圣经》和《芝麻与百合》。想当初，普鲁斯特在漫长而艰难的文学探索中，发现了罗斯金，如大旱逢甘霖，他乡遇故知，直到研究透罗斯金之后，才全力投身文学创作。其实普氏只欣赏作为艺术史家的罗斯金，而对他崇拜某些偶像、把艺术猎奇置于艺术真理之上、把道德情感置于审美情感之上很不以为然。但罗斯金对绘画和建筑的评析给普氏留下很深的印象，普氏尤其赞赏罗斯金对印象派先驱透纳的画评："远"与"近"的对立统一和变化转换构成朦胧的意境和含蓄的意味，既矛盾又和谐，既飘忽不定又可以捉摸。普鲁斯特成功地把印象派绘画的朦胧美移植到他的作品中，如《马丁维尔教堂钟楼》《清晨的两个时刻》等。

艺术中朦胧之美来自生活中朦胧之境。普鲁斯特把《似睡非睡》作为其巨著的开篇，显然是想点明全书的风格。因失眠引起的似睡非睡，以朦胧恍惚为特征，"光"与"影"，"隐"与"显"作用于作者的感官，构成对立的和谐与似有若无的意境。作者在这种若隐若显、可感觉却难捉摸的氛围中，费尽力气领略寓于"朦胧"中的"明晰"，这就需要想象和联想去把握其中的意蕴。作者把感情融化渗透于作品，使读者领略这种朦胧而不混沌、含蓄而不奥涩的浑然和谐之美。

普鲁斯特的天才在于他能把寓于其身心的朦胧美写出来。如果说罗斯金成功地指出画中灵动的诗意和隽永的哲理，如描摹透纳的《巴比伦》，即描写一个预先存在的世界，那么普鲁斯特则能根据居斯塔夫·摩罗、惠斯勒、马奈、莫奈、德加等人创造的世界进行再创造。即使像罗斯金这样的艺术批评高手，也得有幅现存的画作为批评对象吧。当然他大可不必做机械的复述或客观的描摹，而以诗人的眼光大谈主观感受，指出画中的诗境："画中有诗"。而不会画画的普鲁斯特则创造出画家埃尔斯蒂尔，并想象出他的作品，请读《观赏埃尔斯蒂尔的画作》《广阔的天国景观》等。他将自己想象的画面布局、图景、色彩一一描摹，绘影绘声地把包括动、静、色、光的生机和气息糅入作者主观印象和感觉的散文意境。再如，作者把似曾听得、萦绕于耳的乐曲轮廓描写得煞有介事。不会作曲的普鲁斯特硬是创造出音乐家万特伊，并想象出他的作品，如《乐句的魅力》《再聆万特伊的奏鸣曲》中描写的乐曲。万特伊的奏鸣曲及其主题乐句使人想起圣-桑、瓦格纳、弗朗克、舒伯特、贝多芬等，叫人感到似曾听过却又说不清是谁的作品，妙在似与不似之间。这样，普氏笔下的画家埃尔斯蒂尔、音乐家万特伊、作家贝戈特、艺术鉴赏家斯万，就像莫奈、舒伯特、罗斯金那样真实存在过，或干脆就是这些或那些艺术家的代名词，达到了艺术真实的极致。

综上所述，普氏的全部作品都围绕"时间"这个概念铺展。"时间"是他整个创作的实体和核心观念。诗化对时间的大哲学思考和永恒价值，以便建立时间的大教堂，"创造它像创造一个世界"。普鲁斯特在《真正的天堂是失去的天堂》中指出："艺术作品是复得失去的时间的唯一手段。"什么时候写作？"幸福的岁月是失去的岁月，人们等待新的痛苦才写作。"（《一个小时并不是一个小时》《幸福的岁月是失去的岁月》）从何着手？面对时间的永恒和空间的无涯，普鲁斯特没有追求博大壮阔的宏观辐射之美，不懂得"思接千载，视通万里"，没有"路漫漫其修远兮，吾将上下而求索"那样的伟大情怀，也不是"念天地之悠悠，独怆然而涕下"，而是独守点燃的蜡烛，凝视汪汪的蜡泪，凝思"时间"的意蕴。

只要与"时间"相关，在他，创作题材不受限制：小到一花一木一水一屋，大到天空海洋等自然景色和教堂古城等人文景观，社会万象和人心百态。普鲁斯特总抱着一颗敏感而热情的心，精心选择身边细物琐事：一块小蛋糕（《玛德莱娜小点心》），一朵山楂花（《山楂花》），一株丁香（《丁香的诱惑》），一朵兰花（《卡特来兰花》），一个乐句（《乐句的魅力》），一座教堂（《马丁维尔教堂钟楼》），一次散步（《散步与性感》）……即从普通的日常生活或自然景物中发掘感受，提炼诗意，吟咏内心波澜：或睹物怀人，往事漫忆，恍然如昨，以此透露作者对人生的探究和思辨，默默地、细细地解剖人生，温文尔雅地把所得的结果摆到读者面前；或独对一件艺术精品，一幅油画一首乐曲一座教堂，微观凝聚，指出整体和细部无不浸淫着文化，表现着文化。一切都为了追求一种诗意审美与哲理思辨的契合，把作者的观点和认识升华到一种具有普遍审美意义的本质高度，凝结在哲理性警语之中。

普鲁斯特喜欢波德莱尔，对《恶之花》烂熟于心，随时引用，脱口而出。他把波德莱尔的诗歌题材几乎全盘移植到他的散文小说中，硬是在波氏的"诗歌艺术殿堂"之后建起一座"美文艺术殿堂"。他们俩都是特立独行的人，不属于任何流派和思潮，也没有任何弟子和后继。但《恶之花》和《追忆似水年华》就像两颗孤独而灿烂的巨星在永恒的时间里永远闪烁。可以肯定，普鲁斯特一定会留在自己建造的"时间教堂"里"俯视脚下的悠悠岁月"。

沈志明

1999 年岁末于巴黎

2022 年初修订

# 超越智力（原著代序）

马塞尔·普鲁斯特

我对智力的评价与日俱减，而与日俱明的则是，作家只有超越智力方能重新抓住我们印象中的某些东西，就是说触及他自身的某些东西，也就是说触及艺术的唯一素材。智力以过去为名向我们反馈的东西，已不是这个东西的本身。事实上，恰如某些民间传说的亡灵所经历的那样，我们生命的每个时辰一经消亡，立刻灵魂转生，隐藏在某个物质客体中。消亡的生命时辰被囚于客体，永远被囚禁，除非我们碰到这个客体。通过该客体，我们认出它，呼唤它，这才把它释放。它所藏身的客体，或称感觉，因为一切客体对我们来说都是感觉，我们完全可能永远碰不上。就这样，我们生命的某些时辰永远不会复活。因为这个客体太小，一旦坠入茫茫尘海，在我们行进道路上出现的机会微乎其微！有一座乡间别墅，我曾在那里度过好几个夏天。有时我追忆那些夏天，想起来根本不是那么回事。很可能那些夏天于我永远消亡了。然而它们却复活了，就像所有的复活那样，多亏了一个简单的巧合。一个雪天夜晚，我回家时冻僵了，热气怎么也缓不过来；由于我依旧在卧室灯下开卷阅读，老厨娘建议我喝杯茶，而我此时是从不喝茶的。事有凑巧，她同时端上几片烤面包。我把烤面包浸入热茶，当把面包送进嘴里，腭部感到浸湿变软的面包带着茶味时，我一阵心慌，觉出天竺葵和橘树的香气，顿时眼前一片光明灿烂，喜乐融融。我待着不动，生怕稍微一动，这奇妙的一切就会中止。我在莫名其妙之间，仍夹着奇妙无穷的湿面包另一端，突然我记忆的隔板纷纷倒塌了，上述在乡间别墅度过的那些夏天旋即从我的意识中浮现，明媚的早晨以及一连串兴冲冲乐悠悠的时辰纷至沓来。于是，我想起来了：每天我起床穿好衣服，下楼去我外公的房间，他也刚醒，正吃茶点。他把一片面包干往热茶里浸一浸，喂给我吃。夏天过后，茶泡面包所产生的感觉变成了藏匿所，消亡的时辰——消亡只是对智力而言——纷纷到此躲藏；那些消亡的时辰，我没准儿永远找不回，如果那个冬天夜晚我从雪地冻僵回来，厨娘不建议我喝茶的话。因为复活，靠神奇的契合与饮料联系在一起了，而我原先并没想到。

我品尝了烤面包，迄今模糊和晦暗的花园立即整个儿呈现，带着被遗忘的小径以及路旁一个个篮式花坛，带着所有的花朵，一并浮现在小小的茶杯里，如同日本花朵只在水里重新生根。同样，在威尼斯的许多日子，智力一直未能向我反馈，对我来说，已经消亡了，直到去年，我穿行一个院子时，突然在发亮而不平的方石地面上站住。伴随的朋友们怕我滑倒，但我示意他们尽管前行，我马上会赶上去的。一件更为重要的客体拴住了我，虽然不知道为何物，但我内心深处感觉到某件我未认出的往事跃跃欲现：正因踩着这块铺石我才心慌。我感到一股喜悦袭遍周身，感到即将从我们自身吸取纯净的养料：这养料就是过去的印象，保存得纯而又纯的生命养料，我们只能根据保存下来的生命来认识生命，因为我们当前经历的生命还未出现于记忆，而处在使它消亡的感觉中；这种生命养料只求释放出来，急欲扩大我的诗情和生命的财富。但，我要释放这种生命养料却深感力不从心。唉！在这样的时刻，智力对我毫无用处。于是我退后几步，重新踩上这些发亮而不平的路石，尽可能恢复原状。脚的感觉与我曾在圣马可洗礼小教堂前光滑而有点不平的铺石地上所产生的感觉完全相同。那天为我准备的一叶威尼斯轻舟停在运河上：那河上的婆娑阴影，那驾舟漫游的愉悦，那些时辰里一切美好的东西都纷纷涌现，于是我把在威尼斯的那天又重新过了一遍。

不仅智力不能帮我们复活这些时辰，而且这些过去的时辰只会藏匿到一些客体里，而智力无法把它们体现出来，您千方百计有意把所经历的时辰与客体建立联系，智力在其中则找不到栖身之地。更有甚者，假如另一种东西可能使它们复活，它们即便与智力一起复活了，也会变得毫无诗意。

记得一天乘火车旅行，从窗口眺望，但见景色从面前闪过，我竭力提炼其时的印象。我随手写下见闻，望见乡间小公墓闪过时，笔录了照射在树林野花上灿烂的一道道阳光，就像《幽谷百合》[1]里所描写的那样。之后，我一试再试，反复追思光束横贯其间的树木，追思那个乡间小公墓，试图展现那个白日，我说的是那个实实在在的白日，而不是白日冷冷的幽灵。但我办不到，拼死拼活也办不到，可有一天吃午饭，一不小心，汤匙落到盘子上，发出的声音与那天扳道工敲打停在小站上火车轮子的锤声完全相同。就在那短暂的一瞬，金光耀目的时辰，伴着叮当锤响在我眼前复活了，于是整个白天充满了诗意。只是不包括小村公墓，不包括光线纵横的树木，不包括巴尔扎克的野花，因为这些是特意观察得来的，与富有诗意的复活无缘。

可叹哪！客体，有时我们碰得到，其失落感虽令我们怦然心动，但时间过于久远，对其感觉不可名状，呼唤不灵，复活不了。一天，我经过一家事务所，看见一块绿色

---

1 《幽谷百合》（1835），巴尔扎克的小说，属《人间喜剧》的"外省生活场景"。从图尔城到希农古堡的途中有一座山谷，自蒙巴宗镇到卢瓦尔河，那里的百合花经常满谷飘香。

粗布堵着窗玻璃的碎口,我猛然站住,若有所思。光彩夺目的夏天陡然而至。为什么?我竭力回忆。我仿佛看见胡蜂在阳光下飞舞,仿佛闻到餐桌上樱桃的香味,但回忆不下去了。片刻间我好似半夜惊醒过来,不知身在何处,试图挪动身子以便弄清所处的地方,因为不知道在哪张床上,处在哪栋房子,处在哪块土地,处在何年何时。我就这样犹豫了片刻,围绕方形绿布琢磨所能忆及的各个地方和可能定位的时间。我对一生的各种感觉,朦胧的,已知的,遗忘的,同时进行了犹豫不决的筛选,这只是片刻之间的事情。很快我眼前一片模糊,记忆永远沉睡了。

就这样,多少次朋友们见我散步时碰到一条豁然开朗的林荫小径或一片树木突然停下脚步,我请他们先走,示意让我自个儿待一会儿,然而每每枉费心机。为了追忆过去而重新获得新鲜力量,我徒劳地闭上眼睛什么也不想,然后猛然睁开双眼,企图像第一次那样重见眼前的树木,结果根本无法知道我在哪里见过。我认出树木的形状,树木的布局,但树木呈现的线条仿佛是从某幅在我心中抖动的动画中描摹下来的。再往深处我就讲不出来了,而树木仿佛以其稚拙而多情的姿态向我表示不能说话的遗憾,表示无法向我揭示秘密的遗憾:它们明显感到我解不开那个秘密。一次弥足珍贵的经历,珍贵得足以使我的心扑通扑通乱跳的经历,于我则恰如幻想,幽灵般向我伸出无力的双臂，有如埃涅阿斯在地府遇到的一个个影子[1]。这是我在曾有过幸福童年的城市近郊散步时产生的经历，抑或只是后来我遐想妈妈病入膏肓所在的那个想象的地方？那地方虽然是想象出来的，但与我的童年之乡几乎同样历历在目，由于我在湖旁在整夜是月色清辉的森林冥思苦想，相形之下，我的童年之乡反倒只是个梦。我懵懵然一无所知，不得不追上在路角等我的朋友们；我心中焦虑，唯恐永远遗忘一次经历，再也回忆不起来了，唯恐忘却故人：他们正向我伸出亲切而无力的双臂，仿佛在说：让我们复活吧！在重新跟伙伴们同行和聊天之前，我再次回头张望：树林含情脉脉而哑然无声，其逐渐消失的曲线还在我眼睛里蜿蜒，而我的目光却越来越失去了洞察力。

这种经历是我们内在的精华，相比之下，智力的东西似乎很不切实。所以，尤其当我们的精力开始下降时，我们求索一切有助于重新获得这种寓于我们心身的经历，即便我们不被那些富有智力的人理解，他们不懂得艺术家离群索居，不知道艺术家不在乎所见事物的绝对价值，不知道价值观念的标度只有刻在艺术家身上才作数。外省一场糟糕透顶的音乐会，风雅人士觉得不伦不类的一场舞会，

---

1 埃涅阿斯，希腊罗马神话中的英雄，维吉尔史诗《埃涅阿斯纪》的主人公。《埃涅阿斯纪》卷六讲述埃涅阿斯为见到亡父来到冥府，见到许多逝者的幽灵。

对艺术家而言，很可能比巴黎歌剧院精彩的演出或圣日耳曼城关¹风雅的晚会更为重要，或因为引起他某些回忆，或因为引起他浮想联翩，心驰神往。艺术家喜欢对着火车时刻表遐想，想象某个秋夜他下车时，树木已经落叶，在凛冽的空气中散发出枯枝败叶的气味；他也喜欢捧着一本全是人名的书遐想，这些姓氏，他儿时很熟悉，但后来一直没有听说，这样的书对风雅人士而言，平淡无奇，但对他来说，如同上述火车站名，其价值则是高雅的哲学著作不可同日而语的，而风雅人士会说该艺术家虽有才气却趣味恶俗。

也许人们会惊异我虽对智力不以为然，却在下面的篇章恰恰以智力为主题论及智力给予我们的启迪，这些启迪与我们通常听说和读到的陈词滥调是相抵触的。我已来日无多（不论是谁，不都相差无几？），卖弄智力挺无聊的。然而，智力的东西，尽管比我刚才讲的情感秘密略为逊色，但毕竟有其自身的用处。作家不仅仅是诗人。甚至本世纪最伟大的作家也用智力的经纬来把散落的情感珍宝编织起来，因为在我们这个不完善的世上，艺术杰作只不过是大智者的沉舟残骸。如果我们认为在这个重要的问题上人们有意让自己最美好的时光阴差阳错，那么有时需要抖

---

1 旧时王城近郊富人区，后为贵人区和文化区，现为巴黎市第六区，位于圣日耳曼林荫道两旁，仍为富人区和文化区。

撒一下自己的慵懒，需要站出来说话。圣伯夫的方法，也许首先不是一个那么重要的研究对象。但随着下列篇章的进展，我们没准儿会发现圣伯夫的方法涉及许多非常重要的智力问题，也许对艺术家更为重要，也许涉及我开头讲的智力次等性。智力的这种次等地位，毕竟仍须求助智力来确立。总之，智力之所以不配顶戴至高至上的桂冠，是因为唯有它能授予桂冠。如果说智力在德行的等第上只占次位，那也唯有它能宣告本能占据首位。

（选自《驳圣伯夫》）

第一辑

# 写景抒怀

Pour n'avoir pas chanté la région où vivre.
Toujours il demeure cette triste agonie
Pour l'espace infligé à l'oiseau qui le nie

# 孔布雷特有的仙境和弗朗索瓦丝

每逢我们去梅泽格利兹那边散步，一步入田野，就再也离不开了。田野上终日清风荡漾，风儿好像通过一条无形的小径徐徐吹来，在我看来，简直是孔布雷特有的仙境。每年，我们到达的那天，为了感受一下我确实已在孔布雷，我总是登高寻找清风的行踪，清风在犁沟里奔跑，我在后面追赶。在梅泽格利兹那边，在那一片高高耸起的，几法里[1]不见沟壑的平原上，清风总围着我们飘拂。我知道斯万小姐经常去朗市小住几天，虽然相隔好几法里，但因没有任何障碍，两处的距离相对缩短了；每当和煦的下午，我看到一阵同样的微风从极目的地平线出来，把最远处的麦梢压弯，像起伏的波浪遍及一望无际的田野，滚滚而来，暖乎乎、低声细语地匍匐在我脚下的红豆草和三叶草丛中，这一片把我们俩联系在一起的平原仿佛使我们更接近，仿佛把我们俩结合在一起了，我联想到这阵微风曾从她的身

---

1 一法里，约合四公里，作为计量单位现已废止。

边吹过，风儿的低声细语是她给我传来的信息，尽管我听不懂，但它经过我身边时我拥抱了它。左边有一个村庄，叫尚皮厄（本堂神父管它叫 Campus Pasam[1]）。右边可见麦田那边的圣安德烈田园教堂的两座钟楼，既精雕细刻又具乡土风味，也像麦子似的，尖头削梢，鱼鳞片状，蜂窝般的一格格一层层饰纹，黄灿灿的，颗粒状的，活像两株麦穗。

苹果树的树叶别具一格，与别的果树都不相同，人们不会认错，在开花时节，白色缎子般的宽瓣间距对称绽开，或一团团淡红的蓓蕾羞答答地悬空玉立。在梅泽格利兹那边，我第一次注意到苹果树投在阳光灿烂的土地上的圆圆的树荫，同时注意到斜射的夕阳在树叶下铺上可望不可触的金色丝线，我看见父亲用手杖截断一丝丝金线，却始终未能使它们改道。

有时下午的天空挂起洁白的月亮，像一朵白云悄然出现，没有光泽，好比一个未到登场时间的女演员，穿着平日的服装，在剧场里看了一会儿同伴的演出，悄然离去，不愿引起人们对她的注意。我喜欢在画上、在书中重见月亮的形象，但是这类艺术作品与现在我觉得把月亮画得很美，甚至认不出是月亮的艺术作品相比大相径庭，至少早

---

1 拉丁文：异教庄。

年在布洛克使我视野和思维习惯于较为精妙的和谐之前所见到的那些作品，比方说，森蒂纳[1]的某部小说，格莱尔[2]的某幅风景画，让月亮像一把银镰清晰地挂在天边，诸如此类的作品同我切身感受到的印象一样幼稚未琢，而我外祖母的两个妹妹见我喜欢这类作品，每每大为恼火。她们认为，献给孩子们的作品应当首先是让孩子们喜欢的，同时能培养他们的鉴赏力，等他们长大成人之后仍赞叹不已。大概她们以为审美的才能也像具体的物件，只要张开眼睛就能看出，不需要等值的潜移默化，酝酿成熟。

由于在梅泽格利兹那边散步是我们在孔布雷周围散步的两条路线中较短的一条，又由于路程短，我们只在天气靠不住的日子才去那边，所以梅泽格利兹那边往往是多雨的气候，我们始终不远离鲁森维尔森林的边缘，那里枝叶扶疏，必要时可以去躲雨。

太阳常常躲到一大片云彩的后面，而云彩又常常使太阳椭圆形的脸蛋儿变形，同时云彩的四边被阳光染得黄灿灿的。田野虽无耀目的光辉，却是光亮的，一切生气似乎都悬在半空，鲁森维尔小村庄好似镶在天边的一片浮雕，鳞次栉比的白色屋脊雕刻得那样精细完美，令人目不暇接。一阵轻风惊起一只乌鸦，它飞到远处又落下，跟踪望去，

---

1　森蒂纳（1798—1865），法国作家。

2　格莱尔（Charles Gleyre，1806—1875），瑞典画家，属学院派风格。

白蒙蒙的天空下远处的森林显得蓝幽幽的，如同旧式房子里装点窗间墙的单彩画的那种蓝色。

有时候，眼镜店玻璃橱窗里的晴雨表曾警告我们的那场雨终于淅淅沥沥地下起来，雨点像成群飞翔的候鸟，密集成行地从天而降。雨帘密集，在淋漓中井然有序，每滴雨水各守其位，引着后面的雨滴紧紧跟上；一群燕子离去之后，天色更加灰暗了。我们便躲进树林里。骤雨过后，还有些雨滴有气无力地姗姗而来。我们走出避雨处，因为水滴在叶丛中嬉戏，而地上几乎已经干了，树上却还有不少水珠在叶脉间玩耍，悬在叶尖休息，迎着阳光闪烁，突然从梢头高高地滑落，滴到我们的鼻子上。

我们也常常乱纷纷地跑到圣安德烈田园教堂的门廊下同圣徒和主教的石雕塑像一起躲雨。这座教堂的法国风味太浓了！大门上方的圣徒、国王和骑士，每人手上拿着一朵百合花，他们参加婚礼或葬礼的神态被表现得惟妙惟肖，跟弗朗索瓦丝所能想象的一模一样。雕刻家还刻画了亚里士多德和维吉尔作品中某些故事的场景，其笔法与弗朗索瓦丝通常在厨房谈论圣路易的说法如出一辙，就像她本人认识圣路易似的。一般来说，她把我外祖父母同圣路易相比较，好让他们感到羞愧，因为他们不如圣路易"公正不偏"。看来，中世纪的艺术家和中世纪的农家女（一直活到 19 世纪）对古代或基督教历史的认知，显然很不准确，但又非常淳朴；他们的观念不是来自书本，而是直接来自古老的、未间断的口耳相传，虽然走样了，面目全非了，但仍旧生动活泼。在圣安德烈田园教堂哥特式的雕塑群像中另有一位潜在的和被预示的人物，我认出他就是加缪家的小伙计，年轻的泰奥多尔。况且，弗朗索瓦丝认定他是同乡和同辈，所以当我姑妈莱奥妮病重，弗朗索瓦丝一人无法帮她在床上翻身，无法把她抱到扶手椅上坐着时，她便叫泰奥多尔来帮忙，而不让厨房女帮工上楼来在我姑妈面前"臭美"。不过，这个小伙子，尽管平时把他看作十足的坏蛋并不冤枉他，但他内心却充满圣安德烈田园教堂浮雕群像的灵性，特别充满恭敬的情感，弗朗索瓦丝认为对"可怜的病人"，对"她可怜的女主人"就该有这样的情感。他把我姑妈的头扶到枕头上时脸部的表情既天真又热忱，浮雕上的小天使们就是这种表情，他们手持蜡烛热切地围在虚弱的圣母身边，仿佛灰秃秃的石雕面容如同冬天的树木，只不过是一场冬眠、一种储备，随时会焕发新的生命，在像泰奥多尔那样无数百姓的脸上重新焕发生气，神情既恭敬又狡猾，像熟透的苹果那样红扑扑的。一位女圣徒，已经不再像小天使攀附在石头上了，而是从门廊的群像中脱颖而出，单独伫立在一座石柱上，身材比人还高大，双脚踩在一张石凳上以免沾着潮湿的土地；她的面颊丰满，乳房坚挺，鼓起胸前的衣衫，宛如装在麻袋里的一大串成熟的果实；她的前额狭小，鼻子不高但淘气，眼窝深陷，神态强健、冷漠、勇敢，活像本乡本土的农家女。这种相像给雕像注入一种我原先未曾探求的柔情；经常有个别农家女也像我们一样前来躲雨，她们的容貌印证了雕像确实惟妙惟肖，正如石雕近旁的墙上伸出的枝叶，仿佛专门让自然物与之对比，供人判断艺术作品的真实性。在我们的前方，鲁森维尔遥遥可望，不管它是福地还是恶土，我都从未进去过；有时我们这边的雨已停，可鲁森维尔那边继续受着暴雨的惩罚，正如《圣经》中讲的那个村庄居民住房遭到鞭似的急雨抽打，有时则受到仁慈的上帝的宽恕，让重新露面的太阳把流水般的金光参差错落地射向村舍，如同祭台圣器上折射的光芒长短不一。

　　有时候天气糟糕透了，我们不得不赶紧回家或索性不出家门。田野处处昏沉沉、湿漉漉，远远望去好似茫茫大海，几栋孤零零的房舍悬挂在黑暗和雨水浸沉的山坡上，宛如一叶叶收帆的扁舟静止地漂浮在茫茫夜海中泛着亮光。不过，大雨，让它下吧；雷雨，让它来吧，无关紧要！夏天，坏天气不过是一时的坏脾气发作，表面的恶劣，遮不住潜在的、固有的好天气；与冬天不稳定的、稀薄的晴朗大不相同，夏天的晴朗却是植根于大地的，孵化出繁枝茂叶，尽管雨水如注，也损害不了枝叶蓬勃的生机；整个夏天，晴朗的天气把它紫色或白色的绸旗插遍村镇的大街小巷，任其在房舍和花园的墙头招展。我坐在小客厅里看书，等着吃晚饭，听到雨水从花园里的栗树上滴落，但我知道骤雨不过使树叶更加青翠欲滴；一棵棵栗树就像夏天的抵押品，整夜待着经受雨淋，以确保晴朗的天气持续不断；雨尽管下，明天，唐松维尔白色栅栏上空的心形树叶照样扶疏叠翠，婆娑起伏；我目睹佩尚街的那棵杨树向暴风雨苦苦哀求和无望地点头哈腰，并不感到忧伤；我耳闻花园尽头的丁香在滚滚的响雷震撼下无力地呻吟，并不感到惆怅。

如果一清早天气就不好，我的父母便放弃散步，我就出不了门。但是我后来习惯于自个儿去梅泽格利兹酒乡那边散步。那年秋天，我们来孔布雷继承我姑妈莱奥妮的遗产，因为她终于死了。她的死既使那些认为她的导致虚弱的疗法足以致命的人得意扬扬，也使那些认为她患的不是假相疾病而是器质性疾病的人沾沾自喜，而那些质疑她害器质性疾病的人直到她咽气了才认输；她的死只引起一个人巨大的悲痛，而此人偏偏是个孤僻的人。在我姑妈病危的最后十五天里，弗朗索瓦丝时时刻刻守护在她身旁，和衣打个盹，不让任何人帮助照料，直到姑妈下葬，才跟她分手。原先我姑妈对弗朗索瓦丝恶口毒舌，疑神疑鬼，常发脾气，弄得她提心吊胆，我们一直以为她对我姑妈怀恨在心，现在我们才明白，她对我姑妈诚惶诚恐是出于崇敬和爱戴。我姑妈是她真正的主宰，她承受着无法预料的决定和难以识破的诡计，容易心软，感情用事，现在她的女王，她的神秘莫测而至高无上的女君主不在人世了。与姑妈相比，我们是微不足道的。过了很久很久，我们来孔布雷度假，才开始在弗朗索瓦丝眼里享有我姑妈的威望。这年秋天，我父母忙于填表格办手续，忙于跟公证人和佃农们商谈，没有空闲外出，况且即使有空，天公往往又不作美，所以通常让我自个儿去梅泽格利兹那边散步；为了防雨，他们让我披上格子花呢长巾，我很乐意把它披在双肩，尤其因为我感到这种苏格兰格子花呢会引起弗朗索瓦丝的气愤，我们很难让她明白衣服的颜色同服丧毫不相干，况且我们对姑妈的死所抱的那种悲伤也使她不快，因为我们没有大办丧宴，因为我们说话不像她那样用一种特殊的声调，更有甚者，我有时还低声歌唱。我相信，如果在某本书里出现这种根据《罗兰之歌》和圣安德烈田园教堂门廊群雕图所得出的服丧观，我也会像弗朗索瓦丝一样很有好感。然而，一旦弗朗索瓦丝在我身边，我便像魔鬼附身似的想让她发火，我抓住任何一点借口向她指出，我怀念姑妈，因为她是个心地善良的女人，尽管她有可笑之处，但根本不是因为她是我的姑妈；即使她是我的姑妈，但倘若我觉得她可恶，那么她的死也不会引起我任何悲哀！此话如果出现在某本书里，连我也会觉得荒谬透顶。

倘若弗朗索瓦丝像诗人那样对忧伤、对家庭的回忆充满流动的模糊思绪，因无从对答我的种种论点而表示歉意，说一声"我说不清，道不明"，那么我对这种供认就洋洋自得，我的反讽而直率的见识绝不亚于佩斯皮埃；但倘若她多说一句"她毕竟是亲戚嘛，对亲戚总应尊重的嘛"，那么我就会耸耸肩膀，自言自语道："我的心肠太软了，竟跟语无伦次的大字不识的人费舌。"就这样，我采用偏狭的观点来判断弗朗索瓦丝，扮演那些自以为想问题不偏不倚的角色，极端鄙视人们在生活中把肉麻当有趣的场景。

（选自《在斯万家那边》）

# 山楂花

　　每当我们想去梅泽格利兹那边，我们就不会太早出门，即便是阴天，因为散步的时间不很长，不会耽搁太久，我们就像去任何别的地方，从姑妈住的房子的大门出去，进入圣灵街。沿街，我们受到火枪店老板致意，把信扔进邮筒，顺路替弗朗索瓦丝向泰奥多尔捎口信，说食用油或咖啡已用完，然后我们出城，必经斯万先生家大花园白栅栏外的那条小路。我们人还未到他家，就闻到丁香的芬芳。一株株丁香在青翠的心形叶子扶持下，把淡紫色或白色的羽形花冠好奇地伸出栅栏外，向陌生的行人送上阵阵芳香；丁香在阳光的沐浴下，连背阴处的花园也是流光溢彩的。几株丁香掩映在被称为弓箭手屋的矮小的瓦房前，那里住着守门人，哥特式的山墙上盖着清真寺式的粉红尖顶。一株株丁香像《古兰经》中的仙女，在这座法兰西花园里保留着波斯小花园鲜艳而澄清的色调，相形之下，希腊神话中山林水泽的仙女似乎显得俗气了。我着实想过去搂抱她们柔软的蜂腰，把她们香气扑鼻的星形环状的鬈发捧过来，但我们没有停留，因为我父母自斯万结婚后就不再去唐松维尔了，并且为了不显出观看花园的样子，我们干脆不走沿花园篱笆那条直通田野的小径，而走另一条小路，也是通往田野的，不过歪斜一段路程，要走好多远路。那天，我外祖父对我父亲说：

"斯万昨天说他妻子和女儿去兰斯了，他准备趁机去巴黎住二十四小时，你是否记得？那么咱们不妨沿着花园走过去，既然那两位女人不在家，咱们可以抄近道了。"

我们在栅栏前停留了片刻。丁香行将结果，还有几株依然亭亭玉立，娇嫩的花团如同高悬的淡紫色吊灯，但大部分枝叶间仅在一周前还是芳香四溢的花朵，现在却已凋谢、萎缩、发黑，就像一团团失去水分、香气已尽的泡沫。外祖父指指点点地对我父亲说，自从老斯万先生的妻子去世那天他们一起散步以来，这个园子的哪些景色模样依旧，哪些景物模样已改，于是他抓住机会又把那次散步讲了一遍。

在我们面前，一条两旁栽着旱金莲的小径在充足的阳光下一直延伸到高处的府邸。右边则相反，大花园的地势十分平坦。园内有一座池塘，四周绿树成荫，这是当年老斯万夫妇叫人挖开的；但最不自然的景物恰恰是人们对自然加工而成的，某些地方则总有一种独特的君临一切的气势，傲然显示着远古的特色，处在未经任何人工斧凿的环境中，极需一种僻静的氛围来展现其本色，凌驾于人工的景物。比方说，陡坡小径下的人工池塘旁，两行交织而栽的琉璃草和长春花编成一顶雅致的蓝色自然花冠，缠戴在水塘半明半暗的前额，蝴蝶花像懒散的公主任凭她的利刃弯曲下垂，用她统治水域的权杖，把睡莲的紫色和黄色败花散落在水边的泽兰和毛茛上。

斯万小姐的外出使我失去一睹她出现在花径的倩影的良机，失去了让这位幸运的少女认识而后又轻视的良机；她有贝戈特这样的男友，在他的陪伴下参观各地教堂；由于她外出了，我虽说生平首次得以静观唐松维尔庄园，可只觉得兴致索然；相反，在我外祖父和父亲眼里，女士们不在家却给这座庄园平添了宜人之处、可爱之处，即便是暂时的，正如去山区远足遇到万里无云的天气，所以我的长辈们觉得今天来这边散步格外适宜；我真希望他们如意算盘落空，斯万小姐和她的父亲突然奇迹般出现在我们近旁，叫我们躲避不及，从而不得不跟她结识。所以，当我突然瞥见草地上有个筐子被遗在一根鱼竿边，鱼竿的浮子还在水面上浮动，这个迹象表明她有可能在家，我赶紧把父亲和外祖父的视线引导到相反的方向。况且，斯万对我们说过，这回他出门，心里不自在，因为他家里眼下有人长住着，鱼竿可能是某个客人的。园内花径没有人走动的声响，只有一只看不见的鸟儿不知在哪棵树梢上蹦跳，竭力使人觉得白日不长，用悠长的音符来勘察周围的寂静，但它从寂静中得到整齐划一的反响，一种使人倍感寂静和静止的反冲，仿佛它本来力图使其更快消逝的那瞬间反倒被它永远凝滞了。天空变得凝固了，阳光直射下来，十分逼人，使人直想躲开它的关切；池水睡着了，一些昆虫不停地惊扰它的美梦，睡梦中大概浮现一圈圈漩涡，看来睡得很不安稳，而我见到软木浮子时立即心烦意乱起来，因为浮子好像被飞速拖往倒映在水中的那片广阔而宁静的天空；这时，浮子几乎垂直漂在水面，看上去随时会沉入水中，我不由得自问是否有责任去通知斯万小姐鱼已上钩，一时间也顾不得是渴望还是害怕结识这位小姐了；突然只听得我父亲和外祖父在叫我，他们已经走上通往田野的小路上坡，惊异我没有跟上他们，于是我不得不赶上前去。我发觉小路上到处充满着山楂花嗡嗡作响的香味。篱笆活像一排小教堂隐没在丛丛簇簇的花卉中，形成一座临时祭坛；在繁花下的地面上排列着一方格一方格耀目的金光，如同阳光透过一片彩画玻璃窗；繁花的芳香甜蜜蜜，只限在祭台的范围飘逸，我仿佛处在圣母的祭台前：花团锦簇，而每一朵花则心不在焉地托着一束鲜艳夺目的雄蕊，一个个雄蕊像纤细而光芒四射的焰式建筑肋线，使教堂祭廊的梯杆增辉添彩，或使彩画玻璃窗的中梃熠熠生辉，而盛开的花蕊更有草莓花白色花瓣的肉质感。过几星期大蔷薇花也将在大太阳下爬上同一条乡间小路，穿着一色红红的短上衣，可轻风一吹就散开了，相形之下，显得太朴素，太土气了！

然而，尽管我流连在山楂花前，嗅着不见踪影而始终如一的芳香，把芳香送进茫然不知所措的脑海，让它消失又重新得到，使我自己跟上那充满青春活力的、遍地开花的节奏，使我自己适应一些出乎意料的间隔，如同某些乐曲的音程，但是山楂花在以源源不断的芳香向我无定限地提供相同的妖媚的时候，却不让我有更深的领略，正如反复演奏一百遍的曲调，硬是不让你深入曲中的奥秘之处。我转过身暂时不看山楂花，片刻后，以更新鲜的活力迎向花丛。我一直爬上通往田野的斜坡，追逐篱笆里面一株离群的丽春花，几株懒洋洋落伍的矢车菊，它们以自己的花朵稀疏点缀着斜坡，好像一幅挂毯的沿边，田野图案稀疏有致，在整幅毯画上显得引人注目；花朵仍然稀少，间隔很大，就像那些临近村口的孤零零的房屋，却预告我那边有一望无际的田野，地上麦浪滚滚，天上云海茫茫，只有一朵丽春花，傲然伫立在一片肥沃的黑土上，迎风闪烁火红的光彩，我见了便心跳，有如旅行者瞥见一片洼地上一名捻缝工正在修缮一条搁浅的小船，在没有看见大海前就惊呼："啊，大海！"

然后，我回身面对山楂花，就像观赏艺术杰作，以为暂停凝视之后再来看就能更好地欣赏，不过，我尽管用双手在额上筑起一道屏障，让眼睛只盯着山楂花，但花儿在我心中所唤起的情感却依然是暧昧不明的，模模糊糊的，怎么也明朗不起来，无法与花朵交融。而山楂花无助于我澄清情感，我又无法求助于别的花卉来达到目的。这时，我外祖父却给予我这样一种愉快，其感受好比我们看出自己最喜爱的画家的一幅作品不同于我们所熟悉的作品，再好比有人把我们带到先前我们只见过铅笔草图的一幅油画前，再好比我们原先只听过钢琴演奏的一首乐曲，后来听到由多姿多彩的管弦乐队演奏，因为，外祖父叫我，指着唐松维尔的篱笆对我说："你很爱山楂花，瞧瞧这朵带刺的、粉红的山楂花，多么好看哪！"确实是一株有刺的山楂，花是粉红色的，比白色的还好看。她也穿着节日的盛装，真正的节日盛装——只有宗教节日才算得上真正的节日，因为不像世俗的节日，随心所欲定个日子，没有专门规定的日期，也没有什么一致的节庆内容；这株有刺的山楂显得格外绚丽，因为枝丫上花团锦簇，层层叠叠，没有一处不长花，成串的花朵好似洛可可式[1]的主教权杖，盘绕着成串的丝球，山楂花"色彩斑斓"，所以，按孔布雷的审美观，是优良品位，只要看看广场商品，或加缪食品店的明

---

1  18 世纪盛行于欧洲的华丽、烦琐的建筑装饰和艺术风格。

码标价的等级便可略知一二，粉红色的饼干比别的颜色的饼干昂贵。我自己也一样，我更偏爱涂有粉红果汁的干酪，也就是说，家人允许我把压烂的草莓糊抹在干酪上。恰巧，这些山楂花选中了这样一种食品的颜色，这样一种大节日盛装的艳丽的色彩；艳丽的颜色最引孩子们注意，似乎格外美丽，因为向他们显示出优良的品位，从而总是使孩子们觉得比别的颜色更鲜艳、更自然，而使他们心里明白鲜艳的颜色不会给他们解馋，也不会被裁缝选用。诚然，我立即觉察到了，如同观赏有刺的白色山楂花那样，甚至更为惊叹：花团所显现的节日欢庆之气毫不矫揉造作，没有人工的斧凿，全然是大自然自生的，其天真的程度酷似乡村女商人；她在搭迎圣祭台时把小花木装点得琳琅满目，用的尽是些色调过于鲜艳的玫瑰花形绸结和乡下气的小花卉纺织品。山楂的枝梢缀满无数淡红的小花蕾，凡是含苞待放的，就像粉红大理石杯的杯底，露出红殷殷的花心，比盛开的花朵更加表露出山楂独特的、迷人的品质，无论在何处发芽，无论在何处开花，一概都是玫瑰红色，有如在盛大的节日，人们在祭台上供上一盆盆外面裹花边的盆栽玫瑰，纤细的梢头开满含苞初绽的花朵。小花木插在篱笆里，与篱笆各异其趣，有如穿着节日盛装的姑娘硬挤在穿着便服、不准备外出的女人们中间；小花木为迎接圣母月整装待命，仿佛已经成为节庆的一部分，穿着鲜艳的玫瑰红盛装，笑容可掬，是这般光彩夺目：这株信奉天主教的小花木真令人快乐。

通过篱笆可以看见大花园内有一条小径，两旁栽着茉莉、蝴蝶花、马鞭草，夹在其中的紫罗兰像馥郁的玫瑰敞开着鲜嫩的胸脯，又像科尔多瓦[1]古代的皮，一条长长的绿色水管盘绕在砾石路上，扎满小孔的喷头昂首花丛上空，垂直撒开棱镜色彩的水珠团扇。突然，我站住了，动弹不得了，仿佛出现一种幻象，不仅直接映入我们的视觉，而且进入更深的感觉，以至支配我们整个身心。一个头发橙黄的少女，好像刚散步回来。手上拿着一把花铲，仰着布满粉红色斑点的脸，凝望着我们。乌黑的眼睛闪闪发亮，由于当时我不善于、后来也没有学会把一个强烈的印象归纳成客观要素，由于我不具备像人们通常讲的那种足够的"观察力"以引出她的眼睛的颜色的概念，所以在很长的时间里，每逢我想起她，那双亮晶晶的眼睛仍历历在目，可是却变成蓝晶晶的了，因为她的头发是金黄的，以至于，也许如果她没有那双乌黑的眼睛，乍一见使人震惊，那么我就不会像当时那样钟情她那双我错以为是碧蓝的眼睛了。

我凝望着她，起先我的目光不是眼睛的代言者，而是我焦虑和发呆的感官向外探望的窗口，这种目光恨不得抚

---

[1] 科尔多瓦，西班牙城市，相传古代以皮革业著称。

摸、捕获、掠走所凝望的躯体以及灵魂；我非常害怕外祖父和父亲随时瞥见这个小姑娘，硬让我离开，叫我跑在他们前面，于是我用第二道目光，无意识的逼人的目光，竭力迫使她注意我，认识我！她把瞳孔对准前方而后斜向一边，看清我外祖父和父亲，顾盼之后的想法大概是我们滑稽可笑，因为她扭过头去，神情冷淡而倨傲，侧着身子，以免让自己的面孔落入我们的视野之内；我外祖父和父亲继续往前走，并没有瞥见她，他们超过我走在前面，于是她极目朝我的方向遥望，眼神没有特别的表情，好像没有看见我似的，但凝视中夹着一种含而不露的微笑；根据我学到的有关良好教养的概念，我只能把她那种微笑认为侮辱性的蔑视；她同时还做了一个失礼的手势，当这种手势在光天化日之下对准一个自己不认识的人时，我心中的文明小词典只有一个含义，那就是蓄意傲慢。

"喂，吉尔贝特，来呀，你在干吗？"一位穿一身白色衣裙的太太用尖利而威严的声音喊道，我从未见过这位太太，离她不远，还有一位我素不相识的先生，他穿一身人字斜纹布服装，张大瞳孔瞪视我；小姑娘顿时收住笑容，拿起花铲，头也不回地走开了，她的神情显得温顺、不可捉摸和假痴假呆。

就这样，吉尔贝特这个名字传到我的耳边，好似护符那样产生奇效，把片刻之前还只是一个不清晰的轮廓变成一个活生生的人，也许有朝一日我会重新见到她。就这样，这个名字越过茉莉花和紫罗兰传过来，就像绿色喷头喷出的水珠那样尖利，那样清新；这个名字载着洁净的空气穿越过来时，在经过的地方上空铺展一片虹彩，使那块地方隔绝起来，使它所指的那个姑娘的生活秘密只限于跟她一起生活和旅行的幸福的人们；穿过山楂花到达我肩头的这声呼唤表明幸福的人们与她的生活秘密亲密无间，而这让我感到痛心疾首，因为我无法进入她的生活秘密。

(选自《在斯万家那边》)

# 散步与性感

这年秋天，我的散步尤其惬意，因为我往往在长时间阅读一本书之后才出去散步。整整一上午我待在客厅里读书，累了便拿起格子花呢长巾往肩上一披出门而去；我的躯体被迫长时间静止不动，充满了积累起来的活力和速率，需要向四面八方消耗掉，如同撒出一只陀螺任其转悠。房屋的外墙，唐松维尔的篱笆，鲁森维尔林子的树木，蒙菇万背后的灌木丛，都受到过我的雨伞和手杖的抽打，听到过我欢乐的喊叫；这些喊叫只是某些模糊的有感而发，兴奋之余还没有在光明中找到栖息之地，不愿等候又缓慢又困难的澄清，宁可寻找一条较易宣泄兴奋的捷径。我们有感而发的所谓表露多半只是我们的情感排遣，而这种排遣是以某些模糊的形式表现出来的，所以我们并不了解这种内心的感受究竟是什么。当我试图清理我在梅泽格利兹那边有哪些收获，有哪些因意外的景致或引发灵感非有不可的东西而得到的小小发现，我不由想起这年秋天的一次散步，我走到护卫蒙菇万的那座布满灌木丛的山坡附近，突然首次强烈意识到我们的印象和对印象的习惯表达是不协调的。我兴高采烈地与风雨搏斗了一个小时以后，来到蒙菇万池塘边上，面对万特伊先生的园丁存放园艺工具的瓦顶小屋，但见太阳刚刚重新露头，它的万道金光经过骤雨洗涤又在天边焕然一新地炫耀，辉映在树上，小屋的墙上，湿漉漉的瓦屋顶和屋脊上，一只母鸡在屋脊上漫步。呼啦啦的风横向吹来，吹得生长在墙缝里的野草匍匐露根，吹得母鸡的羽毛根根竖起，露出绒毛，像轻飘飘无活力的东西，任凭风势胡乱摆布。太阳使得池塘反射景物，瓦屋顶映在池中好似一块粉红的大理石花纹，过去我还从未注意到。我看见水上和墙面泛起的苍白的微笑与天边的微笑遥相辉映，不禁欣喜若狂，挥动已经收好的雨伞，连连高喊："咿喔，咿喔，咿喔，咿喔。"但同时，我感到我的责任不应限于这些叫人捉摸不透的咿喔声，应当努力弄清楚我为何欣喜若狂。

当时有个农民经过，他的神色已经不大高兴，我手舞足蹈，差一点没把雨伞打在他脸上，他心里就更不痛快了，冷冰冰不理睬我的寒暄："天气真好，是吧，走一走舒服极了。"多亏他我才明白，同样的激情不是按预定的次序同时在所有的人身上发生的。后来，每当我看书的时间稍长，就怀着深情想起父母并做出最明智、最能博得他们欢心的决定，他们往往在同一时刻获悉我已忘却的一桩小过失，就在我奔向他们去亲吻的那个时刻，他们则对我声色俱厉。

有时候，独处使我兴奋不已时又平添一种我一时难以清晰辨别的激奋，那是性欲引起的：我渴望在我面前突然出现一个农家女，好让我抱入怀里。随着性欲而来的快感是突然勃发的，我还来不及在诸多迥然不同的思绪中找出萌生快感的缘由，便感觉出这种快感是各种思绪给予我的快感的一种升华。对这时我脑海里浮现的一切，对瓦屋顶在水中的粉红色倒影，对墙缝中的野草，对我久已想去的鲁森维尔村庄，对鲁森维尔林中的树木，对鲁森维尔教堂的钟楼，我又给它们增添了一层价值，因为我以为是它们引发我产生新的激奋，所以这种新的激奋使我觉得它们更加富于情感，而且似乎只想赶快把我抛入它们的怀抱，如同一股强劲的、隐秘的顺风鼓满我的帆向前航行。然而，这种要女性出现的欲望对我来说给大自然的魅力增添了某种更加令人兴奋的东西，反之，大自然的魅力也拓展了女性过于局限的魅力。我仿佛觉得树木的美依然是女性的美，天边的景致，鲁森维尔的村落，我这年所读过的书，都有各自的灵魂，这种灵魂是由村姑的亲吻传递给我的；我的想象一经触及我的肉欲便恢复了活力，使我的肉欲渗透我的想象的各个范围，于是我的性欲就无边无际了。在大自然怀抱里想入非非的时刻常常出现这种情况：习惯的作用力中断了，我们对事物的抽象概念被撇在一边，我们打心眼儿里相信我们所处的地方具有独特性，有个人独自生活，所以我的欲望所呼唤的马路天使不是女性这种一般类别的某个样品，而是这块土地必然的、自然的产物。因为，在这样的时刻，我身外的一切，大地呀，生灵呀，在我的心目中比在成年人的心目中更为可贵，更为重要，富于更为真实的生命。大地和生灵，在我看来是紧密结合在一起的。我想望梅泽格利兹或鲁森维尔的某个农家女，想望巴尔贝克的某个渔家女，就像我想望梅泽格利兹和巴尔贝克一样。如果我随意改变她们的生存环境，她们可能给予我的快感会显得不大真实，我也不会再相信这种快感。如果在巴黎结识一个巴尔贝克的渔家女或一个梅泽格利兹的农家女，那就像得到我在海滩上未曾见过的贝壳，得到我在树林中未曾发现的蕨草，那就像从当地妇女给予我的快乐中剔除其生活的环境给予我的快乐，而我想象中的女性是在环境衬托之下的。要是在鲁森维尔林间漫步遇不到可拥抱的农家女，那就等于没有认识隐藏的珍宝，没有认识深藏的美女。我想象中那个身披枝叶的村姑，对我来说，就像当地的一棵植物，只是比其他植物的地位高级一些罢了，她的结构使我更贴近地领略当地悠久的风味。我之所以轻易相信这种快感，相信村姑为使我得到快感而对我的抚摸，也是别具一格的，相信别的姑娘不可能像她那样让我领略快感，是因为当时距离我脱离乳臭还要很长时间，还没有把占有不同女人所领略的快感加以抽象，还没有把这种快感归纳为一种一般概念：把不同的女人看作可以交换的工具，以求得到始终相同的快感。当时的快感甚至还不是作为接近女人所追求的目标，作为预先感到心慌意乱的动机，而单独地、分离地、标新立异地在我的思想中存在。一想到它的存在心里就产生快乐，我们不如把这种快乐称作村姑的魅力，因为我们没有想到自身，只想摆脱个人圈子。这种暗暗被期待的、被隐藏的、内在的快乐只在一定的时刻达到极点，那就是我们身旁的村姑用温柔的眼光看我们，亲吻我们的同时引起另外的快乐，这时的快乐在我们看来特别像一种感激的冲动，感激我们的女伴真挚的好意，感激她对我们深情的偏爱，我们把她的好意和偏爱视为她给予我们的恩惠和幸福。

唉！我徒然恳求鲁森维尔的城堡主塔，徒然恳求它给我弄个小姑娘来，我把它当作倾吐最初性欲的唯一知己；当时，我在孔布雷家中最高层，在那间充满蓝蝴蝶花芳香的小书房里，只见到塔楼中段半开的窗玻璃，我活像探险的旅行家或自寻短见的绝望者，未能克服做出壮举前的犹豫，终于动摇退却了，于是我在内心另找出路，却又觉得山重水复疑无路，直到发现一只蜗牛行迹般的自然踪迹蜿蜒在黑醋栗树枝叶上，枝叶低垂，拂到我的脸上。现在恳求它是徒劳无益的。我徒然凝视广阔的田野，与之眉来眼去，想从中勾引出个村姑来。我可以一直走到圣安德烈田园教堂的门廊，但从来只有在外祖父的陪同下才有把握遇见农家女，可在这种情况下又无法跟她交谈。我茫然盯视远处的一棵树的树干，盼着村姑从树后突然出现，向我走来；我仔细观察的天边始终不见人影；夜幕降临，我无望地把注意力集中到这片贫瘠的土壤，这块枯竭的土地，仿佛硬要从中吸出可能隐匿的妙人儿。我扫兴之至，怒不可遏地敲打鲁森维尔林中的树木，从这些树木间不会走出活生生的人来了，这些树木简直变成了某幅全景图画上的树木了；我不能甘心在搂抱我望眼欲穿的村姑之前回家，但我无可奈何只得返回孔布雷，不得不暗自承认在回家的路上意外撞见村姑的可能性越来越小了。况且，即使她在半路上出现，我敢跟她搭话吗？她不把我当作疯子才怪呢！于是我不再相信我在这几次散步中形成的欲念会得到别人的共鸣，这是实现不了的；我不再相信这些欲念在我的身外还有什么真实性。我只觉得这欲念是我气质的产物，纯属主观的，力不从心的，虚幻的。这些欲念与大自然，与现实毫不相干，于是它们的存在便失去了一切魅力，一切意义，只成为我生活中的一种因袭的框架，好比坐在火车厢长凳上的旅客为消磨时间而读小说，车厢成了一部虚构小说的框架。

（选自《在斯万家那边》）

# 如花似玉的村姑

我们的马车时不时爬坡，路两旁是耕过的田地，上坡时觉得耕地更为真切，多了一份真实的印迹，有如古代某些画师笔下的那种珍贵小花，用以签署自己的画幅；一路上总有些优柔寡断的矢车菊与我们的马车相随，很像孔布雷的那种矢车菊。我们的马很快把矢车菊抛在后面，但不几步，却又瞥见另一朵正等待着我们，以其星形小花在草丛中翘首相迎，更有几株大着胆子迎面来到路边，与我遥远的回忆和家前的花朵形成一整片星云。

我们顺海岸下坡，交错遇见一个个亮丽如花的姑娘，有的徒步，有的骑单车，有的坐推车，有的乘马车，她们与田间的花朵有所不同，因为每位姑娘都含而不露别的姑娘所没有的东西，有的农庄姑娘赶着自家的乳牛，或半卧在有篷的小推车上，有的店主女儿在散步，有个风雅的小姐面对双亲坐在双篷四轮马车上，不一而足。诚然，布洛克为我豁然开辟了新纪元，为我改变了生命的价值，因为一天他告诉我，当我独自在梅泽格利兹那边散步时曾希望某个农家姑娘路过时让我拥抱，其实此种胡想并非梦想，因为这与我外露的任何东西都不相符，而今我们遇见的姑娘，无论是村姑还是小姐，都统统随时准备让这样的美梦如愿以偿。现在我一身病骨，从不独自外出，但哪怕永远不能跟她们做爱，我也备感受用了，有如一个孩子出生在监狱或医院，长期以为人的机体只能消化面包和药物，突然获悉桃子梨子葡萄不单单点缀乡间，而且是既鲜美又可吸收的食物。即使看守或看护不许他采摘这些肥美的果实，对他而言，世界也显得更美好，生活也显得更温馨。因为，当我们了解到在我们身外现实与我们的欲望相符时，即使这些欲望对我们来说是不能实现的，我们也会觉得它更加美好，也会更充满信心地寄情于它。只要我们暂时把阻止我们实现欲望的那个偶然的、特定的小障碍从思想上排除，我们就能想象我们的欲望得到了满足，那我们对生活会产生更快乐的想法。至于路上见到的那些姑娘，自从得知她们的面颊是可以亲吻的那天起，我就对她们的心灵产生了好奇。于是我觉得更兴味盎然了。

德·维尔帕里济夫人的马车跑得飞快。我勉强看清对面过来的少女，然而，由于人秀不同于物美，由于我们感到人秀是独一的生灵美，有意识的生灵美，有意志的生灵美，一旦其个性，即闪闪烁烁的心灵，我所不知的意愿，显露为一种稚嫩的形象，虽然出奇地缩小了，但是完整无损，在她漫不经心的目光深处，立即隐现与为雌蕊准备的花粉极相似的神秘物，我就突然感到内心萌生欲望，尽管还处在模糊嫩小的雏形，这个欲望就是：在她的思想没有意识到我这个人之前，在我没有阻止她向别人表示好感之前，在我还没有植根她的幻想和抓住她的心之前，决不放她过去。可是我们的马车越走越远，美丽的姑娘早已落在我们的后面；由于她对我没有产生概念，连构成一个人的任何概念都没有，所以她的眼睛刚来得及看清我，就把我忘却了。难道因为我只瞥见了她一眼就觉得如此美丽？或许吧。首先，在一个女子身旁停留是不可能的，再找日子与她重逢也是有风险的，这就骤然给了她一种魅力，如同有的国家由于疾病或贫穷使我们无法前往访问时所具有的那种魅力，或如同我们不久于人世却依然奋斗不止的黯淡时日所具有的那种魅力。所以，倘若不是习惯使然，时刻受到死亡威胁的人们，就是说对所有的世人来说，生命定会显得美不可言。其次，如果想象是由对我们无法拥有的东西产生欲望而引起的，那么欲望的高潮并不受制于上述相遇的现实，我们完全感受得到这种现实：过路女郎的诱惑力一般与交臂而过的快速直接相关。只要夜幕微降，只要马车稍稍跑快，在乡间，在都市，因车载快速和暮色笼罩而毁损的女性身姿似残损的古代石雕胸像那样无一不在每个路角、从每个铺子的深处向我们的心田射来美神之箭；

说到美神，有时我们不禁自忖在这人世上是否正是因遗憾而激起的想象力使一个稍纵即逝的过路女郎补充其残缺的部分。

如果我可以下车跟我们交臂而过的女郎交谈，或许她皮肤的某个缺点会使我幻想破灭，而从马车上我则是看不清的，难道不是吗？那样的话，一切深入她生活的努力，我都会突然觉得不可能了。因为美是一系列的假设，而丑在挡住我们所瞥见通向未知的道路时则缩小了假设。或许她只说一句话，嫣然一笑，就能给我提供意想不到的秘诀和线索，以便辨识她的脸部表情和举止含义，但之后她的脸庞和举止很快就会变得平淡无奇了。这很有可能，因为我一生中遇到最富情感的姑娘时，正是我与某个严肃的人在一起的日子，尽管我想出千条借口也无法离开他：我第一次去巴尔贝克之后数年，在巴黎，跟家父的一位朋友乘车兜风，瞥见一位女子在夜幕中行色匆匆，心想人没准儿只有一次生命，何必因有碍得体而失去自己一份福分，于是没有道歉就跳下车去寻赶那个陌生女子，追过两条街的十字路口都未追上，到第三条街才找到，最后在一盏路灯下才气喘吁吁迎面撞见，却原来是我一向避之不及的韦迪兰老太太，而她惊喜有加，喊道："哦喔，跑着追来向我问候实在太客气了！"

这一年在巴尔贝克，每逢此类相遇，我就向外祖母和德·维尔帕里济夫人硬说我头痛得不行，最好自个儿徒步回家。她们不肯让我下车。而这时，往往在我决心仔细看清的美女系列中又增添了一位秀色可餐的姑娘，这比一处古迹要难找得多，因为她是匿名的，活动的。不过其中一位又从我眼皮底下经过，当时的条件使我相信可以如愿与她相识。那是个卖奶姑娘，从农庄来给旅馆补送奶油。我猜她也认出了我，这不，她还盯视我哩，其专注也许是因我的注视使她惊讶而引起的。第二天是我整个上午休息的日子，弗朗索瓦丝中午进来拉开窗帘，交给我一封信，是有人来旅馆给我的留言。我在巴尔贝克不认识任何人。我确信此信件来自卖奶姑娘。可叹哪，只是贝戈特路过时的留言，她设法见我，但得知我在睡觉，便给我留下这亲切的短笺；开电梯的给短笺加了个信封，上面的字迹我还以为是卖奶姑娘的呢。我非常失望，即便想到获得贝戈特的信更为难得更为体面，也无法安慰我此信不是出自卖奶姑娘之手。就连见这个姑娘的次数也不比我只在德·维尔帕里济夫人马车上瞥见的姑娘们的次数多。所有这些姑娘，我看见了，又见不着了，这倍增了我的烦躁情绪，于是从劝诫我们节欲的哲人们那里找来几分明哲；他们之所以执意谈论人欲，因为唯有人欲才能留下焦虑，适应未知的意识。设想哲学执意论及对财富的欲望未免太荒诞了。然而我有意判断这种不全面的明哲，因为我自忖这些路遇使我觉得世界更美了；这个世界使所有的乡间道路生长既普通又奇特的花朵，是每日稍纵即逝的瑰宝，是散步时的意外收获；偶然的情形也许不会老重演吧，唯其如此才妨碍我受益，却又给生活赋予新的情趣。

有朝一日，我也许更为自由，没准儿在别处的路上找得到相似的少女们，或许抱这种希望的同时，我对欲求在我们认为漂亮的女人们身旁生活所具有的排他个体性已经开始曲解了，而且仅因我认为可以人为地产生这种欲望，就已不言自明地承认这种欲望的幻性了。

一天，德·维尔帕里济夫人带我们去卡克维尔，她曾对我们说过，那里的教堂爬满常春藤，建在一座小丘上，俯视着小镇、贯穿其间的河流以及保存至今的中世纪小桥；外祖母心想让我独自观看古迹会叫我高兴，便建议她女友去糕饼店品尝点心，店铺就在广场上，清晰可见，金色门面的涂料古色古香，宛如一件完整的古物的另一部分。我们说好，我去店铺找她们。我被留在一片葱茂中，为认出一座教堂，得费点劲儿才抓得住教堂的含义，就像学生有时被迫使用外国文译成本国文或本国文译成外国文才能摆脱他们所熟悉的句子形式，从而更全面地理解句子内容；教堂这一概念，平时用不着呀，每当面对钟楼便一目了然，可在这里却不得不老要惦记着，否则就会忘记，瞧，这边扶疏的拱形常春藤，正是尖形玻璃穹隆的拱腹，那边树叶隆起之外，则是一个廊柱的顶端。一阵轻风吹过，微微震动着活动的门廊，有如一道亮光引起涟漪般的、颤抖的伴流；叶子波涛似的涌流，一浪簇拥一浪；爬满植物的正门微微抖动，裹挟着起伏的柱石，而受到抚慰的柱石也便逐渐消失了。

我离开教堂时，在老桥前看见镇上的一些姑娘，或许因为是星期天，她们打扮得花里胡哨的，跟过路的小伙们打招呼。其中一个高挑的姑娘，半坐在桥沿上，双腿悬空，面前守着满满一小缸鱼，很可能是刚捕来的；她穿得不如其他姑娘，但好像气势上高出她们一筹，因为不大搭理她们的话茬，其神情更为严肃，更为倔强。她脸庞光洁，目光温柔，但目光中有对周围一切不屑一顾的神情，鼻子小小的，形状细巧可爱。我的目光落在她的皮肤上，我的嘴唇必要时可以相信是跟随我目光的。但，我想企及的，不仅是她的躯体，而且是活在躯体内的心，而触及她的心只有一种办法，那就是引起她注意；切入她心田，也只有一种办法，那就是在她的心田唤醒一个意境。

这渔家美人的心田似乎对我还是关闭的，反正我怀疑自己是否进入了她的心田，哪怕我瞥见了自己的形象偷偷地映照在她目光的镜子里，用我不熟悉的折射率来考量，我仿佛进入了一头母鹿的视野。即使我的嘴唇从她的嘴唇上获得快感，在我是不够的，还要让她的嘴唇得到快感；

同样，我渴望，进入她心田并在那里扎根的想法不仅引起她对我的注意，而且激起她对我的欣赏、对我的欲望，还要迫使她记住我，直到我能重新找到她。然而，我已瞥见广场近在咫尺，德·维尔帕里济夫人的马车就在那里等我。我必须当机立断，并已感到姑娘们开始因见我如此傻待着而发笑了。我口袋里有五法郎。我掏出钱来，为更有把握使渔家美人听我的话，先把五法郎硬币在她眼前亮了一会儿，才向她说出让她办的差事。

"看样子您是本地人啰，"我对卖鱼姑娘说，"能发善心帮我跑一趟吗？要到一家糕饼店，听说在一个广场上，但我不知道在哪儿，有一辆马车在等我。等一等！为了不搞错，您就问一下是不是德·维尔帕里济侯爵夫人的马车。反正您一瞧就知道，有两匹马的。"

我故意让她知道这一点，以便她对我抱有很高的评价。当我吐出"侯爵夫人"和"两匹马"这几个字后，突然感到极大的轻松。我感到卖鱼姑娘会记住我，不能与她重逢的恐惧部分消散了，但与她重逢的欲望也部分消散了。我觉得适才用无形的嘴唇触及她的身心，而且我很讨她的喜欢。这种对她精神的强占，这种非物质的占有，就如肉体占有，剥去了她的神秘感。

（选自《在如花少女们倩影旁》）

## 卖牛奶咖啡的村姑

　　那天，我把外祖母送到她女友家，并跟她们待了几个时辰，傍晚便独自乘火车离开，至少未觉得夜晚难熬；这样我就不必在监狱似的房间里过夜了，否则昏昏欲睡，却硬是睡不着；火车的种种运动使我置身于起镇静作用的氛围中，与我相随相伴，倘若我睡不着，还乐意与我聊天，用各种声音来安抚我，供我配乐，就像我把孔布雷的钟声时而与这个节奏搭配，时而与那个节奏搭配：我随心所欲，自以为先听得四个等长的十六分音符，后听得一个十六分音符被愤怒地撞到一个黑色的八分音符上；这些声音控制了我失眠的离心力，并施加相反的压力。正是此种与离心力相反的压力使我保持平衡，于是我待着不动，很快睡意蒙眬，其时感受到的清新印象与投入大自然和生活的怀抱时强大的警戒力使人产生安息的那种印象十分相似，我恨不得摇身一变，化成一种鱼，睡在大海里，任凭海浪和波涛荡漾；抑或化为一种鹰，光靠暴风雨的扶持，展翅翱翔。

　　东升的旭日是坐火车长途旅行的一种陪伴物，如同硬鸡蛋、画报、纸牌、行舟艰难的河流。正当我清理几分钟前充斥脑海的思想，以便弄清我是否刚睡着——因为确定不了才提出问题，但正是这种不确定性给我提供了肯定的答复——突然我透过窗玻璃看见在一片漆黑的小树林上方有几朵凹边的云彩，柔软的边毛茸茸的，呈玫瑰色，这种定形的、枯死的玫瑰是永不变色的，好像翅羽上点染后所吸收的玫瑰红，抑或有如画家信笔着色的那种粉画。但我觉得这片色彩正相反，既非惰性所致，亦非随兴所为，而是必然的，生机盎然的。这不，它后边很快聚拢源源蓄积的光芒。色彩鲜艳起来了，天空变成一片绛红，我双眼贴近窗玻璃，尽力看得更清楚，因为我觉得这关系到大自然深邃的存在，但铁路线改变了方向，列车拐弯了，窗框外的凌晨景色换成夜幕依旧的村庄，屋顶在残月映照下呈青色，公共洗衣池则在仍布满星斗的天空下生垢了——原来是夜色使它成为不透明的贝壳池；正当我惋惜失去那片玫瑰红的天际，突然再次瞥见了，但这次却是红红的，因为铁路第二次拐弯时它抛弃了对面的窗户；猩红的清晨美景是水性杨花的，所以我忙于从一面车窗奔向另一面车窗，以便裱褙这些左右间隔出现的断片，进而将其裱成一幅连续的画面，一个完整的全景。

　　景色变得起伏陡峭，火车在两座山之间的一个小站停下。只见峡谷尽处急湍旁边有座看守山口的小屋，溪水齐着窗户流淌，小屋似乎陷入水中。如果人可以从一块土地生长出来，便会有土色土香的风姿，叫人赏心悦目；倘若冒出一名村姑，那更叫人称奇了：当我在梅泽格利兹那边的鲁森维尔树林散步时，是多么想望见村姑出现哪，现在我看见从小屋出来的大概是个高挑的姑娘，她捧着一罐牛奶，沿着初升的太阳斜照的小路，朝车站走来。山谷的峻岭遮挡着世界的其余，在这里，她除了见到停留片刻的火车外，大概见不到任何人了。她沿着车厢而行，向几个早醒的旅客兜售牛奶咖啡。她的面庞让晨光照得红通通的，比天空更红亮。我面对着她，生活的愿望油然而生：每当我们重新意识到美好和幸福的时候，莫不如此吧。我们总忘记美好和幸福是个体单一的，总拿我们头脑中某种约定俗成的典型取而代之，就是从讨我们喜欢的不同面孔中，从我们获得的愉悦中，摄取一种平均值，我们只得到抽象的形象，既毫无生气，又枯燥乏味，因为恰恰缺乏与我们已知物所不同的新事物特色，这种特色正是美好和幸福所固有的。于是我们对生活产生错误的判断，还以为正确哩，因为我们自信把美好和幸福考量进去了，而实际上把美好和幸福置之脑后，代之以综合性的东西，连美好和幸福的一点影子都没有了。就这样，有的文人一听到新出一本"好书"便腻烦得打哈欠，因为他想象那只不过是他读过的好书东拼西凑而成，岂不知一本好书是独特的，难以预料的，不是集前人杰作的总和，而是即使把这种总和融会贯通了也无处寻觅，因为它恰恰置身于总和之外。不过这位适才已厌倦的文人，一旦意识到面前是一部新著，旋即对其描述的境界产生兴趣。此时我面前的这位村姑与我只身独处时脑海中的美女典型渺不相关，她即刻叫我尝到某种幸福（只有在这种形式下我们才能品味到幸福，因为其形式总是独特的），即一种生活在她身旁所能产生的幸福。这在很大程度上又是暂时打破习惯所致。我使卖奶村姑得益于我整个身心的显现，面对她的我，可以体验强烈的享受了。平日生活，我们总将自己压缩到最低限度，我们大部分官能停滞于睡眠状态，因为它们依凭习惯自行其是，习惯并不需要我们的官能。而这天清早旅途中我的生活旧习中断了，时间地点改变了，我的官能必须显现。我习惯蛰居简出，不早起，现在突然改变，我的官能全部出动代替习惯，各种官能竞相比试，波涛似的一浪高过一浪，个个升到异乎寻常的水平——从最低下的到最高尚的，从呼吸、食欲和血液循环到感受想象。我不知道让自己相信这个姑娘不同于其他女子时，是此地蛮荒的魅力使她添色，还是她的魅力使此地增光。假如我能时时刻刻跟她生活在一起，陪她去急湍、挤牛奶、上车站，与她形影不离，感到成为她的相知以及确定我在她心中的位置，那我会觉得生活妙不可言。她会教我领略乡间生活的情趣、黎明时分的美景。我招呼她给我送牛奶咖啡来。我要引起她注意。但她没见到我招手，我便唤她。在高挑的身躯上，她的脸色是那样金光亮丽，那样红如玫瑰，简直像是透过一层通明的彩画玻璃看到的。她转身走来，我定睛凝望，她的面庞越来越阔大，宛如一轮可定影的太阳，但逐渐向您靠近，一直到您身旁，听凭仔细观看，以金光和火红让您眼花缭乱。她向我投来锋芒毕露的目光，但当下列车员关上车门，列车开动了；只见她离开车站，重踏小径；此刻天已大亮，我离黎明越来越远了。不管我的兴奋是由这村姑造成的，抑或相反，我得到的快乐多半是我想置身于她身旁的兴奋所引起的，反正她同我的快乐水乳交融了，我重见她的欲望首先是精神上的欲望，不会让这种兴奋状态完全消失的，以至于在我，那个参与其事的人儿已须臾不可离了，即使她自己并不知情。这种状态不仅仅是可喜的。尤其就像一根高度紧绷的绳子会发出响声，或像一根急速振动的纤维会变换颜色，它使我看到的东西富有另一种色调，把我作为角色引入一个既陌生又无比有趣的世界；列车加速行进，我仍依稀瞥见美丽的村姑，她已成为我所不熟悉的生活的一部分，由一条纽带联系着，那里，事物唤起的感觉再也不同了，此刻让我离开这种生活就像叫我去死。要想感受与这种生活相连的温馨，我只需住到小站附近，就可每天早上向村姑买牛奶咖啡了。可惜，我越来越快地走向我所熟悉的生活，她却越来越不会出现了，无奈我只好设想种种计划，好让我有朝一日重乘这趟火车，再停靠这个车站；这样的计划也有好处，可以向我们的心境提供养料，无论我们的心境是图谋的、积极的、实证的，还是机械的、惰性的、离心的，因为我们的脑袋自身不肯做全面而无私的努力去加深我们已获得的可喜印象。再则，我们又执意对这可喜的印象念念不忘，我们的大脑宁愿将来再想办法，巧妙地准备时机，使这可喜的印象再现：这对我们了解印象的实质毫无新意，但免得我们在内心重造这个印象的辛劳，让我们指望从外部重新获得这个印象。

（选自《在如花少女们倩影旁》）

# 去盖芒特那边

如果说去梅泽格利兹那边颇为简单，那么去盖芒特那边就是另一码事了，因为散步的路程很长，我们要对天气有把握才行。每当好像遇到一连几个大晴天，每当弗朗索瓦丝绝望地看到老天爷没有给"可怜的庄稼"下过一滴雨，而只见飘荡在平静的蔚蓝色天边的几朵稀疏的白云，她便大发抱怨，嚷道："瞧瞧那朵白云简直是活脱脱的鲨鱼，把尖嘴伸出海面玩耍，像不像啊？唉，它们该好好替可怜的庄稼汉想想啊，叫老天爷下雨吧！等到麦子长起来，又滴滴答答下不完的雨，没有一处不是湿漉漉水淋淋，就像泡在海里似的。"每当我父亲从园丁和晴雨表得到相同的晴天预报，他才在吃晚饭时宣布："明天要是天气还这么好，咱们去盖芒特那边。"第二天一吃完午饭就从花园小门出去，进入佩尚街。街道狭窄，形成一个锐角，到处长着狗尾草，草丛中成天有两三只黄蜂飞进飞出，街面和街名一样稀奇古怪，似乎让人感到街道怪模怪样的特点和怪僻生硬的个性全由街名衍生的；今日的孔布雷镇上已经找不到这条街了，从前的那条路上盖起了学校。然而，正如维奥莱-勒-杜克[1]的建筑弟子们以为在文艺复兴时期的祭廊里和在17世纪的祭坛下能重新找到罗曼风格的唱诗班的遗迹，进而把整个建筑恢复到12世纪的状态，我在遐思畅想中不放过新建筑的每块石头，在这里重新开凿，"按原样修复"佩尚街。再说，修复佩尚街所需的资料比古建筑修缮家一般所掌握的要精确得多，因为我的记忆所保存的图像也许是目前还留存的我儿时的孔布雷最后的图像了，而且注定不久将消失；正因为我儿时的孔布雷在消失之前把动人心弦的图像刻画在我的脑海；可以打个比方，把一幅模糊了的肖像同原先根据这幅肖像铸成的辉煌的人头像相比——我外祖母总喜欢送给我人头像的复制品；正如根据《最后的晚餐》原作刻制的版画和贞提尔·贝利尼[2]那幅《圣马可广场上的游行》的油画，保留了达·芬奇的壁画杰作和圣马可广场的门楼如今已不复存在的原貌。

我们从鸟街古老的弗莱谢鸟街客栈经过。在17世纪，蒙邦西埃公爵夫人、盖芒特公爵夫人、蒙莫朗西公爵夫人家的轿车不时驶入客栈的大院，她们屈尊来孔布雷是为了

---

1　维奥莱-勒-杜克（Eugène Emmanuel Viollet-le-Duc，1814—1879），法国建筑师、古建筑修缮家、建筑理论家。
2　贞提尔·贝利尼（Gentile Bellini，约1429—1507），意大利文艺复兴时期威尼斯画派的代表人物，代表作有《圣马可广场上的游行》。

解决同佃农的争端，为了接受佃农的赠品。我们走上林荫道，圣伊莱尔教堂的钟楼出现在路与树之间。我真想成天坐在那儿边看书边听钟声，因为天气是那样的晴朗，环境是那样幽静，每当钟声鸣响，仿佛钟声非但没有打破白天的安宁，反而排除了白天的杂质；钟声像个悠闲自得的人，虽无精打采却细心守时，每到规定的时刻来榨一榨饱满的寂静，以便把因炎热而缓慢且自然积蓄起来的金色汁液一滴一滴地榨出来。

我们在盖芒特那边散步从未能走到维沃纳河的源头，尽管是我经常想到的，对我来说源头是一种抽象的存在、想象的存在，以至若有人对我说源头就位于本省某个离孔布雷多少多少公里的地方，我会大惊失色，就像某一天我得知地球上确有一处地方在古代曾是地狱的入口处。同样，我们也从未能走到盖芒特的终点，尽管我非常想去那里。我知道那里是领主盖芒特公爵和公爵夫人的府邸，我知道他们是些实实在在的、现在还活着的人物，但每次想到他们，我要么把他们想象成壁毯上的人物，比如我们教堂那幅《以斯帖[1]受冕》壁毯中的盖芒特伯爵夫人，要么把他们想象成色调变幻的人物，比如教堂彩画玻璃上的"坏蛋吉尔贝"，我取圣水时，他看上去是甘蓝绿的，等我们坐到椅子上，

---

1　《圣经》中的犹太王后。

他却变成青梅蓝了，要么把他们想象成全然捉摸不定的人物，比如盖芒特家族祖先热内维埃芙·德·布拉邦的形象，那是幻灯映照的形象，曾掠过我房内的窗帘或天花板，总之，他们始终裹着墨洛温王朝时代神秘的外衣，像沐浴在夕阳里，沉浸在"芒特"这个音节所释放的橘黄的光辉中。但是，尽管如此，在我的心目中，他们作为公爵和公爵夫人，是真有其人的，虽说稀奇古怪；反之，他们作为公爵的外表极度地膨胀开来，变得神乎其神了，除了把公爵和公爵夫人这个盖芒特的爵号包容在内，还包容"盖芒特那边"所有的一切：明媚的阳光，维沃纳河的水道，水面的睡莲，两岸的大街以及许许多多晴朗的下午。我知道他们不仅拥有盖芒特公爵和公爵夫人的封号，而且从 14 世纪起，他们征服孔布雷的领主的企图一直没有得逞，于是与之联姻，获得孔布雷伯爵的封号，从而成为孔布雷最早的公民，也是唯一不住孔布雷的孔布雷公民。作为孔布雷伯爵，他们的姓氏和身份中拥有孔布雷的字样，想必同时也在他们身上切实注入那种孔布雷特有的离奇而虔诚的悲哀；作为孔布雷市镇的地产业主，他们却没有一所私宅，只好待在屋外，待在街上，待在天地之间，就像那个坏蛋吉尔贝，当我去加缪的铺子买盐时抬头望去，只见到圣伊莱尔教堂半圆形后殿新彩画玻璃上的吉尔贝的背影，黑乎乎的，面目全非了。

有时也有这样的情况，朝盖芒特那边，我不时经过几处湿漉漉的围栏，几簇深暗色的花朵伸出栏外。我每每停下脚步，以为悟出一个可贵的概念，因为我觉得眼前出现的河网地带的一段正如一位我心爱的作家所描绘的那个样子，自读了这段描述以来我非常想目睹一番。当我听佩斯皮埃大夫跟我们讲盖芒特古堡大花园里的花丛和美丽的河水，我边听边想那位作家笔下的河曲地带，边想那片虚构的纵横交错着淙淙水流的土地，想着想着，盖芒特在我的脑海里旧貌换新颜，同那片虚构的土地等同起来了。我幻想着德·盖芒特夫人约我去玩，一见钟情，喜欢上我了，整日里她让我陪着她钓鳟鱼。傍晚，她牵着我的手，漫步经过她的仆从们的小花园，沿着低矮的院墙，给我指点垂挂墙头的紫色和红色的花朵，告诉我各种花卉的名称。她让我说出我正在构思的诗篇的主题。这些幻想提醒了我，既然我想有朝一日成为作家，那么是时候了，现在就得知道将来我打算写些什么。然而，一旦我自问写些什么，竭力想找到一个包含某些无穷的哲学意味的主题，我的脑子就停止运转了，聚精会神之后却只剩一片空白，由此我想到自己缺乏天才，或者也许某种脑病妨碍才华的萌发。有时我指望父亲帮我巧加安排。他神通广大，深得当政者的宠信，居然能让我们违法乱纪，而弗朗索瓦丝则教我把那些法规看作像生死法则一般不可抗拒；他居然能让我们把"磨刷墙面"的工程推迟一年，我们家是整个街区唯一推迟执行这项规定的；他居然取得部长的特许，让萨兹拉夫人那个想进河泊森林部的儿子提前两个月通过中学毕业会考，他的名字列入姓氏以 A 开头的考生名单而不是位于姓氏以 S 开始的考生名单。假使我得了重病，假使我遭到强盗绑架，我深信绝顶聪明的父亲有通天的本事，以势不可挡的介绍信感动上帝，使得我的重病或绑架转危为安，不过虚惊一场罢了，我将泰然自若地等待必将出现的逢凶化吉的时刻，释绑或痊愈的时刻；也许，缺乏才华，即在我寻找自己未来的作品主题时脑子里出现的那个黑洞，同样只是不可靠的幻觉，经我父亲出面干预，幻觉就会消除，因为我父亲一定会同政府和上帝商妥，让我成为当代首席作家。可是有的时候，我父母很不耐烦，见我落在后面老是跟不上他们，当下我的生活似乎不再是我父亲人为创造的产物，不再是他可以随意改变的了，相反，我倒觉得我的现时生活被纳入不是为我安排的现实之中，那是无法违抗的现实，在这种现实的中心我孤立无援，除了赤裸裸的现实，一切烟消云散。于是我觉得自己的存在与其他人相比毫无二致，我像别人一样也会衰老，也会死亡，我在他们中间不过是个没有写作天资的人而已。因此，我灰心丧气，永远摈弃文学，尽管布洛克对我鼓励有加。我对自己思想的这种内在的、直接的空虚感胜过人们对我的一切溢美之词，正如一个恶人听到大家夸奖他所做的好事，反倒良心发现，感到内疚了。

（选自《在斯万家那边》）

# 维沃纳河

　　盖芒特那边最最迷人之处是维沃纳河，几乎总是靠近你身旁流淌。离家十分钟后，便第一次过河，从一座叫"老桥"的步行桥过去。我们抵达孔布雷的第二天，是复活节，从教堂听完布道出来，如果风和日丽，我便直奔桥边，尽管盛大节日的早晨忙乱不堪，一些贵重富丽的用品使那些乱放着的日常器皿显得更加肮脏，我依然驻足凝望；河水在蓝天的辉映下缓缓流淌，两岸黑油油的土地还是裸露的，只有一群早到的布谷鸟和一些早开的报春花相伴相随，不过各处偶尔已有一株紫堇翘起小嘴，任凭饱含香汁的角形花囊把花茎压得弯弯的。"老桥"通向一条纤道，这地方每到夏天，一棵核桃树枝叶茂盛，浓荫如盖，树下有位戴草帽的渔夫扎了根似的坐着。在孔布雷，我知道马蹄铁匠或食品杂货店的伙计在教堂侍卫的号衣或唱诗班的白色法衣的掩盖下隐藏着怎样的个性，可唯有那位渔夫我始终未弄清其身份。他没准儿认识我的父母亲，因为我们经过时，他总抬一抬头上的草帽；我很想问问他的大名，但总有人对我做手势不让我出声，以免惊动河里的鱼。我们走入纤道，离水面的岸坡有好几法尺高；对面的河岸较低，是一片广阔的草地，一直延伸到村子和更远处的火车站。草地上到处有昔日孔布雷伯爵家族的城堡残迹，半埋在草中：中世纪维沃纳河是孔布雷伯爵领地抵御盖芒特的领主们和马丁维尔的神父们进攻的天堑。草场上较为突出的残迹也无非是几处箭楼的残垣断壁，很不显眼，还有几处雉堞，从前弓弩手投射石块的地方，哨兵在那里监视诺夫蓬、克莱尔丰泰纳、马丁维尔旱地、巴约鹬免地，总之监视盖芒特领主所有的附属地，当年孔布雷正好被夹在当中；如今所有的属地早已夷为草地，被教会学校的孩子们占领，他们来到那里学习功课或做课间游戏；往事几乎已经埋葬入土，残迹像纳凉的闲人躺在河边，但使我浮想联翩，使我对如今的小镇孔布雷的名字赋予一座大不相同的城池的含义，它那半埋在黄花毛茛下的不可思议的昔日风貌抓住了我的思绪。黄花毛茛遍地皆是，选择这块地方生长是为了在草地纵情游戏，有的影只形单，有的成双成对，有的成群结队，黄得像蛋黄，灿灿发亮，由于根本不能让我品尝，只能让我获得观赏的快乐，我须聚精会神欣赏其金黄的外貌，直至这种快乐强到足以产生不计较实用价值的美感；我年幼时就是这样做的，从纤道上向黄花毛茛伸出双臂，还不会完整地拼读它们美丽的名字，就觉得同法国童话中王子们的名字一样美丽动听，它们也许是好几百年前从亚洲迁来的，但是已在村中定居落户，满意这块不富的地域，喜欢这里的太阳和河岸，忠实地佑望不起眼的小车站，依然像我们某些古朴的画中所展示的那样，以民间简朴的风格保存着东方富有诗意的光辉。

我饶有兴致地观看顽童们把长颈大肚玻璃瓶放入维沃纳河中用来抓小鱼，一只只瓶子盛满河水，又被河水封闭住，既是四侧透明得像凝固的清水似的"容器"，可是"被容纳"在一个由流动的晶体所构成的更大的容器中，给人的清凉感比在餐桌上的清凉形象更沁人心脾、更有吸引力，瓶子的清凉形象是飘悠的，但始终处在流动的水和凝固的玻璃之间，以致我们的手无法在水中捉住清凉的形象，而我们的嘴、上腭也无法从凝固的玻璃获得清凉的滋味。我打算以后来时带些钓竿，再从食品篮里扯下一点面包，搓成一个个小面团，扔到维沃纳河里，那样就仿佛造成一种过于饱和现象，因为河水顿时在面包团周围凝聚成一个个椭圆形小球，上面爬满了营养不足的蝌蚪，想必原先它们分散在河水里，不见踪影，几乎与水化为一体，晶莹剔透。

很快，维沃纳河的水流被水生植物阻塞了。起初，河面上长着一些孤零零的植物，比如有那么一株睡莲，水流从它身上穿过，弄得它可怜兮兮的，很少有安宁；它像一艘机动渡船，从这岸被冲到那岸，再从那岸被冲到这岸，无穷尽地往返于两岸之间。睡莲的柄被推向河岸时，由张开到变长到拔丝直至张力的极限，到达岸边水流又把它往回推，绿色的莲柄又合拢起来；水流把可怜的植物推回到它的出发点（姑且这么称呼吧），但没让它待上一秒钟，又把它推回去，如此反反复复地操纵它。我一次又一次地走过，总看见那睡莲处在同样的处境，使人想起某些神经衰弱患者，比如我外祖父就把我姑妈莱奥妮算在内，他们一年一年地，一成不变地给我们表演古怪的习性，每次他们都自以为一改前习，其实始终如故，他们被不舒服和躁狂症卷进齿轮，拼命挣扎也难以脱身，无用的挣扎只能加速齿轮的运行，加速他们不可避免地以死亡而告终。那株睡莲如出一辙，也像那些不幸的病人，其无止无休复犯古怪的痛苦引起但丁的好奇心，此公让痛苦不堪的病人亲自讲述病症和病因，倘若大步离开的维吉尔不催促他尽快跟上，他还会没完没了地听病人诉苦哩。这不，我也得快步跟上，我父母早已走远了。

但是，较远处，水流转缓，穿过一座庄园，主人向公众开放他的园圃，他热恋水生园艺，把维沃纳河水灌注的一个个小池塘搞成名副其实的莲园，一片片睡莲争芳斗艳。这地方两岸树木扶疏，浓荫如盖，影入河底，把水面映得墨绿，但有时，下午暴雨过后，几近黄昏格外恬静。归途中我看见河水蓝晶晶的，浅蓝中隐着紫色，好似景泰蓝，颇有日本风格。水面上这里那里露出红似草莓的睡莲，猩红的花蕊，雪白的花瓣边缘。远处的莲花比较稠密，不那么光亮，不那么光滑，多细粒，多皱褶，但凑巧被水冲在一起，簇成一团团花卷，看上去好似随波逐流，别有一番情趣，很像一次游乐盛会之后，满目萧索的园中那些散开的花环上的苦蔷薇。远处另一角，好像专门留给普通品种生长的，那里白色和粉红色的香花草素雅醒目，恰似用人精心擦洗过的瓷器，再往远处，一朵朵鲜花簇拥在一起形成一片飘浮的花坛，着实壮观，仿佛花园中的蝴蝶花像真蝴蝶张开蓝闪闪的、冰晶晶的翅膀成群地落在这片水上花坛透明的斜面上；其实也可以说是天上花坛，因为它为鲜花提供了一片颜色比鲜花更宝贵更动人的地盘；下午在睡莲的衬托下像万花筒般闪烁着喜悦的光芒，是那种亲切的、无声的、变幻的喜悦；黄昏时分，像远方的港口笼罩在夕阳的霞晖和梦幻里，不断变化着，以便在色彩较为固定的花冠周围，与更深邃更飘忽更神秘的光阴始终保持和谐，与无限的光阴始终保持和谐。不管是下午还是黄昏，它仿佛把这些鲜花都化作了满天的彩霞。

维沃纳河从这座大花园流出后，又奔流起来。有多少回我看到划桨者扔下桨不管，仰面朝天躺在小船上，任凭小船随波漂流，只能见到上面的天空在慢慢移动，脸上露出预感到幸福与平安的表情。每每我想，等我将来自由自在地生活时也模仿他的做法。

我们在河边蓝蝴蝶花丛中坐下。假日的天空，一片悠闲的云彩久久飘荡。有时一条闷得发慌的鲤鱼跳出水面，焦急地吸上几口水。这是吃下午点心的时候。回家前我们在草地上坐了好长时间，吃点水果、面包和巧克力，听得到圣伊莱尔教堂的钟声水平地传来，虽然变弱了，但还是浑厚的，铿锵的，那钟声从远处悠悠穿过空间，却没有同空气混合，一道道声波相继留下一条条有声的棱纹，掠过遍地鲜花时带着振动的共鸣落到我们的脚边。

有时候，我们在林木环绕的支流岸边发现一栋所谓的别墅，孤零零与世隔绝地隐蔽在偏僻的地方，只同墙脚下的河流相依为命。一位年轻妇女伫立窗口，凝望着系在门外的小船，再往远处什么也看不清。她出神的面孔和华贵的面纱表明她不是本地人，用老百姓的话来说，她大概是来"葬身"此地的，是来享受带有苦涩的快乐的，为此隐居，她的名字，尤其她想忘怀的那个男人的名字就无人知晓了。她漫不经心地抬起头，听见河岸边树后过路人的声音，在瞥见过路人的面孔前，她便可以肯定他们从不认识也永远不会认识那位对她不忠的人，在他们过去的岁月中没有留下任何她那位负心人的印记，在他们未来的岁月中也没有机会得到他的印记。人们感到她弃绝尘世是有意离开可能瞥见她心上人的地方，来到从未见过他的人们中间。有一次我在散步的归途中仔细看了看她，她知道在那条路上是见不到他的，于是无可奈何地脱下自己那双华而不实的长手套。

　　每当我去盖芒特那边散步，我都为自己没有文学天赋从而不得不放弃当一个大名鼎鼎的作家而感到痛心疾首！每当我独向一隅冥思遐想，我憾恨的心情使我痛苦难熬，为了不受憾恨的折磨，干脆采取抑制痛苦的办法，我的脑子完全停止考虑诗歌和小说，以及富有诗意的前程，因为我缺乏天才，无从指望。于是，在我放弃一切文学专注之后，突然之间，眼前的一处屋顶，一抹石头反照的阳光，一条小路上的气息，使我无牵无挂地驻足留步，一种特别的快乐油然而生，但同时，这一切又仿佛隐藏着某种我的肉眼看不见的东西，在吸引我去摄取，而我竭尽全力却无法发现。由于我觉得这种东西蕴藏在它们的内部，我待着，一动不动地观察、呼吸，力图用我的思想钻到它们的形象或气息里面去。即使我不得不赶上外祖父，继续往前走，我也竭力闭上眼睛回味刚才见到的东西；我专心致志地、准确无误地回忆屋顶的曲线、石头的色调，不知什么原因，我总觉得这些东西饱满得要裂开似的，随时准备冲破盖子，让我看个明白。诚然，并非这类印象能使我重新产生有朝一日争当作家和诗人的希望，因为这些印象始终同某个没有思考价值的个别物体相联系而与任何抽象的真谛无关。

但它们至少给予我一种未经思考的快乐，一种文思四溢的幻觉，从而为我排遣烦恼和无能感，因为我每次挖空心思为一部文学巨著寻找哲学主题时，都感到困惑苦恼和力不从心。然而，这些有关形状、香味或色彩的印象迫使我意识到有责任努力发现隐藏其中的东西，这个任务太艰巨了，我赶紧为自己寻找借口，以便逃避费力和免受劳累。幸亏我父母喊我了，我觉得眼下缺少必要的安宁，不便继续做有效的探究，最好回到家里之前不去想它，省得事先无效地伤神。于是我就不再管那个外有形状或外裹香味而内里不知何物的东西了，我心里非常笃定，因为我想把它带回家去，这东西受到形象外衣的保护，我觉得它是活脱脱的东西，就像家里人让我去钓鱼的日子，我把钓到的鱼放进篮子，上面铺盖一层青草，以保新鲜。可是一回家就想别的事情了，这样阳光反射的石头、屋顶、钟声、树叶的气息，以及各种各样的形象积淀在我的脑海中，就像在我房间里堆积了我散步时采回的各种野花或人家送给我的东西，而隐藏在种种形象之下的真谛，我虽然猜到几分，但缺乏足够的毅力去挖掘，久而久之就泯灭了。

（选自《在斯万家那边》）

# 马丁维尔教堂钟楼

　　有一次，我们的散步大大超过了平时散步的时间，我们非常高兴在归途上遇见驾车飞驶而来的佩斯皮埃先生。时近黄昏，大夫认出我们之后，请我们上车同归，我当时就得到类似的印象，但没有轻易放过，而是稍加探究了一番。他们让我上车坐在车夫的身旁，马车风驰电掣，因为大夫在回孔布雷之前要在马丁维尔旱地停留，去看望一个病人，大家商定我们在病人家门前等他。在一条小路的拐弯处，我突然感到一种特殊的喜悦，与其他任何快感不同的喜悦，因为我瞥见了马丁维尔教堂的一对钟楼，在夕阳西照下，随着马车在蜿蜒曲折的道路上奔驰，那对钟楼好像在迁移，以至与之相隔一座山丘和一片谷地的、位于远处地势较高的平川上的维厄维克教堂钟楼，仿佛变成近邻了。

　　在观察到、注意到钟楼尖顶的形状，钟楼轮廓的移动，钟楼表面的夕阳反光的时候，我感觉到自己吃不透所得到的印象，总觉得在这种移动和反光的背后似乎蕴藏着和隐藏着某些东西。

这对钟楼看来离得很远，我们根本不像快要接近它们的样子，片刻之后，我们却突然停在马丁维尔教堂门前，令我大为惊讶。我不知道看见天际出现钟楼时为什么会感到喜悦，要探究其原因在我是非常困难的；我一心想在脑海中贮存那些在阳光沐浴下移动的轮廓，眼下不去管它。假如我探究其原因，那对钟楼很可能永远湮没在那么多的树木、屋顶、香味、声音之中了，我之所以从纷繁的万物中特别注意那对钟楼，正因为钟楼使我获得这种朦胧的喜悦，这种我始终不加探究的喜悦。在等候大夫的时候，我跳下马车，跟双亲聊天。后来我们重新上路，我还是坐原来的位置，回过头再看看那对钟楼；过了一会儿在拐弯处，又最后看见一次。车夫好像无心交谈，勉强回答我的问话，由于缺少对话者，我不得不自问自答，不得已把钟楼拿来回味一番。立即，钟楼的轮廓及沐浴着阳光的表面，像一种外壳似的爆裂了，显露出其中隐藏的一点东西，我发现之后顿时产生片刻前对我来说还不存在的想法，以问话的形式在脑中形成，刚才初见钟楼时的喜悦感膨胀起来，我简直心醉神驰，无法想其他的事情了。当时我们已经远离马丁维尔，我回过头去，又一次瞥见那对钟楼，可这次变成黑影了，因为太阳已经落山。道路的拐弯处不时挡住我的视线，后来那对钟楼最后一次出现在地平线上，而后完全从我的视线中消失了。

我心里并不认为隐藏在马丁维尔钟楼背后的势必相当于一句漂亮的话语之类的东西，因为我感到的喜悦是以词语的形式出现的，我向大夫要了一支铅笔和一些纸，不顾马车的颠簸，写下一小段文字，以平息我心中的激荡和宣泄我胸中的热情；这段文字的原稿我后来居然找到了，只做了一些小小的修改，现转抄如下：

"马丁维尔的一对钟楼孤独地耸立在平原上，仿佛被遗弃在茫茫田野里，却傲然刺向天空。很快，我们看到三座钟楼：一座后来的钟楼，维厄维克钟楼，摇身一变，来到马丁维尔的那对钟楼的面前，与之会合。时间一分分地过去，我们在飞奔疾驶，三座钟楼却始终远远地屹立在我们面前，宛如三只巨鸟，纹丝不动地栖影平川，在阳光下特别显眼。后来维厄维克的钟楼闪开了，拉大了距离，只剩下马丁维尔的钟楼在落日余晖的照耀下依然清晰可辨，甚至离得这么远，我还看得见夕阳在钟楼尖顶的坡面上嬉戏和微笑。为靠近钟楼我们已费时许久，我心想要到达钟楼还得不少时间，突然，马车拐弯后，我们一下子来到钟楼的脚下，到得如此突然，若不及时刹车，没准儿就迎面撞到教堂门廊上了。我们继续赶路，离开马丁维尔已经有一会儿了，村庄陪我们走了几秒钟就消失了，地平线上唯有马丁维尔的那对钟楼和维厄维克的钟楼目送我们飞奔疾驰，抖动着夕阳残照的顶尖向我们道别。有时维厄维克的钟楼隐去，让马丁维尔的那对钟楼再目送我们一程；大路改变方向，它们在残阳中像三根金柱转了向，而后从我的视线中消失。但是，不久，当我们已经接近孔布雷时，太阳落山了，我最后一次遥望它们，但见它们像三朵花描画在田野底线之上的天边。它们使我想起一则传说中的三位姑娘，被遗弃在夜幕笼罩的僻壤；当我们驾车飞奔远去时，我看到她们在怯生生地探路，但见她们雍容华贵的剪影跟跄歪斜了几下之后，互相紧挨在一起，一个藏在另一个背后，在夕晖残照的天边只留下一个迷人而屈从的黑影，最后消失在苍茫的夜色之中。"

后来我从未再想过这一页文字，但当时，我坐在大夫的马车夫身旁，那个角落他通常放置家禽笼子，笼里装着他在马丁维尔市场上买来的家禽，我就在那儿写完了上面那段文字，心里高兴极了，感到这页文字使我完全摆脱了那些钟楼的纠缠，把隐藏其后的东西抖落了出来，我痛快得像只母鸡，仿佛刚下完一个蛋，扯开嗓子唱了起来。

每当做这样的散步，我整日里遐想快活的事情，诸如盼望成为盖芒特公爵夫人的朋友，垂钓鳟鱼，乘小船游维沃纳河；我只顾图快活，在那样的时刻，对生活别无他求，只要天天下午都这般快乐就行了。然而在归途中，我瞥见左边一座农庄与另外两座毗邻的农庄离得甚远，从那儿去孔布雷，只要抄一条两旁排着橡树的林荫道便可进城，林荫道沿牧场的一边，将牧场隔成小块，分属那三户农庄，各条界线上种着间距整齐的苹果树，在夕阳的照射下，地上的树影很像日本风格的图案，见此景色，我怦然心动，因为我知道过半小时便到家了；每逢去盖芒特那边的日子晚饭开得很晚，我刚喝完浓汤就被打发去睡觉，母亲就像有客人在场似的离不开餐桌，不能上楼到我床边道晚安了。我心惊肉跳地进入这个凄凉的境地与我欢天喜地地进入刚才的那个境界真有天壤之别，片刻之前天空某处还飘荡着一长条粉红的云彩，突然间被一条青色的或黑色的长线隔断了。一只鸟儿在红霞中飞翔，一直飞到红霞的尽头，几乎接近乌云之后，消失在黑色的云层里。我刚才萦怀种种*企望*——去盖芒特、旅行、得到幸福，可现在我完全没有这些企望了，以至觉得即使企望实现了，我也不会有任何乐趣。我多想抛开这一切，只求在母亲的怀抱里哭上一整夜！我不寒而栗，惴惴不安地盯视母亲的面孔，她今晚到我的卧房，那情景我已经想象出来了，恨不得一死了之。这种心态一直持续到第二天早晨，当晨光像园丁架梯似的沿着长满旱金莲的墙同旱金莲一起爬到窗口，我下床赶到花园，不再操心傍晚又会出现同母亲分手的情景。这样，我在盖芒特那边学会了识别我身上在某些时期相继出现的心态，不同的心态甚至在每一天里各占一段时间，一种心态驱散另一种心态，像周期发烧那样准时；不同心态首尾相接，互不相干，彼此缺乏沟通的手段，以至我在一种心态下不能理解甚至不能想象在另一种心态下我所企望或所担心或所完成的事情。

（选自《在斯万家那边》）

# 三棵树

 

我们下坡，朝着于迪梅尼尔驶去；骤然间，我深感幸福，
自从到孔布雷以来，我不常有这种幸福感，这是类似马丁
维尔钟楼赋予我的那种幸福感。但这次的幸福感并不美满。
我们走的道路中间隆起，我刚才瞥见其缩进地有三棵树杈
充一条林荫园径的入口，组成了并非我首次见到的图案；
我无法辨认这三棵树的来历，但感到似曾相识，以至我的
思想在某个遥远的年代和眼前的时刻之间磕磕绊绊，于是
巴尔贝克的四乡八镇摇晃起来，我自忖是否这次散步整个
就是虚构的，是否巴尔贝克就是我只在想象中才去过的地
方，是否维尔帕里济就是小说中的人物，以及这三棵老树，
是否就是我们正在阅读时抬起双眼在书的上方所重新获得
的现实：书给你描绘了一个环境，你读着读着，最后真以
为置身其间了。

我凝视三棵树，昭昭在目，可我的心总觉得它们遮盖
着什么，便六神无主起来，就像放得太远的物件，我们伸
直胳膊，手指勉强碰得上物件的封套，怎么也抓不住，干

着急哩。于是，我们休息片刻，再使个猛劲把手臂伸过去，千方百计到达更远。但要我聚精会神，来个冲刺，得让我单独待着才行。我多么想一人独处哇，就像每当我避开父母时，就到盖芒特那边去散步！我甚至觉得早该这么做了。我从中觉出的这种愉悦确实需要动一番脑筋，但相比之下，从拒绝动脑筋的慵懒中取得的那种乐趣则似乎太平庸了。这种愉悦的对象只是揣测到的，必须由我自己创造，我体验到的只是很难得的几次，但每次都觉得在此期间所发生的事情无足轻重了，只要我致力于实实在在的愉悦，就终将开始一次真正的生活。一时间，我用手捂住眼睛才把眼睛闭上，不让德·维尔帕里济夫人觉察出来。我待着什么也不想，然后憋住气力，聚思凝神，重新抓住思想，骤然冲向三棵树，或更确切地说，冲向我的心田，因为在心田的尽头我看见了那三棵树。我重新感到三棵树后面那已知的而又模糊的物件，怎么也拉不到我身边来。然而，随着马车向前进，我看见三棵树全靠近过来。我曾在何处凝视过？孔布雷附近没有一处的林荫园径是如此开路口的呀。这三棵树使我想起的名胜，是有一年我和外祖母去德国乡间洗矿泉浴，那也算不上三棵树的位置。恐怕应当相信它们来自我生活中久远的年代，三棵树周围的景色早已完全从我的记忆里消失了；恰如重读一部著作时骤然发现有几页好像从未读过而激动不已，这三棵树难道是从我儿时读过而被遗忘的书中孤零零冒了出来？难道不是正相反，它们仅仅属于我梦幻中的景色，总是那么雷同，至少在我，它们诡谲的景观只不过是我隔日思考的事在今日的睡梦中[1]客观化罢了，抑或我预感在一个地方的外表背后存有奥秘而去探求，就像我经常去盖芒特那边所做的那样，抑或我千方百计把这个奥秘重新引入我早想认识的地方，而一旦认识了那地方便觉得肤浅得不行，譬如巴尔贝克？难道只是从隔夜的一个梦中脱离而出的崭新影像！但已变得如此模糊，仿佛很久远了？或许我压根儿从未见过那三棵树，而像我在盖芒特那边见过的那些树，树后庇荫着茂密的草丛，具有像遥远的过去那种意味，如此暧昧不明，如此难以领会，以至于激起我搜索枯肠，还自以为必须辨认一个回忆？或更有甚者，三棵树根本没有遮盖什么思想，而是我视力疲乏，从时间角度，我看成重影了，如同有时从空间角度看花了眼，我说不好。反正，三棵树迎我而来，也许是神灵显现，巫神或诺尔纳女神们[2]出游，向我宣布神示。我更相信这是往昔幽灵的显现，我儿时亲密伙伴的显现或已故友人们的显现，他们呼唤着我们共同的回忆，他们像鬼影似的要求我带他们走，使他们起死回生。从他们幼稚而热情的比画中，我看出一个被爱的人失去话语能力那种

---

1　作者普鲁斯特一般白天睡觉。
2　诺尔纳女神是斯堪的纳维亚神话中的几个命运女神。

力不从心的憾恨：他感到不能把想说的话告诉我们，而我们又猜不出他想说的意思。不一会儿，马车到达岔路口，便把那三棵树抛弃了。马车把我带走了，远离了只有我信以为真的事情，远离了也许会真正使我幸福的事情：马车活像我的生活。

我望见那些树挥着绝望的手臂远去，仿佛对我说："你今天没有得悉我们的事情，你永远也不会知道了。我们竭力从小路尽头向你攀升，如果你让我们重新缩回小路尽头，那我们带给你的并属于你的那一部分将整个儿永远堕入虚无。"不错，尽管我后来又获得这类愉悦和心慌，如同我刚才又一次体验到的，尽管有一天晚上——为时已晚，但永远不再有了——我依恋过这类愉悦和心慌，但我始终没弄清楚这些树想给我带来什么，也不清楚我在哪儿见过。当马车改了道，我背朝三棵树再也见不着时，当德·维尔帕里济夫人问我为什么神态迷茫时，我黯然销魂，仿佛刚失去了一位朋友，仿佛自己刚死去，仿佛刚背弃了一位亡人，或仿佛刚有眼不识一位神祇。

（选自《在如花少女们倩影旁》

# 清晨的两个时刻

　　翌晨，一个仆人叫醒我，给我送来热水；我梳洗打扮，却怎么也找不着所需用品，从箱子胡乱掏出的东西尽是些无用的，可暗自已经想到早餐和散步的愉悦，当下从窗户和书橱的一块块玻璃，就像从船舱的舷窗，看到赤裸裸的大海，无遮无蔽，心里欣喜极了，尽管海面的一半没有阳光，由一条纤细的、移动的界线划定阴阳两面，我欣喜所至，举目追踪后浪推前浪的波涛，看上去像在跳板上一个接一个跳跃的杂技演员。我一边拿着标有栈号的毛巾，不顾这上了浆的硬毛巾难以擦干上身，一边不时回到窗口再看看这令人目不暇接的、杂技场似的汪洋，绿宝石般的波涛尽管处处平滑透明，却不时掀起山峦般的千层浪，簇拥着白雪皑皑的浪峰，而浪峰的波涛则心怀镇静的凶猛，面带狮子的蹙眉，登极之后听任滑坡崩塌，其时太阳对滑落的波涛报以无言的微笑。此后每天清晨我都要置身窗前，好比在驿车里一觉醒来趴向玻璃窗，去看看我所想望的山脉在夜间是靠近了还是远去了，我指的是这些海丘陵，在跳着舞着回到我们身旁之前，可能会退得很远很远，往往仅在一马平川后面，我方能极目望见最初的起伏，远处背景有点透明的，雾气腾腾的，似蓝非蓝的，就像我们在托斯卡纳前期画派作品中所看到的远景冰川[1]。有时候，阳光就在我身旁的波涛上欢笑，波涛碧绿碧绿的，如同阿尔卑斯山草地上的那种嫩绿，与其说土壤的湿润，不如说阳光的液态流动保持着此种嫩绿，因为在高山上，太阳处处展现，巨人似的欢蹦乱跳滚下山坡。再说，海滩和波涛在这世界的边角打开了豁口，让阳光在这里经过，在这里积聚，由阳光主导，根据阳光照耀的方向和我们视线的方位，把冈峦起伏般的海波移动和定位。况且，光线的千差万别也会变更地点的方位，也会在我们面前树立崭新的目标，驱使我们去达到，但只有经过脚踏实地的长途跋涉才能到达。

　　早晨，太阳在旅馆后面升起，把我面前的沙滩照得金光耀目，一直照到濒海的碉堡墙垛，似乎给我展示碉堡的另一坡，鼓动我继续追逐朝晖而沿路盘旋，这是原地不动的旅行，但透过各个跌宕有致的良辰美景却有各种不同的旅行体验。从这第一个清晨起，太阳便微笑着向我遥指大海远处蔚蓝的群峰，任何地图都没有它们的名字；太阳沿着浪尖涛峰与雪崩似的轰鸣和纷乱的海面尽兴漫游，之后，

---

1　暗指意大利画家乔万尼·迪·保罗（Giovanni di Paolo, 1420—1482）的《圣约翰·巴蒂斯特退隐沙漠》，现藏于伦敦国家美术馆。

飘飘然来到我的房间避风，懒洋洋躺在散乱的床上，摘下它的珍宝撒在湿漉漉的盥洗盆上，撒在打开的行李箱里，以其自身的辉煌和不得体的奢华平添了杂乱的印象。可惜一小时后海风劲吹，我们正在大餐厅吃饭，从您柠檬的皮囊中挤出几滴金汁洒在两条诺曼底板鱼上，不一会儿我们盘子里的鱼刺堆得高高的，卷曲得像羽毛，发出竖琴似的声响，为此我外祖母苦不堪言，因为享受不到凉爽的海风吹拂；门窗虽然透明，却是封闭的，活像玻璃橱窗，让我们看清沙滩与之隔离，而天空则完全进入门窗之内，以至其蔚蓝色好似窗户的颜色，其白云好似玻璃上的瑕疵。我自信如波德莱尔所说"坐在防堤上"[1]或待在"贵妇小客厅"的尽里，但不清楚他那"辉映大海的太阳"[2]是否像此刻的太阳：大大不同于傍晚霞光那种既单纯又浅表、有如一抹金黄而颤动的光芒；此刻的阳光把大海燃烧得像黄玉石，使大海发酵，变得啤酒似的金黄兼乳白，浮着牛奶般的泡沫，其间大块大块的青色阴影时不时到处游荡，活像某神祇在天上闹着玩儿摆动镜子哩。巴尔贝克这间大餐厅毫无装饰，充满绿色的阳光，宛如游泳池的清水，而近在咫尺，

---

1 可能引自波德莱尔散文诗《巴黎的忧郁》中的《海港》，但原句应是："凭倚着防波堤"。普氏经常凭记忆引用名句，但不时出现差错。
2 引自波德莱尔《秋歌》，原句是："您的爱情以及小客厅和炉火 / 在我都不如辉映大海的太阳"。

大涨潮的海水和大白天的日光仿佛在天帝城堡前竖起一座不可摧的、飘浮移动的翠绿宝石和黄金壁垒。可惜，孔布雷那朝街对面开的"餐厅"不仅样子不同，而且在孔布雷我们是家喻户晓的，我对任何人都无所顾忌。在海滨浴场生活，却不认识邻居。我还年轻，未谙世事，太过敏感，不肯放弃讨人喜欢和支配他人的欲望。我既没有上流社会男子对待餐厅用膳的人们的那种冷漠，也没有少男少女们经过海堤时的那种冷漠，一想到不能跟他们一起散步，我就觉着委屈，但蔑视社会礼节的外祖母，一心顾及我健康的外祖母，她要是请求少男少女们接纳我为散步伙伴，那就太让我丢脸了，我会更感委屈的。他们，返回某个不为人知的木屋别墅也罢，手持球拍从木屋别墅出来去网球场也罢，骑着马匹遛弯儿时那铁蹄踩在我心上也罢，反正我怀着强烈的好奇心注视他们；在海滩眩目耀眼的光照中，社会格局起了变化，我通过透明的巨幅玻璃门窗洞盯视他们的一举一动。这玻璃门窗洞让这么多光线进来，却硬挡住了风，按我外祖母的看法，这是个缺点，她一想到我失去一小时呼吸海风的益处便忍受不住了，于是悄悄打开一扇玻璃窗，但呼啦一下子，菜单吹掉了；她自己却在天国来风的扶持下，泰然自若，笑逐颜开，犹如处在咒骂声中

的圣女布朗迪娜 [1]，但在我，这些团结起来对付我们的游客，他们蓬头散发，嫌憎蔑视，怒不可遏，给我平添了孤独感和忧郁感。

（选自《在如花少女们倩影旁》）

---

[1] 公元 177 年，布朗迪娜与波坦等 47 名基督徒一起在里昂殉难，受刑时泰然自若，面带笑容。

第二辑

**状物言情**

*Pour s'évour les bati: la région à time.*
*Toujour il klassu alle tustle egorieu*
*Plus l'espace infligée à l'oiseau qui la*

# 似睡非睡

好久了，我一直早睡。有时，蜡烛刚灭，我的双眼随即闭上，快得来不及思量"我睡了"。半小时后，我想到应该睡着了，这个想法反倒把我弄醒了；我以为手上还捧着书，所以想把它放下，把灯火吹灭；似睡非睡的那会儿，我不停地想着睡前读的东西，但想法有点特别；我觉得书中讲的事仿佛与我密切相关：教堂，四重奏，弗朗索瓦一世和查理五世的纷争。这种似以为真的感觉在我惊醒时还持续了几秒钟，我并不觉得它违理，但它像玳瑁眼镜似的挡着我的眼睛，使我意识不到烛火早已熄灭。之后，它开始令我难以理解，似前人的思想，经过灵魂转生，附着在我身上；于是书的主题与我脱钩了，是否再挂钩，随我的便；我即刻恢复了视力，十分惊异地发现原来周围一片昏暗，这片昏暗使我的眼睛感到适意和舒服，可也许使我的脑子感到更适意和更舒服，对我的脑子来说，这片昏暗好像是无源之水、无本之木，不可思议，好像真正是叫人不知其所以然的东西。我说不好当时几点钟了，只听得火车的汽笛声，忽远忽近，好似林中的鸟叫，指点着距离远近；汽笛声为我描绘了一片荒凉的田野，有个旅行者匆匆赶往临近的车站；他走的那条小路将铭刻在他的记忆里，因为新到的地方、新奇的举止、新近的交往，时至今夜的静谧中还萦回于耳的异乡灯下的话别，即将回家的快乐，这一切使他兴奋不已。

我将面颊轻柔地贴在枕头的美丽面颊上，它好似我们童年时的面孔，饱满而鲜嫩。我划亮一根火柴，看了看怀表。时近午夜。背井离乡的游子，尽管病魔缠身，却不得不借宿陌生的旅馆，往往就在这个时辰，病痛发作，惊醒之后，庆幸瞥见门下有一线光亮。天亮了，好运气！过一会儿侍者就会起床，他只要拉铃，就有人来救护他。得救的希望给予他忍受痛苦的勇气。正巧他仿佛听见脚步声，款款走近，又渐渐远去。但他房门下的那一线光亮随之消失了。时已午夜，原来那人是来熄灭煤气廊灯的；最后的侍者也走了，他只得孤独无助地熬上一夜。

我又睡着了，时不时惊醒片刻，只听得细木护壁板发出咯咯的裂声，我睁开眼睛，凝望黑暗中万变的浮光掠影，凭借稍纵即逝的意识的微光，领略着睡意的滋味，依稀瞥见在睡意笼罩下的家具乃至整个房间，仿佛我自己变成其中的一小部分，很好融入整体，昏然失去感觉。或者在睡着时我毫不费力地梦见一去不复返的童年时代，重新感受到儿时的恐惧，好比舅公揪我卷曲的头发，直到我被剪了光头，恐惧才消除，那天对我来说是新纪元的创始日。可是这个新纪元的到来一直没有在我的睡眠中再现，直到为了躲开舅公的手，我把头一闪，突然惊醒，方始回忆起来，但为谨慎起见，我用枕头把脑袋严实地裹住后才返回梦乡。

有时，就像夏娃从亚当的一根肋骨脱胎而生，有个女人趁我熟睡的时候从我姿势不当的大腿之间钻了出来。我当时即将领略女性的快感，便以为是她奉献给我的。我的身体贴紧她的身体，正准备进一步深入时，我惊醒了。世上剩下的女子跟我片刻前分离的女人相比不可同日而语，我的面颊还留存她亲吻的余温，我的躯体好像还在承受她的躯体的重压。如果，有时也确有其事，梦中的女人与我在现实生活中认识的某个女人容貌相像，我将竭尽全力去达到这个目的：找到她，正如有些人长途跋涉，非亲眼看看他们心目中的福地洞天不可，以为在现实中可以领略梦幻中的良辰美景。渐渐地，对她的记忆消散了，我终于忘却梦中的姑娘。

（选自《在斯万家那边》）

## 睡觉与习惯

　　一个人睡着时，仍在自己的周围保持一圈圈光阴的时轮，年年岁岁，天地星斗，井然有序。他睡醒时，本能地环视寻问，瞬间便弄清他在地球上占据的地点，在苏醒前所消逝的时间；但时间和地点的序列可能交织，可能脱节。即便他失眠至清晨才有睡意，而这时他正在看书，其姿势与平常的睡相大不一样，也只需抬一下胳膊就挡住太阳，乃至让太阳后退；等他醒来时，最初一刻不知道是什么时辰，还以为刚躺下不久哩。如果他打盹儿，例如晚饭后坐在扶手椅里，其姿势更加不妥，与平常更加不同，那么，日月星辰的时序完全混乱了，魔法无边的扶手椅载着他在时间和空间中风驰电掣地神游，等他张开眼皮，顿时觉得躺在几个月前去过的地区。但是，只需躺在自己的床上，我就睡得深沉，我的脑子就完全松弛；我的脑子甩掉了我熟睡的地方的平面图，于是，当我半夜醒来，我便不知道身在何处，甚至在初醒的瞬间连自己是谁也不知道，我只有最原始的存在感，如同动物萌发的那种迷离恍惚的生存感；我比穴居时代的人更赤条条，无牵无挂，但就在这时，回忆如同上天派来的救星，把我从虚无中解脱出来，否则，我永远不可能自我解救；最初并没有回忆起我所在的地方，而只回忆起几个我曾住过或我可能要去的地方；在一秒钟之间，我跨越了几个世纪的文明，然后模模糊糊看见煤油灯的形状，翻领衬衫的形状，逐渐恢复我自己的相貌。

也许我们周围物件的静止状态是由我们的信念强加给它们的，是由我们面对物件的思想的静止状态强加给它们的。不管怎么说，我如此醒来的时候，我的脑子乱糟糟的，竭力想弄清我身在何处，但总是徒自惊扰，这时，物体、地域、岁月，一切的一切，在黑暗中围绕着我旋转。我的身子麻木得移动不得，却竭力根据疲劳状况来测定四肢的姿势，从而推断墙壁的方向、家具的位置，进而重建和命名身处的住宅。身子引起的回忆，两肋、两膝、双肩引起的回忆，使我接连重见曾睡过的好些房间，这时，看不见的四壁随着想象中的房间的形状变换着位置，在黑暗中旋涡似的围绕着我旋转。我的思想往往在时间和物形的入口处迟疑，还未把各种情况进行对照，进而辨认住所之前，它，我的身子，已经回忆起各处房间卧床的款式、房门的位置、窗户的明亮程度、走廊的分布，以及我入睡时和睡醒时的思绪。因侧睡而变得僵硬的半边身子竭力猜测它面对的方向，比如躺在一张有顶盖的大床上，面壁而卧，这时我马上想到："噢，我最终还是睡着了，尽管妈妈没来给我道晚安。"当时，我在乡下早已去世多年的祖父的家里；我的身子，侧卧的半边身子，忠实地保存着我的脑子永远不该忘却的一段往事，却使我想起波希米亚制的玻璃长明灯的火焰，是瓮形吊灯，用链子悬在天花板下，还使我想起锡耶纳大理石的壁炉，那是在孔布雷外祖父母家里我的卧室；距离现在虽然已经久远，但我并没有恍若隔世之感；此刻睡眼惺忪，还难以确切再现那些遥远的日子，等一会儿完全清醒，就历历在目了。

然后，新的姿势又产生新的回忆；墙壁驶往另一个方向：我睡在德·圣卢夫人的乡间别墅专为我安排的房间里。我的上帝！至少十点钟了，人家大概连晚饭都吃完了吧！我这个盹儿打得太长久了：每天傍晚陪德·圣卢夫人散步回来，先打个盹儿，然后换上夜礼服。离开孔布雷已有许多年了，在孔布雷的日子，不管散步回来多么晚，我总在我房间的窗玻璃上看得到夕阳红霞的反光。在唐松维尔，德·圣卢夫人家的生活则是另一种方式，在那里，我得到另一种乐趣：我只在夜幕降临时出去，踏着月光，沿着我从前在阳光下玩耍的小路散步；我们回来时，我从远处就瞥见我的房间，但见屋里灯火通明，酷似黑暗里唯一的灯塔；回到房间，我先打盹儿，而不是马上更衣用餐。

这些旋转和模糊的浮现一向是稍纵即逝的，往往我一时记不起自己在什么地方，在多种假设之间难以确认，正如我们在电动西洋景里观看一匹奔马，镜头一个接一个地飞驰而过，无法把它们分离。但对我平生所住过的房间，我时而重见这一间，时而重见那一间，在睡醒之后的冥思遐想中终于统统回想起来了：冬天躺在房间里，把头缩进自编的窝，用的是极不协调的东西，例如枕头的一角、被子的上沿、披巾的一截、卧床的前沿和一份玫瑰色《辩论报》[1]，根据鸟儿筑窝的技术，终于牢固地建成万无一失的安乐窝；在天寒地冻的时节，可以享受到与外界隔离的安乐，好似在暖烘烘的地洞里筑窝的海燕。这时节房间的壁炉彻夜生火，熊熊的炉火像一件热气腾腾的斗篷，裹着熟睡的人，壁炉好像是在房间里挖出的一个暖烘烘的洞穴，一座摸不着的暖阁，火光忽悠忽悠的，热气一圈圈地扩散，形成一个流动不定的温带，不断得到冷空气的调节：从房间的四角，从窗户附近或距壁炉较远的地方，吹来已经变凉的空气，吹到脸上，清新凉爽；夏天躺在房间里，则喜欢温和的夜晚，月光透过半开的百叶窗，把一道光与影投到床前，好似魔境；人几乎就像睡在露天，好似曙光初露时在微风中摇曳的山雀；有时我回想起路易十六款式的房间，非常的明亮，甚至第一个晚上睡在里面也没觉得有什

---

1 《辩论报》是晚间出版的报纸，创办于1893年。

么不舒服，一根根小圆柱轻巧地支撑着天花板，柱与柱的间隔风雅别致，明显地为床留多了位置；有时则相反，房间很小，而天花板却很高，简直像两层楼高的空心金字塔，部分墙面饰有桃花心木护板，我一脚踏进去就被一股从未闻到过的香根草气味熏得中了毒似的，认定紫色窗帘虎视眈眈，大声叽里呱啦的挂钟显出傲慢的冷漠，根本不把我放在眼里！一面又古怪又冷酷的四方形立镜斜挡着房间的一角，冷不丁地从我习惯的视野的悦目整体中硬挖去一块地盘；我一连几小时竭力想把思绪拆散，把它拉向高处，以便确切地弄清房间的形状，进而把思绪灌满这巨大的漏斗，为此，苦苦熬了好几夜，真是煞费苦心。我只得干躺在床上，眼睛向上翻，耳朵惶惶竖起，鼻翼发硬，心里怦怦跳，直到习惯了之后，才觉得窗帘改变了颜色，挂钟停止了吵闹，那面斜放的、冷酷无情的镜子也变得有恻隐之心了，香根草的气味完全消散了，至少大大隐退了，天花板的表面高度显著降低了。习惯，这个精明能干而行动迟缓的地域整治者，开始总是让我们的头脑一连几星期在某个临时的安顿中受煎熬，但不管怎样，我们的头脑还是很高兴有这样一位整治者的，因为倘若没有习惯这位整治者，单凭自身的力量，我们的头脑将无可奈何，无法使我们觉得某处住宅是可以一住的。

（选自《在斯万家那边》）

# 房　间

　　我之所以有时很容易想起睡觉时忧喜参半的那个年龄，尽管如今大不一样了，是因为往往那时我睡得差不多跟床、扶手椅、整个房间一般无声无息。我惊醒，只是作为熟睡的整体中的一部分醒来，我意识到整体的睡眠，津津有味，听见护木板的干裂劈啪声——只在房间沉睡时才听得见；望着黑暗万花筒，一转身很快与床合为一体，失去知觉——我舒展四肢，如同贴墙种植的葡萄枝蔓。我在这样的短暂苏醒中好比放在案板上的一个苹果或一瓶果酱，似醒非醒，朦胧中只见餐橱里夜色浊重，橱板嬉戏作响，啊，太平无事，于是转身跟其他苹果和果酱瓶为伍，美滋滋又进入无知觉状态了。

　　有时我睡得那么深沉或入睡得那么突然，一时失去所处地点的方位。有时我思忖，周围物件的静止，没准儿是因为我们确信它们一成不变和非它们莫属而强加于它们的。不管怎么说，当我惊醒不知身处何地时，我周围的一切在黑暗中旋转：物体，地域，岁月。

我的侧身，因太麻木而一时不能动弹，竭力想弄明白自己的方位。于是自我幼年起的侧身方位逐一出现于隐约的记忆，重新构筑我睡过的所有地点，甚至那些我多年从未想过的地点，也许至死都不会想起来的地点，然而又是我原本不该忘记的地点。忆及房间、房门、走廊，记得入睡前想什么和醒来时想什么，记得床那边带耶稣像的十字架，记得卧房凹角暖隅的气息——那是在我外祖父母家，当时还有几间卧房，至于父母嘛，此一时彼一时，其时不喜欢他们，不因为觉得他们精明，而因为他们是父母；上楼睡觉，不因为想睡，而因为睡觉的时间到了，并且不是拾级而上，而是两级一跳，以示意志、承诺、礼仪，睡觉的仪式还包括快速爬上大床，然后关上蓝立绒镶边的蓝棱纹平布床帘；生病睡在那里时，按旧医道，一连好几个夜晚，陪伴你的是一盏放在锡耶纳大理石[1]壁炉上的长明灯，倒不必服用伤风败俗的药物，但不允许您起床，不允许您相信可以和健康人一样生活，病了，就得盖上被子喝无害的汤剂出汗，因为汤剂包含着草场的野花和老婆娘两千年的智慧。就在那张床上，我的侧身自以为舒展地躺着，但很快跟我的思想会合了，即伸懒腰时出现的第一个思想：该起床该点灯温习功课了，上学前要好好温习，如果我不想受

---

1 意大利中部古城锡耶纳所见的大理石艺术品和建筑，该城并非大理石产地。

处罚的话。

然而，我的侧身又想起另一种姿势，一转身就摆出那种姿势，原来床换了方向，卧房换了形状：卧房又高又窄，金字塔形，那是我到迪耶普的康复期后段，房间的形状直叫我心里别扭，头两个晚上怎么也适应不了。因为，我们的心灵不得不接纳和重绘人家献给它的新空间，不得不喷洒它自己的香水，发出它自己的音浪，在这之前，我知道最初几个晚上要受怎样的痛苦，只要我们的心灵感到孤独，只要不得不接受扶手椅的颜色、挂钟的滴答声、压脚被的气味，只要它不得不试图适应金字塔形的房间而又不得要领，不管怎样使自己膨胀使自己伸长使自己缩小都无济于事。哦，这么说，我在那间房间，正是康复期，妈妈就睡在我身旁啰！我怎么没听见她的呼吸声，也没听见海涛声呢……这么说，我的身子又想起另一种姿势：不再躺着，而是坐着。在哪里呢？在奥特耶花园的柳条扶手椅里。不，天太热，是在埃维昂游戏俱乐部，他们熄灯时没发现我在扶手椅里睡着了……墙与墙越来越靠近，我的扶手椅转了个一百八十度，靠到窗户上。原来我身处雷韦永古堡我的睡房里。我一如既往，晚饭前上楼小憩，不料在扶手椅里睡着了，晚饭也许结束了。

我并没有受到责怪。我住外祖父母家，已经过去许多年了。在雷韦永时，我们散步归来，九点才吃晚饭，是我当时最长的散步。每次返回古堡总是兴趣盎然，古堡超然矗立在紫霞烂漫的天空，一个个池塘的水面丹霞似锦，不过，七点吃晚饭前挑灯阅读一小时则别有一番情趣，更有神秘感。我们天黑出发，穿过村镇大街，时不时出现一家室内灯火通明的铺子，昏暗中宛如水族馆，泛着饰以闪光片的滑腻亮光，在玻璃柜壁的映照下，店内人员影影绰绰，在金光灼灼的酒色中徐徐移动；他们不知道我们在观察，依然专心致志为我们上演一幕幕光彩夺目的好戏，揭示着他们日常生活和幻想生活的奥秘。

等我到达田野，落日余晖只映照半壁河山，另一半壁已是月色溶溶。很快皓月千里，整个天地明亮如画。只见成群的归羊以不规则的三角形，似蓝非蓝地浮动。我行进时像只小船，独自完成自己的航程，我的航迹载着我的影子随我穿行，后面留下一望无垠的神奇。有时古堡女总管陪伴我。我们很快超过我下午散步的极点，即最长的散步都未到达的田野；我们走过我从来只知其名的教堂和古堡，它们似乎只应当在梦想的地图上出现。地形起变化了，高坡洼地，必须攀登山坡，有时则遇到洒满月光的神秘山谷，我和伴娘，在下到形似乳白色圣餐杯的山谷前，停顿片刻。无动于衷的伴娘脱口而出说了句什么，我一下子意识到我不知不觉置于她的生活之中，不过我不相信我会永远进入她的生活，没准儿我离开古堡的第二天，她早已把我从她的生活中赶走了。

就这样，我的侧身在它的周围排列出一个个卧房：冬天的卧房，是喜欢与外界隔离的，整夜炉火不熄，或在炉火映照下，房里的人喜欢双肩隐约围绕一层蒙蒙热气；夏天的卧房，喜欢与大自然的和煦融为一体，如同睡在大自然的怀抱里。我在布鲁塞尔睡过的一个房间便是如此，形状那么明媚宽敞又那么内秀密闭，使人感到好似躲进安全窝，又好似处在自由自在的社会。

所有这些回忆都不超出几秒钟。转眼我就觉出自己处在一张窄床上，房间里还有其他几张床。闹钟未响，但应当赶紧起床，以便有时间去食堂喝杯牛奶咖啡，然后出发去乡间远足，由乐队开道。

夜将尽，我的记忆中缓缓鱼贯显现各种不同的房间，我的身子处于其间，确定不了在何地苏醒，犹犹豫豫，直到我的记忆力使它确认处在我现在的房间。于是它立即把现在的房间全部重筑，但因为从自己颇为不确定的姿势出发，它错误计算了整个布局。最后由我来确定五斗柜在我这边，壁炉在我那边，窗户在远处。这时，我突然瞥见由我确定的五斗柜上端，已经升起一抹晨曦。

（选自《驳圣伯夫》）

# 外祖母

　　晚饭后，可叹哪，我不得不很快离开妈妈，她得留下跟别人聊天，每逢好天气时就在花园里闲聊，遇到坏天气，大家就在小客厅聚会。所谓大家，不包括外祖母，她觉得"在乡下闭门不出，真作孽"，所以，大雨滂沱的日子，她总跟我父亲争论不休，因为我父亲叫我躲进房间念书，不让我待在户外。"你想让他身体健壮，精力充沛，这种做法可不行啊，"她伤心地说，"这孩子特别需要增强体力和意志。"我父亲耸耸肩膀，仔细查看晴雨表，因为他喜欢气象学；这时我母亲蹑手蹑脚尽量不打扰他，带着动了情的敬意望他，但不是凝望，唯恐看破他优越于他人的秘密。可我外祖母，她不管什么天气，即便骤雨大作，弗朗索瓦丝急忙把贵重的柳条椅搬进屋里，生怕被雨淋湿，而外祖母独自留在空荡荡的花园里，任凭倾盆大雨浇灌，时不时撩起凌乱的灰白头发，让前额更好地吸收风雨的滋补。她说："总算呼吸畅快了！"她还踩着泥泞小径，欢蹦乱跳地小跑起来；花园小径让新来的园丁按他的意愿修得过分对称，足见其人缺乏自然感，我父亲居然一清早就请教他天气是否会转好；我外祖母的小跑根据她内心起伏的波澜而调节，暴风雨的狂劲儿、卫生保健的威力、对我愚蠢的教育、花园的对称划一都会引起她心潮澎湃，她根本想不到让她的绛紫色裙子免受烂泥的飞溅，往往泥水溅得很高，弄得她的女仆又气又急，大伤脑筋。

每当外祖母在晚饭后到花园里跑跑跳跳，总有件事可以使她回屋，就像用灯火引飞蛾，准能把兜圈的外祖母及时召回来；这时小客厅灯火齐明，牌桌上已经摆好各种色酒，只听得姨婆冲她大喊："巴蒂尔德，快来劝你丈夫别喝干邑！"其实这是跟她闹着玩儿，她把这种迥然不同的精神带进我父亲的家，以致大家都跟她开玩笑，逗她着急，姨婆明知道我外祖父喝不得色酒，偏怂恿他喝上几口。我可怜的外祖母进屋后，热切请求丈夫别沾干邑，外祖父发火，干脆一口喝个精光，外祖母心痛地走开，非常泄气，但脸上仍带着微笑，因为她心胸谦和，温存厚道，对人和善，从不考虑个人得失和自己的苦楚，一切和谐地交织在她的目光中，化为微微一笑，这与我们在诸多人脸上见到的正好相反，其讽刺的意味仅限于她自我解嘲，对我们大家则像用目光亲吻，她的眼睛对她所疼爱的人无不投以炽热而慈祥的光芒。姨婆故意作弄她，外祖母白费口舌恳求外祖父放下烈酒杯，由于心肠软，每每规劝无效，败下阵来，这种场面后来司空见惯了，反倒被当作笑柄，大家居然站在作弄者一边，毫不迟疑地，喜眉笑眼地跟作弄者一个鼻孔出气，却硬让自己相信这不是什么作弄；先前这些使我十分反感，我真想对姨婆大打出手。但听惯了"巴蒂尔德！快来劝你丈夫别喝干邑！"也就疲沓了，我跟大家一样，像我们长大成人后那样，面对苦楚和不公，我背过脸，眼不见为净：爬上屋顶书房隔壁的小屋失声痛哭，小屋里弥漫着菖蒲味儿，窗外墙根下一棵野生黑醋栗树也飘来清香，一枝开满花的树梢还伸进半开着的窗户哩。白天从这间小屋极目远眺，可一直望到鲁森维尔松林的城堡主塔，这间小屋原来派作比较专门和比较粗俗的用场，却很长时间成了我的避难所，或许因为它是唯一可以让我反锁的房间，每当我需要不可侵犯的独处时，我就把自己反锁在里面；读书、遐想、流泪和作乐。可叹哪，我当时不知道最让我外祖母操心的并不是她丈夫节饮忌嘴方面的小差错，而是我薄弱的意志，我身体的虚弱，家人对我前途的困惑，这些更使她伤心，她在下午和晚间不停的跑动中为此牵肠挂肚，她跑来跑去，斜着脑袋仰望苍天，面颊虽然已呈褐色，皱纹纵横，由于上了年纪，有如秋天耕过的土地几乎呈淡紫色；但她的脸仍旧清灵秀气，不过出门时，面颊虽然被半遮的面纱挡住，但寒冷和忧思总是使她不由自主地流下眼泪，却又总是让眼泪自然干去。

（选自《在斯万家那边》）

# 丁香的诱惑

有时，我梦见儿时散步，感觉来得不费吹灰之力，但到十岁时就永远消失了，那些感觉尽管微不足道，可我们渴望重新认识，好比某公一旦知道再也见不到夏天时，甚至怀念苍蝇在房间里嗡嗡作响，因为蝇声意味着户外烈日当空；甚至怀念蚊子嘶嘶，因为蚊子嘶噪意味着芳香的夜晚诱人。我梦见我们的老神父揪我的鬈发，吓得三魂冲天，如鼠见猫。克罗诺斯被推翻，普罗米修斯被发现，耶稣降生，把压在人类头上的天空闹得不亦乐乎，但都不如我鬈发被剪去时的盛况，那才叫惊心动魄呢。说实话，后来又有过其他的痛苦和惧怕，但世界的轴心也在转移。那个旧法则的世界，我睡着时很容易重返，醒来时却总逃不脱可怜的神父，尽管神父已去世那么多年，可我仍觉得他在我身后揪鬈发，揪得我生疼。在重新入睡前，我提醒自己说，神父已仙逝，我已满头短发，但我依旧小心翼翼让自己紧贴枕头、盖被、手绢和庇护的被窝墙壁，以备再次进入那个千奇百怪的世界，在那里神父还活着，我还是满头鬈发。

感觉也只在梦中重现，显示着消逝岁月的特征，不管多么缺乏诗意，总负载着那个年纪的诗篇，好比复活节的钟声那般饱满噌吰；蝴蝶花尽管绽蕾怒放，可春寒料峭，吃饭时不得不生火取暖，使我们假期大煞风景。这样的感觉在我的梦中有时也重现，但我不敢说重现时诗意盎然，与我现时的生活完全脱离，洁白得像枝在水中扎根的浮生花朵。拉罗什富科[1]说过，我们唯有初恋才是不由自主的。其实，少年手淫取乐也是如此，在没有女人时聊以自乐，想象着若有女人贴身陪伴。十二岁那年，我第一次把自己关进孔布雷我们家的顶层贮藏室，那里悬挂着一串串菖蒲种子，我去寻找的快乐是未曾感受过而又别出心裁的，是别种快乐不可代替的。

　　贮藏室其实是一间很大的屋子，房间锁得严实，但窗户总敞着，窗外一棵茁壮的丁香沿着外墙往上长，穿过窗台的破口，伸出她芬芳的脑袋。我高踞在古堡顶楼，绝对形只影单，这种凌空的表象使人心动，引人入胜，再加层层结实的门闩锁扣，我的独处更有安全感了。我当时在自己身上探测寻求我从未经历的一种愉悦，这种探求叫我兴奋，也叫我惊心动魄，其程度不亚于要在自己身上给骨髓和大脑动手术。时时刻刻我都以为即将死去。但我不在乎！

1　拉罗什富科（1613—1680），法国作家，代表作《箴言录》，共收504条箴言，常为后人引用。

愉悦使我的思想亢奋膨胀，觉得它比我从窗口遥望的宇宙更广袤更强劲，仿佛进入了无限和永恒，而通常面对无限和永恒时，我凄然惘然，心想我只不过是稍纵即逝的沧海一粟。此刻我仿佛腾云驾雾，超越森林上空的如絮云朵，不被森林完全吞没，尚留出小小的边缘。我举目远眺美丽的山峰，宛如一个个乳房矗立在河流两岸，其映象似是而非地收入眼底。一切取决于我，我比这一切更充实，我不可能死亡。我喘了口气，准备坐到椅子上而又不受太阳干扰，但椅子让阳光晒得热烘烘的："滚开，小太阳，让我干好事儿。"于是我拉上窗帘，但丁香花枝挡住了，窗帘没关上。最后，一股乳白色的液体高高抛射，断断续续喷出，恰似圣克鲁喷泉一阵阵往外喷；我们从于贝尔·罗贝尔[1]留下的人物画也可认出这种抛射，因为断而不止的抛射很有特性，其耐久的弧度像喷泉一样十分优雅，只不过崇敬老画家的人群抛出的花瓣到了大师的画中变成一片片玫瑰色、朱红色或黑色了。

其时我感到一股柔情裹挟全身，原来丁香的馨香扑面而来，刚才亢奋时没觉察到，但花香中夹着辛辣味儿和树液味儿，好像我折断花枝时闻到的气味。我在丁香叶上只留下一条银色液迹，条纹自然，宛如蛛丝或蜗牛行迹。然

---

1 于贝尔·罗贝尔（Hubert Robert, 1733—1808），法国画家，擅长画古迹和废墟。

而，丁香花枝上的蛛丝蜗迹在我看来有如罪孽之树的禁果，又如某些民族奉献给他们神明的那些未成器官的形式，从这银白色蛛丝蜗迹的外表下几乎可以无限引伸出去，永远看不到终点，而我不得不从自己体内抽出来，才得以反顾我的自然生命，此后一段时间内我一直扮演魔鬼。

尽管有断枝涩味和湿衣臊味，丁香的馨香却是主导的。它每天超然物外似的追随我，每当我去城外公园玩耍，在远远瞥见公园白门之前，门旁的丁香已经摇曳作态，有如风韵依旧的迟暮美人搔首弄姿，她们体态娉婷，花枝招展，送来阵阵清香，以示欢迎；我们行进的小路沿着河岸伸展，顽童们把玻璃瓶放入激流中用来抓鱼，玻璃瓶给人以双重的清凉感，因为不仅盛满清水，如同在餐桌上那般晶莹，而且被河水包围，多了一层透明；河中，我们扔下的一个个小面包团引来许多蝌蚪，原先它们分散在水里，片刻前还不见踪影，顿时凝聚成一团活动的星云；将过小木桥时，看见一个戴草帽的渔夫，伫立在漂亮的别墅外墙一角苍青的李树中间。他向我舅舅致意，舅舅一定认识他，示意我们不要作声。然而，我一直不知道他是谁，从未在城里遇见过。至于教堂歌手侍卫侍童，尽管看上去像奥林匹斯诸神，但他们的实际生活却不那么荣耀，我是经常跟他们打交道的。还有马蹄铁匠、乳品商、食品杂货商的儿子，都是熟人。相反，我每每看见小园丁，他总在公证人围着灰墙的花园里干活儿；我每每看见渔夫，总是在小径两旁李树茂盛浓荫密布的时节，他总穿毛纺上衣头戴草帽，而且总在空旷的苍穹下连钟声都优哉游哉连云朵都从容悠闲的时刻，其时鲤鱼百无聊赖，因气闷烦躁而向未知的空中猛蹿乱跳；也总在这个时刻，女管家们望着表说，吃点心的时间还未到呢。

（选自《驳圣伯夫》）

## 妈妈的吻

　　我上楼睡觉时，唯一的安慰是妈妈在我上床后来吻我。但她道晚安的时间太短，转身下楼太快，以致每当我听见她上楼，听见经过双门走廊时她那挂着草编饰带的蓝色平纹细布套裙窸窣作响，我便感到一阵痛苦。这一痛苦的时刻预告下一个痛苦的时刻，届时她将离开我，她将转身下楼。因此，我竟然希望这声带来快乐的晚安来得越迟越好，只望妈妈上楼前的这段缓冲时间越长越好。有时她吻过我之后开门就走，我真想把她唤回来，对她说"再吻我一次吧"，但我知道她马上会满脸不高兴，因为她上楼来吻我，给我送来安慰的吻，是对我愁闷和烦躁的一种妥协，已经使我父亲大为光火，他认为这种仪式荒谬至极，所以她想竭力使我放弃这种需求、这种习惯，根本不想让我养成新的习惯：等她走到门口还允许我请求她再吻我一次。不过，看到她生气，片刻前她给我带来的平静就荡然无存了；她把亲情的面孔俯向我的床头，就像在举着圣像牌的圣餐仪式上递给我一小块圣饼似的，我的双唇感受到她的存在并汲吸着入睡的力量。这样的晚上，妈妈不管怎么说还在我的房间待上一会儿，已算甜蜜了，相比之下，有客人来吃晚饭，她就因此不上楼来向我道晚安了。所谓客人，平日只限于斯万先生，除了几个短暂逗留的外来客人，住在孔布雷来我们家的人几乎只有斯万先生一人，有时他作为邻居应邀来共进晚餐，不过，自从他与不适当的女人结婚后，就难得来了，因为我父母不乐意接待他的妻子。有时晚饭后，他不请自来。晚上，我们在屋前高大的栗树下，围绕铁桌子坐着，忽听得花园尽头传来铃声，不是自家人"不按铃"进门时碰响的声音——好一阵刺耳的叮当作响，叮当声所到之处，好像一路洒下源源不竭的冰冷的铁水——而是专为外人设置的门铃声，叮当双响，这怯生生的铃声是椭圆形的和金黄色的；大家立刻面面相觑："有人来访？会是谁呢？"其实大家明白得很，这只能是斯万先生；我姨婆提高嗓门说话，力求语调自然，为大家做了表率，她叫大家不要窃窃私语；她认为这是使来访者最不愉快的事情，好像使客人觉得大家在说他不该听到的事情；大家派我外祖母去侦察，她也总乐意找个借口到花园里多转一圈，并趁便一路上把支撑玫瑰的支架拔掉，好让玫瑰花显得更自然一些，有如母亲用手把儿子被理发师梳得过于扁平的头发拨弄得蓬松些。

我们一个个屏气凝神，等待外祖母侦察后带回的敌情，好像我们处在可能被一大批敌人围攻的境地，一时进退两难，但很快我外祖父就开腔了："我听出是斯万的声音。"

我们家中只有一个人对斯万的来访叫苦不迭，那就是我。因为晚上若有客人，或哪怕只有斯万先生一人，妈妈就不上楼来我的房间。我在大家之前先吃晚饭，然后在餐桌旁坐到八点，照例我便上楼了；通常妈妈在我上床睡觉时给予我的那个珍贵而易逝的吻，我得把它从餐厅带到卧室，又得在脱衣服的时候把它留住，以免损坏它的温馨，以免本来就易逝的效力烟消云散；正是在那样的晚上，我接受妈妈的吻时需要格外小心，我得在众人面前抓住这个吻，赶紧把它藏起来逃走，甚至没有必要的时间和思考余地来专心得到这个吻，正如躁狂症患者在关门时尽量不去想别的东西，以便在躁狂症突然发作时，能用关门时的回忆来战胜它。那两声怯生生的门铃传来时，我们全家都在花园里。

我目不转睛地望着母亲，我知道，一旦开饭，就不允许我待着看他们吃饭；为了不惹我父亲生气，妈妈不让我当着大家的面亲吻好几次，就像我在卧室里那样。所以，在餐厅里，在即将开晚饭的时候，在我感到那个时刻来临之际，我决心尽可能预先把那短短而悄悄的吻由我自个儿来完成，用目光在母亲的面颊上选择好我即将亲吻的位置，做好思想准备：由于精神上已经开始亲吻，就能感受妈妈把脸凑过来的一刹那我的嘴唇所获得的温馨，正如只能得到几次短暂的模特儿姿势表演的画家，他准备好调色板，根据笔记，事先把一切素材回忆妥当，即使模特儿不在场，他也能把肖像画得惟妙惟肖。然而，晚饭铃未响，外祖父残忍地，尽管是无意识的残忍，说："孩子看上去累了，该上楼睡觉了。况且我们今晚开饭又晚。"我父亲又不如我外祖母和母亲那样恪守协约，他说："是呀，走，快睡觉去。"我正想亲一下妈妈，这时晚饭铃响了。"不，行了，别缠磨你母亲啦，你们这个样子道晚安该收场了，这种表示真是荒诞可笑。走，上楼去。"我不得不离开，没领到盘缠就上路了；我硬着头皮蹬每级楼梯，恰如俗话所说的"无可奈何"，即违心上楼，我的心不禁又返回母亲身边，因为她还没有吻我，我的心没有得到她发的许可证，不肯跟我回房。这可恶的楼梯，我一踏上它，总是百般惆怅，它散发的清漆味儿可以说吸收了、凝聚了我每晚所感受到的那种特殊的郁闷，也许正因如此，我闻到漆味时备感惆怅难受，因为在这种嗅觉的形式下，我的智力不再能够发挥作用了。当我们沉睡时牙痛发作了，我们却感觉不到，只仿佛我们竭尽全力把一个姑娘从水里拉出来，拉出来又掉下去，一连二百次，或仿佛觉得我们在不停地背诵莫里哀的一句诗，惊醒后大松一口气，这时我们的智力才意识到是牙痛，才能剥去见义勇为的伪装或铿锵吟诗的假象。

我上楼时，与这种大松一口气正好相反，闻到楼梯的清漆味，突然觉得一阵揪心，速度非常快，几乎是顷刻之间的事，既是潜伏的，又是突发的，比精神渗透不知快多少倍。我一进入卧房，就得堵住一切出口，把护窗板关死，掀被子，为自己挖好坟墓，穿上裹尸布似的睡衣，把自己埋进床里。

（选自《在斯万家那边》）

# 妈妈为我朗读《弃儿弗朗索瓦》

　　很久以前父亲已停止对母亲说："去陪陪小鬼吧。"对我来说，重见这样的时刻的可能性已一去不复返。然而新近，要是我静心谛听，我又清晰地辨出我幼时的哭泣；在父亲面前我竭力憋着，等到跟妈妈单独在一起时才失声痛哭。实际上，这种痛哭从来没有停止过，只因为我目前周围的生活比以前平静多了，才又重新听见幼时的哭泣，正如修道院的钟声白天被市区的喧闹淹没，使人以为钟声不响了，可到晚上万籁俱寂时又开始回荡了。

　　妈妈那晚就在我的卧房过夜。正当我犯了一个大错误以至于准备被迫离家的时候，我的父母却对我关怀备至，以前我做了好事也从未受到如此嘉奖。甚至在父亲对我恩惠有加时，他的举止也带有某种专横和妄求的特性；通常他的行为多半是心血来潮，极少深思熟虑。他打发我去睡觉时的态度，我称之为严厉，也许言过其实，与我母亲和外祖母的严厉相比，还称不上严厉，因为他的生性同我的区别大于同我母亲和外祖母的，很可能至今还猜想不到我每天晚上是多么不高兴，而我母亲和外祖母却知道得清清楚楚；但她们出于爱护我，不同意为我排忧解难，她们决意叫我学会克服痛苦，以便减轻神经过敏和增加意志。至于我父亲，他对我的爱属于另一种类型，我不知道他是否心肠更软，反正这一次，他看我垂头丧气的，就对我母亲说："你去安慰安慰他吧。"妈妈在我的卧房过了夜。当弗朗索瓦丝看到妈妈坐在我身旁，拉着我的手，让我哭哭啼啼，也不责骂我，她明白一定发生了异乎寻常的事情，于是问道："夫人，少爷怎么哭成这样？"妈妈不想以任何的良心责备来弄糟这些非同寻常的时刻，这已超出我有权希望得到的东西了，于是便回答道："他自己也不清楚吧，弗朗索瓦丝，他神经太紧张了吧；快给我把这张大床铺好，然后上楼去睡吧。"这样，破天荒第一遭，我的忧伤没有被视为应受处罚的过错，而是被当作无意的精神苦恼，并得到正式承认，至于神经紧张症，我是不负责任的；我松了一口气，不必为眼泪的苦涩而心绪不宁。我可以痛哭而不背黑锅。在弗朗索瓦丝面前，我对这种人事的反复颇为得意：一个小时前，妈妈拒绝上楼来我的卧房，并轻蔑地让人传话叫我睡觉，此时，事态的转折使我上升到大人的高位，使我一下子萌发成熟的悲伤，释放成熟的泪水。我该心满意足了吧？不，我还是满肚子不高兴。我觉得母亲刚才首次向我做出让步，这一定使她很痛苦，她第一次在设计的理想面前认输了，她，多么有胆量的女人，第一次承认失败。我觉得，我之所以取得胜利，是因为跟她作对的后果，就像生病、悲伤或年幼所能获得的东西，迫使她松懈意志，动摇理性；那天晚上开始了一个新的纪元，将作为不光彩的日子留存下来。如果我有胆量，我就对妈妈说："不，我不要，你别睡在这里。"然而，我懂得妈妈具有注重实际的明智，用现在的话说，是现实主义者，这种明智使外祖母遗传给她的灼热的理想主义天性减弱了，我知道，现在既然坏事已经铸成，她宁愿让我至少得到安慰，以免惊动父亲。诚然那天晚上，我母亲俊俏的面容还闪着青春活力，她百般温柔地握着我的手，想尽办法让我停止哭泣；但我恰好认为不该如此，她若满脸怒气，我反倒不会这般悲伤，因为我童年时代从未有过这样的温情：我觉得仿佛用大逆不道的手暗地里给她的灵魂划上第一道皱纹，并促使她长出第一根白发。想到这一层，我便号啕大哭起来；妈妈从来不让自己跟我动感情，此刻我看到她突然被我激动的情绪感染了，在竭力克制自己流泪。当她感到被我发现了，便笑着对我说："喂，我的小宝贝，我的小傻瓜，再这样下去，你要把妈妈弄得跟你一样傻了。得了，既然你不困，妈妈也不困，咱们别待着瞎发脾气，干点事情吧，拿出一本你的书来念好吧。"可我的书不在身边。"要是我把你外祖母准备庆祝你生日的书拿出来，你会不会感到扫兴？想好啦，后天什么礼物也没有，你不会失望吧？"正好相反，我非常高兴，妈妈去取来一包书，从包装纸看，我只能猜出书的大小长短，但光凭外表，虽然是粗略的和遮着纸的，已经使新年的颜料盒和去年的家蚕相形见绌了。这些书是《魔沼》《弃儿弗朗索瓦》《小法岱特》和《笛师》。事后我才知道，外祖母原先挑选了缪塞的诗、卢梭的一本著作和《印第安娜》[1]；如果说外祖母认为无聊的读物与糖果和糕点一样有害于健康，那么她断定天才的巨大灵感对孩子的精神所产生的影响不会比室外空气和海上强风对孩子的身体更有害，更缺乏振作力量。但我父亲听说她想送我的那几本书时，几乎说她发疯了，于是她亲自返回菇伊子爵镇的书店，以免我不能及时拿到礼物；那天天气灼热，她回家后就病倒了，医生警告我母亲切不可再让她如此劳累。她不得已选择了乔治·桑的四本田园小说。"我的女儿，"她对我妈妈说，"我下不了决心给孩子买写得蹩脚的东西。"

事实上，她从不迁就购买任何于智力无补的东西，尤其注意向我们提供优秀的作品，使我们学会在福利享受和虚荣满足之外寻找乐趣。更有甚者，当她需要送人一件实用的礼物时，当她需要送一把扶手椅、几副餐具、一根手

---

1　《印第安娜》（1832）是乔治·桑的成名小说。

杖时，她总去找"古色古香"的，好像东西长久不用就会失去其实用性似的，因此，古色古香的东西与其说供我们生活所需，不如说向我们转告古人的生活。她原本喜欢让我卧房里挂几张古建筑的照片或最美的风景画，但当她购买时，虽然画面再现的东西具有审美的价值，但她觉得庸俗性和实用性在照相这种机械表现方式中死灰复燃得太快了。她想方设法运用计谋，即使无法排除商业性俗气，至少使它减少一些，至少在绝大部分代之以艺术性，引进几层艺术的"厚度"：比如为了取代沙特尔大教堂、圣克鲁大喷泉、维苏威火山的照片，她请教斯万，问他是否有什么大画家再现过上述景致；她宁愿送给我油画照片——柯罗的《沙特尔大教堂》、于贝尔·罗贝尔的《圣克鲁大喷泉》、透纳的《维苏威火山》，不管怎么说，这些照片的艺术档次总是高一层的吧。然而，假如摄影师不可以直接表现建筑杰作或大自然，那他只能取得复制画家所表现的东西了。我外祖母一旦发现作品俗气，就会千方百计追本溯源。她询问斯万作品是不是雕刻的，相对镂版的，她更喜欢古本的版画，因为除版画本身之外，另有一番情趣。例如一幅杰作的临摹画犹存，而原作如今却已失传，就像达·芬奇的《最后的晚餐》[1]在原作损坏前，莫根所临摹的那幅版画。

---

1  《最后的晚餐》壁画作于1495—1497年。因达·芬奇所采用的新材料质地欠佳，由渐变到损坏，未能完整地保存下来。

应当指出，通过送礼物来理解艺术，这种方法的效果不总是引人注目的。提香画过威尼斯，画的背景据说是环礁湖，但我从中获得的威尼斯印象肯定大大不如普通的照片可能给予我的印象确切。家里有一笔糊涂账：我姨婆存心刁难我外祖母，抱怨说她给新婚夫妇或老夫老妻送的扶手椅，人家刚想使用，立即就被某个受礼者的体重压散架了；这样的椅子外祖母究竟送了多少，那是算不清的。但我外祖母却不以为然，认为过于注重木器的牢度未免显得太小家子气，因为旧木器上依然明显留存着昔日向女人献的殷勤、微笑，有时还有美丽的想象。这些木器，甚至以我们现今已经不习惯的方式显示仍然符合某种需要，这也使外祖母陶醉，好似那些古老的说法，即使在现代言语中，我们还感受得到因习惯的磨损而变模糊的隐喻。而外祖母送给我当作生日礼物的那几本乔治·桑的田园小说，恰恰好像古色古香的家具，充满过时而再度形象化的熟语，只在乡村还能听得到。我外祖母在各种书中有意选购这几本，好比她更乐意赞赏一幢带哥特式楼顶间的花园住宅或某件古色古香的东西，因为这些古物使她精神上感到很受用，发一发思古之幽情，到古代去做一番不可实现的邀游。

妈妈在我的床边坐下，她拿起《弃儿弗朗索瓦》，淡红色的书皮和不可思议的书名使我觉得弗朗索瓦这个人物非同一般，具有神秘的诱惑力。我还从未读过真正的小说呢。我早已听说乔治·桑是典型的小说家。仅此一说就促使我想象《弃儿弗朗索瓦》中会有难以形容的、美不可言的东西。旨在激起好奇心或同情心的叙述手法，引起不安和伤感的某些表达方法，稍有知识的读者一眼就看出这些与许多小说有共同之处，我只是觉得这些手法和方法使《弃儿弗朗索瓦》特有的本质感人肺腑地流露出来；在我眼里，一本新书并不是一件具有许多同类东西的物，而是一个与众不同的人，有其自身存在的依据。书中那些日复一日的常事，那些普普通通的东西，那些司空见惯的用语，我却感到有一种格调，一种奇特的抑扬顿挫。故事铺展了，我却似懂非懂，更何况念着念着，整整几页没有听进去，心里想着别的事情哩。在阅读时，因为心不在焉，往往造成空白，再加上妈妈给我朗读时有意跳过所有的爱情场面，空白有增无减。所以，磨坊姑娘和小男孩各自的态度变化都很离奇，只能从萌生的爱情发展中找到解释，可我并不清楚，只觉得这些变化打着奥秘的印记，我乐于设想奥秘的来源在于"弃儿"这个称呼；不知为什么，我总觉得这个陌生而悦耳的称呼使这个"弃儿"披上鲜艳的、大红的、迷人的色彩。我母亲虽说朗读时往往不忠实原文，但她读到表现真实情感的地方，却朗读得十分精彩，既朴实又尊重原意，声音既优美又甜润。甚至在日常生活中，且不说艺术品，就拿人来说吧，当有人唤起她的同情或赞赏，她的样子看起来十分动人，她极其谦恭地用她的声音、手势、言语避免发生下列事情：避免兴高采烈，不使昔日失去孩子的母亲心里难受；避免提及节日、生日，不使老人联想到自己年事已高；避免家务闲谈，不使青年学者感到枯燥乏味。同样，我母亲阅读乔治·桑的散文时对书中力透纸背的善良高尚情操心领神会，因为外祖母早就教会母亲在生活中把这两种品格看得高于一切，而我只在很久以后才学会不要把它们在书本中看得高于一切，当年她朗读时全神贯注地从她的声音中排除一切小家子气和一切装腔作势，以免妨碍感情的洪流注入其间，她脉脉温情的自然流露，一团和气的声音，正是表达高尚情操所需要的，仿佛乔治·桑的字字句句是专门为配合她的声音而写的，几乎可以说每字每句都在她心弦的音区扎下了根。为了给这些字句恰如其分地配音，她找出了预制好的真诚的语气，支配着字句，因为字句本身并不标明语气；由于有了这种真诚的语气，她在朗读过程中软化了硬邦邦的动词时态，使得未完成过去时和简单过去时所表达的善良平添温柔，情爱平添惆怅，引导句子承上启下，时而加速音节的节奏，时而放慢音节的节奏，音节的数量尽管不等，但连贯成句，一气呵成，她给平淡无味的散文注入一种富有感情和绵延持续的生气。

在内疚平息之后，我随即沉浸在有妈妈做伴过夜的温情中。我知道这样的夜晚不会再有，在这个世上，我最大的愿望是留母亲在我卧房陪我度过夜间凄凉的时刻，这种愿望与生活的急需和大家的心愿背道而驰，因此今晚这种愿望得以满足只是强作的、例外的事情而已。明天我的焦虑又会复现，而妈妈则不会再留在这里了。然而，一旦我的焦虑得到平息，我就对焦虑置若罔闻了，反正明天晚上还远着呢；我心里思量还有时间想办法，尽管未来的这段时间不会给我带来任何新的本领，因为事情毕竟不以我的意志为转移，因为只有在事情与我不相干时，我才会觉得较有可能避免。

（选自《在斯万家那边》）

# 奇妙的幻灯

在孔布雷，当白日将尽，虽然还有很长时间我才该上床，还有很长时间才该离开母亲和外祖母独自待着，我的卧室便又成为使我忧虑重重的一个固定的和痛苦的焦点。家人发现我每天晚上愁眉不展，为了使我开心，别出心裁给我搞来一盏幻灯，趁着等待开饭的时候，把它套在我房间的吊灯上；如同哥特式建筑时代初期的建筑师和彩画玻璃匠[1]的作品那样，这种幻灯用变幻莫测、虹彩和绚烂多彩的神奇幻象取代不透明的四壁，好似闪闪烁烁的彩画玻璃窗，上面也绘着传奇故事。然而，我的忧愁却有增无减，因为单单照明的变化就破坏了我对房间的习惯；先前已习惯了，除上床时叫苦不迭，对其余的一切还是觉得可以忍受的。如今我的房间变得面目全非，我待在里面感到忐忑不安，就像下火车后第一次走进旅馆房间或"山区别墅"房间。

---

1　哥特式建筑，如教堂等，装有大片彩画玻璃窗，多画有传奇故事。

居心叵测的戈洛骑着马，一颠一颠地走出小山坡葱葱茏茏的三角形树林，仓皇窜向苦命的热内维埃芙·德·布拉邦[1]的古堡。这座古堡被切割了，因为玻璃灯片是椭圆形的，插在幻灯框架的内侧滑槽，弧形的边线把古堡切去了大部分。这样古堡只剩下一面墙了，墙前是一片荒原，热内维埃芙在那里冥思遐想，她系着一条蓝缎带。古堡和荒原是黄色的，其实我不看也知道是什么颜色，因为在玻璃画片未打出以前，布拉邦这个铿然有声的大名已明显地展示出这种颜色了。戈洛停马片刻，垂头丧气地听着我姨婆夸张地高声朗读解说词，他好像完全听得明白，他的举止符合解说的指示：既顺从又不失尊严。听罢，他依然一颠一颠地赶路。什么也阻挡不住他缓慢的骑行。如果幻灯移动错位了，那在窗帘上也看得见投影：戈洛照样骑马前行，遇到凸褶，人与马胖鼓鼓的，遇到褶缝，就变得瘦瘦的了。戈洛的身躯同他的坐骑一样具有神奇的本领，对付得了一切物质障碍，又对付得了一切阻挡，并且把阻挡物当作骨

---

1  出自中世纪民间故事《热内维埃芙·德·布拉邦》。热内维埃芙是德·布拉邦公爵的女儿，嫁给了伯爵西格弗里德。伯爵出征时把妻子交给总管戈洛照看，并不知道妻子已怀孕。戈洛诱奸热内维埃芙未成，便向伯爵诬告其夫人与人通奸。伯爵命令手下把妻子及孩子拉到森林处死，但手下把他们放了。几年后，伯爵去森林打猎，与妻子邂逅。妻子向他证明她受了冤枉，戈洛受到惩治。热内维埃芙终于得以恢复名誉，但因积劳成疾，不久之后便去世了。

架，借以附身其间，哪怕是房门把手也不在话下，他立即适应，让他的大红袍和苍白的面孔飘然而过，所向披靡，其神情总是那般高贵、那般惆怅，面临中途被截的境地，并不显得张皇失措。

诚然，这些光彩熠熠的映画对我具有很大的吸引力，活像从古代墨洛温王朝释放出来的，把一幅幅如此古老的历史场景折射在我的周围。我无法说清这种奥秘和美妙闯入我的房间使我产生怎样的苦恼，虽然我最终自我充实了卧房，不大注意房间，而更念及苦恼本身。习惯的麻醉性影响已经停止，我开始思索和领会，多么令人狼狈呀。我房间的门把手在我看来与世界上其他门把手的不同之处在于它似乎能自动打开，用不着我拧它，因为转动把手在我已是完全无意识的举动了，而如今把手却成为戈洛赖以转世的躯体了。晚饭铃声一响，我赶紧跑进餐厅，那里的大吊灯不知道戈洛和蓝胡子[1]，却认识我的长辈和化成锅中菜肴的牛肉，它每天晚上光芒四射；我急忙投入妈妈的怀抱，热内维埃芙·德·布拉邦的苦难使我倍感母亲的可亲可爱，而戈洛的罪孽促使我更加严格地审视自己的良心。

(选自《在斯万家那边》)

---

1  蓝胡子是法国作家夏尔·贝洛（Charles Perra, 1628—1703）的短篇小说《蓝胡子》的主要人物，他曾杀死六位妻子。第七位妻子不顾蓝胡子的禁令，偷着去看六个女人的尸体，差点被蓝胡子杀死，幸亏她的两个兄弟赶到，才幸免于难。

## 玛德莱娜小点心

在很长的时间内，每当我夜里醒来，都回忆起孔布雷，我只见到一截发亮的墙呈现在模糊不清的黑暗里，如同彩色烟火或电的某种照明映射楼房时，凌空截断被照亮的墙面，把楼房的其余部分推进黑暗中；我见到颇宽敞的底层的小客厅、餐厅、小径的开端——那个无意中引起我忧伤的斯万先生就是从那里进来的；我见到门厅，门厅里的楼梯像不规则的棱锥体，陡得吓人，我正朝第一阶踏步走去；我见到顶层我的卧房外的走廊，妈妈就从走廊的玻璃门进入我的房间；简言之，一再看我脱衣服时发生的悲剧所必需的背景，这个极简单的背景总是在同一个时间脱离周围的一切，从黑暗中孤立地呈现（如同外省上演旧戏时开头的场面），仿佛孔布雷仅由三层楼组成，中间由一座单薄的楼梯连接，又仿佛总是停留在晚上七点。说实话，我大可以向询问我的人回答，孔布雷还包括别的东西，还有别的时辰的生活。但是，由于我回想时只靠有意识的回忆，只靠智力的回忆，由于这类回忆提供关于过去的情况没有保留任何有价值的东西，我从不乐意去想孔布雷的其他事情。实际上，这一切对我来说已经消亡了。

永远消亡了吗？可能吧。

在这整个过程中，存在着许多偶然性，而第二偶然，即我们死亡的偶然，往往不允许我们久等第一偶然[1]的种种优越之处。

我觉得凯尔特人的信仰合情合理，他们相信，我们失去的至亲好友的灵魂被禁锢在某些低等物种的躯壳内，比如一头畜生、一株植物、一个无生命的物件，其中多为万劫不复，对我们来说确实永远消亡了，直到有一天，我们经过一棵树，发现恰恰是这棵树禁锢着他们的灵魂。于是他们的灵魂大为震动，呼唤我们，一旦我们认出他们之后，魔法随之被打破。由我们解救的灵魂终于战胜死亡，又回来跟我们一起生活。

我们的往事也一样。我们每每竭力回顾往事，总是枉然，即便使出全部智力也徒劳无益。往事不在智力的范围内，也非智力所及，而是隐藏在某个我们猜想不到的物件之中，隐藏在这类物件赋予我们的感觉之中。这个物件，我们在死亡以前碰得到或碰不到全凭偶然了。

多少年来，孔布雷的一切，除了我临睡前的戏剧性和

---

1　即我们出生的偶然。意为，生与死皆为偶然。

悲剧性的场景外，对我来说已不复存在了，但在一个冬季的日子，我从外面回屋，母亲见我冷，让我破例喝点儿茶。我起初拒绝了，但不知为什么又改变了主意。她让人端来一碟扁扁鼓鼓的点心，名叫小玛德莱娜，看上去像是用扇贝型模子焙制的。当下，我面对阴郁的白天和无望的明天正闷闷不乐，机械地舀了一勺我先前泡着点心的茶，送进嘴里。就在这口带着蛋糕屑的茶碰到上腭的一刻，我猛然一震，注意到我身上发生了奇妙的事情。一种美不可言的快感传遍我全身，使我感到超然升华，但又不解其缘由。这种快感立即使我对人生的沧桑无动于衷，对人生的横祸泰然处之，对幻景般短暂的生命毫不在乎，有如爱情在我身上起作用，以一种珍贵的本质充实了我，或确切地说，这种本质并不是寓于我，而本来就是我自身。

我不再感到自己碌碌无为，猥琐渺小，凡夫俗子。我这种强烈的快乐是从哪儿来的呢？我觉得它跟茶水和点心的味道有关，但又远远超出了味觉，与其性质肯定截然不同。那么，这种快乐从何而来？又有何种意义？何处方可领略？我喝第二口，并不觉得比第一口更有滋味，第三口却比第二口感觉淡薄了。我的品尝该到此为止，饮料的效力好像在减退。显而易见，我寻找的真情不在饮料，而寓于我身上。茶味唤醒我身上的真情，但识别不了真情，只能冷冷地重复同一个见证，其力量一次比一次弱，我自己解释不了这种见证，只求能再次让它出现，再次完好无损地找到它，供我使用，以便彻底弄清其究竟。我放下茶杯，求助于我的头脑。应该由它来寻求真情实感。但怎么找？每当头脑茫然，不知所措，便产生严重的迷糊；此时，作为探索者的头脑处在一片黑暗之中，它必须在黑暗的王国寻求，在那里它的全部知识对它将一无所用。寻求？不仅仅是寻求，还得创造。头脑面临某种尚未形成的东西，而又只有它才能意识到这些东西的存在，并把它们揭示出来。

于是，我又开始自问，这个陌生的情形到底是怎么回事，它不带任何合乎逻辑的印证，但带来快乐感和真实感，这是明显的现实，相形之下，其他的现实便化为乌有了。我企图让它再度出现。我通过思想返回到我喝第一勺茶的瞬息。我又发现同样的情形，但没有新的启迪。我又开动脑子，以便再次获得消逝的感受。为了不使捕捉这种感受的势头受到阻挡，我排除一切障碍、一切杂念，塞住耳朵不听隔壁房间传来的声音，全神贯注。但我感到脑子很累，毫无收获，于是反过来，强迫我的脑子分散注意力，让它想想别的事情，松弛一下，以便集中全力做最后的尝试。之后，我第二次为它廓清空间，把第一口茶水犹存的余味摆在它面前，这叫我感到我的心震动了一下，有个东西在移动，在上升，好像是从很深很深的地方挖出来的东西；我不知道是什么东西，只觉得它在徐徐上升；我感受到它上升的阻力，我听得到它上升途中激起的响声。

诚然，在我内心深处闪烁的，必然是形象，是视觉回忆，与上述味觉相连，企图尾随其后来到我眼前。但它在挣扎，太遥远，太模糊；我依稀觉察到不鲜艳的反光，其中夹杂着斑驳杂色的旋转跳动，叫人难以捉摸：但我无法辨认其形状，无法要求它给我翻译，它是唯一的译员，唯有它能阐释味觉——同龄的、形影不离的伙伴的见证，我也无法要求它告诉我这与哪个特殊场合有关，与过去哪个时期有关。

这个回忆，即往日的瞬息，被一个相同的瞬息从遥远的往昔吸引到我内心的深处，又是激动，又是娠动，闹得沸沸扬扬，它能不能浮现到我清晰的意识上来呢？我不知道。现在我什么也感觉不出来了，它停住了，也许又往下沉了，谁知道它会不会再从黑暗中升腾呢？我将重新做十次努力，向它欠身致意。大凡怯懦使我们逃避一切艰难的任务，逃避一切重大的事业，如今又来劝我把它丢在一边，只管喝我的茶，想想我今日的烦恼，明日的期望，不费吹灰之力就可反复回想。

突然之间，我回忆起来了，正是那块小玛德莱娜的味道，在孔布雷，每星期天早晨（因为星期天在做弥撒的钟敲响以前我不出门），我去莱奥妮姑妈的卧房请安，她总把小块蛋糕放进椵花茶里浸一下给我吃。可这天，我看到小玛德莱娜蛋糕，在品尝之前，什么也没有想起来；也许因为打那之后经常瞥见糕点店的货架上摆着小玛德莱娜，又没有再吃过，其形象早已和在孔布雷的那些日子分离，而和一些较近的日子联系上了；也许因为事隔已久，早被抛到记忆以外，什么也没有残留下来，一切都已解体。形状——包括托着糕点的小贝壳形的衬纸，严肃而虔诚的打褶是那么富有肉感——消失了，或冬眠了，丧失了打入人们意识的扩张力。但是人亡物丧，昔日的一切荡然无存，只有气味和滋味还长久留存，尽管更微弱，却更富有生命力、更无形、更坚韧、更忠诚，有如灵魂，在万物的废墟上，让人们去回想、去等待、去盼望，在几乎摸不着的网点上不屈不挠地建起宏伟的回忆大厦。

一旦辨认出莱奥妮姑妈给我吃的那种用椴花茶浸过的小块蛋糕的味道（尽管我还不明白或要等到晚些时候才明白为什么这个回忆使我那么高兴），在我眼前立即像戏台布景似的浮现临街的那座灰色老房子，姑妈的房间靠街面，另一面连接面朝花园的楼房，这是我父母在屋后加建的（这段截接的墙面迄今为止只有我重见过），随即浮现城市，从早到晚的城市，时时刻刻的城市，浮现我午饭前常去的广场，浮现我常去买东西的街道，浮现我们天晴时常去的道路。如同日本人玩的那种游戏：他们把原先难以区分的小纸片浸入盛满水的瓷碗里，纸片刚一入水便舒展开来，显其轮廓，露其颜色，各不相同，有的变成花朵，有的变成房屋，有的变成活灵活现的人物。同样，我们花园的各色花朵，斯万先生大花园的花朵，维沃纳河畔的睡莲，村子里善良的居民，连同他们的小房子和教堂，乃至整个孔布雷及其周围，不管是城池还是花园，统统有形有貌地从我的茶杯里喷薄而出。

（选自《在斯万家那边》）

# 白 天

窗帘上端一线或明或淡的亮光向我预告天气，甚至在向我告知天气之前就叫我恼火了，这一线亮光，我根本不在乎嘛。还在我背窗朝墙时，在光线出现之前，我凭第一辆驶过的有轨电车的响声和铃声，便能猜出车子是在雨中无奈地滚动还是向蔚蓝色的天际行进。因为，不仅每个季节而且每种气候都为它提供氛围，如同一种特殊的乐器，用来演奏以自身滚动和铃声组成的同类曲调，然而这同一曲调到达我们耳边不仅同曲异工，而且异色异义，更有甚者，表达着完全不同的情感：大雾弥漫时像鼓似的闷声闷气，风吹溪流时像手提琴似的流畅和清脆，随时配合鲜亮轻快的杂管繁弦，或者，冰封日丽时像钻孔器钻破苍青冰块似的奏出短笛回旋曲。

街头最早的声响给我带来雨天阴冷难熬的烦恼，或寒气战栗的亮光，或雾霭消声所引起的软瘫，或急风暴雨前的温湿和阵热：轻微的阵雨刚把街头声响润湿就被一阵风吹干或被一抹阳光晒干。

那些日子，尤其风钻进烟囱时发出不可抗拒的呼唤，真令我心怦怦直跳，其剧烈的程度胜于一个姑娘听见马车滚动，驶向她未被邀请的舞会；乐队声从敞开的窗户进来，我真希望前夜是在火车上度过的，天蒙蒙亮时到达诺曼底的某个城市，如科德贝克或巴约，在我看来，古老的城市和钟楼就像科舒瓦农妇的传统头巾或马蒂尔德王后[1]的花边便帽；到了那里就立即出去散步，去暴风骤雨的海边，直到渔夫教堂，该教堂精神上一直受到浪涛的保护，滚滚波涛仿佛尚在透明的彩画玻璃上闪烁，浮托着威廉[2]和勇士们蔚蓝和绯红的战船，任其在环形的绿色涌浪之间劈波斩浪，留下这座好似设在海底的教堂：湿湿的，呈现一片抑制的寂静，圣水石缸的凹处还留着一点点积水。

甚至不需要白日的光芒、街头的杂声，天气就可以向我显示、向我提醒时令和时变。我觉得身上由神经血管织

---

1　马蒂尔德王后出生于盛产绣花绲边的弗朗德勒，是弗朗德勒勒伯爵博杜安五世的女儿，1054 年嫁给诺曼底威廉公爵，成为公爵夫人，后来征服者威廉取得英国王位（1066），她也成为英国王后，死于 1085 年。历史上误传现藏于巴约图书馆的著名"巴约壁绣"出自这位王后之手。这幅绒绣长七十余米，宽半米，包括五十八个场景，描绘诺曼底人征服英国的故事。

2　威廉，指威廉一世，又称征服者威廉（1027—1087），法国诺曼底公爵（1035—1087）。堂兄英王爱德华无嗣，认威廉为继承人（1051），1066 年爱德华逝世，大贵族哈罗德即位。威廉凭借先王遗嘱，召集诺曼底封建主和骑士在教皇支持下渡海侵入英国，哈斯丁一战打败哈罗德，自立为英王（1066—1087）。

成的小城堡里的通信和交流趋于平缓时，便知道下雨了，我就很想身处布鲁日[1]，待在冬日的熊熊炉火旁，午间饱食冻肉、黑水鸡、小猪肉，宛如置于勃鲁盖尔的画中。

如果通过睡意，感到我的神经已在我的意识之先苏醒并活跃起来，我便揉一揉眼睛，看一看时间，弄清楚是否来得及赶到亚眠结冰的索姆河畔，观赏大教堂以及躲在南墙飞檐下避风的雕像，飞檐上雕有南方太阳下明暗有致的葡萄园。

薄雾霭霭的日子，我希望只在夜间见过的古堡里过夜，在那里第一次醒来，很晚起床，穿着睡衣，哆哆嗦嗦快快活活跑到熊熊壁炉旁烘烤，冬日冰冷的太阳也来到火旁的地毯上取暖；我从窗口眺望我所不认识的一片空间，在看上去非常美丽的古堡两翼之间有一个宽阔的院子，那里马夫们正在备马，准备一会儿送我们去森林观看池塘和寺院，而早起的古堡女主人则吩咐下人不许出声，以免吵醒我。

乍暖还寒的初春早晨，有时牧羊人的木铃在蔚蓝的空中发出的声音比西西里岛牧民的笛声更清脆，我真想经过积雪的圣哥达[2]，下山去百花盛开的意大利。我受到早晨阳

1　布鲁日，比利时西北部的古老城市，是重要水陆运输枢纽。市内的建筑很有特色，古堡、钟楼、教堂、博物馆都值得一看，是旅游重镇。
2　圣哥达位于阿尔卑斯山脉瑞士一侧，南与意大利交界，著名的圣哥达隧道使瑞士北方重镇巴塞尔经过意大利边境的基亚索直通米兰。

光的感召，跳下床，对着镜子手舞足蹈，欢腾雀跃，高高兴兴说些毫无巧意的话，甚至唱起歌来，因为诗人好比门农雕像[1]，一遇日出朝晖便吟唱起来。

我身上垒着许许多多人，当他们逐一哑口无言，当极端的肉体痛苦或睡眠使他们一个个坠落消失，最后剩下的，总是站着的那个，就是我的神明，很像我童年时代眼镜店玻璃橱窗里的修士娃娃：雨天打伞，晴天脱帽。如果天晴，护窗板哪怕关得密密实实，我的眼睛哪怕紧闭，恰恰因为风和日丽，紫霭升腾，我却咕咕哝哝，旧病复发；持续的疼痛几乎使我失去知觉失去言语，我根本不能说话不能思考，连盼望雨天来止住犯病的愿望都没有了，连产生这个愿望的力气都没有了。除了我的喘气声，万籁俱寂，我听见心灵深处一个小小的声音快活地说：天气晴朗。天气晴朗，痛苦的眼泪夺眶而出，使我说不出话来；但假使一时能喘得过气，我就会吟唱，眼镜商的小修士，我唯一的化身，便脱下帽子，预告艳阳普照。

---

1 门农，希腊罗马神话中的英雄，厄俄斯和提诺托斯的儿子，埃塞俄比亚国王。荷马以后的神话中，他在支援特洛伊战争中起了重要作用，并献出自己的生命。厄俄斯丧子，痛哭不已，从此清晨的露珠被称为厄俄斯的眼泪。此处门农雕像，是希腊和罗马人对底比斯附近的法老庙前两座巨型雕像的称谓。相传公元 27 年，坐北的雕像因地震部分倒塌，从此这座门农雕像每逢日出，沐着朝晖，便发出好似人声的哀鸣，如泣如诉。据说这是门农在向母亲朝露女神请安。传说极富诗意，此后一直为诗人传诵。

所以，后来当我习惯整夜不睡白天大睡时，我感到白昼就在身边，不视而见，对白天和生命的渴望更为强烈，总也得不到满足，东方泛白，天光曐曐，"三钟经"淡淡的晨钟在空中苍白而急促地回旋，宛如破晓前的微风，又如晨雨点点，飘散四方，此时我就很想跟拂晓出门的人们分享远足的愉悦，他们准时到外省某家小旅舍的院子赴约，他们跺脚闲荡，等着套好马车，颇为自豪地向那些不信他们前夜许诺的人显示他们是遵时守约的。天气晴朗无疑。每逢夏日晴天，午休的睡眠美不可言。

窗帘紧闭，躺着也没关系！只要有一点点白天的光线或气味，我就知道时辰，不是想象中的而是现实现时的钟点，不是梦幻中的而是我身处的实际时点，其感受仿佛比实际的愉悦更进一层。

我不外出，不午餐，不离巴黎。然而，当夏日晌午稠腻的空气使我盥洗室和玻璃衣柜的单一气味染上光泽并得以离析，当这些气味在蓝色丝绸大窗帘下"冻结"成似明似暗的螺钿色，固定不动而清晰可辨，我便知道此时跟前几年时的我一样的初中生，或跟我差不多"忙忙碌碌的人们"正下火车或下船回到他们乡间的家中吃午饭，我也知道，在大街椴树下，在热气腾腾的肉铺前，他们掏出怀表查看"是否晚点"时已经开始享受回家的快乐：在昏暗而花哨的小客厅里一束阳光僵着不动，仿佛使氛围麻醉了，他迎着扑面而来的香水味儿，穿过芬芳的彩虹，然后走进昏暗的配膳室，那里虹彩闪烁，宛如突然进入一个岩洞，盛满水的凹槽里冰镇着苹果汽酒，其"清凉感"一会儿将沿着他的食道四壁浸入全部黏膜，使之冰凉而充满香气，喝酒用的玻璃杯模糊不透明却非常好看非常厚实，像女人的部分肌肉，叫人情不自禁想亲吻，却总吻得不过瘾，恨不得咬上一口；他们已经享受到厨房的阴凉，桌布、餐具柜、苹果汽酒、格律耶尔奶酪同棱柱形玻璃杯为伍，准备受餐刀的折磨，各自不同的香味亮晶晶冻结成条纹纵横的玛瑙色，外加几分神秘，当端上洋溢樱桃味儿，而后是杏子味儿的高脚盘时，厨房的气氛就像布局有致的血管，细巧妥帖。苹果酒的气泡冉冉上升，其数量之多，溢出后沿着酒杯挂下来，可以用小勺把成团的气泡接住，有如东方海洋里麇集的小生命，一网撒下去便可捞起成千上万的卵块。气泡沿杯外围凝成块状，很像威尼斯玻璃杯，为苹果酒染成粉红色的外表绣上精致的绲边，显得特别灵巧。

有如音乐家要把脑中回旋的交响乐写到纸上时需要在琴键上试弹以确信他定的调与乐器真实的音乐相符，我下床才片刻，就到窗前拨开窗帘，以便确实跟上光线的亮度。我同时跟上其他现实事物的节拍，对现实的欲求在孤独中更加亢奋，可能接触现实给生活平添一分价值：对不认识的女人便是如此。瞧，现在走过的那个女人，她左顾右盼，从容不迫，信步转向，宛如一条鱼游于透明的水中。美不是我们想象事物的极致，不是在我们眼前的抽象典型，相反是一种新的典型，很难想象现实会向我们奉献的典型。譬如那个十八岁的高挑姑娘，玲珑秀气，双颊苍白，头发卷曲。嗨，我早点起床就好了。但至少我晓得白天这样的机会多得很，于是我的生活欲望就增加了。因为每一种美是一个异样的典型，因为没有美丽，而只有美丽的女人，所以美是一种催动，诱人向往只有美才能实现的幸福。

舞会上我们见到交织而过的不仅是涂脂抹粉的漂亮姑娘，而且是不为人知的"过江之鲫"，她们的生命不可捉摸，难以辨识，对她们每个人我们都想深入了解，所以这样的舞会既美妙无穷又令人痛苦！有时某个女人用情欲和憾恨交织的目光，默默向我们开启生命，但我们只能以情欲进入她的生活，别无他法。唯独性欲是盲目的，对连名字都不知道的姑娘产生欲念，等于用布条蒙住眼睛闲庭信步，明知道那是可以随便出入的福地，而又不能让人家认出我们……

但她，对我们还是个未知数！我们很想知道她的姓氏，至少她的姓氏能使我们重新找到她，也许她是名媛淑女而瞧不起我们的姓氏；我们很想知道她的父母，其社会等级和习惯必定是她的义务和习惯；我们很想知道她住的房子，她穿越的街道，她会见的朋友，有幸前来探望她的人们，她夏天去的乡间，即更使她远离我们的地方；我们很想知道她的癖好，她的观点，以及有关她的一切：证明她的身份，组成她的生活，吸引她的目光，容纳她的到场，占满她的思想，接纳她的躯体。

有时我走向窗户，掀开一角窗帘。我看见一群小姑娘在她们的女教员带领下踏着一汪汪金光去上教理课或上世俗课，她们柔软灵活的步态使得一切不由自主的动作变得纯洁无邪，她们冰肌玉骨，仿佛属于一个不可捉摸的小社会，仿佛对她们穿行其间的芸芸众生即便不是无拘无束地肆意嘲笑，也是视而不见，她们的目中无人表明了她们的卓尔不群。姑娘们仿佛在目光中把她们和您拉开距离，以至她的美貌使人难堪；她们不是贵族姑娘，因为在贵族中由金钱豪华风雅引起的无情距离比在任何地方都消除得彻底。贵族可能为了寻欢作乐而追求财富，但视财富如敝屣，把财富与我们的笨拙和贫穷以同一尺度对待，毫不做作，真心诚意；她们甚至不是纯金融世家的姑娘，因为那样的姑娘尊重其希望购买的东西，尚比较接近劳动和尊重他人。不，她们这些姑娘成长的社会正是冷酷地把您拒于千里之外的社会，即金钱帮口社会；这个社会凭借妻子的姿色或丈夫的时髦，已开始追逐贵族，明天还千方百计同贵族联盟；今天虽在反对贵族享受特权，但已经痛感平民姓氏使女儿们难以指望去拜访公爵夫人；她们的父辈从事经纪人或公证人职业，由此她们可以设想父辈们的生活跟大部分同僚是一模一样的，必定不乐意会见同行的女儿们。这个阶层很难涉足，因为连父辈的同僚们都被排斥在外，连贵族都不得不卑躬屈膝才得以涉足其间；经过几代的阔绰和运动，她们变得风姿绰约，多少次正当我对她们的美貌叹为观止时，她们只需投来一道目光，就让我感到她们与我之间横着一道不可逾越的鸿沟，觉得更难接近她们了，何况我认识的贵族也不认识她们，无法把我介绍给她们。可惜！我们得不到所有的幸福。就拿那位金发姑娘来说，跟着她快活是幸福，被她又冷又阴的脸上严肃的眼睛所认识是幸福，能坐在她膝上搂抱她的纤腰是幸福，了解她鹰钩鼻冷峭眼白高额的命令和法则是幸福。这些幸福虽说得不到，但至少我们得到赖以生活的新理由……

有时，汽车的恶臭飘进窗来，新思想家们觉得这种气味腐蚀我们的乡村，他们认为人类心灵的快乐按照人们的愿望各不相同，进而认为独特性在于事实而不在印象。但，事实如过眼烟云，立即被印象改变，汽车的气味飘进我的房间，恰恰是夏天乡间最令人陶醉的气味，浓缩着乡村的美丽和遍游乡村的欢乐，加上接近所追求的目标的欢乐。甚至山楂花的香味只不过使我想起可以说是静止和限定的幸福，因为受篱笆的限制嘛。汽油沁人心脾的气味，带着天空和太阳的色彩，意味着乡村广袤无边，意味着外出的快乐，深入矢车菊虞美人紫苜蓿中间的快乐，得知我们将到达女友等候我们的福地而快乐。整个早上，我清楚记得，在博斯田野散步使我逐渐远离女友。她离我散步的地方约十法里。时不时一阵疾风吹过，使太阳下的麦子卧倒，使树木簌簌战栗。在这片广阔的平原上，最遥远的地方仿佛是相同地点一望无际的继续，我感到那阵风以直线来自女友等候我的地点，疾风吹拂她的面庞后直奔我而来，从她至我的路上，畅通无阻地驰过无边无际的小麦矢车菊虞美人田野，她和我仿佛只处在一片田野的两端，我们俩各处一端，温情脉脉地互相等候，虽然相距遥远，眼睛看不见，但甜蜜的风儿吹来，仿佛是她送来的飞吻，仿佛是她从口中直接向我散发的气息，所以，当回到她身旁的时刻一到，汽车就很快使我越过那段距离。我爱过其他女人，爱过其他地区。散步的魅力在于同我爱恋的女人保持一定的距离，我害怕靠得太近，使她厌烦、使她不快，从而很快使我痛苦不堪，我只在抱希望去见她时才觉得与她近在咫尺，而我总借口出于某种急需才跟她在一起，却抱希望受邀再去见她。就这样，一个地区悬空在一张脸上，也许反过来说，一张脸悬空在一个地区上。在我设想那张脸的魅力时，她住的地区，是因她的魅力而使我喜欢，可能促使我住在那边，促使她和我同舟共济，让我找到快乐，因此那个地区就是魅力的一个因素，就是人生的希望的组成部分，总之，那个地区已经寓于爱的愿望中了。由此，风景的深处搏动着一个人儿的魅力。由此，一处风景的诗意整个儿寓于一个人身上。由此，我的每个夏天都带有一个人儿的脸庞和体形，带有一个地区的形貌，更确切地说，同一个梦想的形态：在梦幻般的欲望中，我很快把生灵和地域交织混同；红花蓝卉的茎带着湿润闪亮的叶子爬过阳光灿烂的墙头，显现出我某一年情笃意浓地倾心大自然的痕迹，仿佛我留下了签字；下一年却钟情晨雾霏微下的一个凄凉湖泊。年复一年，这样的地方，抑或我千方百计把心上人儿带去，抑或为了跟她待在一起而拒绝前往，抑或因为我以为是心上人儿住的地方而情有独钟，但往往不确定，名声尚存罢了，而我已知道阴差阳错了，过往的汽车气味使我乐不可支，并引诱我追逐新的快乐，那是夏天的气息，力量的气息，自由的气息，自然的气息，爱情的气息。

（选自《驳圣伯夫》）

# 《费加罗报》上的文章

我闭上眼睛等待天亮。我想起很久以前寄给《费加罗报》的那篇文章。我甚至已经校过清样。每天早晨，打开报纸，总希望找到。多日来，我已不抱希望了，心想没准儿人家就是这样拒绝稿件的。很快我听见全家起床了。妈妈急于来到我的房间，因为那时我已经是白天睡觉了，每天信件收到后，大家跟我道"晚安"。我重新睁开眼睛，天已破晓。有人进入我的房间。很快妈妈也进来了。毋庸置疑，她做事一向让人一目了然。由于她一辈子从不为自己着想，由于她做出无论大小的举动其唯一目的都是为我们谋福利；自从我得病，不得不放弃寻快活，她的一切举动便专为我得到乐趣和安慰，我从第一天起就掌握了这个底细，所以相当容易猜出她的举动所包含的意图，看出其意图的终点是我。她向我问好之后，我看出她脸上装出心不在焉无动于衷的样子，她漫不经心把《费加罗报》放在我身旁，放得离我好近好近，我稍微一动就能看见；她放下报纸便急匆匆离开了，活像无政府主义者放下一枚炸弹；

她行色匆匆，以不寻常的粗暴在走廊里喝退正准备进屋的老女佣，我的老女佣不明白房间里发生了什么她不可以观赏的奇迹，而我立即明白妈妈深藏的用意，就是说文章发表了，她只字不提，是为了不影响我惊喜的新鲜感，她不让任何人因其在场而可能打搅我的喜悦，因为若有人在场，出于对人的尊重，我不得不掩饰喜悦。妈妈一向如此，只要有我的文章发表，或有别人评论我的文章，或评论我喜爱的人的文章，或雅姆斯[1]的一篇文章，或博伊莱夫[2]的一篇文章，因为我觉得他们两人的文章妙不可言，或有我喜爱的笔迹写的信件，她就漫不经心把邮件放在我身旁。

我打开报纸。瞧！恰恰有篇文章跟我那篇的题目一模一样！不行！太过分了，逐句逐词都相同……我抗议……再往下仍然一字不差，还有我的签字……原来是我的文章。但在一秒钟内，我的思想惯性飞速驱动，也许由于不断认为不是我的文章，我的思想有点疲沓了，就像老年人重复一个动作，始而急，继而衰，但我很快终于明白：这是我的文章。

我拿起这张报纸，既是一张又是一万张，用不可思议

---

1　雅姆斯（Francis Jammes，1868—1938），法国作家，擅长散文诗，风格清雅平易。

2　博伊莱夫（René Boylesve，1867—1926），法国作家，擅长写外省风情，文章自由风趣，著作丰富，1902 年入选为法兰西学院院士。

的方式由一张变成一万张，每张都是一样的，给谁都不缺什么，有多少报贩要多少都可以；天空万里朝霞，巴黎却是湿漉漉的，大雾弥漫，昏暗如墨，报纸和牛奶咖啡给一切刚醒的人们送上。我手中拿着的，不仅是我的真实思想，而且接收我的思想等于唤醒千万个注意。为了了解所发生的现象，我必须走出自我，必须暂时成为万名读者的一名，他们的窗户刚打开，他们的脑子刚被唤醒就升起我的思想，继而变成曙光无数，返回来给我输入的希望和信赖多于我其时在天空看到的曙光。于是我拿起报纸，好像不知道它登载了我的一篇文章，我故意把眼睛从载有我的文字的地方挪开，试着重新创造更多的机会读到我的文章，朝我认为有机会的方面移动，有如等候的人独步计时，拉开时距，以免数时太快。我感到脸上出现非知音读者冷漠的不满，接着我的眼光落到我的文章中部，开始阅读。每个词语给我带来我想唤起的形象。每个句子，从第一个字开始就预先显示我要表达的思想，但我的句子给我反馈的思想更和谐更翔实更丰富，因为作为作者的我成了读者，处在感受性的简单状态，比我写作时的状态更为丰富；对于在我身上重新塑造的相同的思想，此时我加以对称的引申，这些引申甚至在开始读这个句子时想都没有想过，其构思之巧妙令我喜出望外。实际上，我觉得万名读者此刻阅读我的文章，不可能不欣赏我，如同此刻我对自己这般欣赏。他们的欣赏弥补了我的欣赏所存在的小裂痕。假如我以这篇文章直面我原本想做到的——很可惜我晚些时候发生过这样的事情，那很可能我会觉得它在美妙而连贯的句子面前如失语症患者一般结巴，难以使最诚心善意的人明白我在执笔时自以为能办到的事。这份情感，我在写作时是有的，现在重读过一小时后肯定也会有的，但此刻我不是往自己的思想慢慢倾注每个句子，而是深入千万个睡醒的读者的思想，他们刚刚拿到《费加罗报》哇。

我竭力成为读者的一员，排除我原有的意图，让自己的头脑处于空白，准备阅读任何东西；迷人的形象，稀罕的想法，俏皮的妙语，深刻的见解，雄辩的表达，纷至沓来袭击我的头脑，迷惑我的头脑，给我灌输我有才华这一想法，使其毫无疑问地喜欢我胜于其他所有作家。我的荣誉在每个头脑里升起，浮现在所有那些睡醒的脑袋上空，这个想法在我看来比染红每扇窗户的朝霞更火红。我若发现一处用词不当，嗨！读者看不出来的，再说如此用词也还不算差嘛，他们没习惯念好东西。力不从心是我生活的悲哀，这种情感现在变成虎虎有生气，因为我有想象中的万名仰慕者撑腰。我摆脱了对自己不光彩的判断，沉浸在赞语声中，我的思想随着我想象的每个读者特殊赞赏的节奏而旋转，随着我刚才获得的赞语而旋转，我终于将自审这一痛苦的责任推卸给读者。

唉！就在我享受不必自评自审的时刻，恰恰是我评审了自己！我从自己词语的字里行间看到一幅幅形象，之所以看得到，是因为我有意安排的；实际上这样的形象并不存在。即使我确实成功地把几个形象引进词句，也得要读者把它们装入脑袋并加以抚爱才看得清爱得深！重读几个臻于精妙的句子，我心想，对啦，在这些词句里有这个思想这个形象，我心安理得了，我的角色完成了；每个人只要打开这些词语，就找得到；由报纸传递这些弥足珍贵的形象和思想，仿佛思想跃然纸上，仿佛只要睁开眼睛就可把形象和思想映入原先空空如也的头脑！我的词语所能做到的，只是在智者的头脑里唤醒相似的词语，他们自然也拥有和这些词语所表达的相同的思想。至于在其他人的头脑里，我的词语唤醒不了相似的词语，我若硬去唤醒，那是多么荒谬的想法呀！对他们而言，这些词语所含的意义，非但他们永远不会明白，而且也不会出现在他们的头脑，何必呢？当读到这些词句，他们明白什么呢？无非像我认识的一些人会对我说："您的文章，不怎么样""糟透了""您错不该写呀"。而我，想到他们言之有理，不妨站在他们的意见一方，设法用他们的智慧阅读我的文章。但我做不到，这胜于他们不能运用我的智慧。从第一个词开始，我的头脑里就浮现令人陶醉的形象，无偏见地一个一个栩栩如生，叫我着迷，我觉得业已完善，就如报上登载的，不能有另外的理解；如果他们仔细阅读，如果我向他们解释，他们会跟我一样想的。

　　我乐意想到这些美妙的思想此刻进入所有人的头脑，但马上想到所有不读《费加罗报》的人，也许今天不会阅读，或出去打猎了，或没有打开报纸。再者，读报的人必定读我的文章吗？唉！认识我的人若看到我的署名总会读一读吧。但他们是否看得见我的署名？我很高兴自己的文章被刊登在头版，不过我骨子里认为有些人只看第二版面。但，要读第二版面，必定打开报纸，而我的签名恰在第一面的中间。然而我觉得，当翻阅第二页时只能瞥见第一页的右栏。我试验了一下，假设我急于知道谁受到菲茨-詹姆斯[1]夫人的接待，我拿起《费加罗报》，根本不想知道第一页有什么东西。不错，我看清了第一页最后两栏，但根本无视有没有马塞尔·普鲁斯特！不管怎么说，即使只对第二页感兴趣，总得看一看第一篇文章是谁写的吧。于是我自问谁昨天谁前天写第一篇文章，我发现自己经常不看第一篇文章的作者署名。我决心今后密切注意，就像忌妒的情人，必须确信没有受到情妇的欺骗，不再受欺骗。但遗憾的是，我明知道我的注视引不起别人的共识，不会因为往后我这么做了，看了第一版面，我就可以得出结论说其他人会如

---

1　菲茨-詹姆斯（1670—1734），英裔法籍元帅，承路易十四册封为公爵，此处是指他的后代传人，20世纪初的巴黎贵夫人。

法炮制。相反，我不认为现实与我的愿望有多少相像之处，从前，当我希望得到情妇一封信时，我就凭空想出一封希望得到的信，并笔录下来。明知她不可能恰如我想象的那样给我写信，这般天缘巧合太渺茫，我便停止想象，以便不排除我原先的想象有可能实现，她没准儿会给我写我希望得到的信。即使天缘巧合她给我写了这样的信，我也不会有什么乐趣，我会觉得那是出于我的手笔。唉！一旦初恋过后，我们就熟知爱情上取悦讨好的种种语句，哪怕最希望得到的语句无一给我们带来任何寓于我们之外的东西。只需信件的词语既出自我们也出自我们的情妇，只需信件的思想既出自我们也出自我们的情妇，就足以使我们读信时坚持己见，就足以证明我们希望得到的和我们实际收到的没有什么不同，既然从愿望到现实用的都是相同的语言。

我叫听差再去买几份《费加罗报》，说是要送给几个朋友，这也是实情。但主要为了用手指触及我的思想落实到成千上万张油墨未干的纸上，为了证实有另一位先生跟我的当差同时到报亭买另一份报纸，也为了想象自己是新读者，面对同一家报纸的另一份。所以，作为新读者，我拿起我的文章装作从未读过的那样，充满新的诚意，但实际上，第二次作为读者的印象并没有什么不同，跟第一次作为读者的印象同样是涉及个人的。我骨子里很清楚许多人根本不懂我的文章，包括我最了解的人。但，甚至对这些读者，今天占领他们的思想，也使我产生愉快的印象，哪怕他们对我的思想不甚了了，至少知道了我的姓氏我的品格，他们料想写得出这么多他们不懂的东西总要有点本事的吧。我对自己的看法，希望有个女人跟我有同感；这篇她不懂的文章其本身就是明摆着她对我的赞扬。只可惜，她对不喜欢的人受到赞扬引不起共鸣，比如充满思想的词语，只要她没有这样的思想，就驱动不了她的头脑。

好吧，我重新上床睡觉之前准备吻别妈妈，并问问她对文章的想法。我已经迫不及待想在熟悉的人中做做试探，既然我无法测验万名《费加罗报》的读者是否看过和喜欢我的文章。让妈妈上阵，不妨跟她谈谈。

我去跟她道别前，先把窗帘拉上。此刻，在玫瑰红的天幕下，太阳似乎业已形成，正喷薄欲出。玫瑰红的天空引起我强烈的旅行欲望，因为我经常从火车的窗玻璃望见这样的天空，在车厢里过夜不像这里什么都关得紧绷绷密匝匝，叫人透不过气，而是在运行摇曳中睡觉，就像鱼漂着睡觉由潺潺活水驱动着。就这样我醒着或睡着，都受火车滚动声的摇晃，耳听得隆隆滚动，二节一拍，四节一拍，随心所欲，就像钟声，按耳朵想象的节奏，越听仿佛钟声越急，一个钟催着另一个钟，依次催促，直到耳朵以另一种节奏替换定调，自此，钟声或火车声便乖乖听命于这个基调。每当火车高速把我送往想去的地方，我总这样过夜之后依窗瞥见树林上方玫瑰红的天边。然后铁道转弯，村庄上方依然繁星密布，街上依然被似蓝非蓝的夜幕笼罩。于是我跑向车厢的另一侧，见到树林上美丽的朝霞越来越鲜红耀眼，就这样我从一边窗口跳到另一边窗口，随着火车方向变化，设法不离朝霞，追逐朝霞，我在右边窗口失去它，就到左边窗口重新获得它。其时下定决心不断旅行。此刻这种愿望又油然而生，真想重睹满天朝霞下汝拉山脉蛮荒的峡谷以及处于峡口弯道上的小车站。

但，我真想看的不光这些。火车靠站而停，我靠着窗口，一股煤雾味儿透进来，一个十六岁的姑娘，高挑，粉红脸蛋儿，过来兜售热气腾腾的牛奶咖啡。对美女抽象的欲求是枯燥乏味的，因为这种欲求是根据我们的认识而想象出来的，它在我们面前展现完成的世界。但是初次显露的一个美丽姑娘恰恰给我们带来想象不到的东西，不是人见人爱的那种美女，而是一个特殊的女子，与众不同的，很有个性的，我们很乐意跟她一起生活，我对她喊"牛奶咖啡"；她没听见我叫喊，对这个生命我未做出任何贡献，她的眼睛不认识我，她的思想没有我的存在，唉，我眼睁睁看着她远去；我呼喊，她听见了，转身嫣然一笑走过来；当我喝牛奶咖啡时，当火车启动开走时，我盯视她的眼睛；她并不躲避我，也盯视我的眼睛，略带惊异而已，但我根据自己的愿望以为在她的眼睛里望见了好感。我多么想摄取她的生命，跟她一起旅行，即使拥有不了她的玉体，至少获得她的青睐。她的时间她的友情她的习惯，难道不可据为己有吗？必须只争朝夕，火车就要开走了。我心想：我明天再来。现在，两年过去了，我仍觉得我会再去那边，会想方设法住到那附近，在天蒙蒙亮朝雾呈粉红色时，到蛮荒的峡谷山口去亲吻给我递送牛奶咖啡的橙红头发姑娘。换一个男人，他携带情妇经过那里，当火车停后再出发时，他遏制了遇见当地姑娘时所产生的情欲，从而忘掉送奶姑娘。这是一种让位、一种放弃，放弃拥有该地给予我们的东西，放弃深入现实。那些到现实中寻找这样或那样快乐的人们，可以在亲吻他们的情妇时，忘掉微笑着给他们递送牛奶咖啡的姑娘。他们可以以见到另一座美丽的大教堂来满足想见亚眠大教堂钟楼的愿望。而对我来说，现实是个体的，不是找个女人寻欢作乐，而是找某某女人；不是找一座美丽的大教堂，而是找亚眠大教堂，到她扎根的土地上寻找，不是她的替代物，不是她的复制品，而是她本身；为了高攀她，我不辞辛苦，只要她和我沐浴相同的阳光相同的气候。经常两种愿望融合在一起，就这样在两年中我一再去沙特尔大教堂，先参观门廊，而后由管理圣器室的修女陪同，攀登教堂钟楼。

现在天已大亮，我看到，满地金光，神奇般炫耀，向开窗的人们表示太阳好久不出来了，照得花园里的大向日葵、呈斜坡的公园、远处的卢瓦河一片闪烁；这片金色的尘埃，人们只在夕阳西下时能重见，但那时已不再是充满希望的无限好了，而是匆匆散落在依然静悄悄的小道上。

（选自《驳圣伯夫》）

# 阳台上的阳光

睡之前，我想知道妈妈对我的文章看法如何。

"菲莉西，夫人在哪里？"

"夫人在梳妆室，我正准备给她梳头呢。夫人以为先生睡了。"我趁还没睡，去妈妈的房间，这个时候我进她的房间是非同寻常的，因为平时我已经上床睡着了。妈妈坐在梳妆台前，穿着白色宽浴衣，美丽的黑头发披散在双肩。

"何以此刻见到吾狼？"[1]

"'吾师必定把傍晚当成早晨啦'。"

"别耍贫嘴啦，我的狼不跟妈妈谈谈他的文章是不肯上床的啰。"

"你觉得怎么样？"

---

1  叙述者母亲对他的昵称。

"妈妈我虽未研读过《居鲁士大帝》[1]，却觉得你写得挺好。"

"关于电话那一段不错吗？"

"很好，就像你老姑妈路易丝所说的，我不知道这孩子从哪儿找出来的花样，我活了这一大把年纪却没听说过。"

"不敢当，说正经的，你若不知道是我写的，读了也会觉得好吗？"

"也会觉得很好，我的小傻瓜睡觉跟大家不一样，在这个时辰还穿着长睡衣在他妈那里。菲莉西，小心点，你拉我头发了。快去换衣服或重新上床，亲爱的，因为今天是星期六，我的时间很紧。想想看，假如读你文章的人此刻瞧见你这般情景，他们会看得起你吗？"

确实，星期六因为我父亲有一堂课，所以午饭提前一小时。这个时间上的小变化，对于我们大家来说形成了星期六的一种特殊的景象，相当令人愉快。家人都知道很快要吃午饭了，人人有权享用煎蛋卷和苹果牛排，而平时还得再熬上一个小时。况且星期六的复归是个小小的事件，

---

[1] 《居鲁士大帝》是法国17世纪时的一部根据真人真事创作的小说，作者是玛德莱娜·德斯屈代里女士（1607—1701），据考证，小说里居鲁士大帝的原型是大孔代（即路易二世·德·波旁），曼达娜原型是隆格维尔公爵夫人（即大孔代的姐姐）。小说长达十卷，似连载小说，庞杂无序。这里的意思是，不知道文章暗指谁人何事。

消耗着人们在平静的生活中所表现的全部兴趣全部快乐，必要时，是全部创造意识和幽默感——这一切在外省城乡小共同体中是极其丰富的，从来不需要张扬。星期六是我们珍爱的谈话主题，经常性的和取之不尽的主题。由于布列塔尼人从来只欣赏有关亚瑟王的诗章，拿星期六开玩笑真叫我们开心，实际上是独一无二的，因为这样的玩笑属家人内部事务，有助于我们强烈区别于外人，有如民族内部事务与外国人无关，与野蛮人无关，就是说有别于星期六按约定俗成时间吃饭的人。不知道我们星期六提早吃饭的人上午来跟我们聊天，发现我们已围桌就餐，十分惊奇，正是他们的惊奇成了我们最经常打趣的题材。单是弗朗索瓦丝就一连笑话好几天。我们非常清楚这一招会引起开怀大笑，笑得粲然动人，我们感情相通，动用爱国心似的排斥当地的习俗，以至于有意邀请人来，增加来者的惊异，引发场景，设想对话。譬如有人说："怎么，才下午两点？我以为晚得多哩。"有人接话茬儿："不错，今天是星期六，这才造成您的错觉。"

"等一等，再说一句话：假设你不认识我，假设你不知道这几天会有我的文章，你猜想得到吗？我嘛，我觉得这个部位不显眼。"

"小蠢蛋，怎么不显眼呢？打开报纸一眼就看见了。一篇文章占了五栏！"

"是的，占了五栏，恐怕会给卡尔梅特先生带来麻烦。报纸上这么登文章效果不好，读者不喜欢的。"

妈妈听了，脸上认真显露不耐烦。

"那你为什么这样登文章呢？这就不近情理了，他对你仁至义尽；再说，如果你的文章不受欢迎，如果引起批评，他就不会再向你约稿了，明摆着的嘛。也许有些句子你本可以删除的。"妈妈拿起报纸，原来她也叫人替她买了一份，这样就不必再来问我要了。

天气转阴，我听见壁炉里风声猎猎，我的心被带到我想去的海边，可我的目光却回落到《费加罗报》上，妈妈正在读我的文章，看看可删除什么，我无意间读到未曾注意的段落：

暴风警报！布雷斯特消息，从昨晚起风越刮越大，暴风降临，码头停泊的缆绳纷纷断裂。

看到"暴风"二字，我心潮澎湃，激动的心情超过一个姑娘看到首场被邀的舞会请柬。它使我渴望的对象成为形状，成为现实。这些字样带给我的震动是痛苦的，因为渴望外出的同时，旅行的焦虑油然而生，几年来这种焦虑总在出发的时刻使我无法成行。

"妈妈，有暴风呢，我很想趁我可以起床的日子去布雷斯特。"

妈妈向笑嘻嘻的菲莉西转过头去说："菲莉西,我对你说对了吧!假如马塞尔先生获悉有暴风,他必定要去旅行的。"

菲莉西钦佩我妈料事如神。再者,她瞧着我们母子俩亲近,我不时吻一下妈妈,亲热的场景呈现万般柔情,我觉出妈妈有点不高兴了,以致对菲莉西说她的头发梳完了,最后由她自个儿戴头饰。我依然焦虑不安,两幅图像在我脑海里吵架,其一把我拉向布雷斯特,其二把我拽回卧床:第一幅图像里,我午餐后喝完滚烫的咖啡,一名海员等着准备把我领去岩石观看暴风,倒还有点儿太阳;另一幅图像里,大家都就寝了,我得上楼去一间陌生的卧房,睡进潮湿的被单,确信睡前看不到妈妈了。

其时,我看见窗台上一条脉搏跳动,无色无光,但时刻在膨胀放大,我觉得出它即将变成一抹阳光。果然,片刻之后窗台的一半已经蔓及,经稍事犹豫羞怯后退,很快全部布满苍白的亮光,在亮光里浮现精工制造的阳台栅栏阴影,是那种有点剥蚀的阴影。一阵微风把阴影驱散,但驯服了的阴影再次浮现,之后,我眼看着窗台上的亮光强度增加,以快速持续不断的递增加强亮度,恰似序曲通常结束时那个加强音符。序曲开始很弱,听到用渐强奏出的经过句才明晰可辨,然后音量加大再加大,高速递增音阶强度，持续一段时间达到最强音，震耳欲聋，扬扬得意，曲尽其致。就这样片刻工夫阳台整个儿油漆完毕，金光灿灿，宛如夏日始终不变的光辉灿烂；精工制造的阳台栅栏原先在我眼里一直是世上最难看的东西，此时它的阴影在亮光的衬托下几乎是美丽的。阴影在单一的平面上错落有致，把原先不易察觉的栅栏涡形饰和盘旋饰甚至最纤细的斜桁凸显出来，连最微妙的旋涡饰也同样简洁地显现出来；酷爱精益求精的艺术家乐于已臻化境，此处阴影似乎表露了这种乐趣；艺术家可以给忠实于客体的复制品平添某种客观本身所没有的美。阴影建立在一派明亮的平地上，立体感鲜明突出，形态高超，触得到摸得出，仿佛听其自然便站得住立得稳，天然成趣，如静养的闲云野鹤。

不管我们如何设法使我们的话语具有个性，我们写作时不免迁就某些陈规旧习和约定俗成，一件事物使我们产生印象，却不一定有描写这件事物风貌的想法，有如煮肉或穿衣的习俗随文明过程的不同而各异其趣。无论怎样，阳台投在满地阳光的石面上的阴影，即使描写得更确切，好像也难以体现我当时体验到的愉悦。我们熟悉的家养植物各种各样，它们根植墙门下，藤攀窗户口，把窗口点缀得格外美丽，令窗户更为不可捉摸和转瞬即变，更适合白天可能发生的不同情况；太阳的金光抚弄，别致的婆娑叶阴，既短暂又常年地映在我们的窗户上；冬天最阴沉的日子，每当下了一上午的雪，我们小时候看看天气就知道可以去香榭丽舍大道了，也许可以看见从马里尼大街出现一张鲜嫩活泼的脸蛋儿，她戴着窄边软帽，熠熠生辉，她不顾女教师的威胁，听任自己在冰上滑行，而我们还因早晨天气恶劣想到见不着她而哭泣哩。后来年纪大了，即使天气不好也可以外出了，我们不一定要恋爱，不一定在扶杠游戏场或一定只在香榭丽舍扶杠游戏场，才能见得着心爱的小姐。

有时候，甚至我们已不是稚童了，在生活中可能达到意想不到的目的，而原先却以为高不可攀。可能收到一份请柬，邀请我们雨天去喝茶；去原先以为不可向迩的公馆，这样的公馆遐迩闻名，单单所在乃至邻近的街道名称以及所在的区号听起来就叫我们痛苦难熬和心怀鬼胎。这样的公馆，爱慕足以使我们心驰神往，但，按当时的习俗，这样的公馆还不具备明亮的套间和蓝色的客厅，即使大白天，从楼梯开始就是半明不暗的，给人一种神秘感，一种庄严感，继而候见厅里更是黑洞洞的，简直分不清站在难以觉察的哥特式木箱前的是等候女主人出访的跟班，还是前来迎候的主人，不管是谁，反正黑洞洞的候见厅准叫你的心扑通扑通地跳；从候见厅进入客厅不必经过许多道门帘，客厅绒绣门帘银底黑斑纹的华丽，窗户的彩画玻璃，小狗，茶几，以及天花板上的图画，好像都是爵府主妇的标志和附庸，仿佛这个套房是独一无二的，同公馆女主人的性格姓氏门第个性浑然一体，代数上所谓唯十必然的序列。况且在我们，爱慕足以把爵府最微小的特色描绘成引人羡慕的优越。我家没有相同的事物，在我看来等于承认社会不平等，如果爵府主妇是我认识的心爱的小姑娘，那这种社会不平等就把我同她永远分离，作为比她劣等得多的人同她分离了；由于我不能说服野蛮的父母，让他们明白我们的公寓套房和我们的习惯是反常的，丢人现眼的，我宁愿向小姑娘撒谎，确信她永远不会亲临我们家来发现丢人现眼的事实，我竟敢让她相信我们家和她家一样，客厅的家具总覆盖着罩布，下午用点心时从不吃巧克力。

天气恶劣我也想去小女友家喝茶，如果下午两点意外出现一抹阳光，在我简直就像死囚获得特赦，即使这种可能中止之后，我一生中仍有许多次，当一抹阳光投到窗户，原先不得不放弃的计划却实现了，原先失去指望的一次散步却愉快地成行了：叫人套马车！没有太阳的日子好比赤裸的躯体，白生生更叫人对白天垂涎欲滴，恨不得把大自然咬上一口。而所谓阴沉昏暗的日子，没有太阳出现，过往行人就像被捕的舞鱼，在网里跳动，泛着刺眼的银光，然而当我们觉察到窗上一抹尚不耀眼的阳光闪烁时是多么高兴啊，仿佛我们下午诊察不清晰的心脏：我们仰望天空，询问云间微露的笑容。

窗户面临的大街很难看，从秋叶剥落的树木中间望去，但见一垛墙，重新漆的粉红色过分鲜艳，墙上贴着黄色蓝色海报。但阳光灿烂时，把所有的颜色都点燃了，融汇了，用树的红色、墙的粉色、海报的黄色蓝色、天空的蔚蓝色为我们的眼睛建造了一座迷人的宫殿，彩虹般的悦目，火焰般的热烈，不禁使人想起威尼斯。

由此可见，仅仅描绘阳台反射的图案，我就能够把弗朗索瓦丝[1]替我妈梳头时阳光给我的印象写出来。这个印象可以用一幅图画显现出来，是在平面上勾勒的东西，而不是我当今视觉印象的产物。无数模糊不清的记忆接二连三，一直追溯到我最深远的过去，对这抹阳光所感受的印象，与我今天眼见的相同，但给印象加大了容量，使我深沉充实，具有现实感，切实对那些钟情的切磋的真挚的日子有所感受，觉得快乐有望，觉得日子脉搏的跳动亲热而犹未定型。有如那些不寻常的演出，众多不露面的合唱队员协助一名著名的女歌唱家保持音量，她唱歌中气不足，有点累了。我今天的印象没准儿像这位女歌唱家，老了累了。但以前所有的印象加强了我今天的印象，赋予了奇妙色彩。或许也使我获益匪浅：有一种想象的快乐，一种非现实的快乐，即诗人唯一真正的快乐；种种印象哪怕产生

---

[1] 前文为菲莉西，作者混淆了，弗朗索瓦丝是他的终身保姆。按前后两段文字，当不是写于同一时期。

一分钟的现实感，在我也是难能可贵的一分钟，令人鼓舞。从这个印象和所有与之相似的印象中脱颖而出某种共同的东西，优于我们生活的现实，甚至优于智力、激情、爱情的现实，使我们难以言表。但，这种优越是肯定无疑的，可以说是我们唯一不能怀疑的东西。这东西，就是我们印象的精妙之所在，一旦被我们察觉，我们就产生无与伦比的快乐，甚至一时忘乎所以，把生死置之度外。读了洋洋洒洒充满崇高思想和美好情操的文章，我们会说"不错"，但，如果突然不知道为什么我们从看上去颇不起眼的一个词语发现这种精华的苗头，我们顿时感到清空淳雅，我们知道，意境清妙才是美。

先前我们梦寐以求的陌生人，在各个方面都超过我们，而今成了熟人，受别人控制，处处不如我们，有这么一天，真是莫大的欣慰。所有那些习俗，那座我们梦想涉足的公馆，现今我们了如指掌，成了我们的囊中之物。我们自由出入那座高不可攀的圣殿。姑娘的父母从前在我们眼里是铁面无情的神，经常阻挡我们的去路，比地狱之神更厉害，现在变成慈善的欧墨尼得斯[1]，邀请我们来见她，邀请我们

---

1　即厄里倪厄斯，古希腊神话中的复仇三女神，专事惩罚违犯誓约、不从父母、不尊长者、杀人行凶等。厄里倪厄斯在阿提卡叫作欧墨尼得斯，意为"善心的女神"，可能是当地用的一种婉词。

吃晚饭，教她学文学，仿佛发生在赫胥黎[1]笔下那个疯子的幻觉中：他以为看见一面狱墙的地方，却瞧见一位慈善的老太太请他坐下。先前姑娘参加的晚宴和茶会让我们感到神秘莫测，使我们敬而远之，费尽心机猜想，如同猜想她逃过我们耳目的生活轨迹；我们成了晚宴和茶会的来宾、贵客，而他们则是一般客人，微不足道，昙花一现，唯唯诺诺。那些女友，先前以为她跟她们联合起来嘲笑我们，如今我们比她们更叫人喜欢，人家把我们与她们聚集起来，一起参加故弄玄虚的散步，不怀好意的窃窃私语。我们是最受喜爱最受称赞的朋友之一。神秘兮兮的门房向我们致敬，人家邀请我们住在从外面看得见的房间。我们曾经藏在内心的爱慕，现在任其获得灵感；朋友们曾使我们产生嫉妒，现在我们叫他们妒火中烧；至于父母的影响，反正朋友们讲由我们家说了算，即使假期天气恶劣，我们去哪儿，大家就跟着去哪儿。意想不到地闯入一个个女子的生活，不管是邮局姑娘还是侯爵夫人，不管是罗什米罗瓦姑娘还是卡布茹瓦姑娘，这样的日子对我们来说终究将化为一张地图，我们永远不会试用的地图；说不定，我们故意翻脸，把它抛到九霄云外。

　　整个这种摸不透的生活，我们摸透了，掌握了。其实

---

1　赫胥黎（Aldous Leonard Huxley，1894—1963），英国诗人，小说家，擅长讽刺。"疯子的幻觉"出处不详。

只不过是，吃饭，散步，聊天，玩乐，比一般交往更令人愉快的友好交往，因为我们对交往的追求有一种特殊的趣味，但痛苦一旦消失，梦想也随之消失。我们坚持这种追求，为此经受了考验，我们想方设法不翻车不生病不疲劳不做丑八怪。上帝护佑我们安然抵达最显眼的包厢，我们神采奕奕，应付裕如，万事俱备以助我们有气派有风趣。我们说话别具一格："死亡，以后"；"生病，以后"；"难看，以后"；"侮辱，以后"。我们觉得这些事情的表达不够有力，希望我们的说法留作我们专用。神采奕奕，帅气十足，面颊饱满，如花似玉，我们怜惜这一切，但愿将其保留下来，因为已经今非昔比了。聊以自慰的想法是，至少我们曾经竭力追求过。由此，不满足成了追求的要素，但这是最完整的一种典型性追求，最完美的一种推理；我们得到了我们欲求的东西，不让未满足的东西任其自流，活着决不永做失意者，我们既然不再引人企求，那就不得已求其次，去追求别人，画饼充饥。为此必须体验引人入胜的追求：参加盛大的舞会，上街遛一遛，看见有俊彦经过，变着法儿去认识他，让自己的心灵具有天下最妙的好事已做完的感觉，即使是令人失望的；完美地融合各种追求形式，在公园看见如花似玉的妙人儿经过，不妨一一采揽；倚窗眺望；奔赴舞会；"嗨，可能发生最美妙的事儿"，心里这样想着；不妨都尝试一下，有时候巧施诡计，一个晚上就打下最高不可及的三个果子。再说，我们只追求不同凡响的成果，以向自己证明我们可以有所作为。惹草拈花，如同女用人偷偷外出，我们眼观四路是为了遐思畅想，因为生灵是一个个的人儿，必须一个个地见到，然后选定一个人儿一个日期，为了左拥右抱，再大的快乐也会放弃。某个人儿的某个抚摸，不够，再加某种动作，再加声音的感染力，这就是我们的企求，不久的将来就是成功的样品，是我们希望从生活中得到的；介绍给某个姑娘，使她从不知名到知名，或更确切地说对她而言我们使自己从不知名到知名，从可鄙到可爱，从被占有到占有，这是我们的小手腕，用来抓住扑朔迷离的未来，也是我们向她施加的唯一压力，有如我们所谓去布列塔尼旅行只不过是下午五点钟到铺满树叶的小径上观看夕阳穿越橡树林。二者必居其一，要么我们外出旅行，要么我们留下，或如果我们认识她，跟她去某个地方使她觉得我们俊秀，在那儿我们互相得到生命开花结果的快乐，因为她已经是我们的诸多成果之一；不管怎么说这个小玩意儿将使我们为之牺牲重大的成果，为了不错过一次好事儿，总之为了不冷落我们随便选定的性感的妙人儿，这个爱情的归宿，漂亮女人的缩影，有如宇宙浓缩为威尼斯宫殿上的一抹阳光，使我们挑选了威尼斯之旅。

（选自《驳圣伯夫》）

第三辑

# 叙事论人

*Pour écrire pas hâté: la religion à l'âme.
Toujours il demeure cette triste agonie
Pour l'espace infligée à l'oiseau qui la*

# 卡特来兰花

　　她手里拿着一束卡特来兰花，斯万透过她的花边方头巾，看见她头发上也有这种兰花，别在一个天鹅毛的羽饰上。她在小披风下穿着一件黑丝绒的袍子，一边下摆斜角张开着，露出一大块三角形白罗缎衬裙，在袒胸的上衣口边露出一块衬布，也是白罗缎的，胸衣上也插着几朵卡特来兰花。她还没有完全从斯万引起的惊吓中恢复过来，这时拉车的马遇到一个障碍向一边躲闪。他们俩被猛烈摇晃了一下，她发出一声惊叫，心突突直跳，气也喘不上来了。

　　"不要紧的，"他对她说，"别害怕。"

　　他搂住她的肩头，用自己的身子支撑着她，让她坐稳，然后又对她说：

　　"千万别说话，只要用手势回答我就行，以免更喘不过气来。您胸衣上的花刚才被震歪了，我来把它们扶正，您不见怪吧？我担心花会掉下来，我把它们插牢。"

　　她不常见男人对她这般客气，微笑着说：

　　"不，说哪儿去了，我不会介意的。"

奥黛特的回答反倒使他慌张，也许他刚才找到这个借口时假装真心诚意，也许已经开始相信自己确实真心诚意，他喊道：

"噢，不，千万别说话，您会喘不过气来的，您满可以用手势回答，我能明白您的意思。果真您不见怪？瞧，您身上有一点儿……我想是洒落的花粉吧；您允许我用手把它擦掉吗？我不会使劲擦的：下手不太重吧？也许把您弄痒了吧？因为我不想用力碰您的丝绒套裙，免得把它弄皱了。但您看，真的必须把这些花插插牢，否则会掉下来的；就这样，把它们往里插一插……请说实话，我真的不叫人讨厌吗？我闻一闻，看看它们香不香，不叫您讨厌吧？我从来没有闻过，可以闻吗？说实话。"

她莞尔一笑，微微耸了耸肩膀，好像在说："您真傻，您明明看得出我很乐意。"

他伸出另一只手，上下轻轻抚摸奥黛特的脸颊；她凝视着他，神情颓丧而严肃，好似佛罗伦萨大师画中的女人，他早已觉得她与她们相像；她和她们一样，有一双又长又细的眼睛，眼珠在眼眶的边上晶莹发亮，好似两滴眼泪，随时可能脱落下来。她微歪着颈项，看上去酷似异教画和宗教画中所画的女人。这大概是她通常的姿态，她心里明白这种姿态此时此刻最为适宜，所以她非常注意保持这种姿态，似乎需要全身的力气来支撑脸部的方位，好像有一种看不见的力量把她向着斯万拉过去。在她不由自主地让自己的脸倒向斯万的双唇之前，斯万用双手把她的脸捧住，保持一定的距离。他想让他的思想有时间跟上，认出长期以来所怀的梦想，看一看梦想变成现实，有如请一位母亲来分享她心爱的孩子的好成绩。斯万盯视尚未被他占有甚至尚未被他亲吻的奥黛特的脸，也许想最后看一眼，就像启程的人在离开前把眼光投到再也见不到的景色上。

那天晚上，他从整一整卡特来兰花开始，到占有她告终，但在她面前总是羞羞答答的，或许怕惹她生气，或许怕显露出撒过谎，或许缺乏勇气提出比这次更高的要求（他满可以再提出来，因为第一次没有使奥黛特恼怒），在这之后的日子里，他依旧用同样的借口。如果她胸衣上别着卡特来兰花，他就说："今晚倒霉，卡特来兰花不需要整理，不像那天晚上歪歪扭扭的，不过我觉得这一朵不太正。我可以闻一闻是不是特别香吗？"或者，如果她没有戴花："哎，今晚没戴卡特来兰花，我没法整治了。"从此，在一段时间，第一个晚上的程序一直延续下来，开始用手指和嘴唇轻轻触及奥黛特的胸脯，每次总这样开始抚弄她；很久以后，当整理卡特来兰花（或惯常的模拟整治）早已过时了，"整一整卡特来兰花"便成了一种暗喻，作为他们机械地用来表示肉体占有的简单词汇——其实已谈不上什么占有了——这个暗喻长期保留在他们的言语中，以示纪念这个被遗忘的习惯。也许这种表达"做爱"的特殊说法与其他种种同义词并不完全相同吧。我们不管对女人感到怎样腻烦，不管对占有各种各样的女人感到何等千篇一律和何等习以为常，但与之相反这种占有会带来新的乐趣，如果我们搞的女人颇难对付——或我们认为颇难对付——以至我们不得不制造某种出乎意料的插曲来实现这种占有，如同斯万第一次整治卡特来兰花那样。那天晚上，他胆战心惊地期待着从卡特来兰花宽大的淡紫色花瓣中结出占有这个女人的果实，心想如果奥黛特被他的诡计蒙住了，那她不会知道其中的奥妙；他思忖，他已经感受到这种乐趣，也许奥黛特只有在没有辨认出以前才肯容忍，正因为如此，这种乐趣如同人间天堂的花丛中第一个人享受到的那样，迄今为止从未出现过，而正是他竭力创造的一种乐趣，有如他创造的那个专门名词所保留乐趣的痕迹，这是一种别开生面的、崭新的乐趣。

（选自《在斯万家那边》）

# 他给迷上了

几个月来除了与奥黛特相见外别无他事，开始感到懊悔，但又一想，一件用特异材料铸成、趣味无穷的杰作有着不可估量的价值，多花些时间合乎情理；他观看这件罕见的样品时，有时像艺术家那样谦恭、无私和超俗，有时却又像收藏家那样骄傲、自私和贪心。

他把《叶忒罗的女儿》这幅画的复制品当作奥黛特的相片放在自己的书桌上。他欣赏那双大眼睛，欣赏那文雅的面孔，尽管皮肤隐约有些缺陷，也欣赏那沿着倦怠的双颊垂下的绝妙的发卷。他把以美学方式体会到的美放在一个活生生的女人身上，再把这种美化为生理优点，进而美滋滋地把这些优点集中在一个可能被他占有的女人身上。当我们观赏一幅杰作时，对它朦胧的好感往往油然而生，现在他既然知道了《叶忒罗的女儿》那幅画有血有肉的原型，朦胧的好感变成一种欲望，用来弥补奥黛特的肉体从未使他激起过的那欲望。每当他久久凝望波提切利的画，便想起他自己的波提切利，觉得自己的画中人更美，于是他把西坡拉的画片拿到身边，仿佛把奥黛特紧紧搂在怀里。

　　然而，他想方设法预防奥黛特产生厌倦，有时也预防自己产生厌倦；他感到自己从奥黛特极其方便地同他见面以来，她好像对他没有多少话可说了，由于他俩待在一起的举止有些平淡无奇、单调无味，似乎永远固定下来了，他担心长此以往最终会毁掉他那个浪漫的希望——她终将有一天向他吐露灼热的爱情，只是这种希望使他爱上她并仍然爱着她。为了改变一下奥黛特过分僵滞的精神状态，也由于害怕自己因此而腻烦，他突然给她写了一封信，让人在晚饭前送到，信里充满假装的失望和佯作的愤慨。他知道她会惊慌失措，立即给他回信，他希望她由于害怕失去他而内心挛缩时迸发出迄今从未对他说过的话语；果然，他正以这种方式得到了那些她还未给他写过的饱含温情的信，其中有一封是她中午从"金屋饭店"让人来的（那天为赈济木尔西亚水灾难民举办了巴黎木尔西亚节），信是这样开头的："我的朋友，此刻我的手颤抖不已，几乎握不住笔了。"他把这封信和枯萎的菊花一起珍藏在同一个抽屉里。有时，她没有空给他写信，那么当他一跨进韦迪兰家，她便快步迎上前对他说："我有话对您讲。"于是他好奇地从她的脸上，从她的话中，察看迄今一直向他隐瞒的东西。

　　只要他走近韦迪兰家，每每瞥见百叶窗一向敞开的大窗户灯火辉煌，便不由想起即将见到那位在金色的光芒下喜笑颜开的可爱的人儿，心里不由泛起缕缕柔情。有时灯光把客人们细长的黑色身影清楚地映照在窗帘上，好像半透明的灯罩上映现的错落有致的小版画，其余部分的皱褶则亮光光的。他竭力从中辨认奥黛特的剪影。然后他一跨进屋便兴奋得两眼闪闪发亮，不能自已，以至韦迪兰先生对画家说："我看这下热乎起来了。"在斯万眼里，有奥黛特在场确实给这个人家增添了他在任何别的人家未遇到过的东西：某个感觉器官，某种神经网络，它们分布在各个房间，时时激荡着他的心房。

这样，这个"小圈子"的社会机构，由于活动简单，自然而然地使斯万和奥黛特每天相见，使他装作不在乎见她，甚至不想见她，即便如此，他也不会冒什么大风险，因为不管他白天给她写些什么，晚上定能见到她，并且把她送回家。

然而有一次，他想到每晚都得带着她一起回家，觉得乏味了，便带着那个年轻女工去了布洛涅森林，推迟去韦迪兰家的时间，所以很晚才到，而奥黛特以为他不会再来就先走了。斯万见她不在客厅，心头一阵难过；他不寒而栗，第一次掂量对乐趣的失落感，因为迄今为止他一直自信这种乐趣招之即来，其实对其他的乐趣都一样，这种自信使我们看轻甚至全然不见乐趣的重要性。

"你注意到他发现奥黛特不在时的那副神情了吗？"韦迪兰先生对妻子说，"我看可以说他给迷上了！"

"他的那副神情？"科塔尔大夫粗声问道，他刚看完一个病人，回来接妻子，不知道大家在说谁。

"怎么，您没有在门口碰见斯万家族的佼佼者……"

"没有哇，斯万来过了吗？"

"咳，只待了一会儿。今天斯万非常激动，非常烦躁，您明白吧，奥黛特先走了。"

"您是说她跟他要好得不得了，她让他看出恋人之时辰已到了。"大夫说，战战兢兢地试验这些短语的含义。

"不对，绝对没有那种事情，咱们私下说，我认为她大错特错，她为人就像个大傻瓜，简直就是大傻瓜。"

"得，得，得，"韦迪兰先生说，"你知道什么，怎么没有那种事情？咱们又没去亲眼见过，是不是？"

"若有那种事情，她会对我说的，"韦迪兰夫人傲慢地反驳道，"我告诉你们，她有什么事，不论大小都对我说！眼下她身边没有男人，我对她说她该跟他睡觉。她却说做不到，说她着实迷上了他，可他跟她总那么畏畏缩缩，弄得她怪不好意思的；她还说她不以那种方式爱他，说他是个理想的人物，害怕糟蹋自己对他的感情。到底怎么回事，谁知道呢？反正她绝对需要这号人。"

"很抱歉，我不同意你的说法，"韦迪兰先生说，"我觉得这位先生不地道，他装腔作势。"

韦迪兰夫人顿时不作声，摆出一副木然的神情，好像变成一尊雕像，这种伪装使她可以让别人以为她根本没有听见"装腔作势"这个不可容忍的字眼儿，否则这似乎意味着人家可以在他们夫妇跟前"装腔作势"，进而意味着"高出他们一头"。

"总而言之，即使没有那种事情，我也不认为这位先生会把她看作守贞节的女人，"韦迪兰先生含讥带讽地说道，"不过，咱们不好说什么，既然他好像觉得她挺聪明。不知你那天晚上是否听见他对奥黛特滔滔不绝地大谈万特伊的奏鸣曲；我打心眼里喜欢奥黛特，但要跟她讲美学理论，非得甘愿当大傻瓜不可。"

"得了，别说奥黛特的坏话，"韦迪兰夫人学着孩子娇滴滴的样子说，"她挺可爱的。"

"那并不妨碍她可爱，咱们不是说她的坏话，咱们只是说她既不守贞节，又不聪明。其实呀，"他对画家说，"何必对她是否守贞节那么认真呢？也许守了贞节反倒不怎么可爱了，谁知道呢？"

斯万在楼道上被总管叫住了，刚才他进屋时，总管不在；奥黛特在一小时前曾托他转告斯万，如果见到的话，她在回家前很可能去普雷沃斯特咖啡厅喝杯巧克力。斯万马上去普雷沃斯特咖啡厅，可马车每往前进一步都被别的马车或穿越街道的行人挡住，他恨不得把这些可恶的障碍推倒，要不是警察的盘问笔录比让行人通过更耽误时间的话。他计算着他正消耗的时间，把每分钟多算几秒，不至于过分满打满算，以便确信及早赶到和见到奥黛特的机会实际上比他想象的要大一些。一时间，好像发烧的病人一觉醒来，意识到与自己难分难解的乱梦是何等荒诞，斯万突然发现自从在韦迪兰家听说奥黛特已经离开以来，自己脑子里的思想稀奇古怪，心底里的痛苦前所未有，此刻才仿佛大梦初醒，洞若观火。怎么？如此烦躁不安仅仅因为他明天才见得到奥黛特，而一个小时之前在去韦迪兰家的路上这正是他所盼望的呀！他不得不确认载着他去普雷沃斯特咖啡厅的还是原来的那辆马车，而他却不是原来的那个人了，他不再独自一人，有个新人跟他在一起，附在他身上，和他融为一体，也许摆脱不掉了，他将不得不像对待主人或疾病那样小心翼翼地与之周旋。然而，自从他感到有个新人如此这般附在他身上的那一刹那起，他便觉得生活更有趣味了。他几乎没有想到这次在普雷沃斯特咖啡厅的会面即使得以实现，也不过跟往常一样平淡无奇，因为这种等待打乱了先前的心态，使他的思想、记忆出现空白，以致心绪久久不宁。正如每天晚上，只要跟奥黛特在一起，每当偷偷向她多变的脸膛上一眼，他就立即把视线移开，生怕让她看出情欲的流露，不再相信他无私心。此

仿佛在黑暗的王国，在鬼魂群中寻找欧律狄刻。[1]

在产生爱情的一切方式中和传播可恶的痛苦的一切媒介中，最有效的莫过于不时掠过我们的激荡之风。在这样的时刻，我们乐于与之相处的人将是我们迷恋的人，命运就这样定下来了。甚至在这之前此人没有必要比别人更讨我们喜欢。所需要的是，我们对此人的喜爱必须是排他性的。这个条件的实现在于，此人不在我们跟前时，对其吸引力所给予我们的乐趣的追求突然在我们身上代之以一种焦急的需求，即以其本人为对象的需求，一种荒诞的需求，社会的法律不能满足又难以纠正的需求，即占有此人这种疯狂而痛苦的需求。

斯万让车夫把他送往最后几家没有打烊的餐厅，这是他经过冷静思考后为获得幸福所作的唯一假设。现在他不再掩饰他的烦躁，不再掩饰他对这次会面的极大重视，于是向车夫许诺如果获得成功的话就有一笔赏金，好像使车夫抱有成功的希望加上他自己原有的希望就能在林荫大道的某家餐厅找到奥黛特似的，即使她早已回家睡觉了。他一直赶到金屋餐馆，两次进入托尔托尼，都没有找着；他又去英格兰咖啡馆，出来时神色惊慌，大步走向在意大利大道角上等候他的马车，突然跟迎面走来的人撞了个满

---

[1] 出自希腊神话。欧律狄刻是歌手俄耳甫斯的妻子，被毒蛇咬伤致死。为了找回妻子，俄耳甫斯亲身进入冥界，用音乐感动冥后，把妻子领回。

怀——这人正是奥黛特。她后来解释道，因为在普雷沃斯特咖啡馆没有找到座位，便去金屋餐馆吃夜宵了；她坐在一个凹间里，所以没有被他看见；她正去找自己的马车。

她大吃一惊，万万没有料到会遇见斯万。而他呢，他跑遍巴黎城，并非因为他认为可能找到她，而因为放弃寻找于心不忍。今晚的这份快乐，他在理智上一直认为是不可实现的，而现在却实实在在地呈现在他的面前；他没有预见到这种可能性，因而没有为获得这份快乐出力，快乐是来自外部的；他用不着伤脑筋来为自己提供这种快乐：快乐自动冒了出来，自动投向他的怀抱，这一现实光彩夺目，驱散了他所惧怕的梦幻般的孤独。于是他不假思索地把自己对幸福的幻想建立于、依托于这个现实之上。有如一个旅行者在风和日丽的日子来到地中海岸边，不肯说出他刚离开的地方，不肯回顾那些地方，任凭永远闪烁着蔚蓝色的海水所反射的光芒把自己照得眼花缭乱。

他随她登上她的马车，叫自己的马车跟在后面。

（选自《在斯万家那边》）

# 敲错了窗户

第二天他离开宴会时，正下着倾盆大雨，他只有那辆四轮敞篷马车；一位朋友提出用轿式马车送他回家，他想既然奥黛特叫他去，这就证明她不等别人，那么，他可以安安稳稳地、满心欢喜地回家睡觉，而不必冒着雨专门跑一趟。但是，假如她看到他的样子不像坚持每天毫无例外地跟她一起度过良宵，那么在他特别想跟她独处时，她也许无意间另有安排了。

他到她家时已过了十一点，连声道歉说没能早点来，她抱怨说确实太晚了；她还说暴风雨使她不舒服，她感到头痛，并预先告诉他只能留他半个小时，到子夜十二点就赶他走；但过了一会儿，她感到疲劳，嚷嚷着想睡觉。

"这么说，今晚不弄卡特来兰花了？"他对她说，"我还真盼着一小朵卡特来兰花呢。"

她有点赌气和烦躁，回答说：

"不，亲爱的，今晚不弄卡特来兰花了，你看得出我不舒服嘛。"

"弄一下也许对你有好处，但我不勉强。"

她请他在走以前把灯熄灭，他走时亲自为她合上床帐。但回到家里，他突然产生一个念头：也许奥黛特今晚在等什么人，她假装疲劳，叫他熄灯只是为了让他相信她要睡觉，等他一走，她就重新点上灯，让那个人进来跟她一起过夜。他看了看钟点。他离开她差不多一个半小时了，他又出门，叫了一辆马车，把他送到离奥黛特家很近的地方停下，这条小街与她住宅后窗的那条街成直角，他有时敲敲她卧室朝这边的窗，叫她开门；他从马车上下来，周围一片僻静和黑暗，他只需走几步便可靠近她家的后墙。街上所有的窗户早已黑了，只有一家屋内灯火通明，从百叶窗透出的亮光就像被压榨过的果肉，呈金黄色的，神秘莫测；有多少个夜晚，他一踏进这条街便远远望见这道亮光，欣然自怡，仿佛得到通报："她在等你呢。"而现在看到这灯光，心如刀割，仿佛得到通报："她和她刚才恭候的人在一起。"他想知道那人是谁，他沿着墙根一直摸到窗前，然而从百叶窗斜叶片之间的缝隙什么也看不见；在这夜阑人静时，他只依稀听见有人在窃窃私语。诚然，他心里难过，看到这亮光，想见窗框里面金光灿灿，一对看不见的、可憎可恶的男女在活动，听到他们在里面低声细语，这表明他走后才来的那个人还在，表明奥黛特说了假话，表明她正在跟那个人共享幸福。

不过，他觉得不枉此行：刚才迫使他出门的那种痛苦由于变得明朗反倒不剧烈了，这不，奥黛特的另一重生活，那时他突然产生了怀疑，但又无可奈何，而现在他抓住她的另一重生活，它暴露在明灯亮光之下，在这间房间如茧自缠还不知怎么回事，而他，只要高兴就可以进去突然袭击，捉拿归案；或者，他去敲敲百叶窗，如同经常来得太晚时那样，至少这样一来，奥黛特会明白他已经知道底细、看见灯光、听到谈话，而他，刚才还在想象她和那个家伙嘲笑他如何上当，现在该他看着他们如何上当，如何受他的捉弄：他们以为他远在千里，而他就在窗下，正准备敲窗哩。也许，此刻他所得到近乎快乐的感受，不是怀疑和痛苦的解除，而是一种智力的乐趣。自从他坠入情网以来，他以前对事物那种孜孜以求的兴趣有所恢复，但只限于引起对奥黛特的怀念的事物，而现在嫉妒复活了他勤奋的青年时代的另一种官能，即对实情的强烈兴趣，但也只限于他与他的情妇之间的实情。这种官能只接受从她那里发出的光辉，全属个人的真相，其唯一的对象，具有无限价值和近乎超凡脱俗之美的对象，就是奥黛特的行为、交游、计划和经历。斯万在他一生的任何其他时期，向来认为个人的日常行为和琐事不足挂齿，有人向他说长道短，他总觉得平淡无奇，即便硬听下去，也只是注意力中最平庸的部分在起作用，这种时刻他会觉得自己太没出息了。然而，在恋爱的这段奇特的时期，个体竟有如此巨大的吸引力，以至唤醒了他心头对一个女人的锱铢琐事的好奇心，正如从前他对历史所产生的那种好奇心。迄今为止，他一直羞于为之的事情，如在窗前窥察，谁知道呢，也许明天会想法儿套闲人的话，或收买用人，或在门外偷听，如今在他看来，也许像辨读文本、鉴别证词、考证古迹那样，只是一些进行科学考察的方法，具有真正的学识价值，这些方法很适合寻求真相。

他正准备敲百叶窗，羞耻之心油然而生，想到奥黛特即将知道他起了疑心，走了又返回来，在街上监视。她常对他说她最厌恶猜忌的人、最厌恶盯梢窥伺的情人。他即将干的事情确实笨拙得很，她今后会厌恶他的，而在此刻，在他还没有敲百叶窗之前，也许她还爱着他，尽管她欺骗了他。这样，为了一时的痛快而白白牺牲多少可能得以实现的幸福啊！然而弄清真相的欲望更为强烈，并且在他眼里也更为崇高。他知道，他不惜牺牲生命予以核实的真情实况在这透出条条灯光的窗户背面就可以见出，有如学者查阅珍贵的手稿，对烫金封面下蕴藏的艺术价值不会无动于衷的。斯万面对的这部手稿是独一无二的，转瞬即逝的，极其珍贵的，由无比温暖和异常美丽的透明物质构成，弄清使他心潮澎湃的真相，在他有着无穷的乐趣。再者，他感到比他们有利——他多么需要这种感觉呀——其优势也许不在于他知道，而在于能够向他们表明他知道。他踮起脚。敲窗。他们没有听见，他又重重地敲了敲，谈话声中断了。但听得一个男人的声音，他竭力分辨这是他所认识的奥黛特的朋友中哪一位，那人问道：

"外边是谁呀？"

他吃不准是谁的声音。他又敲了一下。窗打开了，百叶窗也打开了。现在无法后退了，既然她马上什么都明白了；为了不显得过分狼狈，过分妒忌，过分好奇，他只得装作一副漫不经心和高高兴兴的样子，大声说道：

"您不必出来啦，我从这儿经过，看见有灯光，想知道您是否好些了。"

他望了望。但见面前是两位先生出现在窗口，其中一位举着灯，于是他看清房间，一间陌生的屋子。平时每逢很晚来奥黛特家，他总凭所有一模一样的窗户中唯一有亮光的来识别奥黛特的窗户，他这回搞错了，敲了隔壁一家的窗子。他连声道歉后走开了，回到家里，称心如意，他的好奇心得到了满足，而他们的爱情则一点未受损害，长久以来他对奥黛特一直装出一副满不在乎的神情，现在并因嫉妒而印证他是多么爱她：两个情人之间，爱得太深的一方一旦表露，就永远使得接受爱情表露的一方不必爱得太深了。他没有跟她谈起这件不如人意的事，自己也不再瞎想了。不过，有时思想活动与对此事的回忆相遇，与它碰撞，把它埋得更深，斯万感到一阵突发的、深沉的痛苦。就像是一阵肉体的剧痛，斯万的思想无法减轻这种痛苦；然而肉体的痛苦至少还是独立于思想的，思想可以注视肉体的痛苦，察看它有所减轻，或暂时中止。而这种思想上的痛苦，只要一触动，就马上再现。即使决意不去想它，实际还是在想，痛苦犹存。跟朋友们聊天，有时忘了痛苦，但人家说的某句话可能突然使他改变脸色，正如一个伤员被一个笨手笨脚的人不小心碰到了痛处。当他离开奥黛特时，他是幸福的，内心平静，仿佛又看见她在谈论某某男人时含讥带讽地微笑和对他投以含情脉脉的微笑；她的头偏离身体的主轴沉甸甸地向他倾斜，几乎不由自主地倒向他的嘴唇，就像她第一次在马车里那样，于是他想起她倒在他怀里时那无神的目光，一边怕冷似的把倾斜的头紧贴在他的肩上。

（选自《在斯万家那边》）

# 嫉妒仿佛是爱情的影子

　　然而，嫉妒仿佛是爱情的影子，相辅相成：今晚她向他投来的微笑，此刻正在嘲弄他，而且正在充满爱情地投向另一个男人；就在今晚让他亲吻的脸，此刻正倒向另一个男人的嘴边，把曾给他的种种亲昵给了别人。斯万从她家带出的种种给他快感的回忆就像室内装饰家提交的草图、"初步设计"，提供给他去设想她跟别的男人可能做出的热烈的或痴狂的举止。因此他后悔不迭，后悔他在她身边感受到的每一个乐趣，后悔由他创造的每个爱抚并冒冒失失向她指出爱抚有多么甜蜜，后悔他在她身上发掘的每一分风韵，因为他知道，过一会儿，这一切将变成新的利器，用来折磨他本人。

　　当斯万回忆起几天前第一次在奥黛特的眼里意外地发现一种生硬的目光，这种折磨变本加厉了。那是发生在韦迪兰家晚饭结束之后。也许福什维尔觉得他的连襟萨尼埃特在韦迪兰家不受欢迎，想把萨尼埃特当作嘲笑的对象，损了萨尼埃特又在韦迪兰夫妇跟前露了脸；也许萨尼埃特刚才对他说了一句不高明的话因而惹恼他了，尽管在座的人根本没有觉察，不知道此话包含什么使人不快的暗示，到底是谁毫无恶意地失言冒犯了什么人；总之，也许他一段时间以来一直寻找机会把深知他底细的人撵出这个家门，他知道事情棘手，有时候只要这样的人在场，他就觉得不自在。所以福什维尔回答萨尼埃特这句不高明的话时非常粗暴，破口辱骂，对方越恐惧，越沮丧，越哀求，他越加大胆，越加骂得凶，害得这个可怜虫求助韦迪兰夫人，不知是否应该继续待下去。萨尼埃特没有得到答复，只好眼泪汪汪，嘟哝着告退了。奥黛特亲眼看到这个场面，她一直无动于衷，但等到萨尼埃特出去后房门重新关上，她脸上通常的表情立即下降好几个档次，一直降到下流的程度，与福什维尔不相上下：她灼灼的眸子闪着假惺惺的微笑，对他表现的胆略以示祝贺，同时嘲讽深受其害的那个人；她向他投去串通伤人的一瞥，明白无误地表明："真是致命的一击，我不会搞错吧？您瞧见他的窘相了吧？他都流眼泪了。"福什维尔的眼神与她的目光相遇，怒色顿消或收敛起他假装出来的满脸怒容，含笑回答：

"他只要识相一些，还可以来嘛；恰当的惩罚对谁都是有益的，老少咸宜嘛。"

一天斯万下午外出访友，不料那人不在家，于是转念去奥黛特家，虽然这个时辰他从未去过她家，但他知道她肯定在家，或午睡，或午茶前写信，心想这个时候去看她也蛮有意思的，又不至于打扰她。看门人对他说她好像在家。他按了门铃，似乎听见有声音，有人走动，但不来开门。他又急又恼，跑到住宅背后的小街，接近奥黛特卧室的窗户，但窗帘挡着他的视线，什么也看不见。他用力敲敲窗玻璃，喊叫起来；没有人来开窗。却见几个邻居探头瞧他。他走了，心想说不定刚才听错了，不是什么脚步声；但这事总叫他牵肠挂肚，没有心思考虑别的问题了。一小时之后，他又回来了。他找着她了，她对他说刚才她在家，但他按门铃的时候她在睡觉；铃声把她惊醒了，她猜是斯万，于是赶紧出来开门，但他已经走了。她听见有人敲窗玻璃了。斯万立即从她的陈述中识别出某些真情实况，但那是说谎者在被揭穿之后故意塞进他们所编造的谎言中去的，借此聊以自慰，满以为有了这一点真相就可以把假话惟妙惟肖地说成真话。奥黛特干了不愿别人知道的事情，当然要深藏不露。但一旦面对她要欺骗的人，她便心慌意乱、思绪纷乱，杜撰和推理的能力瘫痪了，脑子一片空白，但又不得不说点什么，可思想所及恰恰是她想隐瞒的事情，唯其如此，真实的事情才留存脑际。于是她截取其中一个本身并不重要的实况，心想这样毕竟好些，既然这是个经得起核实的细节，总不会比虚假的细节更危险吧。"这至少是真实的，"她暗暗思忖，"总可以得分的，他尽管调查好了，终将承认这是真话，总不会是真话让我露马脚吧。"
她想错了，正是这个让她露了马脚，她哪里想得到这个真实的细节原来是有棱有角的，只有跟真相的真实细节连接在一起时才榫合，而她却随意取舍；不管她把这个真实的细节插进哪些杜撰的细节，总会露出多余的题材和未经填补的漏洞，从而出现破绽，显得不那么浑然一体。斯万暗自思忖："她承认听见我先按铃后敲窗，她猜出是我，并很想见我。但她没叫人来开门，这个事实表明她的话不能自圆其说。"

　　然而，他没有向她点破前后矛盾之处，心想让她一股劲儿往下说，没准儿又会编出什么假话，倒给弄清真相提供一丝线索；他让她继续诉说，不打断她，带着急切又悲痛的敬意谛听她吐出的每字每句，正因为她说出的话语是遮人耳目的，他觉得她的话把那无比珍贵的，咳，无处寻觅的实情蒙上一层神圣的纱帘，依稀露出痕迹，勾出未确定的轮廓：刚才三点钟他来的时候她到底在干什么，对此他永远只能得到谎言，如同难以辨认却不可侵犯的遗迹，这个真实只存在于窝藏者的记忆中，此人静静地望着它而不懂得欣赏，但又不肯把它交出来给别人。诚然，他有时也猜想得出，奥黛特的日常行为不见得都是富有情感色彩趣味的，她跟其他男人可能发生的关系自然还没有普遍到使一切有思想的人万念俱灰、头脑发热、自寻短见。于是他懂得，这种关切，这种忧伤，在他身上的存在好似生了一场病，等到病愈康复，奥黛特的一举一动，她可能给予的亲吻，又会变得不怎么叫人伤心，如同众多其他女人的举动和亲吻。然而，斯万眼下所抱的这种折磨人的好奇心，其原因正在他自己身上，懂得这一点不是为了使他觉得把这种好奇心视为至关重要和不遗余力加以满足是什么不合情理的事情。只因斯万上了一定的年纪，他的人生哲学已经不再是青年人的人生哲学了，当时风行的哲学，斯万经常出入的那个阶层的哲学，即洛姆亲王夫人那个小集团的哲学：只有怀疑一切的人，只有从每个人的癖好中发现真实和确凿的东西的人才被公认为有才智。这种哲学曾促使斯万形成自己的人生哲学，这是一种实证哲学，几乎是医学哲学，不再外露人们所企望的目标，而力求从逝去的岁月中清理出习惯和激情的积淀，人们总以为自己身上的习惯和激情是富有特征性的、永恒的，所以毫不犹豫地首先关注他们所采取的生活方式是不是能迎合这些习惯和激情。斯万觉得把无视奥黛特所作所为作为他生活中的一份痛苦是明智的，正如潮湿的天气使他的湿疹更厉害了；他还觉得在他个人收支中拨出一笔可观的资金用于收集奥黛特日常行踪的情况也是明智的，否则他会感到遗憾。正如他为其他的癖好拨款，因为他知道可以从中获得乐趣，至少在他谈恋爱以前是这样的，比如从收藏和佳肴中获得的乐趣。

当他向奥黛特告辞准备回家时，她请求他再待一会儿，甚至在他要开门出去的时候，急切地挽留他，拽住他的胳膊。但他没有留意，因为在贯穿交谈的大量手势、话语、枝节中，我们明明接近一些遮掩真相的东西而未加注意，它们没有引起我们的警觉，因为我们对真相的猜测是盲目的，相反，我们对一些毫无内涵的东西倒驻足关注，这一切都是不可避免的。奥黛特一再向他重复："你呀，一向下午不来的，难得来一次，我却没见着，有多倒霉嘛。"他心里明白她对他的爱并不深，不会因为他来访未遇而产生如此强烈的遗憾，不过，她心地善良，一心想取悦于他，每当她惹他生气时，她往往也很伤心，所以他觉得她这次心里难过非常自然，因为她使他失去了共度一小时的乐趣，这种乐趣对她未必重要，但对他却十分重要。她对一件没什么了不起的事情始终显得痛心疾首的样子使他感到惊讶。她的样子比平常更使他想起《春》[1]中的妇女面容。这时她垂头丧气、愁容满面，仿佛被无法承受的痛苦压得一蹶不振，酷似画中妇女们守着儿时的耶稣玩一只石榴或看着摩西向食槽里倒水时的那种表情。她的这种表情他曾见过一次，但不记得在什么时候了。但突然，他想起来了：

[1] 《春》系前文已提到的意大利画家波提切利的代表作之一，画于1478年。

有一次奥黛特对韦迪兰夫人撒谎，推说病了，那是她未去吃晚饭的第二天发生的，其实她跟斯万在一起了。话说回来，即使奥黛特是世间最严于律己的女人，也大可不必为一个无伤大雅的谎话而感到内疚。然而，奥黛特通常说谎并不那么天真无邪，而是用来掩饰她跟这样或那样的男人之间产生的叫人受不了的困境。因此，每次说谎，她都害怕得要命，感到自己理屈词穷，对谎言的效果毫无把握，因体力不支直想哭，就像一些没有睡足的孩子那样。再者，她知道她的谎言往往严重损害被骗的男方，如果谎言露出破绽，她没准儿反倒自投罗网了。当下，在他面前她感到自惭形秽，无地自容。即便在社交场合，由于感觉和回忆的交织，无奈说出一个无关大局的谎话，她也会产生劳累过度的不适感和干了坏事的负疚感。

她到底想对斯万说什么谎？竟如此使人沮丧，她的目光饱含痛苦，她的声音充满哀怨，仿佛在她自身的压力下支撑不住了，仿佛在请求宽恕。他灵机一动，猜想她不仅竭力对他掩盖下午那件事的真相，而且有更迫在眉睫的事，也许有还没有发生的事情、即将到来的事情，而此事又可能给他披露真相。就在这个时候，他听见一声门铃。奥黛特滔滔不绝，但她的话语只是一连串呻吟般的自责：为下午未见着斯万而遗憾，为没有给他开门而遗憾，她的遗憾变成真正的绝望了。

这时传来大门重新关上的声音和马车的响声，好像有人吃了闭门羹走开了，大概就是斯万不该谋面的那个人吧，就是被告知奥黛特不在家的那个人吧。这么说，在他通常不来的时刻，只来了这么一次，就发生那么多她不愿意他知道的事情，想到这里，他不免感到气馁，甚至忧伤。但由于他热恋着奥黛特，由于他习惯一切为奥黛特着想，他对她的恻隐之心油然而生，自言自语道："可怜的宝贝！"在他离开的时候，她拿起放在桌上的好几封信，问他是否可以顺路替她投寄。他把这些信带走了，但回到家里才发现信还在他身上。于是返回原路到了邮局，从口袋掏出信，正准备扔进信箱时看了看地址。所有的信都是寄给供应商的，只有一封例外，是寄给福什维尔的。他把这封信留在手里。他暗自思忖："如果我看了里面的内容，就知道她怎样称呼他，怎样对他说话，他们之间是否有事。也许不看反倒对奥黛特不诚实，因为这是消除我怀疑的唯一办法，对她的怀疑也许是捕风捉影，不管怎么说这种怀疑并不使她痛苦呀，而信一旦寄出，那就没有任何东西能消除怀疑了。"

他离开邮局回家，把信留在身上没有寄出。他点燃一支蜡烛，把信封凑近烛光，没敢拆开。起先他什么也看不出来，但信封很薄，把信封和信里的硬卡片贴紧，由于信封是半透明的，他终于看出最后几个字。那不过是一句冷冰冰的结束语。如果不是他看一封给福什维尔的信，而是福什维尔看一封给斯万的信，那么就可看到大为温柔的结尾语了！信封比卡片大得多，他用拇指轻轻推动卡片，分别把一行行的文字推到信封上没有夹层的部分，把卡片和信封摁紧，那是唯一透得出字迹的部分。

尽管如此，他仍看不大清楚。不过这已无关紧要了，因为他看懂的内容足以澄清信里说的只是一件不重要的小事，跟男女私情毫不搭界，是有关奥黛特表叔的什么事情。斯万看清楚一行的开头写着"我十分明智"，但不懂奥黛特十分明智地干了些什么，突然先前没有看清的一个词显现了，使他搞清了整个句子的意思："我十分明智地开了门，是我表叔嘛。"开了门！原来刚才斯万按门铃的时候，福什维尔在里面，后来她把他打发走，这么说，他听到的是福什维尔的声音。

这样，他把信的全部内容读通了；在信的末尾她表示歉意，说对他招待不周，还说他把香烟忘在她家了；最后这句话跟斯万初期一次来访后她写的信上的那句话一模一样。但给斯万的信上她还加添道："为什么您不把心也忘在这里呢？那样的话，我就不让您收回去了。"给福什维尔的信中却根本没有这类话：没有任何暗示使人猜想他们之间会有私通。说实在的，要论受骗上当，福什维尔比他更甚，既然奥黛特给他的信中让他相信来访者是他的表叔。

简言之，是他，斯万，最受她器重，为了他，她才把别人打发走。然而，如果奥黛特和福什维尔之间没有什么名堂的话，为什么不马上开门，为什么说"我十分明智地开了门，是我表叔嘛"？如果她那时不在干什么坏事，福什维尔怎么能明白她不开门的原因呢？斯万茫然若失，他沮丧、羞愧，但又暗中自喜，面对奥黛特毫无戒心地委托给他的这封信，感到她对他的正直寄予绝对的信任，但通过信封这个透明的窗口，他依稀看到奥黛特一点隐秘的生活，这种隐秘的事情他先前不敢企望获悉，如今未知王国的高墙打开了一道窄缝，透出了一道亮光。于是他的嫉妒心大悦，仿佛这种嫉妒心有一种独立的、自私的、吞噬一切的生命力，甚至不惜损害他本人。因为至此他一直保持着最初的那种温情，既不打听奥黛特日常的时间安排，也懒得动脑筋用想象去填补这片无知的空白。他并不猜忌奥黛特的全部生活，只猜忌她一天中的几个时辰、某种情况，也许是被曲解的情况，引导他猜测奥黛特可能瞒着他跟别人乱搞。他的嫉妒心，好似章鱼捕食，首先伸出一只触手，然后伸出第二只，再后伸出第三只，首先抓住傍晚五点这个时辰，然后另一个时辰，再后又一个时辰。但斯万不会虚构痛苦。在他，所谓痛苦，只是来自外部的某种痛苦的回忆和延续。

　　然而，外部的一切都给他带来痛苦。他决意让奥黛特跟福什维尔离得远远的，带她去南方待几天。可他又认为旅馆里所有的男人都看中了她，而她也对他们动了欲念。从前他在旅行的时候总结交新人，寻找人多热闹的地方，而现在他不爱交际，躲避社交场所，好像社交团体曾伤害过他，令他非常难堪。在他眼里，任何男人都可能是奥黛特的情人，他怎么能不愤世嫉俗呢？这样，他的嫉妒心比他当初对奥黛特那种富于快感的和令人喜悦的欲望更为强烈，以致他的性格变坏了，变得面目全非，在外人看来，甚至连表现性格的外貌特征都变样了。

（选自《在斯万家那边》）

## 上流社会的众生相

斯万只差迈入举行音乐会的大厅了，一个身挂钥匙串的守门官一边向他鞠躬，一边给他开门，仿佛把城门的钥匙交给了他。然而，就在此刻他想到，如果奥黛特事先允许的话，他已经在那栋房子里了，回想起擦鞋垫上的空奶罐，胸口一阵揪紧。

挂毯的另一边，仆人的场面让位于宾客的场面，斯万很快觉得男宾都很丑。男性相貌之丑陋，他早已熟知，可是自从男性的五官被独立地从线条角度仅用审美关系加以调配，男相的丑陋给了他新的感受，在他的心目中，男性的相貌不再是实用性的符号了，从前他凭着这些符号来识别男人，区别对待：有些人可以高高兴兴继续往来，有些人则要回避以免麻烦，有些人则要以礼相待，等等。斯万挤在众人中间，发现任何东西都具备一定的个性，甚至单片眼镜也不例外，许多人都戴单片眼镜，这在以前对斯万来说最多不过说明他们戴单片眼镜罢了，可现在不再是大家共有的习惯，而是各具特征了。也许因为他只把在入口处交谈的德·弗罗贝维尔将军和德·布雷奥泰侯爵看作一幅画上的两个人物，而他们过去很长时间一直是斯万很有用的朋友，曾介绍他加入赛马俱乐部，还在几次决斗中给他帮过忙；将军有刀疤的脸上露出得意扬扬的神色，俗不可耐，单片眼镜夹在眼皮中间就像横着一块弹片，遮住了一只眼睛，活像希腊神话中的独眼巨人，在斯万看来好比脸上挂着一块极可怕的伤疤，受过这样大的伤固然光荣，但拿来炫耀未免有失体面；至于德·布雷奥泰先生，为了显示盛装的气派，他戴着珠灰色手套，穿高领黑礼服，系着白色领带，替换了平日的夹鼻眼镜（斯万平时也戴夹鼻眼镜），戴上单片眼镜，他进入上流社交场所，凭借单片眼镜，仿佛借助显微镜让极小的眼睛贴近镜片来研究近代史，眼睛里充满亲切殷勤的神色，不时露出微笑，对天花板的高度、对晚会的壮观场面、对节目的安排、对清凉饮料的质量表示满意。

"喂，是您哪，好久好久没见您了。"将军对斯万说，当他注意到斯万愁容满面，便断定对方是生了一场大病才远离社交界的，于是补充道："您的气色很好嘛，真的！"与此同时，德·布雷奥泰先生正向一位经常出入社交界的小说家发问："怎么，您来这儿能干些什么，亲爱的？"小说家刚把单片眼镜夹入眼窝，仿佛这是他用来进行心理探究和无情剖析的唯一的器官，他神气十足，故弄玄虚地回答："我在观察哩！"他故意把小舌音发得很重。

德·布雷奥泰侯爵的单片眼镜很小很小，又没有镜边，嵌在那里，像一块多余的软骨，说不清能派什么用场，质地倒十分精良，但每每把侯爵的眼睛嵌得生疼，不停地抽搐，这便给侯爵的脸上增添几分温柔哀怨的神情，使得女人们判定他能为爱情而肝胆俱裂。德·圣康代先生的单片眼镜镶着一个奇大无比的环，好似土星，成了脸庞的重心，使整个面孔随时围绕这个重心而调整，微微翕动的红鼻子和含讥带讽的厚嘴唇竭力做出各种怪样，以便配合眼睛射出的智慧光芒，连镜片都被照得闪闪发亮，让下流的时髦女郎见了动心，梦想从他那里得到献媚和淫逸；而德·帕朗西先生扛着鼓包眼睛的鲤鱼大脑袋，戴着他的单片眼镜，缓缓地在人群中晃来晃去，不时抬起上颌，仿佛在寻找去向，其模样就像他戴的单片眼镜仅仅是鱼缸上任意的一小块玻璃，也许纯粹是象征性的，用来代表整个鱼缸，用来窥其一斑而知全貌，这使斯万不禁想起他十分欣赏的乔托[1]为帕多瓦的一所教堂所画的《七恶与七德》中的"不义"，

---

[1] 乔托（Giotto di Bondone，1267—1337），意大利文艺复兴时期的画家，他突破了拜占庭美术定型化的束缚，创作了许多具有生活气息的宗教画。如《逃亡埃及》《犹大之吻》《七恶与七德》等，这些都是以基督的故事为题材的壁画。《七恶与七德》的画面上有十四张面孔，代表基督所说的七恶与七德，不义便是七恶之一。

其身旁绿叶葱葱的树枝象征着隐蔽他的洞穴的森林。

斯万在德·圣特韦尔特夫人的恳求下，到前面去欣赏一位长笛演奏家吹奏的《俄耳甫斯》[1]，他找一角落坐下，不幸得很，视野之中，只见得两位并排而坐的中年妇人，一位是德·康布勒梅尔侯爵夫人，另一位是德·弗朗克托子爵夫人，她们是表姐妹，每次晚会总挎着手提包，后面拖着女儿们，像在火车站互相找人，直到用扇子或手绢指着两个紧挨的位置才安静下来。德·康布勒梅尔夫人不善交际，有德·弗朗克托夫人做伴尤为高兴，因为后者交游广阔，况且德·弗朗克托夫人当着风采不凡的熟人们的面陪一位默默无闻的夫人回忆共同的少年往事觉得别有风雅、独出心裁。斯万带着忧郁的嘲弄冷眼瞧着她们，这时长笛乐曲过后，她们正欣赏钢琴间奏曲（李斯特的《圣方济各与鸟儿对话》），随着演奏家令人眩晕的弹奏，德·弗朗克托夫人心慌意乱，慌乱的眼睛望着钢琴家的手指在琴键上灵活地跳动，仿佛那是一连串的空中杂技，可能从空中八十米的高处摔下来，她不时向邻座投去惊疑的目光，好像在说："真是难以置信，想不到一个人竟有这等本领。"而德·康布勒梅尔夫人正在显示受过良好的音乐教育，她摇头晃脑地打着拍子，脑袋像节拍器的摆，从一个肩头晃

---

1　德国歌剧作曲家格鲁克（1714—1787）的作品。

到另一个肩头，摆动的幅度很大，速度很快，她的目光迷迷蒙蒙，似乎内心的痛苦已不在话下，不必去管它了，好像在说："那有什么办法呢！"同时不断地用钻石扣把月袍的舌状对襟扣紧，还不时伸手把头发上的黑葡萄串珠扶正，但并不中断加快晃动。在德·弗朗克托夫人身旁靠前一点的地方坐着德·加拉东侯爵夫人，她全神贯注地想着她最乐意想的事情，那便是她和盖芒特家族有姻亲关系，沾着这点光，她的沙龙和她本人大为增色，但也有几分羞愧，盖芒特家族中最显赫的人物对她颇为冷淡，也许因为她讨人嫌，或因为她为人不善，或因为她出身低微，也许根本没有理由。当她处在不认识的人的身旁，比如此刻在德·弗朗克托夫人身旁，她便苦不堪言，因为她和盖芒特家族的姻亲关系不能以明显的词句标榜出来，有如拜占庭式教堂镶嵌画上把圣人说的话直行书刻在圣像的左右，字样上下搽在一起，令人难辨。此刻她想起表妹德·洛姆亲王夫人，已经结婚六年了，却从未邀请过她，也未看望过她。想到这里不由得怒火中烧，但也感到骄傲，因为每逢有人惊异在德·洛姆亲王夫人家见不着她时，她便解释道那是为了避免在那里遇见玛蒂尔德公主[1]，万一见面，那她的极

---

1 玛蒂尔德公主（1870—1904），热罗姆·波拿巴亲王的女儿。因查理-路易·波拿巴（未来的拿破仑三世）被俘，解除了婚约。后来定居巴黎，广交朋友，她家的沙龙是第二帝国时期最著名的文学家、艺术家常去的地方。

端正统派的家庭是绝对饶不了她的，她一个劲儿地这么说，久而久之，连她自己也相信她不去表妹家正是出于这个原因。其实她记得她曾好几次问德·洛姆夫人怎么才能与她会面，不过得到什么答复已记不大清了，只是常嘀咕："总不该由我迈出第一步吧，我比她大二十岁呢！"以此来冲淡和忘掉这个令人羞辱的回忆。凭借心里念叨的这些话所产生的效力，她骄傲地把肩膀向后高耸，简直脱离胸部，几乎与脑袋平齐，使人想起餐桌上插在骄傲的野鸡上的带着羽毛的鸡头。不是说她天生就是矮胖的、结实的、男性化的或皮球体型的女性，而是由于多年受辱反倒使她挺起身子，就像长在悬崖边危险处的树木，为了保持平衡，不得不往后延伸。为了安慰自己不能同盖芒特家族的其他成员完全平起平坐，她不得不时时提醒自己，她之所以很少见他们，是由于不可通融的原则性和自豪感，久而久之，这种想法终于塑造了她的体态，赋予她一种仪容，竟使良家妇女把她的仪容看成是名门世家的特征，有时也使俱乐部常客们的昏花老眼泛起一股性欲。如果把德·加拉东夫人的谈话加以分析，找出每个词出现的或大或小的频率，以便发现密码的关键，那么我们就会发现没有任何词组，哪怕最常用的，能比下列词组出现得更频繁："在盖芒特堂弟们家""在盖芒特姑妈家""埃尔泽阿尔·德·盖芒特的健康""盖芒特表妹的浴缸"。每逢有人向她说起某个名流，她总说，她本人不认识他，但在盖芒特姑妈家碰见过上千次，她答话的语气十分冷淡，声音十分低沉。不言而喻，她本人之所以与他不相识，那是因为她恪守不可动摇的原则，而这些原则成了她双肩后拱的依托，有如体操教练为了帮助你扩展胸部让你展开双肩靠在架梯上。

大家万万没有想到，德·洛姆亲王夫人恰恰在这时来到德·圣特韦尔特夫人的沙龙。她屈尊造访而不想在客厅中炫耀门第，所以侧着身子进入大厅，其实既不用拨开人群，也不用叫用人让道；她特意站在客厅的尽头，好像适得其所似的，有如一位国王在剧院门前排队，直到当局得知他微服出访；为了不张扬她的光临，为了不招引众人的目光，她低垂双目，只瞧地毯的图案和自己的裙子，她站在她所不认识的德·康布勒梅尔夫人旁边，因为都是最不起眼的地方，但她很清楚，一旦德·圣特韦尔特夫人瞥见她，一声欢呼便会把她从那里请出来。她盯着身旁那个音乐迷的模拟动作，但没有仿效。倒不是因为德·洛姆亲王夫人破天荒来德·圣特韦尔特夫人家待上五分钟就不乐意尽可能显得和蔼可亲，使自己的彬彬礼仪给主人倍增光辉，而是她天生厌恶她所称的"夸诞"，执意表明她"不该"做出与她生活圈子的"风度"不相称的举动；然而这些举动仍使她感动，对身旁的音乐迷的模仿精神抱有好感，因为最自信的人每到一处新的场合，哪怕较下等的场合，也会怯场的。于是她寻思着，这首乐曲与她迄今所听到的音乐或许不属一个范畴，是否有必要为之手舞足蹈，但不表示一下，是否证明听不懂作品和对女主人不敬，结果她只好用"妥协"的办法来表达矛盾的感情：时而她一边冷眼旁观那位如醉若狂的音乐迷，一边提一提肩带或整一整金发上镶满钻石的小珊瑚球或粉红色珐琅小球，这些首饰使她的发型显得又简朴又漂亮，时而她用扇子打一会儿拍子，但不按音乐的节拍打，以显示独树一帜。钢琴家弹完李斯特的作品，继而奏起肖邦的一个序曲，这时德·康布勒梅尔夫人向德·弗朗克托夫人投去一个温情的微笑，显示出行家的满意和对往日经历的暗示。她在青年时代学会欣赏肖邦的曲子，喜爱婉转曲折、冗长的乐句，那样自由，那样轻柔曼妙，那样容易感受，乐句开始时意在寻觅，总想逸出最初的方向，远离人们早先希望它们的切点所能达到的地方，在奇妙的僻壤游荡之后，更为坚定地返回来叩击你的心房，这返回的路程是事先精确布置好的，就像击打水晶物时的振荡声，使你连声叫绝。

德·康布勒梅尔夫人家住外省，交游不广，很少参加舞会，醉心于在离群索居的庄园里把想象中的一对对舞伴的舞步或放慢或加快，再把他们像扯花瓣似的拆散，然后暂时离开想象中的舞会，去湖边倾听松涛的轰鸣，突然发现一个瘦长的年轻人向她走来，他的嗓子颇为悦耳，但唱歌的声音很古怪而且走调，双手还戴着白手套，着实跟女人们梦中见到的世间情人大相径庭。但如今这种音乐的美已经过时，失去了鲜艳的色调。近几年由于行家们不再重视，它失去了荣光和魅力，即使鉴赏力差的人也觉得趣味索然、平淡无奇。德·康布勒梅尔夫人朝身后偷偷看了一眼。她知道她年轻的儿媳藐视肖邦，听到肖邦的乐曲就头痛，不过她对婆家倒是毕恭毕敬，虽然有关精神方面的事情她持有独到的见解，因为她知识渊博，甚至懂得和声学和希腊文。儿媳是瓦格纳迷，此刻正跟一伙与她年纪相仿的人待在较远的地方，德·康布勒梅尔夫人没有儿媳的监督，便纵情接受音乐给予的美妙印象。德·洛姆亲王夫人也是感慨万分。她虽然没有音乐天赋，却十五年前就跟圣日耳曼区的一位天才钢琴女教师学过音乐，女教师晚年生活贫困，不得不在七十岁高龄重操旧业，给她从前的女学生的女儿和孙女们教课。如今她不在人世了，但她操琴的技法，以及由此而产生的美妙的乐声却不时在她学生们的手指下重现，甚至在那些后来变成平庸之辈的人的手指下重现，尽管他们早已抛弃了音乐，甚至不再打开钢琴了。所以德·洛姆亲王夫人在深知底细的情况下，摇头晃脑，恰如其分地欣赏着钢琴的演奏技法，她对这首序曲早已烂熟于心了。起头乐句的结尾自然而然地从她的嘴里哼出来。她喃喃自语："总那么美妙。"她把"美"字拖得很长，吐出满腔的温情，好像一朵美丽的花掠过她的嘴唇，那么富于浪漫情趣，与之相协调，她的目光本能地泛起一层感伤与朦胧。然而，德·加拉东夫人此刻正犯嘀咕，为难得有机会碰见德·洛姆亲王夫人而感到扫兴，因为她希望在亲王夫人跟她打招呼时不予理睬，以示教训。她哪里知道她的表妹就在现场。德·弗朗克托夫人把头部挪了一下，使她发现了亲王夫人。她立即急匆匆地拨开人群奔向亲王夫人，但又想保持高傲和冷淡的神态，仿佛提醒大家她不想跟那种在家里使她可能面对面碰上玛蒂尔德公主的人打交道，再说她们不是"同代人"，她不应该主动迎上前去，不过又想缓和高傲持重的神态，用几句话来为自己开脱并迫使亲王夫人开口说话；所以德·加拉东夫人一到表妹跟前便板着脸，好不情愿地直僵僵伸出一只手问道："你丈夫好吗？"语调之忧虑，仿佛亲王得了什么重病。亲王夫人发出一阵她特有的笑声，以便示意众人她在嘲笑某人，同时为了显得更美，因为一笑之下，脸部的线条都集中到活灵活现的嘴巴和灼灼然的眼光周围，她答道：

"嘀，好极了！"

她仍笑个不停。然而，德·加拉东夫人挺直身子，脸色更加冷峭，依旧为亲王的健康忧心忡忡，对表妹说：

"奥丽娅娜（听到这声，德·洛姆夫人以惊异和取笑的神情瞧着某个无形的第三者，好像执意让他作证她从未允许过德·加拉东夫人直呼她的名字），我非常希望你明天去我家小坐片刻，听一听莫扎特的一首配有单簧管的五重奏乐曲。我想听听你的见解。"

她似乎不是发出一个邀请，而是要求帮忙，她需要亲王夫人对莫扎特五重奏乐曲的意见，好像是对新厨娘发明的一道新菜，她很重视倾听美食家的意见，以便对新厨娘的才干作评价。

"我知道这首五重奏，可以马上告诉你……我喜欢！"

"哎，我丈夫的身体不好嘛，他的肝……他会很高兴见到你的。"德·加拉东夫人接着说，企图以爱德的名分迫使亲王夫人出席她的晚会。

亲王夫人不喜欢对人说她不愿去他们家。她每天写信对脱不开身表示歉意，说什么婆婆大人突然驾到，什么小叔子发出邀请，什么歌剧院非去不可，什么郊游推不掉，等等。其实她压根儿不想去参加某家的晚会。她就这样使许多人感到高兴，让他们以为她跟他们是有交往的，是乐意去他们家的，只因王府诸事缠身，不合时宜，用王府大事与他们的晚会相提并论，使他们受宠若惊。再者，亲王夫人毕竟属于盖芒特家族那个才智横溢的小集团，脑子灵活，谈吐不俗，情操规范，实有梅里美以往的风范，最后体现在梅拉克和阿莱维[1]的戏剧中，她甚至把这种风范运用到社会关系，移植到待人接物，使礼仪产生积极实在的效果，更加实事求是。她决不喋喋不休地向女主人表示她多么愿意参加她的晚会，她觉得陈述一些具体琐事来说明她是否有可能参加晚会更为礼貌。于是她对德·加拉东夫人说：

"听我对你说，明晚我得去一个女友家，她邀请我好长时间了。如果她带我们去看戏，那我再怎么想去你家也是不可能的，但如果我们只在她家坐坐，那么可以早点向她告辞，因为我知道她只邀请了我们。"

（选自《在斯万家那边》）

---

1  梅拉克（1831—1897），法国戏剧家，和阿莱维（1877—1937）合作写出许多有名的喜歌剧脚本，风靡于第二帝国鼎盛时期。

## 噩梦初醒

从前，他往往因想到有朝一日会不再爱奥黛特而不寒而栗，于是暗下决心始终保持警惕，一旦觉察爱情开始离开自己，便死死抓住它、留住它。如今，他的爱情淡漠了，与此同时，守住爱情的愿望也淡漠了。因为人是不可变的，就是说不可变成另一个人，同时又要维持已经不复存在的那个人的情感。斯万曾经怀疑过一些男人可能是奥黛特的情人，现在有时在报纸上瞥见其中一个男人的名字，嫉妒之心还会油然而生，但已远远不是妒火中烧了。这无非向他表明他还没有完全摆脱那段痛苦不堪的时光，也可说那段纵情欢乐的时光；还向他表明在这段未走完的路上偶然也许还能从远处悄悄瞥见良辰美景。此时嫉妒心反倒唤起他一种可喜的兴奋感，有如最后一只蚊子提醒离开威尼斯返回巴黎的闷闷不乐的巴黎人：意大利和夏天已经不远了。然而更多的时候，每当他回顾一生中这段已经了结的、非常特殊的岁月，总想驻足滞留，至少在可能的情况下对它有一个清晰的透视，但他发现为时已晚了；他真想再看一眼刚与他分离的爱情，好似留恋即将消失的景色；但是一个人很难变成两个人，很难恢复已经泯灭的感情的真实图景。很快他的脑子模糊了，什么也看不见了，什么也不想看了，于是摘下夹鼻眼镜，擦一擦镜片；他对自己说最好休息一下，过一会儿也不迟嘛，就像对景色不感兴趣的旅客，睡意蒙眬，没精打采地缩在车厢的角落里，拉下帽子盖住眼睛大睡起来；他感到火车正越来越快地带他离开他生活了很久的地方，而他曾默默许愿过决不会不辞而别的。甚而至于当斯万偶尔在身边发现了证据，肯定福什维尔曾是奥黛特的情人，他也不会感到任何痛苦了，他发现如今爱情已远离了，所遗憾的是，爱情永远离开他的时候没有跟他打招呼，就像进了法国国界才醒来的旅客错过了告别的时间。他第一次吻奥黛特之前，曾试图把他长久以来对奥黛特的印象铭刻在记忆中，以免日后回忆第一次接吻可能改变原有的形象。同样，他希望在她还活着的时候，能够向她告别，至少在思想上向她告别，因为正是这个奥黛特勾起他的爱情，燃起他的妒火，引起他的痛苦，而现在永远见不着了。

他错了。他还将见她一次，那是几个星期之后的事情。发生在他熟睡的时候，在梦乡的苍茫暮色中。他正在散步，跟他在一起的有韦迪兰夫人、科塔尔大夫、一个他认不出身份的戴土耳其帽的年轻人、画家、奥黛特、拿破仑三世，以及我的外祖父。他们沿着海边一条小路漫步，那条路俯瞰大海，有时路边是悬崖峭壁，有时蜿蜒在几尺高的岸边，因此他们不断上坡下坡，向上攀登的看不见往下奔跑的，白日的残晖渐渐暗淡，黑色的夜幕好像马上要笼罩大地了。海浪拍岸，浪花不时溅到岸上，斯万感到脸上溅到冰冷的海水。奥黛特叫他把水擦掉，他做不到，为此在她面前感到尴尬，再说他还穿着睡衣哩。他希望在暮色迷茫中别人没有注意到，但韦迪兰夫人以惊讶的目光盯视他好久好久，而他突然发现韦迪兰夫人的面孔变形了：鼻子拉得长长的，嘴上长出粗长的小胡子。他转过身去看奥黛特，只见她面颊苍白，脸上长出小红疙瘩，面容清瘦，眼圈发青，然而她依旧用含情脉脉的眼睛望着他，那柔情似水的眼睛仿佛就要往他身上洒下一串串泪珠，他感到自己对她充满了爱，恨不得马上把她带走。突然，奥黛特转过手腕，看了看小手表，说了声："我该走了。"便以同样的方式向大家告别，也不把斯万叫到一边，也不对他说晚上或哪天在什么地方再见面。他没敢问她，他真想跟她一起走，但不得不满脸堆笑回答韦迪兰夫人的问题，连头也没转向奥黛特，他的心怦怦乱跳，恨起奥黛特来了，刚才还那么喜欢她的眼睛，现在恨不得把它们挖掉，恨不得把她憔悴的面颊敲烂。他继续跟韦迪兰夫人上坡，就是说一步步远离下坡的奥黛特。她走后，对他来说，每过一秒就像过许多小时。画家提醒斯万，在奥黛特走后不一会儿，拿破仑三世就溜走了。他加添道："他们准是商量好的，说不定就在坡下相会，因顾及颜面，不好意思一起向我们告别。她是拿破仑三世的情妇。"陌生的年轻人失声痛哭起来，斯万赶紧上前相劝。"不管怎么样她还是对的，"他一边劝说，一边帮他擦眼泪，给他摘下土耳其帽，让他不感到拘束，"那个男人我给她说起不下十次了。为什么还要难过呢？正是那个男人能理解她呀。"斯万就这样劝说自己，因为他开始没有辨认出来的年轻人便是他自己，就像某些小说家那样，他把自己的人格分在两个人身上，一个正在做梦，另一个就是眼前戴土耳其帽的年轻人。

至于拿破仑三世，其实是福什维尔；斯万把一些印象含混地串在一起，把男爵平日的面貌稍加改变，加上交叉在胸前的荣誉勋章的绶带，便给他起了"拿破仑三世"这个外号；事实上，梦中出现的那个人物所再现的、让他回想起来的，正是福什维尔。斯万在睡梦中由于脑子里的形象是不完整的、变幻不定的，所以得出错误的推断，况且一时间还产生旺盛的创造能力，以至像某些低等生物通过简单的分裂进行繁衍；他把发热的手掌当成握着的别人的手心；他尚未意识到的情感和印象，好似剧中情节突变，随着剧情逻辑的发展，把一个必不可少的人物带入他的梦境来接受他的爱情或把他惊醒。忽然，天地一片漆黑，警报声阵阵鸣响，居民们从一些烈火熊熊的房屋逃出，奔跑着从他跟前过去；斯万听到汹涌的海浪声，他的心房也像波涛似的在胸膛里慌乱地咆哮。突然，他的心扑通扑通跳得更厉害了，他感到一种说不出的痛苦和恶心，但见一个满身烧伤的农夫边跑边对他嚷道："您去问问夏吕斯吧，今晚奥黛特和她的伙伴就在他家过夜，她常跟他在一起，对他什么都说。是他们放的火呀。"其实，是斯万的贴身仆人把他叫醒了，对他说：

"先生，八点钟了，理发师来过了，我叫他过一个小时再来。"

仆人的这几句话，透过斯万睡梦的冥茫，到达他的意识时，已经变样了，有如一束阳光一旦射入水底就偏斜，呈现出一轮太阳。同样，片刻前的铃声在他梦境的深渊变成警报声，随之派生出火灾的插曲。然而，他眼前的景色顷刻化为齑粉，他睁开眼睛，最后一次听到大海远去的涛声。他摸了摸面颊，是干的。但他清楚记得冰凉的感觉和水盐的味道。他下床穿好衣服。他派人把理发师一清早叫来，因为听说康布勒梅尔夫人，即先前的勒格朗丹小姐要去孔布雷小住几日，他便在头一天写信给我外祖父，说他下午去孔布雷。他回忆起勒格朗丹小姐妩媚娇嫩的脸庞，还有乡间妩媚悦目的景色，两者交织在一起，对他产生了吸引力，使他下决心离开巴黎数日。由于种种偶然的机会，我们遇见某些人，但这与我们喜欢上他们的时间并不相符，有时等偶然的机会过后，我们才开始喜欢，有时则在我们不再喜欢之后，偶然的机会再次出现。然而回过头去想一想，在我们的一生当中，一个注定在晚些时候博得我们喜欢的人，其最初几次出现总具有预告、先兆的意义。斯万以这种方式回顾第一次在剧场遇见奥黛特时她的形象，那个晚上，他根本没有想到以后再见到她，现在又这样回想起在德·圣特韦尔特夫人的晚会上把德·弗罗贝维尔将军介绍给德·康布勒梅尔夫人的情景。我们一生中饶有趣味的事太多了，在同一情况下，一个尚未形成的幸福就在我们备尝痛苦的时候绽露端倪，这并不稀奇。此事若不在德·圣特韦尔特府上发生，斯万说不准也会在别处遇上。谁知道那天晚上若在别处他会发生什么喜事或悲剧而过后又被他认为是不可避免的？然而，他认为不可避免的事情倒是实实在在发生了，他几乎把那次下决心去参加德·圣特韦尔特夫人的晚会看成天意所驱使的了，因为他虽然精神上喜欢欣赏生命丰富多彩的创造，却难以长时间潜心思索难题，比如思索什么是最值得想望的东西，所以他认为，那天晚上切身感受的痛苦和那始料未及而已经萌芽的快乐，虽说两者难以平分秋色，却已经建立了必然的联系。

起床一小时后，他吩咐理发师怎样理发才不至于使他的头发在火车上被弄乱，指点过后他又想起刚才的梦，又看到奥黛特苍白的面容、瘦弱的面颊、疲惫的神色、低垂的眼皮，仿佛历历在目，因为他对奥黛特一往情深，执着追求，久而久之，竟把奥黛特给他的第一个印象遗忘了，他早已不再注意自从他们最初相爱以来，每当入睡时，他的记忆都要寻找私情给他留下的确切感受。所以，自从他不再感到不幸，他的道德修养也随之一落千丈，心中不断涌出粗话，终于不由自主地吼道："真想不到，我浪费了几年光阴，巴不得去死，为的是把我最崇高的爱情献给一个我不喜欢的女人，献给一个跟我不是同一类型的女人！"

（选自《在斯万家那边》）

# 帕尔马公主

由于我平生从未去过帕尔马，尽管自幼年每次复活节假总想去看看，所以认识帕尔马公主是非同小可的事，我知道她拥有这座与众不同的城市最美丽的宫殿，尽管城市里一切都是清一色的，与外界隔离，四面城墙光滑，周匝而围，城名的音节紧凑但太软绵绵，给人造成的气氛就像意大利小城的广场上无风的夏日傍晚那样令人窒息，自从认识帕尔马公主，我心中凭空想象的东西一下子被帕尔马实实在在存在的东西替代了，好像我亲临该城的一部分并且待着不动了；这好比乔尔乔内[1]的画：在城市旅行分不清东南西北时总算对这座陌生的城市开始摸到了方位。我好似生产综合油脂的花粉商，几年来一直把成千上万株紫堇炼成的花粉涂抹在德·帕尔马公主的姓氏上，然而我一旦亲眼见到公主，我的想法第二次发生变化，先前我一直深

---

1　乔尔乔内（Giorgione, 1477—1510），意大利文艺复兴时期威尼斯画派画家，作品有《圣母子》《沉睡的维纳斯》《暴风雨》等。

信她至少是个桑塞维利纳夫人[1]式的人物，不过我的思想第二次反复，说实话，只是在几个月之后完成的，就是说，我把原材料经过化学处理，重新配方搅拌，把紫堇所有的油脂全去掉，即把公主姓氏含司汤达式的芳香全去掉，代之以穿一身黑服、忙于行善的小女子形象，她的和善如此谦逊，人们立刻明白这种和善源于她多么高贵的公主殿下出身。此外，她和其他贵夫人尽管有所不同，但基本相似，她根本不像司汤达笔下的贵夫人，正如在巴黎的欧洲区有条街道叫帕尔马街，与周围的街道相比，根本配不上帕尔马的美名，好像使人觉得法布利斯不是死在帕尔马修道院，倒像死在圣拉扎尔火车站大厅似的。

她的和善出自两个原因。其中之一，即一般性的原因，是这位君主的女儿所接受的教育。她的母亲不仅和全欧的王族沾亲联姻，而且比任何一个在位公主都富有，这与帕尔马亲王府形成对比；她从女儿幼年开始就灌输福音主义的箴言，既高贵又谦逊，这在当时是很时髦的；现在女儿脸上的每一根线条、双肩的曲线、两臂的动作，仿佛都在重复母亲的教诲："你要牢记，上帝让你降生在御座的台阶上，你可不应鄙视比你低下的人们，你出身的高贵和家产的富有是神明赐予的，感谢上帝！相反，要对小民们和

---

1 桑塞维利纳夫人和下面的法布利斯都是司汤达《帕尔马修道院》中的主人公。

善。你的先辈们从 647 年开始便是德·克莱夫和德·朱利埃亲王；上帝大慈大悲，让你拥有苏伊士运河公司几乎所有的股份和相当于埃德蒙·德·罗特希尔德和皇家荷兰公司[1]三倍的资产；你的直属家系已由家系学家确定，追溯到公元 63 年；你有两个大姨当上皇后。所以，你在谈话时永远不要露出心存得天独厚的家世的神色，并非因为天赋特权有如过眼烟云（人们无法改变名门望族古老的历史，并且人们总是需要石油的嘛），而因为没有必要打招牌来说明你比别人出身高贵和你的投资是一流的，既然大家都知道了。要乐意帮助别人。由于上苍对你特别恩宠，你就要向那些比你低下的人们提供你力所能及的帮助，但同时又不失身份，比如说提供金钱的救助，甚至医疗护理，当然决不能邀请他们参加你的晚会，这对他们没有好处，只能削弱你的威望，从而使你的乐善好施失去效应。"

因此，即使在不能行善的时候，公主也竭力表现出，或确切地说，用所有无声的表情使人相信她并不自以为比待在她周围的人们优越。她对每个人都彬彬有礼，和蔼可亲，就像教养好的人士对待下级那样，主动帮助，热情周到；她把自己的椅子推了一推，让出更多的地方，她还帮我拿手套，这些无微不至的照料，傲慢的资产阶级女子是不屑

---

1 埃德蒙·德·罗特希尔德（1845—1934），罗特希尔德银行董事，法国东部铁路董事长。皇家荷兰公司是法国一家石油公司。

于亲自动手的，而至尊的王后公主们却乐此不疲，除此之外，旧时的仆人们出于职业习惯的本能也这么做。

帕尔马公主向我表示友善的另一个原因比较特殊，但绝非出于对我有什么神秘的好感。这第二个原因我暂且无暇深究。这不，公爵好像急于结束介绍，把我拉向另一位如花似玉的女士。听到她的姓氏，我便对她说我曾经去过她的古堡，离巴尔贝克不远。"嗨！早知道如此我会很高兴请您赏光的。"她压低声音对我说，好像这样显得更谦虚些，但语气真诚，充满惋惜，好比失去了获得特别荣幸的机会。她带着讨好的目光补充道："我希望还有弥补的机会。我应当说更使您感兴趣的，恐怕还是我姨妈布朗卡的古堡；是由芒萨尔[1]设计建造的，那是外省的明珠哇。"不仅她很高兴请我参观她的古堡，而且她的姨妈也会高兴请我光临，这位夫人一再向我保证，显然她认为，时下土地逐渐落入不懂生活的金融家手里，显达贵胄应当保持领主好客的高尚传统，哪怕空口说说也好。还因为像她那样地位的人总想方设法说些博得对方欢心的事情，尽可能提高自己在对方眼里的身价，认为如此讨好对方，如此给客人面子，必定宾客如云。希望别人对自己产生愉快的印象，说实话，这在资产者阶层中也时有所见。资产阶级中这种

---

1　弗朗索瓦·芒萨尔（François Mansart, 1598—1666），法国著名建筑师。

讨人喜欢的倾向是作为个人素质表现出来的，以弥补某种缺点；这种现象在最可靠的男朋友中并不多见，但至少在最和蔼可亲的女伴们中间却屡见不鲜。不管怎么说，这种倾向在资产者中间毕竟还是个别现象。相反，对贵族阶级的大部分来说，这种性格特征已不再是个体性质的了；由于从小所受的教育，由于保持身价高贵的思想，不必担心受委屈，没有竞争对手，只要彬彬有礼就能使人高兴，所以乐于成全，总之，这种性格特征成了整个阶级的一般特性。即使有些人由于与之格格不入的个人缺点而心中不想这么做，他们的谈吐或举止也带有无意识这么做的痕迹。

"这是一位非常善良的女人，"德·盖芒特先生对我说，他指的是帕尔马公主，"她比谁都善于当好'贵夫人'。"

（选自《盖芒特那边》）

# 家族的神灵

　　盖芒特家族的成员，至少配得上这个姓氏的成员，不仅具有皮肤、头发、目光等方面的出众的品质，而且在握手之前那种站立、走步、致意、凝视的方式也别具一格，光从握手便可看出他们和别的阶层的人士大不相同，好像某上流社会人士不同于穿工作服的庄稼汉，他们好似燕子飞翔或恰似玫瑰摇曳，当他们看着我们做同样的动作时，虽然不露声色，但他们会怎么想呢？尽管他们和蔼可亲，我们却不禁寻思：他们难道无权设想"这些人毕竟和我们出自不同的人种，而我们，无愧为大地之骄子"？后来，我明白盖芒特夫妇确实以为我是另一个人种，但激起了他们的羡慕，因为我具备连我自己也不知道的价值，而他们自称非常看重。再后来，我察觉这种宗教信仰式的声明多半是言不由衷的，在他们心目中蔑视或惊异总同赞赏和羡慕共存。盖芒特家族成员肉体固有的柔韧性是双重的，其中一种随时随地在起作用，例如一个盖芒特男性成员如果要向一位夫人致意，他立即变换体型，变成不稳定平衡，其动作是不对称的，显得使劲弥补不均衡，比如一条腿有点拖沓，也许故意的，也许因为打猎时磕破了，牵动上身，硬赶上另一条腿；又如，单片眼镜夹入眼眶时一道眉毛上扬引起肩部偏斜，另一肩便拱起，与偏斜的一肩保持平衡，同时一绺顶发下垂，以示致意；另一种柔韧性，有如画面上贝壳或船只周围的波浪、气流、尾涡的形状，可以说用单线条勾勒的一种固定流向，鹰钩鼻的顶端深深向内弯曲，位于凸出的蓝眼睛之下和薄得不能再薄的嘴唇之上（盖芒特女性成员从嘴里出来的声音是沙哑的），这使人想起精通古希腊文化的家系学食客们诚心诚意地把这个家族确定为源于16世纪传奇性的世家，该家族无疑是古老的，但还不至于像他们硬说的那样，什么最早的祖先是神鸟变的，仙女神话般地孕育了后代。

　　盖芒特家族成员在精神上同在肉体上一样也与众不同。吉尔贝亲王除外，他是"玛丽·吉尔贝"的丈夫，满脑子陈旧的思想，比如他们夫妻乘车兜风，他让妻子坐在左边，因为她的血统不如他高贵，尽管也是王室出身；但他毕竟是个例外，他不在的时候，经常是全家族的笑柄，也是各种新编故事的对象；盖芒特夫妇一方面生活在贵族阶级的纯而又纯的"上层"，一方面则装作对贵族身份毫不在乎。说实在的，公爵夫人由于作为盖芒特成员太地道了，久而久之，在某种程度上变得不太摆架子了，比较平易近人了，她的理论是把才智放到君临一切的高度，政治上竟是社会主义的，以至人们不禁怀疑在她的府邸隐藏着一个神灵，专门负责维持贵族生活，神灵从不露面，但显然时而潜伏在门厅，时而潜伏在客厅，时而潜伏在盥洗室，始终提醒着这位对爵位不以为然的女子的仆人们要尊称她为"公爵夫人"，也提醒她本人，时钟敲响八点时，得去表姐家赴宴，并为此穿上袒胸露臂的夜礼服，尽管她只希望留在家里阅读，尽管她根本不尊重他人。

　　这个家族神灵还一直向德·盖芒特夫人通报公爵夫人们的境况，至少像她那样最富有的亿万富翁的境况，并且向她建议把她本可以用来阅读有趣东西的时间牺牲在哪些令人厌倦的茶会、宴会、晚会上，就像对待雨水那样：虽然雨水令人讨厌，但又是不可缺少的；还建议公爵夫人接受邀请时对邀请她的公爵夫人们冷嘲热讽，大肆攻击，而不必深究她应邀的理由。德·盖芒特夫人府上的总管对这位只相信才智的女人一口一声"公爵夫人"并没有使她不舒服，这虽说偶然，但并未使她感到蹊跷。她从来没有想到让总管只简单称呼她"夫人"。人们不妨把好意推至极端，猜想她可能心不在焉，实际只听到"夫人"，其他附加部分没有听进去。不过，如果说她装聋，那么她并不作哑。譬如，每当她要丈夫办什么事，便对总管说："请提醒公爵先生……"另外，家族神灵还有别的任务，比如敦促他们讲处世之道。诚然，盖芒特家族成员中有的才华横溢，有的德行高尚，通常两者并不兼得。然而，前者讲起处世之道往往比后者更加头头是道，甚至有个成员，弄虚作假，赌博作弊，可他比谁都风趣，向一切新鲜的和正确的思想开放，就像德·维尔帕里济侯爵夫人那样，适逢其会，家族神灵便通过老夫人之口大讲处世之道。在一些相似的时刻，人们突然发现盖芒特夫妇说话的口气几乎变得像侯爵夫人的腔调那样老气横秋，那样好好先生，只是因为他们有较大的魅力，所以听起来比较令人感动，比如他们谈到一个女仆时说："看得出来她的本质是好的，这个姑娘非同一般，像个大家闺秀，她肯定可以走正道。"在这样的时候，家族神灵觉得此话说得语重心长。但有时候，公爵夫人脸上出现她的元帅祖父脸上的那种神态，那种表情，一种难以觉察的抽搐，如同巴尔卡家挂的迦太基神灵——蛇精的抽搐，我曾在早晨散步经过时好几次吓得心扑通扑通地跳，当时还不认识德·盖芒特夫人，我总觉得蛇精从乳品小商店的深处盯着我瞧哩。神灵介入的时机恰逢热点，不仅盖芒特夫妇不能无动于衷，而且他们家的对手库瓦泽埃夫妇也不能无动于衷；盖芒特夫妇就是从德·盖芒特公爵的外祖母库瓦泽埃夫人那里得知公爵的偏见很深，言必称出身门第，好像身份血统是唯一重要的东西。库瓦泽埃夫妇不仅不像盖芒特夫妇把才智捧到那么高的程度，而且对才智的看法也不尽相同。对于一个盖芒特家族成员来说，哪怕他是糊涂虫，所谓聪明才智，意味着说话不留情面，能讲刻毒话，出口伤人，也就是能够在谈论绘画、音乐、建筑的时候跟你针锋相对争个高低，能够讲英语。库瓦泽埃夫妇对才智不大以为然，只要你不属于他们的圈子，才华横溢的含义和"可能杀害父母"相去不远了。在他们的心目中，才智好比"撬门铁棒"之类的东西，一些你完全不认识的人便凭这根"撬门铁棒"撬开最受人尊重的沙龙大门；众所周知，库瓦泽埃夫妇每逢接待"这号人"之后总是后悔不迭。对于不属于上流社会的聪明人，哪怕他们最微不足道的论点，库瓦泽埃夫妇也一概不予信任。有人曾说："斯万比帕拉梅德年轻嘛。""那是他对您说的，既然他对您这么说，请相信他是别有用心的。"德·加拉东夫人答道。更有甚者，当有人提到盖芒特夫妇接待两位风姿绰约的外国女士时说，先跨进门的那位年纪较大一些，"她是年龄较大的吗？"德·加拉东夫人问道，她的意思并不是正面说这类女子好像看不出年龄的差别，而是好像一旦去掉她们的户籍和宗教身份以及一定的传统习惯，她们就看不出年轻不年轻了，好比一只篓里的几只小猫，只有兽医才识别得出来。在某种程度上，库瓦泽埃夫妇比盖芒特夫妇更加维护贵族身份的贞洁，但那是因为他们思想狭隘和心地不善。在盖芒特夫妇的心目中，王室成员家族以及几个像科涅、特雷莫伊尔等家族以下的人都无关紧要，微不足道，他们对待昔日住在盖芒特周围的家族成员之所以蛮横无理，恰恰因为他们不重视二流勋业，而库瓦泽埃夫妇却对他们非常关注，并不在乎次等勋业。然而，外省的某些女士虽说出身不太高贵，但嫁得不俗，她们富有、漂亮，深受公爵夫人们的喜爱，她们被带到巴黎便成了极好的、别致的进口货，因为巴黎人不知道她们的"爹娘"。尽管为数甚微，但偶尔这类女士通过帕尔马公主的渠道或依据她们自身可爱之处，受到盖芒特家族某些成员的接待。但库瓦泽埃夫妇对这等女流之辈向来义愤填膺。他们在堂姐妹家遇见五六个这样的女人，其父母是他们的双亲在佩什地区不愿与之交往的，于是那种会见成为他们怒火中烧的理由和一个劲儿瞎嚷嚷的题材。譬如，只要妖媚动人的 G 伯爵夫人踏进盖芒特夫妇的家门，德·维尔邦夫人的脸色立刻变样，酷似准备诗朗诵：

假如只剩一个人，我就是这条汉子[1]！

尽管她不知道这句诗是谁写的。这位库瓦泽埃家族成员几乎每星期一在只离 G 伯爵夫人几步的地方大嚼长形夹奶油

---

1 雨果《惩罚集》中的《最后的誓言》最后一句诗。

的小蛋糕，却无法靠近。于是德·维尔邦夫人暗地里承认她不能理解她的盖芒特表姐为何接待一个在沙托丹连二等贵族都算不上的女人。"我的表姐与人交往这般挑剔实在犯不着，明摆着把谁都不放在眼里嘛。"德·维尔邦作出了结论，说着脸上换了另一种表情，浮现出绝望时的讥笑，如果配上一句小谜语似的诗倒蛮不错，自然伯爵夫人更加莫名其妙了：

感谢上帝！我的苦难超越了我的希望[1]。

尽管如此，我们不妨提前说一下后来发生的事情，这句诗下面一句最后与"希望"押韵的词是"坚持"，德·维尔邦夫人"坚持"开导 G 夫人说，入时并非完全无益。在 G 夫人眼里，德·维尔邦夫人德高望重，这尽管纯属子虚乌有，但她深信不疑，这不，G 夫人的女儿虽是当时舞会上最漂亮最富有的小姐，已到结婚年龄，但人们十分惊异所有的公爵都不要她。那是因为她的母亲对曾在沙托丹的德·格雷内尔街所受到的凌辱记忆犹新，一心一意想把女儿嫁给一位姓维尔邦的男子。

盖芒特和库瓦泽埃两大家族只有在一个问题上不谋而

---

1  拉辛《安德洛玛克》第五幕第五场中俄瑞斯忒斯讲的话。

合，就是对人保持距离这种极其丰富多彩的艺术。盖芒特家族所有成员的举止完全一样。譬如，只要是真正盖芒特家族的人，每当有人把你介绍给他们的时候，个个都像主持仪式似的，他们向你伸出手的模样是那么隆重，简直就像为你授封骑士[1]，某个盖芒特家族成员，哪怕只有二十岁，却已步前辈的后尘，从介绍人嘴里听到你的姓氏，便向你投下一道目光，一般是蓝色，总像钢铁那般冰冷，仿佛要一直钻到你心窝的最深处，却完全拿不定主意向你问好。况且这正是盖芒特家族成员想达到的，他们每个人都自认为是一流的心理学家。此外，他们认为通过这种审视，可以促使致意显得更亲切，并恰如其分地分配到你头上。这一切是在与你保持一定的距离下进行的，这距离如果用于击剑交锋显得太小，如果用于两人握手又显得太大，后者使对方血液仿佛突然凝住，而前者使对方与自然窝在一起，施展不开。因此，盖芒特家族成员在对你的灵魂和信誉最深层的隐秘之处迅速审视完毕之后，断定你今后配得上与他打交道，他那只直挺挺伸给你的手臂酷似单人击剑时伸向你的花式剑，此时手与人之间的距离那么远，以至他点头时很难识别他是向你致意还是向他自己的手致意。某些盖芒特家族成员由于没有计量感或不得不连续重复很

---

[1] 此处指比男爵低一级的贵族。

多次，每次遇见你就得重复一遍这种仪式，他们的动作显得格外夸张。由于他们无须进行心理预测，"家族神灵"早已使他们具有先见之明，而且他们清楚记得所得到的结果，所以握手之前那种目光逼人的凝视只能被解释为他们的目光具有自动控制能力，或他们认为天生具备目光慑服力。库瓦泽埃家族的外貌有所不同，这种探测性的致意他们怎么也学不像，结果弄巧成拙，搞得不是傲慢呆板，就是随随便便。相反，极少数盖芒特家族女性成员的致意方式好像还是从库瓦泽埃家族学来的。确实，每当有人把你介绍给她们中间的一个时，但见那女士深深向你一鞠躬，从而一下子跟你接近了，鞠躬的度数大约四十五度，头部、胸部、腹部（很高的）直至作为枢轴的腰带，全部向你靠近，但腰部保持不动。她的上身笔直地向你抛过来，又立即笔直地弹回去，一来一往的时间长短几乎是一样的。反弹抵消了起先你以为抛给你的东西，你以为赢得的地盘其实并没有得到，好比在决斗场上，最初的位置原封未动。重新保持距离等于抹去亲热，这种带有库瓦泽埃印记的姿态无非证明第一个动作所表现的主动亲近只不过是一瞬间的装假，此种情景在库瓦泽埃和盖芒特女士们给别人的信中同样有所表现，至少跟她们最初认识的日子里是如此。从信的"主体"所包含的句子来看，好像是写给一位朋友的，但你千万别吹嘘自己当上了贵夫人的朋友，因为信的开头是"先生"，而结尾也是"先生，请接受我崇高的敬意"。因此，这种冷淡的开头和冷冰冰的结尾改变了信中的含义，但在双重的冷漠之间，如果是回复你的慰问信，尽可以展现一幅幅最令人感动的图景，诸如盖芒特女士失去姐妹的悲痛，她们之间亲密的姐妹之情，她即将去度假的胜地的优点，她从可爱的小孩子身上所找到的慰藉，这一切只不过是像从一般通信集中抽出的一封，你和通信者之间的亲密程度就像你阅读小普林尼或德·西米亚纳夫人[1]书信时所感觉的差不多。

不错，某些盖芒特女士一开始给你写信就称呼"我亲爱的朋友""我的朋友"，她们在盖芒特女性成员中并不总是最单纯的，更恰当地说，她们只生活在王室中间，外加"轻浮"，所以目中无人，她们确信自己所做的一切必然使人高兴，由于腐败，她们习惯向别人提供任何满足而不讲价钱。哪怕是路易十三时代的高祖母，只要她是本家的，一个盖芒特少年在谈起德·盖芒特侯爵夫人时便管她叫"亚当婶婶"，盖芒特家族人口众多，即使举行简单的礼仪，比如礼节性介绍，也五花八门。家族的每个分支，只要稍微讲究一点的，就有自己的礼仪，然后父传子，代

---

1 小普林尼（Plinius，约61—约113），古罗马作家，今存《书信集》十卷三百余篇。德·西米亚纳（1674—1737）是德·塞维尼夫人的外甥女，1733年发表她给塞维尼夫人的书信，后收入塞维尼夫人的《书简集》。

代相传，如同补药配方和做果酱的特殊方法。就拿圣卢的握手来说吧，当他听到通报你的名字，便不由自主地向你伸手，但眼睛不朝你看，也不附加致意动作。由于某种特殊的原因（相当少见的），哪个倒霉的平民百姓被介绍给圣卢分支的家属，面对如此突然又简便的问候和明显的漫不经心，都竭力想知道男性或女性盖芒特会怎样说他。此后，你这个被介绍的人十分吃惊地得知男的盖芒特或女的盖芒特认为应当专门给介绍人写信表示见到你有多么高兴，并非常希望再次与你见面。德·菲埃布瓦侯爵复杂而快速的蹦跳也和圣卢机械的手势一样特别（德·夏吕斯先生认为滑稽可笑），与之相反，德·盖芒特公爵的步子却是稳重的，有节奏的。不过，由于盖芒特家族这个芭蕾舞团太庞大，不可能在这里描绘他们丰富多彩的舞谱。

（选自《盖芒特那边》）

# 老朽昏庸的德·盖芒特公爵

德·盖芒特公爵夫人的生活没有摆脱不幸，由此引起的结果是德·盖芒特公爵只好与地位低下的社交圈子打交道了。公爵由于年事已高，好久以来不再惹草拈花，尽管他身体还很健壮，却早已停止欺骗德·盖芒特夫人了，然而他不知怎么喜欢上了德·福什维尔夫人[1]，谁也弄不清他们的私情是从何时开始的。联想到德·福什维尔夫人现在大致的年龄，这似乎很不寻常。但也许她从妙龄时代就是个风流女子吧。再说，有些女人每隔十年脱胎换骨一次，不断更换情侣，有时人们以为她们已经去世，不料她们居然夺走别人的丈夫，让年轻的妻子陷于绝望。

然而，这种私情的格局依然如故，老人在最后一次爱情中的做法完全模仿以前的，那就是把他的情妇与外界隔离；如果说我对阿尔贝蒂娜的爱情复现了斯万对奥黛特的爱情，尽管大异其趣，那么，德·盖芒特先生对奥黛特的

---

1　即奥黛特，前斯万夫人。

爱情更使我回想起我对阿尔贝蒂娜有过的爱情。情妇必须跟他一起吃午饭、吃晚饭，他老泡在她家里；奥黛特为此在朋友面前炫耀自己，而她的朋友们若没有她，永远无法与德·盖芒特公爵交往，他们专程来结识公爵，有点像人们去交际花家目睹当情郎的君主。诚然，德·福什维尔夫人早已成为上流社会的女子，但毕竟到暮年还当外室，再说供养她的傲慢的老人又是个重要人物，她便俯首帖耳地总穿讨他喜欢的浴衣，准备他喜欢的饭菜，恭维他的朋友们，另外对他们则说她向公爵谈起过他们，就像她对我舅公说由于她向大公谈起过他，大公才给他寄香烟，总之，尽管她已取得上流社会稳固的地位，但由于新形势推波助澜，她终于又成为走红的女人。诚然，我舅舅阿道尔夫已经死了多年，但在我们四周新人换了旧人，难道不允许我们重新开始生活吗？她无非贪婪地利用了新形势，还因为，当她有个女儿要出嫁时，她在上流社会已相当吃香，一旦吉尔贝特嫁给圣卢，她便无人过问了，于是她觉得德·盖芒特公爵对她关怀备至，给她召来许多公爵夫人，也许她们都乐于捉弄一下她们的朋友奥丽娅娜，也许被公爵夫人的不满激怒，心里不服，女性的争风吃醋之情大发，非要占上风才高兴。

德·盖芒特公爵与德·福什维尔夫人的私情无非是他以前众多私情的重复，但使他第二次失去赛马总会主席的职位和艺术科学院自由委员的席位，有如德·夏吕斯先生公开与瑞皮安结伴生活使他失去老巴黎之友联盟主席和协会主席的职位。这样，情趣迥然不同的两兄弟由于相同的懒散和同样缺乏意志，最后都弄得名誉扫地，而他们的祖父德·盖芒特公爵是法兰西学院院士，虽然也明显缺乏意志，但没有不登大雅之举，而体现在两个孙子身上，造成其中一个纵欲，另一个性变，结果两兄弟都被社会唾弃。圣卢始终如一地带着妻子去德·福什维尔夫人家，一直到他去世。他们夫妻同时是德·盖芒特先生和奥黛特的财产继承人，而奥黛特也许又是公爵主要的财产继承人，不正是这样的吗？甚至难以相处的库瓦泽埃侄儿们，还有德·马桑特夫人，德·特拉尼亚亲王夫人也经常去她家，希望获得财产继承权，不顾可能给德·盖芒特夫人造成痛苦，而奥黛特因德·盖芒特夫人瞧不起她而恼火，经常说公爵夫人的坏话。

年迈的德·盖芒特公爵已经足不出户，整日整夜跟奥黛特待在一起。今天他出来片刻探望妻子，心里却很不乐意会见她。我一直没有见到公爵，即使见面，如果没有人明确指点，我恐怕认不出他了。他只是个废人了，但又是很好看的废人，比废人还废人，好似暴风雨中的一块岩石，具有浪漫色彩的美。他的面孔受到来自四面八方的痛苦、忍痛的愤怒、日夜逼近的死神的冲击，仿佛一块长年累月受到海浪拍打的岩石，风化了，尽管依然保持令我一向赞赏的外貌特征，他日益憔悴，好似损坏严重而美不胜收的古代头像，我们非常乐意把它拿来装点我们的工作室。他的头像看上去简直像属于远古时代，不仅因为粗糙和失去原有的光泽，而且因为机灵和活泼的表情让位于因疾病引起的与死亡作斗争、与艰难生活拼搏的无意的或下意识的表情。动脉已经全部失去柔韧性，使从前红晕的脸变得硬如雕塑。公爵没有料想到，暴露在外的颈窝、面颊、前额枯萎得像一阵风吹落的黄叶，残存的生命力死死抓住每秒钟不肯离去，美丽的头发变得稀疏了，白萧萧披在脸上，好似被海浪推上沙滩的白沫。暴风雨大作时一切昏天黑地，只有风雨即将来临时岩石才变换颜色，其光泽奇特、独一；无独有偶，我弄明白了，僵硬而枯萎的面颊呈铅灰色，微微掀起的絮状发绺呈灰白色，视力衰竭的眼睛还残留着微弱的光芒，这些颜色和光芒的色调并非幻影，相反，是非常真实的，但由于年老体衰和接近死亡，色调的亮度非常奇特，亮中隐黑，这些黑点是不祥的预兆，令人毛骨悚然，所以色调看起来光怪陆离，好像照搬了调色板似的。

公爵的神情，我看几眼便明白了，奥黛特已把全部身心转向较年轻的求爱者，不把公爵放在眼里了。但很奇怪，公爵从前模仿国王风范时似乎滑稽可笑，而现在反而真的气概不凡，有点像他的兄弟，因年老消瘦，连相貌都像兄弟了。他的兄弟从前也很傲慢，尽管方式不同，如今对人也毕恭毕敬，尽管方式各异。但他还没有像兄弟那样一蹶不振，他兄弟已经像健忘的病人，对他从前不屑一顾的人也彬彬有礼。不过，他确实非常衰老了，当他想跨出房门走下台阶外出时，便更显得老态龙钟了：衰老对男人来说是最要不得的，像把希腊悲剧中的国王们从顶峰推向深渊，衰老迫使公爵像朝不保夕的废人那样生活，不得不在艰难的人生旅途中停下来，迫使他不停地擦额上的汗珠，迫使他睁大眼睛摸着走下一级级台阶，生怕踏空，因为步子不稳，因为眼睛像蒙上一层云雾，他需要有个支撑。这就使他不知不觉地产生悄悄地、怯怯地恳求他人助一臂之力的神情，衰老使他失去威严，处处有求于人。

德·盖芒特先生再也离不开奥黛特，总待在她家里，老坐在同一张扶手椅上，由于衰老和痛风，连站起来都很困难，他任凭奥黛特接待朋友，客人们有幸认识公爵，无不受宠若惊，便让公爵高谈阔论，听他讲从前的社会，讲维尔帕里济侯爵夫人，讲德·沙特尔公爵等。

这样，在圣日耳曼区，像德·盖芒特公爵和公爵夫人与德·夏吕斯男爵家这样表面上看上去牢不可破的阵地土崩瓦解了，有如世上任何东西都会从内部分化，而内在变化的起因又往往出乎人们的意料，拿德·夏吕斯先生来说，对沙莉的爱使他沦为韦迪兰夫妇的奴隶，然后便一蹶不振；

再看德·盖芒特夫人，比以前更加一味追求新奇和艺术，而德·盖芒特先生则陷入爱情不能自拔；同样的事情在他一生中曾有过多次，只不过年老体衰使他更加专横，而且因为他不再在公爵夫人严肃的沙龙露面，所以不必在社交场上否认他的嗜好，更不必为之补偿，再说沙龙也不行了。如今物换星移，权势的中心、财富的分布、局势的导向，一切曾经似乎是天经地义的东西都在不断地变化，只有深谙世事的人能在表面看上去最不可能起变化的地方观察出最彻底的变化。

有时候他们一起欣赏由斯万收集起来的古画，经斯万以"收藏家"风格精心布置之后，整个场面显得古色古香，公爵是"王朝复辟派"，交际花则是十足的"第二帝国派"，她穿着公爵喜爱的浴衣，自恃受宠，叽里呱啦乱插嘴，公爵说着说着突然打住，狠狠地瞪视她。也许他这才发现奥黛特也像公爵夫人一样有时净胡说八道，也许老人一时产生幻觉，以为又是德·盖芒特夫人不合时宜的风趣话打断了他的话头，他自以为还待在盖芒特公馆，好比被缚绑的猛兽苏醒时还以为自由自在地生活在非洲大漠哩。他突然抬起头，用圆圆的、黄黄的小眼睛盯视奥黛特，这种好似猛兽的锐利眼光叫我发抖，当年德·盖芒特夫人唠叨得过分时，他就用这种眼光瞪她。公爵就这样瞪视大胆插嘴的女人。但走红的女人不买他的账，也睁大眼睛跟他对视，说时迟那时快，被驯服的老猛兽突然想起他不是在公爵夫人的公馆，门前的平台有擦鞋的门毡，在那边他可以像在撒哈拉沙漠那样自由自在，而今他在德·福什维尔夫人家，犹如被关在植物园的兽笼里，于是他把头缩进肩膀窝，头发像马鬃似的披散下来，叫人看不清是金色的还是白色的。他继续往下讲，好像没有听明白德·福什维尔夫人想说的话，再说她的话一般没有多少意思。他允许奥黛特邀请一些朋友来跟他一起吃晚饭，但他沿袭了跟以前的情人同居时的怪癖，倒不是为了使奥黛特吃惊，况且斯万曾有过同样的怪癖，她早已习惯了，不过触动了我的心弦，使我想起我跟阿尔贝蒂娜一起时的生活——他的怪癖就是要求客人们早早地离开，好让他最后一个向奥黛特道晚安。不用说，等他一走开，奥黛特便又去会晤其他人了。不过，公爵没有料到或宁愿装作没有料到：老年人眼睛花了，耳朵聋了，脑子也迟钝了，疲乏使老年人失去了警惕性。人到了一定的年纪就会像莫里哀的剧中人那样起变化，比如朱比特的改变是必然的，不是变成阿尔克梅娜高傲的情人，便是变成可笑的皆隆特[1]。再说奥黛特一再欺骗德·盖芒特先生，跟别人偷情，所谓照料他，其实并没有什么迷人之处，

1 皆隆特是《屈打成医》和《司卡班的诡计》中可笑的老年人物；在《安菲特律翁》一剧中，朱比特是阿尔克墨涅的情人，他有意变得堕落，为了考验心上人的爱情。

其情操也不伟大。奥黛特扮这个角色跟扮其他任何角色一样，也很平庸。并非生活没有给她创造好角色，而是她实在不善于扮演。

（选自《失而复得的时间》）

# 跟我们不是同一类的女人

　　我每次想见奥黛特，都难以如愿以偿，因为德·盖芒特先生想同时兼顾他的保健需要和嫉妒心的满足，只允许奥黛特参加节假日的活动，而且规定不许她参加舞会。这种把她与世隔绝的做法，她坦率地向我做了解释，说有好几个原因。其中最主要的原因是，她猜想，尽管我只是写写小文章或发表一些论文，但我算得上知名作家了；后来在她家里想起我早年去槐树街看望她的时代，她不无天真地说："咳！想当初我要是猜得到您有朝一日成为大作家，那就好了！"如今她听说作家喜欢在女人身边收集素材，让女人讲爱情故事，于是她在我跟前又变得轻佻起来，以便讨好我。她对我说："听着，有一次一个男人迷恋我，而我也非常喜欢他。我们一起过着神仙似的生活。但他必须去美洲旅行一次，我得跟他一起去。出发前夕，我觉得一次爱情虽然总不能热烈如初，但不使它冷下来是可以的。最后那个夜晚他深信我会跟他走，我们度过一个疯狂的夜晚，我从他身上得到无限的快乐，也为再也见不着他而感到懊丧。第二天早上我去退票，把我的票给了一个我不认识的旅客。他一定要付我钱。我对他说：'不用了，您帮了我一个大忙，车钱我不要了。'"接着，她又讲了一个故事："一天我在爱丽舍田园大街，与我只有一面之交的德·布雷奥泰先生盯着我瞧，死盯不放，我不得不停下脚步，问他为何如此目不转睛地瞧我。他回答说：'我瞧您，因为觉得您的帽子滑稽可笑。'此话不假。我当时戴一顶小帽子，上面插有蝴蝶花，是时兴的款式，难看得要命。我发火了，对他说：'我不允许您对我这么说话。'但天公不作美，下起雨来了。我对他说：'我决不原谅您，除非给我弄一辆马车来。''那好，巧极了，我正好有一辆，我送您回去。''不，我要您的马车，但不要您。'我登上马车，他却淋着雨徒步走了。当天晚上，他到了我家。我们如胶似漆达两年之久。找个时间来我家吃茶吧，我跟您讲讲我是怎么认识德·福什维尔的。"接着她神情忧伤地说："我这一辈子没有自由自在地生活过，因为跟我相爱时间长的汉子个个都是争风吃醋的。姑且不说德·福什维尔，因为他实际上是个没出息的东西，我真正迷恋的则是聪明的男子。不过，如您所知，斯万先生跟可怜的公爵一样，也是个醋坛子，但为了公爵，我把一切割舍了，因为我知道他在自己家不幸福。而对于斯万先生，则另当别论，因为我爱他爱得如醉如痴，所以我觉得为了讨好一个爱你的男人或仅仅为他排忧解难，咱们可以牺牲跳舞，可以不去上流社会，可以丢下一切。可怜的夏尔，他绝顶聪明，富有魅力，正是我喜欢的那种类型的男子。"这也许是真话。有个时期斯万讨她喜欢，恰恰当时她跟他不是"同一类型"的。说实话，她所谓的"那种类型"，即使后来，她也从来没有达到过。而斯万曾经是那么爱她，而且爱得那么痛苦，他后来对这种矛盾的心情自己也觉得惊讶。如果我们想到在男人的生活中"跟他们不是同一类"的女人给他们造成的痛苦有多么巨大，那么就不大会产生矛盾心理了。但谁也想不到，这取决于多种原因，首先，正因为她们"跟你不是同一类"的，你很容易还没有爱人家就被人家爱上了，从而听其自然，养成一种当你"跟同一类"的女人生活时所没有的习惯，这种习惯一旦为我们所喜爱，就会寸步不让，在喧宾夺主以前，很少出头露面，但等到你钟情了，等到你念念不忘了，你就会有失落感，巨大的失落感，就像闹翻脸之后，就像有人出远门后杳无音信。其次，这种习惯是感情用事的，基本上没有多大肉体的欲望，即使钟情了，其情欲也大致停留在脑子里：更像构思一部小说，而不是出于需求。我们对"跟我们不是同一类型"的女人没有戒心，我们听凭她们喜爱我们，而一旦后来我们喜欢上她们，我们爱她们比爱别人胜过百倍，甚至在她们身上得不到情欲的满足。由于这些和其他种种原因，"跟我们不是同一类型"的女人往往给我们造成最大的苦楚，这样的事情不光光是命运的嘲弄，命运多舛呀，往往在我们最不喜欢的形式下才获得幸福。一个"跟我们同一类型"的女人是极少有危险的，因为她对我们不在乎，满足我们之后，便很快离开我们，在我们的生活中扎不下根，而且有危险的和造成爱情痛苦的并不是女人本身，而是她每日每时在你身旁的存在以及对你的好奇心，因此危险不在于女人，而在于习惯。

我怯懦地对她说，她实在太厚道太高贵了，其实我明明知道她假话连篇，她的坦率夹杂着谎言。听她讲浓情艳史，越听越心寒，我想到斯万完全被蒙在鼓里，并为此愁肠百结，因为他把同情心倾注在这个女人身上，只要观察她看一个男人或女人的目光，无论是不认识的还是讨她喜爱的，他便猜出是怎么回事。总之，她向我讲的事情只是一些她以为可以当作中短篇小说主题的东西。她错了，并不是因为她没有自始至终为我的想象力提供丰富的储存，而是因为提供储备的方式是极其无意识的，并且通过我自己的感受在她不知不觉之间显露出她的生活规律。

(选自《失而复得的时间》)

# 伯爵夫人

　　我们曾经居住在一座旧公馆主楼侧翼的二层，类似的古色古香府邸现今在巴黎已荡然无存；原先的公馆正院或在民主潮流滚滚时车水马龙，或在爵爷庇护下各类遗老遗少来此苟延残喘，反正后来开出许多小铺子，拥挤不堪，就像大教堂周围琳琅满目的小店，幸而大教堂尚未受到现代美学的"毁坏"：正院从门房开始就是补鞋摊，用丁香围成方块，由看门人占据，他在里面一边喂鸡养兔一边草率修鞋；院子尽里住着"伯爵夫人"，自然按新签租约而居，但我觉得她仍享有自古以来的特权，那个时代"院子尽头的小公馆"一向住着"伯爵夫人"，当她坐双马敞篷四轮车外出时，她总戴着帽子，插在帽子上的蓝蝴蝶花很像门房鞋匠裁缝们小屋窗沿的菖蒲，四轮马车虽然不停，但为了表示不傲慢，她向送水工向我父母向门房的孩子们频频微笑，用手打个招呼，动作虽小却明显可辨……

　　四轮马车的滚动声逐渐消失，通车大门重新关上；高头大马慢步缓行，听差的帽子高到齐二层楼，马车长达一间门面，沿着一家家铺面行进，给冷漠的街道喷洒一阵阵贵族的香气，时而停下发送名片[1]，时而叫供应商前来马车旁听话，时而同交错而过的女友们打招呼，她们正去她也受到邀请的午间聚会或已经回来了。马车转向一条横街，伯爵夫人想先去森林兜一圈，回来时才去午间聚会，等客人走完，院子里有人呼唤最后的车辆，她这才姗姗而来。她非常善于同女主人寒暄，一边用戴着瑞典手套的双手与对方相握，双肘不离身，然后接触女主人的腰肢欣赏她的打扮，就像雕刻家安置他的雕像，就像女裁缝为紧身上衣试样，郑重其事说"实在不可能早来，尽管真心诚意的"，郑重其事的姿态与她温柔的眼睛和庄重的声音配合得天衣无缝，同时抛出一道美丽的紫罗兰色的目光，落在一系列横七竖八阻止她早来的障碍上，落在作为很有教养的她闭口不谈的障碍上，因为她不爱谈论自己。

我们的公寓套房位于第二个院子，面对着伯爵夫人的套房。如今每当想起伯爵夫人，总觉得她有某种魅力，但当时只需跟她谈上话，她的魅力就烟消云散了，而她自己毫无察觉。她属于这么一类人，他们有一盏小小的魔灯，但从来享受不着光明。每当认识他们，每当跟他们谈话，我们立即跟他们融为一体，再也见不到神奇的亮光，见不

---

[1] 当时电话尚不发达，上流社会和中产阶级经常发送附有简言的名片，表示问候、致谢、约会、邀请等。

到小小的魅力小小的特色，他们完全失去了诗意。必须停止跟他们来往，突然回首往事重新瞥见他们，就像先前不认识他们那样，而后小小的亮光才会点燃，诗意的感觉才会产生。物件、地域、忧愁、爱情，好像都是如此。拥有者察觉不出其诗意。诗意只在远处闪亮。那些有能力发现诗意微光的人，在他们眼里，生活反倒变得十二分沮丧了。如果想到我们渴望认识的人，我们不得不承认有个绝妙的陌生人我们千方百计想认识，但一旦认识，他就消失了。我们重新见到他时，就像见到从未认识的人的肖像，当然我们的朋友 X 与此无关。我们熟悉的面孔啊，你们自从咱们相识以来一张张隐匿了。我们一生中很习惯任凭第一印象留给我们的高大的陌生人肖像付诸东流。当我们有力量打乱铺满原始面貌的各种画蛇添足，我们便发现从未见过的面孔脱颖而出，那正是第一印象铭刻下来的相貌，而我们则觉得从不认识……智力丰富的朋友，请您像所有跟我每日聊天的人那样，瞧瞧那个年轻人，他双眼突出眼眶，急如星火，您有什么感受？而我，瞧见他行色匆匆从剧院走廊经过，则看出他像伯恩·琼斯[1]的英雄或曼坦那[2]的天使。

况且，在我们看来，女人的脸，甚至在恋爱中，也是一天十八变的。讨我们喜欢的脸盘儿，是我们创造的，我们采用某个目光某个颊部某个鼻准，使一千人中迸发一个。很快我们的注意力转到另一个人儿身上：她脸色苍白，带茶褐色，双肩拱耸，呈现不屑一顾的神态。现在所见到的是一张温柔的正面像，含羞带怯，白面颊和黑头发的反衬不起任何作用。多少前后相继的人，对我们来说成了一个人！第一次见到的人离我们已经多么遥远哪！有天晚上，我把伯爵夫人从晚会带回她依然居住的那幢房子，而我已有许多年不住那边了；跟她吻别时，我拉开她的脸和我的距离，以便尽量把她看作远离我的一件东西一个形象，有如我从前见到她在街头停下跟卖乳品的女商人说话。我很想重新找到她的和谐，融合着紫罗兰色的目光，清秀的鼻子、倨傲的嘴巴、修长的身材、忧郁的神情，在我的眼里牢牢留住失而复得的过去，我凑上双唇，亲吻原先想亲吻的部分。唉！我们亲吻的一张张面孔不再包含引起我们渴望的东西，

---

1　伯恩·琼斯（Burne Jones, 1833—1898），英国画家，擅长绘作维多利亚时代的英国贵族妇女，运用匀称的线条和曲折的形状，开创19世纪下半叶的新艺术。《梅林奇观》（1874）是他的代表作。

2　曼坦那（1431—1506），意大利文艺复兴时期巴杜亚派画家，著名的人文主义者；推崇古罗马雕塑造型，开创仰视透视法，擅长绘作天顶画，作品有《恺撒的胜利》《基督遗体》等，藏于巴黎卢浮宫的作品有《耶稣受难像》《圣塞巴斯蒂安》《胜利圣母像》《帕拿斯恶魔与力天使争斗》。

我们居住的一个个地域不再包含引起我们渴望相爱的东西，我们服丧的一位位亡者不再包含引起我们因失去他们而害怕的东西。这种想象中的印象的真实性弥足珍贵，艺术声称近似生活，若取消这种真实性，就取消了唯一珍贵的东西。相反，假如艺术单纯描绘生活，那就为最庸俗的东西提高价值；艺术也可能为赶时髦的人提高身价，如果不去描绘社会存在的东西，即微不足道的东西，诸如爱情、旅行、痛苦等，而千方百计通过从伯爵夫人脸上找到非实在的气色，来重新获得社会存在的东西；赶时髦的青年人，反倒渴望在紫罗兰色眼睛的伯爵夫人夏季星期日乘敞篷马车外出时找到她脸上实在的气色。

自然，我第一次见到伯爵夫人，第一次堕入情网，我只见到她脸上某种逐渐消失和转瞬即逝的东西，如同素描画家随意选择的东西，在我们看来则是一个"后侧面像"。但对我来说，这种蜿蜒的线条融入了瞬间的目光、弯曲的鼻子、翘起的嘴角，而把其余部分统统省略了；当我在院子或街头碰到伯爵夫人，按她不同的打扮，通常她脸的大部分在我是陌生的，我觉得见到某个不认识的人，同时我却怦然心动，因为在饰有矢车菊的帽子和陌生脸的伪装下，我瞥见或者可以认出一波三折的侧影和那天翘起的嘴角。有时候我窥伺她几个小时而不得一见，当她突然出现，我看见波浪起伏的细线条通达紫罗兰色的眼睛。但很快，这第一张任意的脸对我们来说代表着一个人，永远只有一个侧影，始终微微耸眉，眼睛里总是随时准备绽开微笑，明显可见的嘴角总那么开始翘起，这一切是脸上任意的剪影，一系列可能出现的表情，局部的、短暂的、不变的，如同一幅确定某种表情的素描，画面一旦确定就不能再变了，这在我们就是最初认识的那个人。往后的日子里出现了另外的表情另外的面貌。头发的黑色和面颊的苍白所造成的反衬，最初几乎跃然脸上，可久而久之我们就视而不见了。不再是嘲弄的眼睛所表露的快活，而是羞怯的目光所呈现的温柔。

她引起我的爱慕，进而增加了她贵族身份的稀罕性，那正院尽头对我来说似乎是难以接近的，仿佛有人对我说，一条自然法则永远阻止一切像我这样的平民进入她的公馆，如同阻止我腾云驾雾，对此我感到特别惊讶。当时我未谙世事，不晓得物以类聚、人以群分，只知道姓氏把人区分开来，定出各自的特殊性。我有点像我们的弗朗索瓦丝，她相信伯爵夫人的婆母侯爵夫人的封号和那种挑棚[1]式阳台之间有某种神秘的联系，因为在侯爵夫人住的公寓套房上方有个挑棚，除侯爵夫人外，任何其他类别的人都没有这类挑棚阳台。

---

1 La marquise，一词多义，侯爵夫人和雨篷或挑棚是同一个词。

有时候想起伯爵夫人，我寻思，今天没有机会瞥见她了；我平静地往街的低处走去，走到乳品商店前，突然感到心惊肉跳，恰如一只小鸟瞥见一条蛇。柜台旁，一个女子边挑选奶酪边跟卖奶酪的女人说话，在她脸上我瞥见一条蜿蜒的细线条在两只迷人的紫罗兰眼睛上端起伏颤动。次日，想到她会再去卖乳品女人那里，我便守在街角等候，一等几小时不见她来，于是垂头丧气回家；横穿街道时，我不得不躲闪一辆马车，差点儿没给轧死。我看见在一顶陌生的帽子下，在另一张脸盘儿上，蜿蜒的细线条沉睡着，眼睛无精打采，呈现淡淡的紫罗兰色，我完全认出来了，但心一紧之后才意识到。我每次瞥见，我每次脸色发白，跟跟跄跄，恨不得拜倒在她脚前，她觉得我"很有教养"。《萨朗波》[1]中有一条蛇，体现一个家庭的精灵。由此我觉得那蜿蜒的细线条会重现在伯爵夫人的姐妹乃至她的侄儿们脸上。我觉得假如我能够认识他们，我就会在他们身上领略一点她的风采。他们依据整个家族共同的脸盘儿所表现的脸架子似乎统统不一样。

在一条街的拐弯处，我认出伯爵夫人公馆的膳食总管

---

1 《萨朗波》（1862），法国作家福楼拜的历史小说，描写古代迦太基军队在其首领马托领导下举行起义。马托为得到迦太基统帅哈米尔卡的女儿萨朗波的爱情潜入城内，偷走代表迦太基命运的圣衣。萨朗波为了忠于迦太基，只身去会见马托，取回圣衣。最后起义失败，马托被处死，萨朗波也倒地而亡。

朝我走来,他蓄着金色颊髯,我想:一、他跟伯爵夫人谈话;二、他看见伯爵夫人吃饭;三、他似乎是伯爵夫人的朋友。这就引起我心慌三次,仿佛我也堕入了他的情网。

那些晌午,那些日子,只不过像串串珍珠的线,把她同当时最高雅的欢乐连接在一起;散步之后,她仍穿着蓝套裙去德·莫塔涅公爵夫人家吃午饭;白日已尽,掌灯待客时分,她去德·阿尔里乌夫尔公主家,去德·布吕伊夫尔夫人家,晚饭后,她的车若仍在等她,她便拖着丝绸乳白的窸窣摆动、带着目光乳白的烁烁闪动、戴着珍珠乳白的瑟瑟抖动登上马车去德·鲁昂公爵夫人家或去德·德勒伯爵夫人家。后来我觉得这些人物无聊乏味,不怎么想去她们家了,并发现伯爵夫人跟我有同感,于是她的生命失去了一些神秘感,她宁愿跟我待在一起聊天,也不怎么去那些聚会了;其时我设想,在那些聚会上她应该保持本色,其余一切在我看来仅仅是一种内在的东西:我们丝毫不可怀疑剧本的精彩和女演员的天才。再后来,有时对她的生活进行推敲,得出的道理一经表达出来,跟我梦想的如出一辙:她与众不同,心目中只有旧时的名门世家。清谈至此,暂且搁笔。

(选自《驳圣伯夫》)

# 第四辑

## 品画赏乐

*Pour écrire pas haut la région à tirer.*
*Toujours il demeure cette haute agonie.*
*Pour l'espace infligée à l'oiseau qui la*

# 乐句的魅力

钢琴家演奏完毕，斯万即刻对他比对在场的其他人更为亲热。原因如下。

一年前，在一次晚会上，他听到一首钢琴和小提琴协奏的曲子。最初，他只品出从乐器散发的质地良好的音响。当他突然听到在小提琴尖细、持久、密致、主导的线状音响下，钢琴部浑厚的块状声奋力升起，形式多变而又不可分割，平滑流畅而又互相撞击，宛如月光下荡漾的淡紫色水波，以降半音行进的节奏，显得富有魅力，他已经感到极大的愉悦。然后在某一瞬间，他还未能分辨清楚其轮廓，未能给予所获得的欣喜以恰当的名目，突然入迷似的竭力捕捉那个乐句或和声——他自己也不明白是什么——它稍纵即逝，却已经大大打开了他的心扉，有如玫瑰的芬芳在晚间的湿润空气中飘荡，使我们不禁鼻翼扩张。也许正因为他不知道这是什么乐曲，才产生如此模糊的印象，然而这种印象也许只属于纯音乐性的、无广延的、别具匠心的印象，与别的印象格格不入。这类瞬间的印象可以说是 sine materia[1]。这时我们听到的音符已经按其高度和时值逐渐在我们眼前覆盖大小不等的面积，描绘出飞舞的线条，使我们产生开阔、纤细、平稳、多变的感觉。但我们这些感觉还没来得及确定，音符便消失了，后继的音符乃至同时出现的音符又使我们产生另外的感觉，把原先的感觉淹没了。这种印象将继续流入和渗入不时浮现的乐句，然而刚刚出现的乐句还没让人认清就立即沉没和消失了；它们以特殊的欣悦为我们所知，而我们却不能加以描绘、记忆、认定；它们是难以形容的，除非记忆，如同工人致力于在川流中筑造持久的基座那样，为我们复制倏忽不见的乐句，使我们能够把它们与后继的乐句加以比较和区分。因此，斯万享受到的美感刚刚终止，他的记忆立刻为他把这些乐句暂时扼要地记录下来，但在他回顾记录时，乐曲继续向前，结果当相同的印象突然再度出现时，它已经不再是难以把握的了。斯万想象得出乐句的音域，乐句与乐句之间匀称的组合，乐句的谱写线图，乐句的表现时值；他眼前出现的不再是纯粹的音乐，而是图画、建筑、思维，并且能使他回想起来。此时他已经清晰地分辨出某个乐句从回荡的乐波中脱颖而出，浮现了若干片刻。这个乐句顿时使他获得特殊的愉悦，而这在听见它以前是难以想象的，

---

1 拉丁文：非物质的。

而且他感到其他的乐句都不能引起类似的快适，于是他对这个乐句产生了从未有过的爱情。

这个乐句以徐缓的节奏引导他由近及远，一直走向崇高的、难以理解而清晰可感的幸福。突然，乐句到达某个附点，斯万刚准备紧随不舍，它却在稍稍休止之后猛地改变方向，以一种新的旋律，以更为快速而纤细、凄凉、缠绵、温柔的旋律，卷着他奔向陌生的前景。之后，乐句消失了。斯万热切希望它第三次出现。它果然再次出现，不过并没有使他更明白其中的含义，甚至在他身上引发的快感不如原先那么深厚。但是，他回到家里，感到需要它，如同生活中某人偶然瞥见一个过路的女人，感到这个女人在他心目中树立了新颖的美的形象，而且切身体察出它具有更大的价值，可他却不知道能否再次见到那个使他已经钟情的、连名字也叫不出来的女人了。

这种对一个乐句的热爱顿时使斯万好像觉得有可能在某种程度上恢复青春。好久以来他已放弃追求生活中的某个理想，而把生活局限于追求日常的满足，他认为这种状况到死也不会改变，虽然没有这么明确地对自己说过；更何况，由于感觉不到自己的精神世界里还有崇高的思想，所以他不再相信天下存在这样的思想，虽然也不能完全予以否定。因此，他习惯于躲藏在无关宏旨的思想中，从不探究事物的实质。同样，他不思索该不该去社交界，相反，

确信如果接受邀请就应当前往，假如事后不去拜会，也该
留下自己的名片；他在与人交谈时也一样，竭力不对事物
发表自己内心的见解，仅仅提供一些本身具有一定价值但
使自己不必表态的细节。他可以十分精确地说出一份菜谱
或一位画家的生卒日期及其作品列表。尽管如此，他有时
还是不由自主地对某个作品或对某种人生观发表一番见解，
但话语中往往含讥带讽，好像他并不完全赞同自己所说的
话。然而，某些病病歪歪的人到了一个新地方，接受一种
新的摄生法，有时出现一种莫名其妙的身体器质性变化，
他们好像突然病痛大为减轻，以至开始想望从来不敢想望
的事情：在生命的暮年开始一种完全不同的生活。斯万似
乎同他们相像，每每回忆起他听过的那个乐句，每每请人
演奏某些奏鸣曲，试图从中找到那个乐句，他发现自己身
上也有某种生机，这种以前不再相信的现实显现之后，他
内心重新产生欲望甚至力量，要为新的现实奉献自己的生
命，仿佛音乐对他干涸的、痛苦的心田进行的专门治疗起
了作用。但斯万未能了解到他听到的那部作品出自谁的手
笔，也搞不到这部作品，于是把它置之脑后了。他虽在那
个星期遇见几位那天也参加晚会的人，询问过他们，但其
中好几位要么演奏完才到，要么演奏前就走了；有几位演
奏时在场，但到别的客厅聊天去了；有那么几位留下听的，
但不比闲聊的人多听进多少。至于东道主，他只知道这是

一部新作品，是他聘来的艺术家们主动演奏的，但他们又到外地巡回演出去了，斯万未能打听到更多的情况。他有不少音乐界的朋友，可他只能回忆起那个乐句激发的那种独特而又无法言传的乐趣，只能看到乐句在他眼前勾画的图案，却不能把它哼给他们听。后来，他就不再去想它了。

　　然而，这晚在韦迪兰夫人家，年轻的钢琴家刚弹了几分钟，斯万忽然在跨两节拍的长高音之后，看见他喜爱的那个飘逸的、芬芳的乐句突破拖长的、紧密的音响向他徐徐接近，仿佛从掩盖神秘的孵育的音幕中脱颖而出，他认出来了，就是那个隐秘的、低回的、时断时续的乐句。它是那样天成独特，其魅力那样不同凡响，任何其他魅力都替代不了；对斯万来说，有如在一个朋友家的客厅遇见一个女人，是原来在街上见过的，曾令他仰慕不已，绝望地以为永生永世也见不到她了。最后，那个指示性的、勤于出现的乐句，在涓涓河水散发的清香中远去了，把吟吟微笑的映象留在斯万的脸上。现在可以打听他不知其名的作品了，人家告诉他这是万特伊的《钢琴小提琴奏鸣曲》中的行板，他记了下来，以后可以在家里随时重温，设法领会它的语言，探索它的奥秘。

　　因此，钢琴家刚刚弹完，斯万便上前向他致谢，那种热乎劲儿使得韦迪兰夫人乐不可支。

（选自《在斯万家那边》）

# 再聆万特伊的奏鸣曲

音乐又响起来了，斯万知道，这个新节目结束以前他是无法脱身的。被困在这些人中间，他感到痛苦，他们的愚蠢和可笑深深地刺激着他，更何况他们对他的爱情全然不知，即便知道，也不会感兴趣，只会拿他的爱情来取笑，如同笑话一桩儿戏，或者惋惜他干出这等傻事，他们使斯万看清爱情只是为他而存在的主观现象，外界根本不承认他的爱情的现实存在；他尤其痛苦的是，这个地方奥黛特永远来不了，任何人、任何物与她都没有缘分，她根本不能涉足，而他则要继续流放下去，忍无可忍，连乐器的声音都使他真想大叫起来。

突然间，奥黛特仿佛进入大厅，她的出现叫他心胆俱裂，情不自禁地用手捂住心口。原来小提琴上升到了高音阶，琴声持续徘徊，仿佛在等候，然后又在等待中持续，好像瞥见了等待的对象迎面走来，不由得欣喜若狂，所以拼命设法持续到它的到达，在自己消失前接待它，竭尽最后的余力为它打开一条道路，让它过去，好比我们双手撑着一扇大门，不然门就自动关闭了。斯万还没来得及明白过来，没来得及对自己说："这就是万特伊那首奏鸣曲的小乐句，别听了吧！"往事的回忆一下子全部在他心中苏醒了，想当初奥黛特对他多么迷恋，他一直把那段时光成功地埋在心灵深处看不见的地方，此刻受到突然迸发的一道爱情的光芒的欺骗，以为爱情的时光即将返回，于是所有的回忆拍打着翅膀从斯万的心底飞了出来，向他纵情高唱早已忘却的幸福之歌，根本不怜悯他现时的不幸。

过去他常说"我幸福的时日"，"我被人爱慕的时光"，那时他不觉得太难过，因为他脑海里留存往事的片断并不包含任何实在的内容，无非是些抽象的说法，而这次重新找到的却是在失去的幸福中所积淀的特殊而易逝的精髓；昔日的一切重新浮现在眼前：他把雪白、卷曲的花瓣贴在嘴唇上，那是奥黛特抛进他马车里的菊花；印有凸起的"金屋"字样地址的信纸，上面写着"我正用颤抖不已的手给您写信"，那是奥黛特的来信；"过不了太久您就会跟我联络的，是吗？"那是双眉紧蹙的奥黛特恳切的哀求；他仿佛又闻到理发师给他做"刷子头"时烫发钳散发的气味，同时洛雷当给他去找那个小女工，那年春天经常下暴雨，月色下他坐着自己的四轮敞篷马车回家，冷得瑟瑟发抖。心理的习惯、季节的印象、皮肤的反应构成一张严密的大网，随着一个个星期的推移，终于把他整个身子都罩上了。

那时，他尝到了一味求爱的人们所享受的欢乐，满足了自己的肉欲。他满以为可以永远如此，而不必领略其中的苦楚；现在他不能每时每刻知道奥黛特在干什么，不能到处并且永远占有她，他陷入了无边无际的苦恼，好像头上一直笼罩着一轮模糊的光晕，引起他极大的恐惧，相比之下，奥黛特的魅力已是微不足道了！唉！她曾大声说过，"我随时都可以见您，我什么时候都有空的"！斯万连她的声调都记忆犹新，可现在她却永远不再有空了！那时她对他的生活充满了兴趣和好奇，热切渴望得到他的宠爱，进而闯入他的生活，他反倒害怕给予宠爱，生怕受到打扰、引起麻烦；当初为了请他一起去韦迪兰家，她不得不苦苦哀求；最初相识时，他只允许她每月去他家一次，而她，为了要他让步，不得不一遍遍地重复她多么渴望每天见面，因为天天见面的习惯会给她带来无穷的乐趣，他虽然勉为其难地接受了，但觉得那是一种麻烦，枯燥乏味，后来她对天天见面的习惯厌恶起来，干脆抛弃了，而对他来说却变成一种无法遏止的痛苦不堪的需求了。他记得早在第三次见面时，她一再问道："为什么您不让我经常来看望您呢？"他殷勤地笑着回答："怕日后给自己造成痛苦。"他不知道当初说的是否出于真情。反而现在，今非昔比，她有时还从饭店或旅馆给他写信，用的仍是印有商号的信笺，但这些信像火一样灼烧着他。"这是从武耶蒙旅馆写的吗？她去那儿干什么？跟谁同在？发生了什么事情？"他想起意大利大街的煤气路灯一盏盏熄灭，绝望之余，竟在影影绰绰的人流中找到了她，那个夜晚于他几乎是神奇的，确实属于一个神秘的世界，可所有的大门已经关闭，他永远无法再进去了；那天夜里，他根本用不着思考他去找她，跟她在一起会不会使她不快，当时他是那样的自信，她最大的快活莫过于见到他并跟他一起回家。斯万呆呆地面对回忆中的这段幸福，瞥见一个不幸的人，引起他的恻隐，一时未认出那人是谁，但终于把头低了下去，以免别人看见满眶的热泪。此人便是他自己。

等他明白过来，他的恻隐之心也打消了，但嫉妒她曾经爱过的另一个自己，他嫉妒他时常念叨的"她也许迷恋的"那些人，虽然并不过分痛苦，因为过去只有空泛的爱的概念，而没有爱情，如今他把这种概念换成充满爱情的菊花花瓣和"金屋"字样笺头的信纸。他的痛苦已到了五脏俱焚的地步，他用手扶住前额，让单片眼镜垂吊下来，擦一擦镜片。倘若他此刻看得到自己的模样，他大概会把自己的眼镜纳入他刚才——对比过的眼镜系列中，他摘下的单片眼镜好似一个纠缠不清的念头，他用手绢擦去蒙着水汽的镜片好比擦掉粘在镜片上的烦恼。

小提琴演奏的时候，如果看不见乐器，就不能把听到的声音和乐器的形象联系起来，而乐器的形象是会改变乐器的音色的，所有小提琴声中有着某些跟次女低音一样的声音，使人产生错觉，好像有个女歌唱家加入了演出。但举目望去，只见一些像中国珠宝盒一般精致的琴身，尽管如此，有时还会产生错觉，以为听见令人失望的汽笛声；有时又仿佛听见被囚的精灵在施了魔法的宝盒中挣扎，弄得宝盒不停地颤动，好像被淹在圣水缸里的魔鬼发出的声音；有时甚至像个超然物外的纯洁的生灵在空中游荡，传递着隐秘的启示。

好像乐师们并不想直接奏出那个乐句，而在举行仪式，迎接乐句的降临，奏出必要的咒语把奇迹呼唤出来，并延长一点显现的时间。斯万心想，如此这般，只能在紫外线的世界里才能见到它了，但他还是在接近它，突然间他两眼漆黑，这个巨大的变化反倒使他爽快了许多，他感觉到乐句出场了，宛如一位女神，成了他爱情的保护神和知情人，为了当着众人面走到他跟前，好把他拉到一边跟他交谈，便把自己乔装打扮一番，披上声音的外衣，飘然而至。她如一缕清香，轻柔、舒展，喃喃细语，向他倾吐衷肠，他聆听每一个字，惋惜她的话语飘逝得这么快，不由自主地用嘴唇去亲吻她那和谐的、正在消逝的躯体。他不再感到被流放和孤独无援，因为乐句对着他而来，向他悄声诉说奥黛特。他不再像过去那样觉得乐句不认识他和奥黛特了。既然她那么多次目睹他们的欢乐！不错，她确实告诫过他这种欢乐是靠不住的。甚至就在那时，他已经从乐句的微笑中，从乐句清澈的、大彻大悟的声调中猜出痛苦的端倪，而今天他从中发现的却是近乎快乐的认命的风韵。过去他谛听乐句诉说悲怆时，没有切肤之痛，只见乐句像一条曲折而湍急的激流，微笑着把悲怆卷走，如今这种悲怆竟成了他自己的悲怆，而且他并不希望从中解脱，乐句似乎还像过去诉说他的幸福那样，对他说："这有什么关系？这算不了什么呀。"斯万的心中第一次涌现对万特伊的同情和友爱，心想这位未曾相识的、卓尔不群的兄长一定饱尝艰辛，他是怎样度过一生的呢？他从何等的痛苦中汲取了无穷无尽的创造力，这种神一般的力量呢？当乐句告诉斯万，他的痛苦是虚妄的，他听到这句箴言感到温暖，而在片刻之前他还觉得此话难以容忍，尤其当他觉得那些不关心别人死活的人脸上流露出这种表情，似乎把他的爱情视为毫无意义的胡思乱想。而乐句则相反，不管她对种种短暂出现的心态持何种见解，总会有所发现，不像对他人漠不关心的人们，只看到不如实际生活那样严肃的东西，相反，她看到了高于实际生活的东西，只有这种东西才值得表现。这东西便是内心伤感的魅力，而乐句试图模仿和再创造的，正是这种魅力，甚至企图再现这种魅力的精髓：除了有切身体验的人之外，任何人都以为这种魅力是不能言传的、没有意义的，而乐句却抓住了精髓，并把它显现了出来。因此，只要多少有点音乐鉴赏力的听众都能认出这种魅力的价值并领略其神奇的妙趣，然而他们一旦回到现实生活，每次看到身边发生特殊的爱情，便又认不出乐句的那种魅力了。无疑，乐句编制魅力的形式是无法演绎为推理的。但是，一年多来，至少在一段时间内他迷恋上了音乐，这种迷恋向他揭示他自己内心深处的宝藏，斯万把乐旨视为真正的意念，来自另一个世界、另一种秩序的意念，这些意念被蒙在黑暗中，不为人们所知，不为智力所理解，但彼此迥然有别，各有不同的价值和意义。自从那次在韦迪兰家晚会上请求再弹一遍乐句以来，他一直想搞清楚乐句怎么会像一股馨香和一次搂抱那样迷惑他、裹挟他，他意识到，由于组成乐句的五个音符的间距很小，其中两个音符又不断地重复，他才仿佛觉察到这种不见踪影的、怕冷的姑娘似的曼妙；其实他知道，他这番推理并不针对乐句本身，而早在认识韦迪兰夫妇之前，在第一次听到那首奏鸣曲的晚会上，由于懒得动脑筋，只对简单的时值进行了一番思考，从而取代了对他感知的那个奇妙的实体的探索。他知道，对钢琴乐曲的回忆，本身就歪曲了从音乐中联想到的事物的布局，展现在音乐家面前的天地不光是七个音符的平庸的键盘，而是无限宽广的键盘，还几乎完全不为人所知，只不过零零星星地露出的几个温柔、热情、勇敢和安谧的琴键，而其他亿万个琴键却被一层层厚厚的、尚未探索过的黑暗间隔了，它们彼此有天壤之别，这些别有洞天的琴键已经被少数几个伟大的艺术家发现了，他们帮助了我们，在我们心灵深处唤醒与他们所发现的主题相应的东西，向我们指出在我们的心灵里蕴含着多么丰富多彩的宝藏，而我们却一无所知，竟以为我们的灵魂是一片空白和虚无，被未经探索的、令人望而生畏的黑暗占领着哩。万特伊便是这样一位有所发现的音乐家。他那个乐句，尽管为我们的理性设置了一层朦胧的外表；但我们能体会它充实而明确的内涵，而且乐句还赋予其内涵一种新鲜而独特的力量，使人听后，把她和凭智力获得的思想一并平等地保存在心中。斯万每每想起乐句，便仿佛想起爱情和幸福，他马上能体会到其中的特殊含义，有如一想起《克莱芙王妃》和《勒内》[1]这两个标题，他便知道它们的特殊含义。即使他不想乐句，她也潜伏在他的心灵中，跟那些不可替代的概念，诸如光线、声音、立体感、肉欲等处在同等地位，正是有了这些丰富的宝藏，我们的内心世界才得以多彩多姿。一旦我们命赴黄泉，这些财富也许会失去，也许会自行消失。但只要我们活着，我们就不能不认识它们，正如对某个实在的物体，我们不能不认

---

1　《克莱芙王妃》是17世纪法国女作家拉法耶特夫人的代表作，被誉为法国第一部心理小说杰作；《勒内》则是19世纪法国作家夏多布里昂的浪漫主义代表作。

识它，比如屋子里掌了灯，屋里的一切虽然变了样，对黑暗的回忆已不存在，但我们不能怀疑灯光的存在。从而，万特伊的乐句，如同《特里斯坦》[1]的主题，再现了我们心灵的某种感受，歌颂我们生命的存亡，体现了人世的某些方面，使人感慨系之。乐句的命运连接着我们心灵的未来和现实，成为我们心灵诸多最特殊、最明丽的光彩中的一种。也许虚无才是真实的，我们的一切梦幻并不存在，然而我们意识到，与我们的梦幻相关联而存在的乐句和概念必将也是不存在的。我们终将去世，但我们有这些神奇的俘虏做人质，它们将在我们失去生机之后继续存在下去。有了它们，死亡就不那么痛苦了，不那么丢人了，也许不那么必定了。

斯万没有想错，奏鸣曲的那个乐句确实存在着。诚然，从这个立场来看，她是具有人性的，但她属于超然物外的神灵世界，虽然我们从未见过这些神灵，然而，如果有某个求索者进入这个肉眼看不见的世界，捕捉一个神灵，把它从神奇的世界带到人间，让它在我们尘世的上空闪耀片刻的光芒，那么我们将欣喜万分，感激不尽。这正是万特伊以他的乐句所做的事情。斯万觉得，作曲家只用乐器把它揭示出来，使它清晰可辨，把它描绘成画面，其手笔是

---

1　全名《特里斯坦与伊索尔德》，系指瓦格纳于1859年完成的乐剧，该剧描写了注定的毁灭、黑夜、阴暗和死亡。

那样轻柔，那样审慎，那样细腻，那样稳健，以致音响随时变幻，其画面有时变得朦朦胧胧，以表现一片幽影，有时勾勒出一个奔放的轮廓，重新生气勃勃起来。斯万相信那个乐句确实存在，他没有搞错，有证为凭：假如万特伊没有足够的力量去发现和表现乐句的形状，而竭力凭他的臆想随便添上几笔来掩饰他视觉的缺陷或技法的欠缺，那么，任何有点小聪明的音乐爱好者都会发现他作假骗人了。

乐句消失了。斯万知道，它将在最后的乐章的末尾再度出现，中间隔着很长一段乐曲，韦迪兰夫人请的钢琴家总把这一段跳过去。其实这一段含有美妙的乐思，斯万第一次听时并没有辨认出来，现在才觉察到，好像这些妙处在斯万记忆的衣帽间从遮掩其独特风采的外装中脱颖而出了。斯万谛听组成乐句的每个分散的主题，有如三段论法中前提演绎出必然的结论，他看到了乐句是如何产生的。他思忖："啊，万特伊或许也具备拉瓦锡和安培那样的勇气和天才！他勇于试验，从而发现一种未知力量的神秘的规律，驾驭着无形的、永远看不见又可信赖的大车，穿过未经勘探的地域，驶向唯一可能到达的目标！"最后的乐章开始时，斯万听出钢琴和小提琴的对话，是多么美妙呀！这种对话虽然不用人间的词语，却也远非人们所想象的那样让幻想占上风，正好相反，把幻想摒弃了，从未见过如此坚定地需要使用口头语言，问题从未提得如此贴切，回答也从未作得如此明晰。起先，钢琴孤独地发出哀怨，宛如一只被伴侣遗弃的鸟儿，小提琴听到后，立即好似从邻近的树上应和。仿佛是世界初创期间，大地上还只有它们俩，或更确切地说，仿佛是根据创世主的逻辑所创造的，把其余一切都排除在外了，这里是永远只有它们俩的世界，奏鸣曲的世界。钢琴接着又为那个无形迹的、呻吟着的生灵亲切地倾诉哀怨，可那生灵是一只鸟儿吗？是乐句尚未形成的灵魂吗？还是一个仙女呢？它的呼唤来得如此突然，小提琴手不得不急忙架起琴仓促相迎。多么神奇的鸟儿！小提琴手多半想诱惑它，驯服它，捉住它。但它捷足先登，已经进入小提琴手的心灵，召唤而来的乐句使他着了魔的身体像通灵者那样颤抖起来。斯万知道乐句又要向他倾诉了。他一时竟成了两个人，等待即将面临乐句的时刻，不禁唏嘘起来，有如我们每当读到一首美丽的诗或听到一则令人伤心的消息，也会像斯万那样泣不成声，那并不是因为当时我们很孤独，而是当我们把这首诗或这则消息告诉朋友们时，在他们身上看到了我们像旁人那样可能触动他们，获得同情心。乐句果然重新出现，但这一回高悬在空中一动不动似的，只停留了片刻，便消逝了。所以斯万死死盯住它滞留的这一瞬间。它留下的身影好似一个没有破灭的小泡，闪着虹光；又酷似一道新虹，在降落中光泽黯淡下来，而后又升腾起来，在最后消失前大放一下前所未有的异彩：迄今它只显露两种色彩，此刻却闪烁着棱镜般折射出的五光十色，形成一条条绚丽多彩的琴弦弹出悦耳的曲调。斯万不敢动弹，他很希望别人也像他那样安安静静，好像稍有动静就会破坏这一神奇的幻景，而这奇妙的幻景又是如此脆弱，随时会化为泡影。说真的，谁也没想说话。唯一的缺席者，也许是个死者（斯万不知道万特伊是否还活在世上），他那妙不可言的话语在主持仪式的人们的头顶上空回荡，足以吸引在场的三百人的注意力，在这个乐台上召唤魂兮归来，从而把乐台化为最高尚的祭台，以至可以举行神圣的仪式。因此，当乐句终于消失，只剩下袅袅余音飘荡在随后而至的旋律中，但没等奏鸣曲结束，傻得出名的德·蒙特里安岱伯爵夫人便凑到斯万面前悄声吐露自己的感受，斯万一上来非常恼火，但后来不由自主地笑了笑，也许因为伯爵夫人不知所云，他却从她的话中发现某种深刻的含义。伯爵夫人对演奏者的高超技巧惊叹不已，朝斯万高声说道："真奇妙呀，我从未见过如此神奇的……"她顾忌自己的说法太绝对，改口道，"最神奇的当然是用来招魂的通灵桌喽……除此以外，还没见过如此神奇的！"

这次晚会以后，斯万明白奥黛特昔日对他的感情永远不会恢复，他对幸福的希望也不会实现了。有些日子，她偶尔对他殷勤和温柔，多少表示一点关切，他把这一点点表面的、虚假的回心转意——记下，既感动又怀疑，充满绝望的欣悦，比如有些人照料患绝症濒于死亡的病人，把什么现象都看得十分珍贵："昨天，他自己结了账，还指出我们做的账目中的一个错误，他高高兴兴地吃了一个鸡蛋，要是消化得好，明天咱们试着让他吃排骨。"尽管他们很清楚，这些现象对于一个弥留之际的人来说已经毫无意义了。斯万几乎确信，如果他现在远离奥黛特而生活，她最终会在他心目中变得淡漠，以至他会高兴看到奥黛特永远离开巴黎；届时他会有勇气留下，却没有勇气先离开。

（选自《在斯万家那边》）

# 观赏埃尔斯蒂尔的画作

遥想古代，追溯缘由，也许能使我们懂得即使是伟大的作家也会觉得像欧希安[1]这类故弄玄虚的平庸诗人的作品具有神工鬼斧之美。我们不胜惊异，古代的吟游诗人竟有现代的思想，更令人拍案叫绝的是，在一首我们认为古老的盖尔民歌中竟发现即使在当代诗歌中也算得上妙不可言的构思。一个有才气的译家只要对其或多或少忠实地译出的古代作品添枝加叶，签上一个同时代人的姓氏，单独加以发表，添加的部分只需有趣就行，这样他即刻为他所创造的诗人大增光彩，令人倾倒，这个诗人也就流芳百世了。这样的译者如果把这本书作为他的原作发表出来，那么只能是一本平庸无奇的书。而作为一部译著，那便是杰出的译著。往事没有消逝，就地留存着呢。不仅仅一场战争开始数月后从容通过的法律仍可以有效地对战争起作用，不仅仅一起真相不明的罪行发生十五年后法官仍可以找出澄

---

1 欧希安，相传为 3 世纪苏格兰高地的英雄诗人。

清罪行真相的材料，就连很多很多世纪以后，在遥远的地区研究地点、居民风俗习惯的学者还能发现比基督教早得多的传说，发现在希罗多德时代未被赏识的甚至已被遗忘的传说；这种传说通过一处岩石的名称，通过一地宗教的仪式，作为一种密度很大的、古得无法追忆的、固定性很强的积淀，留存在现时的氛围中。也还有一种积淀，不怎么古老，那便是宫廷生活的积淀，即使不是留存在德·盖芒特先生通常庸俗的举止中，至少是留存在指导其举止的思想里。我把这种积淀当作一种古色古香的东西品了一番，过了好一会儿才去客厅与他会合。因为我没有直接去客厅。

离开门厅时，我对德·盖芒特先生说我很想看一看他收藏的埃尔斯蒂尔的画。"悉听尊便，埃尔斯蒂尔是您的朋友吗？非常抱歉，我事先不知道您对他如此感兴趣。我跟他有一面之交，是个挺和气的人，我们祖辈称之为忠厚的人，早知如此，我就请他赏光来舍下参加便宴了。他若陪您出席晚会，必定感到荣幸之至。"公爵越想显得具有旧制度下的风度越发装得不像，等他不想显露的时候，倒颇有古风。在问我是否愿意让他亲自陪我去看收藏之后，他便领我前往，在每道门前风度翩翩地谦让，请我走在前头，每当他为我引路不得不走在我前面时，总要表示歉意；这一幕小小的场面从古一直延续至今，已由许多代盖芒特家族成员向许多代客人演出过，从圣西门的书里就开始有记载：盖芒特家族的一位旧时成员在府邸接待圣西门时，温良恭俭让，俨然大贵族礼贤下士的派头。入室之后，我对公爵说最好让我独自在他的藏画前待一会儿，他轻手轻脚退出时对我说随时可以去客厅找他。

只是一旦单独面对这么多埃尔斯蒂尔的画，我就把晚宴的时间完全忘了；像在巴尔贝克那样，我再次面临神秘的绘画世界色彩斑驳的残迹，这仅仅是这位伟大的画家独具慧眼的看法的投影，是他的言语根本表达不出来的。墙上挂满了画，凡是他的画，色调一致，整齐划一，如同幻灯亮闪闪的图片：幻灯好比艺术家的头脑，如果不识其人，就无法猜测其中的奇特之处，就是说幻灯仅仅罩着灯泡是不行的，还要插上着色绘制的玻璃图片。这些画中有几幅在上流人士看来最荒诞无稽了，我倒觉得比别的更有情趣，因为它们再现了视觉的幻象，这向我们表明，如果我们运用推理能力，就无法认同所画的对象。多少次我们坐在车里进入一条街道，开始几米是看不清街有多长的，可是车灯强烈照射我们眼前的一堵墙面，就使我们产生街深如井的幻觉！由此可见，表现在刹那间使我们产生最初幻觉的东西，不应通过象征主义的技巧，而应通过对原始印象的真实回顾，这不是很合乎逻辑的吗？实际上，绘画对象的表体和容积独立于它的名称，当我们认出客体时，才把名称强加给它。埃尔斯蒂尔试图把已知的东西从他刚得到的感受中剔除出去，他经常致力于打破推理的综合，即我们通常所说的对事物的看法。

讨厌这些"不堪入目的东西"的人们惊异于埃尔斯蒂尔钦佩夏尔丹、贝罗诺[1]等许许多多上流社会人士所喜欢的画家，他们不懂得埃尔斯蒂尔在现实面前也像夏尔丹或佩罗诺等人那样一丝不苟，尽心尽力，但带着他特有的情趣从事某些探索，因此，每当他放下自己的创作，他便欣赏这些画家在他之前所做的同类的尝试，在他的作品之前所得的残存的结果。但上流社会人士思想上对埃尔斯蒂尔的作品缺乏时间透视，然而正是这种时间透视法使他们喜爱夏尔丹的画，或至少看着不感到别扭。然而，他们之中的长者可能觉得，随着时间的流逝，他们曾一度认为一幅安格尔的杰作和一幅马奈的不堪入目的东西（他们曾以为永远不屑一顾，例如他的《奥林匹亚》）之间的那种不可逾越的鸿沟逐渐缩小，以至后来认为两者异曲同工，简直成了孪生姐妹。画家不套用任何教科书，因为他们不屑拘泥于一般，总是站在前人从未有过的经验面前以自己的面貌呈现于世。

再次看到埃尔斯蒂尔两幅画同一位先生的作品，我非常激动，这两幅画还是比较现实主义的，用了先前的手法：

1 夏尔丹（Chardin, 1699—1779）与佩罗诺（Jean-Baptiste Perronneau, 1715—1783），俱为法国画家。

一幅是这位先生身穿燕尾服待在他家客厅里，另一幅是他穿短上衣戴大礼帽待在水边，参加民间节庆，显得优哉游哉。很明显，在埃尔斯蒂尔心目中这位先生不仅仅是一般的模特儿，而且是他的朋友，也许还是他的靠山，是他所喜欢的人，就像从前卡尔帕奇奥[1]把他喜欢的威尼斯达官显贵惟妙惟肖地画入他的画里。同样，贝多芬乐意把他喜爱的鲁道尔夫大公的姓氏写在一部得意之作的开头。画上的水边节庆叫人赏心悦目。河流、妇女的长裙、小船的白帆，似花团锦簇，交相辉映，埃尔斯蒂尔在方方正正的画面上勾勒出一派明媚的午后景象。翩翩起舞的妇女中有一位由于炎热和喘息暂停片刻，她的长裙也很好看，光彩照人；同样，停泊的船帆、小港的水面、木制的浮桥、树叶、天空，一切都光彩夺目。有如我在巴尔贝克看到的一幅画，画中的医院在湛蓝的苍穹下美如大教堂，似乎比理论家埃尔斯蒂尔所主张的更为大胆，比情趣高雅、迷恋中世纪的埃尔斯蒂尔所称道的更有气魄，他曾称叹："不拘一格的医院顶得上辉煌显赫的门楼，超过一切杰作，使哥特式黯然失色。"同样，他的另一些话也在我耳边萦回："对于有点放荡的女子，好猎奇的游荡者是不屑一顾的，她被排除在富有诗意的画面之外，尽管大自然把她包括在自己的

---

1 卡尔帕奇奥（Vittore Carpaccio，1460—1525），意大利威尼斯派画家。

怀抱一并呈现在他眼前，其实这位女子是美丽的，她的长裙像船帆一样得到阳光的恩泽，事物不分贵贱，普通的长裙和好看的船帆是同一映象的两面镜子。全部价值都在画家的眼光里。"画家善于在时光的流动中捕捉这个明亮的瞬息，使它永久固定下来，在此瞬间这位女子太热了，暂停跳舞，她身旁的那棵树投下一圈阴影，远处片片白帆仿佛在黄金熔化的河流上滑行。正是因为这个瞬间以千斤之力使我们有重负之感，这幅永久固定的画面才给人最短暂的印象，我们看得出女子即将回去，船只即将离开，树影即将移位，夜晚即将降临，没有不散的宴席，生命逐渐消逝，充满流光溢彩的无数瞬间一去不复返。我还在埃尔斯蒂尔早期以神话为题材的几幅水彩画中看出瞬息的另外风貌，这几幅画也挂在这间客厅里。上流社会的"先锋派"到此手法便"止步"了，不肯走得更远了。诚然，这不是埃尔斯蒂尔的佳作，但主题的推敲是直抒胸臆的，摒弃了冷漠的态度。举例来说吧，诗神们被描绘得像属于化石类的人种，其实在神话时代，夜间三三两两沿着山间小路行进是常有的事。有时一个诗人，尽管在动物学家看来也是具有特殊个性的人种，但具有某种无性别特征，和一个诗神一起散步，就像在大自然中种类不同但友好相处的生物结伴同行。从其中的一幅水彩画中我们看到一个诗人在翻山越岭、长途跋涉之后筋疲力尽了，与他萍水相逢的半人半马的神怪，对他的劳顿动了恻隐之心，把他驮在背上，送他回家。在另外几幅水彩画中，神话的场面以及传奇英雄们所占的比例极小，几乎是不起眼的，广阔的风景从群山之巅到大海之滨真实准确地显现出来，时光的变化简直以分秒计算，那是由于确切显现了夕阳西照的光度、阴影飞逝的速度。从而画家在捕获瞬息的同时突出一个带有寓言标记的历史生活场面，把它描绘出来，用确指过去时的绘画语言讲述故事。

  我在观赏埃尔斯蒂尔的画时，宾客到达的门铃声不绝于耳，给我平添温馨的气氛。但门铃中止之后很长时间的寂静终于把我从冥想中唤醒，就像林多尔的音乐奏完之后的寂静反倒把巴尔托洛[1]惊醒了。我担心别人把我忘了，人家已经就席用餐，于是我急忙去客厅。在埃尔斯蒂尔画藏室门口，我发现一个伫候的仆人样子很像西班牙大臣，不知道是因为他上了年纪还是脸上扑了粉，反正他对我毕恭毕敬，对待一位国王也不过如此。我察觉他哪怕再等上一个小时也不在乎，我这才惶恐起来，想到自己拖延了晚宴的时间，再说我还许诺过十一点到达德·夏吕斯先生家哩。

         （选自《盖芒特那边》）

---

1 巴尔托洛，博马舍《塞维利亚的理发师》和《费加罗的婚姻》中的人物。阿尔马维瓦伯爵乔装音乐师，化名林多尔，当着打盹儿的巴尔托洛，对罗西娜唱情歌。

# 广阔的天国景观

尽管有人有根有据地说，艺术无所谓进步无所谓发现，唯科学才有所进步有所发现；尽管每个艺术家在为自己做个人努力时得不到任何其他人的帮助，也可以不受任何其他人的阻碍，但必须承认，如果说艺术揭示某些规律，而一旦某种工业将其普及，那么先前的艺术在事后回顾时便失掉一点独特。从埃尔斯蒂尔开始作画时，我们就知道什么叫作风景照片和城市照片之"极致"。倘若一定要弄清楚业余爱好者在此情况下用此修饰语所指的意思，我们就会明白这个修饰语一般用来指某种众所周知的事物所具有的某种奇特的形象，不同于我们司空见惯的事物形象，既奇特又真实，从而对我们而言格外扣人心弦，因为令我们惊异不已，既破了我们的习性，又唤起我们内心的一个印象，使我们自省。譬如，这些"极致"的照片中有一张揭示了透视法的一个规律，向我们呈现我们习焉不察的市内大教堂，但拍摄的角度是经过精心选择的，看上去比幢幢楼房高出三十倍，并且与江边构成突角，但实际上离江挺远的。然而，埃尔斯蒂尔的功力不在于展现他所知道的事物原状，而在于运用我们原始观察所形成的视错觉[1]，他的努力恰好使他指明了透视法的某些规律，故而给人更强烈的印象，因为艺术首先揭示了这些规律。一条江河，由于水流的拐弯；一处海湾，由于悬崖在视觉上靠近观众，似乎在平原或山岳中给挖成了周匝而围的湖泊。在炎炎夏日所画的巴尔贝克画儿中，一个海边凹处，似乎因被粉红花岗岩的峭壁团团封闭而不像大海了，原来海发端于较远的地方。汪洋的延袤性只用几只海鸥衬托出来，海鸥在观赏者以为是石头的东西上盘旋，呛吸着海涛的湿润。就是这张画还显现出其他的规律，比如在峭壁耸峙的脚下，点缀着碧蓝空明的海镜的朵朵白帆，恰似懒洋洋的蝴蝶，小巧玲珑；又如阴影的深暗和光线的苍白之间存在的那些反差。这些光与阴的反差手法如今也被照相弄得挺俗气了，但先前曾引起过埃尔斯蒂尔的兴趣，他曾热衷于描绘真正的海市蜃楼：一座顶冠塔楼的古堡显现为一座两头椭圆的古堡，即顶端伸出一个塔楼，底部拖落一个反方向的塔楼，也许是和风丽日的格外纯清给了水中倒影那种石头般的坚硬和光泽，也许是晨雾使得石头也像阴影那般轻柔剔透。同样，海的那边，一排树木的后面，则是海外海，而开端之处让

---

[1] 透纳也许会公开承认"我的工作在于描绘我之所见，而不在于描绘我之所知"（参见《仿作与杂谈》七星文库版第121页）。原注。

落日染成玫瑰红，那已是天边了。光线臆造成为新的固体，用直射的光芒推动船体，缩在后面的另一端船体则笼罩在阴影中，有如一座水晶楼梯一级级横卧在实实在在的平面上，但这富有物质感的刨平表面则被晨海的光亮照得支离破碎。一条江河从一座城市的一座座桥下经过，从某个角度取景，就完全给肢解了，这处堵成平展的湖泊，那处分流成细细的水网，别处居间插进一座覆盖树林的山顶，成为市民晚间纳凉的去处；这座乱哄哄的城市，其节奏本身，只受不可改变的钟楼垂直线来确保，钟楼不会往上升了，而根据地心引力的垂直线来确定节奏，就像凯旋进行曲那样，似乎把楼下一大片鳞次栉比的房屋悬吊在烟雾朦胧的半空中，整条江被压得四分五裂，离散不堪。埃尔斯蒂尔初期作品产生于用一个人物来点染风景画的年代，把人物置于悬崖上，或高山中，或道路旁，这部分自然景色一半让人物占了，就像江河或海洋被远景部分遮盖了。或是山脊，或是瀑布的水雾，或是大海，阻挡我们循路探胜，画中游人见得着的道路，我们观者则茫然不知其走向，那穿着过时服装的小不点儿人物在这荒僻孤寂中迷了路，往往似乎驻足深渊，他顺循的小路已到尽头，而在三百米高处的冷杉林中，细白的沙土再次好客地出现在游人面前，我们看了不禁又动情又心安，但由于山坡绕过瀑布或海湾，我们看不见居间的羊肠小道。

埃尔斯蒂尔在现实面前竭力摒弃其智性的一切观念，委实难能可贵，尤其了不起的是此公作画前老老实实忘掉一切，从零开始（因为知道的东西不属于自己），这才是格外有修养的智性。当我向他承认我站在巴尔贝克教堂前感到失望时，他对我说："您怎么会对教堂门廊感到失望呢？那可是用圣徒像装饰得最美的圣人故事，普通老百姓一辈子也读不懂哩。那圣母雕像以及叙述她生平的所有浅浮雕，是从中世纪以降歌颂圣母玛利亚的长卷赞美诗中汲取的最好灵感，体现得最亲切动人。您有所不知，老雕刻家除了对《圣经》具有精细准确的表现力，还具备何等精妙的发现力，何等深邃的思想，何等妙不可言的诗才呀。天使们抬玛利亚圣体用的巨幅裹布太神圣了，碰都不敢碰，多好的想法哪！"我对他说，圣安德烈田园教堂也处理了同样的主题，他说见过那教堂门廊的照片，但向我指出："那些围着圣母奔跑的小农统统是瞎起劲，而此处两名近乎意大利式的大天使既修长又温柔，庄严不凡，相比之下，有天壤之别；还有个天使，他把圣母的灵魂领走，去归并圣母的灵魂和躯体；再有圣母和伊丽莎白相遇时，后者触及前者的乳房，感到乳房隆起而惊叹不已的手势；再有接生婆用绷带包扎的手臂，她没有伸手触摸，硬不肯相信无玷始胎；再有圣母扔给圣徒多马的腰带，向他证明她已复活；再有圣母从自己胸脯扯下的薄纱，用来遮盖儿子赤裸的身体——儿子的一侧，教会正在征集鲜血，那是圣体的琼浆玉液，另一侧是犹太教会的化身，其统治已终结，蒙着眼睛，提着折断一半的权杖，随着王冠从他头上掉落，任凭古摩西十诫纷纷撒落；再有在最后审判的环节，丈夫搀扶年轻的妻子从坟墓走出，为使她放心，把她的手摁在她自己的心口，向她证明她的心脏确确实实在跳动，难道不也是相当棒的想法吗？相当合适吗？再有一个天使，他把太阳和月亮带走，反正没有用处了，因为天使说十字架的光辉将比天体的光辉强七倍哪；再有一个天使，他把手浸入耶稣的洗澡水里，试试水是否足够温热了；再有一个天使，他从云端降下，把自己的花环戴在圣母的前额；再有一些天使，他们在天堂耶路撒冷圣殿的栏柱间俯身向下，举起双臂，或看到恶人受苦而惊恐万状，或看到上帝的选民得福而兴高采烈！您明白了吧，这就是天界的各个俱乐部，整整一部有关神学的、象征性的诗篇。真是不可思议，神妙至极，比您能在意大利看到的一切高明一千倍，何况意大利那里的门楣中心部分，是原封不动仿刻的，雕塑家的才华差多了。因为这一切关系到才华问题，您是明白的。人人都有才华的时代未曾有过呀，要不然是瞎说八道，那就比黄金时代更厉害了。雕刻巴尔贝克教堂门楣的人，您该相信，他是很有本事的，思想也很深刻，与您现在最钦佩的人相比，绝不逊色。假如咱们一起去巴尔贝克，我会指给您看的。圣母升天节祭礼的某些经文在那里得到精妙的表达，即使是雷东[1]也比不上。"

他给我讲述了这幅广阔的天国景观，虽然使我明白那宏伟的神学诗篇在那里得到了体现，但我贪婪的眼睛对着门楣睁得大大的，却茫然看不明白呀。我向埃尔斯蒂尔提到那些竖在厚实底座上高大的圣徒雕像，一尊尊形成一条宽阔的雕廊。

"这条雕廊始于远古时代，止于耶稣基督。"他说，"一边是耶稣精神上的祖先，另一边，犹太国列王，是耶稣肉体上的祖先。历代历世都在了。假如您更仔细瞧瞧底座的雕刻，您便说得出处在高处的人物姓名了。因为，在摩西的脚下，您认得出金牛；在亚伯拉罕脚下，您认得出公羊；在约瑟夫脚下，您认得出给波提乏妻子出点子的魔鬼。"

我还对他说，我原来期望看到一座近乎波斯式的历史建筑，没准儿是叫我扫兴的一个原因吧。"不，不。"他回答我说，"很多部位是真有波斯式样的。有些部分完全是东方风格的；有个柱头非常准确地复现了波斯主题，光解释为东方传统贯穿始终已不足够了。雕刻家大概仿刻了

---

1 奥迪隆·雷东（Odilon Redon，1840—1916），法国画家、雕刻家。他不但擅长雕刻，而且精通水彩画、石版画、水粉画和油画。晚年绘作神话人物，如《独眼巨人》（1895—1900），也曾为丰弗鲁瓦德修道院画制巨幅装饰墙画《白天与黑夜》（1910—1911）。

航海家带回的某个小盒子。"果然，他后来还给我看了一个柱头的照片，我看到柱头上刻着近乎中国式的龙，正互相吞食哩，但在巴尔贝克我没有注意到历史建筑的总体上有这个小盒雕刻，因为建筑总体不像"近乎波斯式教堂"[1]这几个字给我描写的景象。

我在埃尔斯蒂尔画室感受到了悟性的愉悦，但丝毫不妨碍我体察那画面上透明涂料的温热，那房间炉火四射的半明半暗，那忍冬藤环绕的小窗外被赤日烧灼的土路所持久反射的燥热，那只有土气的林荫路上若远若近的树荫给太阳蒙上透明的面纱，我们不由自主地被这一切包围了。也许是这个夏日使我产生无意识的惬意，宛如一条河的支流，当我看到《卡克蒂港》这幅画时，更是喜悦不已。

我原先以为埃尔斯蒂尔很朴实，但我在表示感谢的一句话中用了"荣耀"一词，却见他脸上掠过一丝忧伤，便明白自己想错了。大凡相信自己作品永垂千古的人——埃尔斯蒂尔正属此类——都习惯把自己的作品置于他们自身将化为尘埃的时代。这样，"荣耀"这个意念迫使他们考虑虚无，使他们伤感，因为与死亡的意念是不可分割的。我无意间给埃尔斯蒂尔额上增添了高傲的愁云，于是我转移话题，为他消愁解闷。当下我想到我们曾一起在孔布雷

---

[1]　引自福西永著的《西方艺术》第291页，袖珍出版社，1965年。

跟勒格朗丹的谈话，席间我对他说："有人劝我不要去布列塔尼，因为对一个已经处于遐思梦想的头脑是有害的。"对此话，我很乐意聆听他的高见。他回答说："一旦头脑处于遐思梦想，就不应该让它摆脱梦想和受到限制。只要您把梦想从自己的头脑转移了，您的头脑就不认得其梦想了，您就会受到种种表象的玩弄，因为您将理解不了其本质。有点儿梦想，倘若是危险的，那么能治愈梦想的，不是少一些梦想，而是更多一些梦想，干脆梦想到底。关键在于全然理解自己的梦想，才不至于为其苦恼；常常有必要把梦想和现实生活适当分离，我暗想，以防万一，不如做预防性的分离，正如有些外科医生主张为避免阑尾将来出问题，不如把所有孩子的阑尾先割掉。"

（选自《在如花少女们倩影旁》）

# 伦勃朗

博物馆是专门庇护思想的场所。最没有能力识破这类思想的人都知道，面对一幅接一幅排列的图画，他们凝视的是思想，都知道那些图画珍贵，而画布、干枯的颜料和镀金的木画框并不稀罕。

凝望伦勃朗的画时，看到一个老妇给一个少妇修指甲，看到一串珍珠项链在毛皮上隐约闪烁，看到红色地毯或淡红色印花棉布，看到壁炉生的火照亮昏暗房间的尽处，而晚霞透过窗户照亮进口，看到老妇给少妇梳理柔软光滑的长发，看到船闸上一抹阳光，河边有几个骑兵经过，而背景里几个风磨在旋转，于是想到所有这些东西都同大自然融为一体，伦勃朗把它们画下来，想必画其他东西也是如此。但，倘若你们把伦勃朗的画一幅幅连续看下去，你们会发现在某个少妇旁边会有另外的老妇正准备替她修指甲，在另一张毛皮上会发现相同的珍珠隐烁。再接下来，不再是伦勃朗的妻子了[1]，而是《基鲁和被指通奸的妇人》《爱丝苔尔》，但在他笔下，这类女人，面容也是温顺和忧伤的，也穿金色锦缎或红色开司米，总戴着珍珠项链。不再是哲学家的住所，而是木匠的作坊，年轻读书人的房间，但背景上，外面依然明亮的日光虽然只淡淡照进几处，炉火的反光却更强烈了。就拿《肉铺里的牛》[2]来说吧，不再是左边有个跪着的女人擦洗地板，而是右边有个女人出门时转身回顾，因而修指甲的老妇，梳细发的女人，穿毛皮戴珍珠而忧伤朴实的女人，昏曚居室中暗处生火的房子，都不光是伦勃朗画的一些东西，而是伦勃朗的情趣，伦勃朗的意念。对于每个伟人来说，一件有趣的事情，一个有用的事物，关键在于他以其实质一下子重新认识，并兴致勃勃，爱不释手；有如思想家逛博物馆，只有当某个思想迸发时才使他立即感到此思想之丰富，并可能产生其他可贵的思想，那才是真正有意思的。首先，一个人的作品可以像实物胜于像本人。但久而久之，与实物每次有灵感的接触越加激发自身的精华，使他的作品更加充实他的精华。到头来，显而易见，对他来说，唯其如此，才算真实，并为达到全盘真实而越来越努力奋斗。青年伦勃朗的肖像画

---

1　荷兰著名画家伦勃朗的第一任妻子叫莎士基亚，爱妻死后他娶了女佣亨德里克治为妻，他画普通女人时常常以前后两位妻子为模特儿。

2　即著名的《剥光皮的牛》，现收藏于卢浮宫。

各不相同，可能同其他大画家的肖像画相似。但到了一定时期，所有的人物像都以某种金色颜料出现，仿佛画像都在同一天画成的，好似夕阳西下的霞光直照物体，把物体染成金色。以至于伦勃朗全部作品之间的这种相似，其特征之强烈大大超过修指甲老妇和梳细发女人甚至晚霞和炉火所产生的相似。这就是伦勃朗的绘画意趣，他的肖像画和油画的光芒可以说就是他的思想光芒，就是我们借以观察事物的特殊光芒，其时我们产生了独特的见解。他肯定清楚这是他特有的光芒，当他看准一件东西，在他，这东西就变得丰富起来，适宜于在他身上酝酿产生明察秋毫的看法，彼时他便感到快乐，我们看到这一层，表明我们触及了不同凡响的东西，我们可以举一反三了。所以他不屑采用任何其他光线，在他，任何其他光线都不如他的光线那样丰富，那样不同凡响，故而他只用自己的光线。我们感受他非凡的天赋，是通过观赏他金色颜料所引起的愉悦而得到的，我们无所顾忌地乐不可支，感到我们从已被观察的事物发现了极其深刻的透视法，诸如伦勃朗姐妹忧伤的面容，入夜人静时提下的水桶：店门前早已西下的太阳残照最后只剩下散乱的微光，"慈心的撒玛利亚人"[1]在此

---

1 参见《新约全书·路加福音》（10:30—35）：一个人因强盗打劫受伤，路人都不管，只有撒玛利亚人动了慈心，上前用油和酒倒在他的伤处，包裹好了，扶他骑上自己的牲口，带到店里去照应他。

做完一天的善事。

在人们称为独辟蹊径的伦勃朗画法中，显而易见，金色的光线对他观察事物至关重要，其结果，出产丰富，其特征，感人至深，在他，这种光线成了完整的现实；他千方百计用最能形成强烈对比的方式通盘表现现实，根本不操心美不美，有没有另一种外部真实性，但为此牺牲一切，画面停停再画，不遗漏任何东西，独钟于此。现在，每幅画的深处仿佛都藏着他的目光，既紧张注视着他竭力把握的现实，又表现出创作完成后如释重负的洒脱，似乎在询问我们："是这样的吗？"或理直气壮地说："完成了。"这就是基督面对妇人那种理解的、温柔的目光（参见《基督和被指通奸的妇人》），就是以畅达的字句口授诗句的诗人荷马的目光（参见《荷马》），就是经历种种灾难而柔情依旧的基督的目光，即《以马忤斯朝圣者》的基督欲哭不能的目光；妇人身旁的基督、荷马、以马忤斯朝圣者这些人物，身体瘦小，姿势放松，虔诚地思索，生怕打断思想，生怕一紧张使思想走样，是沉思冥想的人，整个身子凝聚在思想上，眼睛不是直视和自豪的，而是定在一点上的，但充满了思想，我们观众在思想上从他们的眼眶里采集和识别其眼睛所包含的内容，但见他们的眼眶弓曲着、紧紧守着思想不放，好像一切伟大的思想，从荷马到基督，比他们本人更伟大，好像高尚地思考，深刻地思考，恰恰就是恭恭敬敬地守着思想不放的思考。但画作一经完成，伦勃朗从画作的深处瞧我们时，思想就比较放松了，没有什么焦虑了，不管别人怎么说艺术家对成名没有把握，但艺术家构思的目的是和盘托出这种或那种思想，而不是光轮，至于他对待自己作品的问题，一旦作品完成，便泰然自若，因为他觉得作品忠实于他曾想要赋予的东西。再说，他留下一些自画像，当我们观赏他青年时代的自画像时，强烈希望看出后来成为忧心忡忡的顾忌的东西，看出内心的真情实况，看他的天才：其时他对激励自己的天才并未认识，很难使自己的天才全盘落实到画作上。

因此，所有这些画作都是极其严肃的，可以吸引住我们中间最伟大的人物整整一生，归天后另作别论，因为物质上不可能以人们的愿望为转移，但可以强烈吸引伟人，直到他们的末日，就像不因岁月流逝而减其重要性的东西，哪怕在生命最后几年或几周，依然显得重要和现实。一次我到阿姆斯特丹观看伦勃朗画展，看见一位老人在老保姆的搀扶下进入展厅，老人留着长长的鬃发，弯腰曲背，步履艰难，目光黯然失色，神态呆滞，尽管脸庞还很美：老人和病人是非常奇特的生灵，他们已经像死人了，像白痴了，可我们听说过，签署特赦上断头台的囚犯正是处在这种状态的人，用颤抖和神经质的手签字，这种强烈表现出来的惊人意志使整整一个家族震惊或改变一国之命运，他在自己暖和的房间里，任何影响都不能阻止他签字，可他依旧做悲伤的梦而全身冰凉，他用八十高龄的手指画出的字样虽然难以辨认，可白纸黑字明白无误地证明他的思想将完好无损地存活下来，如此精彩和含笑的思想以书的形式以诗的形式存活下来，笑中充满皱纹密布的老人的调侃，涂鸦的痕迹同呆滞脸上的忧愁和永驻的皱纹共度时日，而每当我们遇见他，还以为一个白痴在散步呢。相反，他披着长而卷的白发是很美的，但弯腰曲背，目光黯淡无神，老人向前走来。我好像认出他的脸了。突然，有人在我身旁说出他的名字，已经永垂不朽的大名仿佛从阴间迸出来的：罗斯金[1]。他，尽管耄耋垂亡，还是从英国赶来欣赏伦勃朗的画作，早在二十岁的时候他就觉得伦勃朗这些画作至关重要，到了垂暮之年，他仍以为须臾不可缺。他向这些画作走去，双眼凝视，却似乎视而未见，他所有的动作，由于年迈力衰，都需无数的物质扶助，如需要拄拐杖，咳嗽有困难，回头也有困难；就这样，各种必需品束缚着老人、小孩、病人，使他们像木乃伊，难以动弹。但，在他黯淡的面容上和眼睛里，沉积的岁月迷雾太深远了，我们再也无法拨开迷雾深入其间探索罗斯金的灵魂和生活了；我们觉得他始终还是他，虽然难以察觉了，他的双腿衰弱颤抖，

---

1　罗斯金死于 1900 年 2 月 20 日，享年 81 岁。其实普鲁斯特从未见过罗斯金。

但依旧是他的双腿：罗斯金从久远岁月的深处来向伦勃朗表示举世无双的敬意。是他，罗斯金，这个陌生的、摸索着走路的老头儿和我们想象中的罗斯金判若云泥，我们难以将其合在一起思考，在如此不起眼的老头儿身上蕴含着崇高的灵魂和杰出的天才，这简直不可思议，当一种精神形成的时候，当一个微不足道的躯体被公认为才华横溢的人时，思想一旦独立于一切躯体，不管躯体是死的还是活的，就是永存的。罗斯金，这个超凡脱俗的物体，怎样化为肉体，成为其时还活着的人呢？就是他，年轻时去看过伦勃朗的画；就是他，写过有关伦勃朗许许多多热情洋溢的篇章。他满脸皱纹，就像伦勃朗的一幅肖像画，黄昏的阴暗，年深日久的绿锈，岁月的消逝，然后再来看伦勃朗的画，所付出的努力依然为了审美。自从罗斯金远道而来，踏进展厅，好像突然之间伦勃朗的绘画更值得一看了；也好像对伦勃朗来说是一种奖赏，可以使伦勃朗感到温馨了，假如伦勃朗的目光能够看见罗斯金，那么大师认出他，恰如一个君主在人群中认出另一个君主，因为伦勃朗仿佛总在他完成的画作深处注视我们。是的，自从罗斯金进入展厅，我们觉得伦勃朗的绘画更值得欣赏了，抑或确切地说，绘画本身，就其可能创造美好来说，使我们感到更为重要了，自从我们看到一位有如此杰出的头脑又如此接近死亡的人还来仔细看画，正当人们不太注重享受，甚至美妙的享受；自从我们看到他在接近死亡的情况还来画展，好像来到某种控制死亡的境界，即使死亡能阻止他以后再达到这种境界。

但也许应当想到，我们感官对某些事物所形成的习惯和适应，是我们快乐的基础；对罗斯金说来，没准儿也一样吧，那是任何人都不能向我们强加的乐趣，因为这种乐趣是我们的气质造成的，是悠悠岁月造成的，以至于医生想从愉悦找出某种益处，不得不向我们的近亲打听引起我们快乐的原因。看到伦勃朗的一幅画使罗斯金激动不已，就像爷爷见到孙女，就像玩纸牌的常客见到牌局，可能勾起一系列家喻户晓、温情脉脉的旧概念，亲热的赞许，通常的快乐，恰似怪人的老习惯，其他人是难以理解的。罗斯金的女管家领他来观赏伦勃朗的画，也许就像领着另一位老人去观看打牌或给他送上一串葡萄。我们的近亲一向知道我们喜爱的东西叫什么。庄严的称呼通过不解其意的嘴随随便便说出来，常常引我们发笑，我们的情趣比现实更被人接受时也会粲然一笑，那些比我们更屈服于现实的人硬把我们的情趣看作现象。

（选自《驳圣伯夫》）

# 华　托 [1]

　　我常常想到画家华托，同情里夹着怜悯，他的业绩留存于世的，有绘画、寓意画、神化了的爱情和欢乐，他的所有传记作家都说他体质虚弱，从来，或几乎从来不能享有性爱的快乐。所以，在他的作品中，性爱是伤感的，欢娱也是伤感的。有人说，他第一个描绘现代爱情，想必是说在这种性爱中，交谈、美食、散步、化妆、流水和时间消逝的凄凉，比性爱本身占有更重要的位置，是一种经过装饰的性的无能。听说他曾经有过许多朋友，也招惹许多敌人，因为他感情用事，情绪多变，在一位朋友家住了六个月，就再也待不下去了，急着去别处，喜爱上别的地方，直到在那儿感到受不了为止。被他遗弃的人，认为自己接待了一个忘恩负义的人。我想今天没有一个艺术家不会在

---

[1]　华托（Antoine Watteau, 1684—1721），法国画家。突破路易十四时期学院古典主义束缚，开创抒情性画风，如《画店》。多数作品描绘贵族的闲逸生活，人物多半沉思忧郁。代表作有《惜别爱情岛》等。普鲁斯特早年得哮喘，长期卧床不起，对多病的华托颇有"同病相怜"之情。

华托身上看到自己的身影，许多人对他们也同样一肚子不满。"他那时候每天晚上来这里吃晚饭，真想不到"，在这点上，艺术家模仿气度不凡的人时，更天真罢了，更不光彩罢了。他们鬼使神差到各地去结识新人，却又留不下来。华托的这种不稳定可以说是生理上的。得了肺痨后有增无减，最后死于肺痨。去世前几个月，他日趋衰竭，但不能去呼吸佛兰德斯的空气比病痛更叫他难受。他一直以为去佛兰德斯能恢复健康，但别人抬不走他了。

我认为他对人对事永不满意，与他的病魔缠身有点关联，但不断言其疾病是起因。我们身体的疾病不会引起我们性格的病变，但我们的性格和身体紧密相连，风雨同舟。至于我，绝不认为华托会因利益或野心而改变。相反，我们时时处处被他的真诚、热心肠打动。他在诺让卧床不起，感到行将就木，求人把他的学生佩特叫来，他一直以为得罪过这个学生。两个月中每天手把手教佩特，把自己有关绘画和素描的知识全部奉出，直到去世那天。后来佩特说他所有的知识都来自那次学艺。

我在一家画店发现了凯吕[1]写的《华托传》，觉得大艺术家凯吕为描写华托，从华托的画作中捞取了妙不可言的秘密，德·龚古尔先生指出，他抓住了表现华托质朴的特征。

---

1　即凯吕伯爵（1692—1765），考古学家、雕刻家和作家，自幼热衷雕刻，与华托过从甚密，其《华托传》备受龚古尔兄弟称赞。

华托曾非常渴望得到一顶极不值钱的假发。理发师婉言拒绝收钱，但巧妙地说只想请华托替他作一幅习作。华托以为必须作一幅大画，居然还担心给得太少，大大低于假发的价值。德·凯吕先生提起此事，采取了倨傲的怜悯口吻，添加道，华托对那顶假发的趣味是荒谬的，再说，那假发难看死了。我不想硬说他们两人中华托是正确的，虽然他如此渴望那顶假发必定事出有因，其理由绝对比德·凯吕先生瞧不起那假发的理由有意思得多。艺术家的趣味不总是合乎情理的。当他们性格专横和奸诈时，他们种种稀奇古怪的偏爱引起观众愚蠢的赞美。而当他们像华托那样性格温柔忍受讥讽时，跟艺术家相处的人们便以为正确判断他们朋友的反常是了不起的事情，可以得意洋洋向艺术家显示一番了。艺术家们不在乎他人赖以思考的一切事物，而对只有他们独具慧眼的事物有感受力，所以他们在上述那些争论中很容易败下阵来。华托疾病缠身，对于专横的、挖苦自己的知己轻易获得的胜利，必定比别人更深受其害。身体不好已经自顾不暇，偏偏受到各种纠缠不休的人来打扰，对于别人求画又不善于拒绝。

如此不幸的好人以身为好画家而自慰。人人都乐意听说华托喜欢卢森堡公园，他久久待在那里绘画，"因为这个公园不像其他王室住宅那样多地被画成图画"。但我觉得更有意义的还是，他通过购买或受礼把"意大利喜剧院"

所有的服装收集起来，使其成为真正的收藏品；他的主要乐趣是，当朋友们来看他时，叫他们穿上他收藏的戏装。然后他请他们摆个姿势，看着一个个活生生的人，穿一身非真实的美丽服装，笑容可掬，瞻前顾后，惟妙惟肖，他不再为自己喜爱光线和颜色的心总受到茫茫尘世的冷落而痛苦。朋友们离他而去了，他仍抓着刚开头的素描不放，晚些时候再把它融入大的构图中去。

（选自《驳圣伯夫》）

# 居斯塔夫·摩罗[1]

有关居斯塔夫·摩罗神秘世界的三篇札记

## 一

　　我们不大容易设想某些鸟类怎样从景色中起飞，天鹅怎样从河流升天，烟花女怎样在露台花园与鸟儿鲜花为伍，可大艺术家则整日思索个不停，所有的画作都体现其思想的主要特征，备受后人赞赏；专门收藏摩罗作品的爱好者独享其趣，乐不可支地发现《下十字架》的天鹅在《爱神与诗神》中也有，相反，发现摩罗只画了一只青鸟时也一样兴趣盎然。我们打听大师想做什么是枉然，谁都回答不了我们，因为大师自己也不清楚《烟花女在自家露台》为何是傍晚，为何天鹅受诗神启示振翅起飞，他把自己隐约

---

1　居斯塔夫·摩罗（Gustave Moreau, 1826—1898），法国画家。长期隐居，1892 年任巴黎艺术学院教授才为世人知晓。学生有路阿、马蒂斯、马尔盖、莫甘等，后来组成早期现代画派"野兽派"。著名代表作有《显圣》（1876），又名《莎乐美的舞蹈》。他旗帜鲜明地推崇象征主义艺术。

所见的最可能准确的笔触表现为形象，比言语解说绝对更为准确；又因为说出我们想做什么根本没有任何价值，哪怕说出每分钟所能做的事情，而要再现我们产生的思想，则必须等待灵感，必须努力重新发现，努力接近，必须按照原意画出来。但，摩罗的风景画是这样的风景，要么某个天神经过，要么某个神灵显圣，天上的红霞肯定显示一种预兆，而黄鹿出现必定是好兆头，有山必有圣地，以至于纯粹的风景画在旁边一摆便显得非常俗气，没有灵性似的，仿佛山岳天空兽禽鲜花顿时丧失其珍贵的历史精髓，仿佛天空鲜花山岳不再带有严重时刻的印证，仿佛光线不是天神经过时的光线，也不是烟花女出现时的光线，仿佛失去灵性的自然立刻变得俗不可耐，广漠无际。所以摩罗画的风景一般紧缩在峡谷，封闭于湖泊，总之凡在神灵不时显圣的地方，在某个不确定的时辰，由画面将其永远固定下来，恰似永志不忘英雄人物。自然风景仿佛是有意识的，山岳崇高的顶峰供人们去祈祷去建立神殿，其本身几乎就是神殿，鸟儿也许包藏天神的灵魂，其目光经过掩饰好似有人性，飞翔好似由天神引导来预报，主要人物的面容显示他们也隐约参与笼罩整个画面的神秘仪式。瞧，烟花女神态自若如鸟儿飞翔，受命运驱使，根本不是她选择的结果或本性的作用，但她的面容忧郁而美丽，在花丛中一边梳编头发，一边凝望前方；诗神用里拉琴弹奏歌曲，经过时好像没有理睬她；圣约翰[1]杀死毒龙时泰然自若，以平常心对待自己的英勇，成为传奇的胜绩，沉思着这个神话般的行为，还有他经过的山岳，还有既凶猛又温柔的马，戴着宝石穿着披甲怒目直立。一幅幅古色古香的图画，却叫人一眼看得出不是古人画的，而是出自那个人，唯有他，当描绘梦幻时，他搜集红色的毛织品，镶嵌花朵和宝石的绿色服装，严肃似烟花女的头像，温柔似英雄的头像，发生各种事情的山间狭道，因为生活没有与世隔绝，全部由生物体现，因为山是传奇式的，人物更是传奇式的，因为行为的神秘性由人物面容所蕴蓄的内涵来表现，英雄人物富有贞女般温柔的神态，烟花女富有圣女般严肃的神情，诗神则表露游人般微不足道的神色，根本不点破他们似乎没有完成的行为，而由风景所蕴蓄的内涵来烘托，因为岩穴藏匿妖怪，因为鸟儿报告征兆，因为云彩降沥鲜血，因为时间老人神秘兮兮地在天上好像同情世间秘密完成的事情。

二

　　一幅画似乎是神秘世界一角的显现，我们若看过同一

---

1　应该是圣乔治。

位艺术家其他的画，便对这个神秘世界略知一二了。我们在一间客厅，聊着天猛一抬头，瞥见我们不认识的一幅画，可又似曾相识，恰似回想起先前的生活。那些看上去未驯服而又温顺的马，披挂着珍贵的宝石和玫瑰，那个一副女人面孔的诗人，穿着深蓝的大衣，手上拿着一把里拉琴，那些长得像女人的无须男人，一个个头戴绣球花用手压弯晚香玉的花枝，那只深蓝色的鸟也跟随诗人，而诗人鼓着胸膛唱起严肃而温柔的歌，拉扯着围在胸前的玫瑰枝；这一切的色彩，一个天地的色彩，在那个天地里，这样的色彩不是我们天地的色彩，而是这幅画的色彩，进而还是那个天地有灵性的氛围，多半夕阳西下，荒野的山冈正面立着几个神殿，那里，一只鸟儿之所以跟随诗人，一朵花儿之所以长在山谷里，是因为依照不同于我们天地的法则，鸟儿依照那样的法则选中诗人、跟随诗人、爱慕诗人，以至鸟儿围绕诗人飞翔时散发出可贵的智慧，以至花儿长在山谷那个奄奄一息的女人身旁，以至这朵花成为死亡之花，实际上花在那里生长起来了，于是她有了预感，花长得越快，威胁就越大，她仿佛瞧着花儿，感到末日临近。于是我们立即意识到，我们眼前的画确实从未见过，但曾遇见过这个离奇天地的几次显现，这是一幅居斯塔夫·摩罗的画作。

　　境界是诗人的灵魂，艺术作品则是此境界的片断显现；

境界是诗人真正的灵魂，心灵最深之魂，他真正的祖国，可在那里他只生活很少的时刻。所以，使为数寥寥的时刻具有光彩的白日，于稀有时刻闪闪发光的色彩，四下奔走的人物，是五光十色和人物充满灵性的日子。灵感就是诗人能够深入灵性最深处的时刻。创作就是为全神贯注待在这种时刻所做的努力，不论是写作还是绘画，都不要让外部任何东西掺杂进来。而词语的修饰之于诗人，与面对模特儿感情色彩的真实性和迫切性之于画家，同样充满灵性和个性。所以我们爱看到由诗人转述的神秘世界画面，因为诗人能涉足神秘世界，而带有神秘色彩的画面一旦从神秘世界回到光天化日的世界，一旦回到尘世的现实世界，这个现实世界并非真实的，却是最世俗的，符合我们最外部的生命，这种外部生命，诗人与芸芸众生几乎相似。瞧，我眼前的这幅画，已经通过难以识透的棱镜被永远固定了，但柔和的色彩却很容易遭到破坏，刚才居斯塔夫·摩罗的思想被搅动了，在上面飞快飘浮的色彩现在看来就像瘫在岸上的水母，但丝毫未失去其浅蓝色调的新鲜感。此画名叫《波斯歌手》。的确，他歌唱，这个骑士，长着女人和教士的脸，佩戴国王的徽章，背后跟随神秘的鸟儿，女人们和教士们见了纷纷鞠躬和摇动花枝，他的马在一旁对他刮目相看，马的目光包含着与大自然相通的精神：目光温柔，仿佛热爱歌手，但未驯化的鼻尖冲着他，仿佛憎恨他，恨不得把他吞服。他歌唱，嘴巴张开，胸膛鼓胀，围在胸前的玫瑰花枝突起。此时我们不知所措，上不着天下不着地，好比军舰漂浮于大海却奇迹般向前行驶，此刻有节奏的波浪掀动话语使之成为抑扬顿挫的歌曲。这种可见的搏动，永远在不动的画面上此起彼伏。

就这样，诗人不会完全消亡，他们真正的灵魂，即唯有他们自己能感觉的最内在的灵魂，在一定程度上留存于世。我们以为诗人死了，不妨去瞻仰一番卢森堡宫[1]，好像不拘礼节地拜谒陵墓，我们，好比女人捧着俄耳甫斯的头颅，不拘礼节地去观瞻《女人捧着俄耳甫斯的头颅》[2]，我们从这颗头颅看出有某种东西在注视我们，那就是画在画面上的居斯塔夫·摩罗的思想，此画以美丽的盲眼凝视我们，而美丽的盲眼正是满载思想的色彩。

画家凝望我们，不敢说他看得见我们。没准儿确实看不见我们，但不管我们对他怎样珍爱，在他，我们都是微不足道的。他的视觉景象继续受人观赏，就在我们跟前，仅此而已。

---

1  系指巴黎卢森堡公园内的宫殿，现为法国参议院。卢森堡宫自 17 世纪开始收藏大量艺术大师的名画，如鲁本斯、普桑、德拉克罗瓦等。
2  俄耳甫斯，希腊神话中的歌手，他的歌声使树木弯枝，让顽石移步，叫野兽俯首。后因拒绝狂欢秘祭而得罪酒神，被狂女们砍下头颅，扔进大海。《女人捧着俄耳甫斯的头颅》是摩罗的作品。

居斯塔夫·摩罗已经去世，他的住宅将成为博物馆[1]。应当如此。诗人生前的住所已经不完全是住宅了。人们感觉到，在他的住所业已完成的东西已经部分不再属于他了，已经属于大家了，常常他的住宅不是个人的住宅，所谓常常就是说每次只涉及其最内在的灵魂的时刻。他的住宅好像地球的理想地点，好像赤道，好像南北极，好像种种神秘水流的汇合点。但这种最内在的灵魂，有时是在一个人的身上骚动。想必这样的人在一定程度上变得神圣了。他像教士那样奉献生命，为神性服务，饲养他喜爱的圣兽，涂抹香膏以利其显圣[2]。他的住宅半是教堂半是教士之家。现在人死了，只剩下可能从他身上脱凡而出的圣迹。突变之下，他的住宅在未经整治之前就已成博物馆了。不再需要床铺火炉了。先前为大家而生的时候是神，现时只剩下纯粹的神了，不再为己而只为他人存在了。他的"己"不复存在了，他没有任何东西会使人回想起自己。像其他一样，作为个体的我，其屏障已经倒下。把家具搬走吧，只需留下画作，有关内在灵魂的作品诉诸公众，而他是经常涉足内在灵魂的。再说他早已越来越努力打掉个体自我的

---

1 摩罗把巴黎拉罗什富科街的私人宅邸捐赠给国家，现为居斯塔夫·摩罗博物馆。
2 暗喻耶稣及圣徒到处济世助贫。《圣经》中多处叙述圣徒用香膏治病救人。

屏障，竭力用创作激发灵感，就是说竭力使其涉足内在灵魂的时刻变得越来越频繁，同样他以创作竭力把内在灵魂的形象完好无损地固定下来，不让世俗灵魂掺杂进来。渐渐图画充斥所有的房间，只剩下很少的地方让人藏身，总得要吃饭会客睡觉呀。渐渐他不受内在灵魂侵占的时刻越来越少了，即作为一般人的时刻越来越少了。他的住宅几乎已是博物馆，他的人体几乎成为正在完成的一件作品的所在地。

凡有内在灵魂的人必定如此，他们不能涉足其间。他们未卜先知隐秘的快乐，唯一真实的时刻是他们于内在灵魂所度过的时刻。除此之外，他们一生剩下的时间就像流亡，虽非抑郁不欢，却是阴沉乏味的。因为他们是些知识分子流亡者，一旦流亡，马上不记得自己的祖国了，光知道他们有个祖国，生活得十分温馨，不知道如何回去。而且，一旦他们渴望别的什么地方，立即心猿意马，到别处流亡的愿望确是一种情感。但，由于他们就是他们自己，我想说，当他们没有流亡时，当他们是自己的内在灵魂时，他们按照某种本能行事，好比昆虫的本能，夹杂着隐秘的预感，既预感到自己使命之伟大又预感到自己生命之短促。于是，他们努力营造住所，垂范后代，摒弃一切其他任务，为垂名青史，不惜死而后已。看看画家作画时所投入的热情，您必定说那不亚于蜘蛛织网的劲头。

诗人们这种内在灵魂统统息息相关，挚友似的心心相印。我和所有其他人一样等在客厅里，突然抬头看见《印度歌手》，却听不见歌声，只见歌手不动弹，但胸部挺起，把胸前的玫瑰花顶得很显眼，跟前几个女人压弯花枝以示恭敬。寓于我身上的歌手也顿时苏醒。只要他清醒了，任何东西都不能使他分心，他专心说他要说的话。一种隐秘的本能逐字逐句地向我提示我要说的话。这时哪怕更光辉的思想油然而生，哪怕有种种理由能显示我变得更聪明，我也只谛听寓于身内的歌手要说的话，不能稍离虽不可见却是上天赋予的使命。喏，寓于我身的歌手温柔似女人，严肃似教士。那是因为展现在我们眼前的这片神秘之乡确确实实存在，当我们心旷神怡驰骋其间，我们描叙神秘之乡的所有画面都很相像，假如我们真的有了灵感，假如我们留心不让庸俗的灵魂掺杂进来一丝一毫，就是说假如我们认真细致，假如我们努力工作。所以，我在客厅举目瞥见严肃而温柔的歌手骑在凶脸媚眼的马上，披戴玫瑰和宝石，突然心潮澎湃，把围在胸前的玫瑰花顶得特别显眼，后面跟随认识他的鸟儿，面对常见的夕阳，这时我脱口而出：这是居斯塔夫·摩罗的画作。他很美，也许比其他歌手更美，在其他歌手听起来，他的歌是美丽的话语。年轻的歌手胸脯围着玫瑰，欣喜得心潮澎湃。他和其他歌手一样，确实来自五光十色的地方，那里的诗人长着女人的脸，戴着国王的徽章，受到鸟儿的爱戴，得到马儿的青睐，披挂宝石和玫瑰，就是说在那里寓意是存在的主宰。


# 三


想起我在居斯塔夫·摩罗画作前所得到的感受，印象中我仿佛在画前度过了一年，我羡慕生活有规律的人，能够每天花点时间享受艺术。有时候，尤其看到他们在其他方面不如我那么引人注目，我心想，他们之所以不讲常有这种印象，是因为他们从未有过呀。爱过一次的人知道，轻易挂在嘴上的那种爱恋远不及真正的爱情。如果说大家都能一见倾心爱上一件艺术作品，有如大家都能一见钟情（至少好像如此）爱上异性一样（我讲的是真正的爱情），但也许不一定知道，真正爱上一件艺术作品是罕见的事情，世人夸夸其谈艺术享受，即使他们有天分，生活也协调有致，离真正的爱好却相去甚远。

作家要能各自体现本人的思想，如此写出的作品才是真实的。否则，就算他是大使，是亲王，是名流，都无济于事。倘若作家出于虚荣，追求成为大使亲王名流，那可能给他造成影响；但如果不追求虚荣，他也许会毁于懒散，或昏于放荡，或耗于疾痛。但至少他应当知道追求虚荣没有文学实在性。我读夏多布里昂感到不舒服的地方，是他得意自己成为大人物。即使成为文学大人物，那又怎么样呢？这是用追求物质享受的观点来看待文学的崇高，因此是虚假的崇高，因为文学的崇高是精神性的。然而，夏多布里昂神情美好，他的魅力是崇高的。并非因为他是贵族，而是因为他有崇高的想象力。

时运毫无作用吗？有时候似乎是有作用的。但罗登巴赫[1]说过，波德莱尔之所以成为波德莱尔，是因为他去过美国[2]。窃以为，时运是起作用的。但一个时运只有十分之一的成功机遇，而十分之九靠我的天资。看了居斯塔夫·摩罗那幅画，我一整天心荡神驰，倾心聆听内心的声音，抵得上到荷兰走马观花旅游一趟，我专心致志躲进了……［未完成］

（选自《驳圣伯夫》）

---

1 罗登巴赫（Georges Rodenbach，1855—1898），比利时法语诗人，先倾向于帕尔纳斯派，后转向象征主义。代表作有诗集《虚度青春》（1886）、《寂静笼罩》（1891）、《封闭的生活》（1896）、《故乡天空如明镜》（1898）。

2 此处不通：波德莱尔从未去过美国；或暗指他翻译过爱德加·坡从而神游美国？上文讲夏多布里昂，可能普鲁斯特记忆有误，也许罗登巴赫说过："夏多布里昂之所以……"但无从查考。

# 莫　奈

　　一个绘画爱好者，比如克洛德·莫奈和西斯莱的绘画爱好者，必定熟悉和欣赏两岸芳草萋萋、一片白帆划出波纹的河流，昂蒂布蓝色的大海，白天不同的时辰，卢昂的某些风貌，如大教堂呈现在屋宇之间，使钟楼尖顶和有条纹肋的各面外观的平屋顶和单色墙之间清晰地显现出来，同样，歌女的情人必定喜爱朱丽叶和奥菲丽亚[1]，因为这类人体现了他所崇拜的妙人儿。绘画爱好者专程旅游去看莫奈描绘过的一片丽春花田野，但好比占星家，他们有观星仪，看得见生命的森罗万象，但必须去找个僻静的地方独处，因为他们不过问生活，他们在房间里挂着颇有魔力的镜子，叫画镜，懂得看画镜的人，稍微远离一点，便发现重要的现实境界昭昭在目。我们观画如同俯身看魔镜，保持一定的距离，竭力排除一切杂念，努力理解每种颜色的含义，各种颜色在我们的记忆中唤起过去的印象，再由这

---

1　莎士比亚剧作《罗密欧与朱丽叶》和《哈姆雷特》的女主人公。

些过去的印象组合成五彩缤纷的空中建筑和画面色彩，在我们的想象中构成一幅景色；一幅幅画就像一面面镜子，没有经受风吹日晒的大胡子老人们前来请教镜子，喜出望外发现各种真情实况的情人们认识她所欣赏的作者，而他们则观看他所画的地方。他画了许多韦尔农的塞纳河两岸景色，足以促使我们去韦尔农观光。或许，我们会想，莫奈倘若去别处也可以看到如此优美的景色，没准儿是生活机遇使然，把他带到了那个地方。这无关紧要。要使一个地方的真情实况极其优美呈现出来，我们需要知道那里物美地灵。在圣地我们只能祈祷，圣地之外，我们若遇到天气极好的日子，没准儿会得到神的启示。我们崇拜偶像般崇拜莫奈、崇拜柯罗并非枉然，爱心会油然而生。我们对自己也会产生爱心。在产生爱心之前，我们缺乏自信。必须有人对我们说：这下您可以倾心了，爱吧。于是我们一见倾心。莫奈的绘画向我们展现阿尔让特依、芙台伊、埃普特、日韦尔尼的奇观妙景。于是我们表明我们的想象力可能在不大确定的事物中找到绝妙的素材，如岛屿星罗棋布的河流，下午无生气的时刻，河水在云彩和天空的照映下呈白色和蓝色，在树木和草坪的衬映下呈绿色，在斜穿树林的夕阳辉映下呈玫瑰红色，而河边，种有大丽花的园子里矮林呈半明半暗的红色。莫奈让我们喜爱田野天空海滩河流如同神奇之物，令我们急欲前往观光，一旦身临其境，在田野里散步，在海滩上疾走，瞥见一个女人紧抓着披巾，一男一女手拉手，我们便大失所望。我们把心爱的崇拜对象看得那么崇高，一旦得知它们原是众所周知的事物，便感幻想破灭。我们所热衷的是理想。我们以为画家会告诉我们所画的地方，所画的神秘人物，象征着悬崖广漠空蒙的风貌，傍晚满天的红霞映衬在细雨和深海中，在我们和这个神秘人物之间，我们看到有一对夫妻居间调停。我们对悬崖上如此神秘的人物确信无疑，以至认为画家是在伴有海啸的沙滩寂静中虔诚尽心地召唤神秘人物，而当我们发现他并没有专心研究过神秘人物，总之，对于那对夫妻，我们并不觉得有什么神秘之处，他却把他们放进画里，我们便如同从高处跌下，莫名惊诧。我们如饥似渴向往画面呈现的宝地，而不向往别的什么地方，我们向往只看得见悬崖一角的沙漠，夜以继日听得见海啸的沙滩，我们向往位于山丘斜坡上的城市，只看得见一条河流和丁香丛生的夏日；我们看到有人混杂其间很不舒服，因为我们只乐意看到神奇的事物，而且是没有受到贬损的神奇之物。这是我们的理想所要求的。我们儿时从书本中寻找月亮和星星，《皮奇奥拉》[1]的月亮使我们心醉神迷，因为那是一颗闪闪发光的星体，而《高龙巴》的月亮令我们失望，因

---

[1] 《皮奇奥拉》（1836），系通俗小说，作者叫格扎维埃·桑蒂纳，生卒年月不详。

为月亮被比作奶酪：我们觉得奶酪庸俗，月亮则是神圣的。在缪塞的《尤物白乌鸫》中，每当涉及乌鸫的白翅膀、玫瑰红喙和点点水滴，我们喜爱入迷，但，一旦白乌鸫管白鸽子叫"侯爵夫人"，好比书中出现饮食男女，叫我们很不舒服，把我们留下的印象统统清除了，其时我们觉得生活丑陋不堪，于我们毫无诗意。那个时代，我们只喜欢博物馆陈列的葛莱尔[1]和安格尔画作，我们需要精彩的造型，需要月亮像银质月牙嵌在星罗棋布的天上，而我们觉得《卡娜的婚礼》的彩色不同于充满诗意的世界，庸俗得像椅子上的大衣下摆，抑或桌上的斑斑酒迹……

（选自《驳圣伯夫》）

---

1　葛莱尔（ Charles Gleyre, 1808—1874 ），法国学院派画家，其名作《幻灭》（ 1843 ）使他走红一时。但他的画多半像《卡娜的婚礼》那样，学院气较浓，按普鲁斯特的说法，缺乏诗意。

# 第五辑

## 文哲畅想

# 德·盖芒特[1]先生心目中的巴尔扎克

巴尔扎克自然同其他小说家一样，甚至比其他小说家拥有更多的这类读者，他们在小说作品里不寻求文学性，而只对想象力和观察力感兴趣。对于这批人来说，巴尔扎克文笔上的缺点就无伤大雅了，要紧的倒是他的才具和探求。德·盖芒特先生在公馆二楼有一间小书房，礼拜天只要听见他妻子的客人按第一次门铃，他便立刻躲进书房，连吃点心的时候也叫人把果子露和饼干送上去；他拥有巴尔扎克的全部著作，全部牛皮烫金精装封面，并带有绿皮标签，由贝谢或韦代出版社出版，他写信给这两家出版商说，他将不遗余力给他们寄去由三页扩成五页的版面，他管这叫不同凡响的著作版面，要求他们出这种版本，以额外酬金作为补偿。经常，我去看望德·盖芒特夫人，当她觉得客人们使我感到无聊时，便对我说："请上楼去见见昂里吧！他说他不在家，但您嘛，他倒是很乐意见的！"

---

1  德·盖芒特伯爵是普鲁斯特《追忆似水年华》中的一个重要人物，《盖芒特那边》一卷主要讲德·盖芒特家族的故事。

就这样一下子打破了德·盖芒特先生的重重设防，他小心翼翼不让人知道他在家，不让人觉得他不露面是不礼貌的。"您只要叫人领您上二楼书房，您一定会发现他在读巴尔扎克。""嗨！您要是跟我丈夫聊起巴尔扎克！"她经常这样说，神情既像诉苦又像道喜，仿佛巴尔扎克既不合时宜，因为妨碍外出和取消散步，又是赋予德·盖芒特先生的一种特许，而这种特许不是人人都可得到的，所以我应该感到受宠若惊，不胜欣幸之至。

有时候侯爵来看他的弟弟，在这种情况下，他们往往"闲聊"巴尔扎克，因为想当年他们一起读书，在他们父亲的书房读书，恰好就是伯爵家现在的书房，由伯爵继承下来了。他们对巴尔扎克还保留着原来稚拙的情趣，偏爱当时阅读的书，那还是在巴尔扎克成为大作家以前的事，就这样以不变应万变对付文学情趣的变迁。每当有人提起巴尔扎克，如果此人是 persona grata（受欢迎的人），伯爵便引出几部书的标题，都不是我们最欣赏的巴尔扎克小说的书名。他说："嗨！巴尔扎克！巴尔扎克！要花时间哪！譬如《苏镇舞会》吧！您读过《苏镇舞会》了？很吸引人！"同样，谈起《幽谷百合》，他确实说过："德·莫尔索夫人！你们这些人，没读过她的种种事情吧，嗯！夏尔（他招呼他的哥哥），德·莫尔索夫人，《幽谷百合》，很吸引人哪！"他也提到《婚姻契约》，声称原题为《豌豆花》，也提起《猫打球商店》。伯爵聊巴尔扎克聊上瘾的日子，他引述的著作有的根本不是巴尔扎克的，而是罗杰·德·波瓦尔和塞莱斯特·德·沙布里昂[1]的。但应当谅解他，当他待在小书房里，除了用人替他送上果汁和饼干，下雨的日子打开窗，若楼下没有人能看得见他，他便接受杨树的拜见，风迫使白杨每分钟向他鞠躬三次；书房的藏书同时有巴尔扎克的，阿尔丰斯·卡尔[2]的，德·沙布里昂的，罗杰·德·波瓦尔和亚历山大·迪瓦尔[3]的，所有的书装订得一模一样。书一旦打开，相同的薄纸上印满大号字样，向您展现女主人公的名字，绝对好像是女主人公本人以轻便和舒适的外表向您做自我介绍，带着淡淡的糨糊味儿灰尘味儿陈旧味儿，仿佛散发着她的魅力，所以很难在这些书中间进行文学划分，因为所谓的文学划分是人为地建立在既不符合小说主题又不切合装帧外表的想法上的！布朗什·德·莫尔索（《幽谷百合》）等人向您诉说时，人物的个性那么清晰那么有说服力，以至不可能不认为讲故事的人不是同一个人，欧也妮·葛朗台和德·梅尔公爵夫人之间的亲戚关系不比巴氏《欧也妮·葛朗台》和巴氏

---

1　罗杰·德·波瓦尔（1809—1866）与塞莱斯特·德·沙布里昂（1824—1909），俱为法国作家。

2　阿尔丰斯·卡尔（Alphonse Karr，1808—1890），法国作家。

3　亚历山大·迪瓦尔（1767—1842），法国剧作家。

一法郎一本的小说之间的连带关系更加密切，您唯一要做的努力就是顺着往下念，一页页往下翻：纸张因为陈旧变得透明发黄，但依旧平纹细布似的柔软。

我应当承认我理解德·盖芒特先生，我整个童年就是以这种方式读的《高龙巴》，人家很长时间不准我读《伊尔的维纳斯》[1]。"人家"，就是你呀！[2] 这一卷卷的书中我们第一次读一篇著作，好比见到某个女人的第一件连衣裙，它们向我们表明所读的著作对我们意味着什么，也表明我们对这部著作意味着什么。寻找第一次阅读的书籍，是我作为珍本爱好者唯一的方式。我第一次阅读的书籍版本，我印象独特的书籍版本，就是我这个珍本爱好者的唯一"最初"版本，"原始版本"。但这已足够使我记得那些珍藏的书籍。陈旧的页面布满渗透回忆的细孔，我简直害怕那些书籍会把今天的印象吸进去，以致再也找不着我昔日的印象。每每想到那些书，我就想要它们自动打开当年我掩卷的那一页，其时我在灯旁或坐在花园柳条椅上读书，爸爸时不时冲我说："坐直！"

---

1　《伊尔的维纳斯》（1837）收入以《高龙巴》为总题的小说集子。伊尔位于东比利牛斯山脉。一个古董迷在自家花园发现一尊维纳斯铜像。他的儿子正准备结婚，在一次回力球比赛中，嫌手上那个大的钻石戒指碍事，便取下来套在维纳斯铜像的手指上，但维纳斯指上的戒指怎么也取不下来了。年轻人大惊失色，以为中邪。当他进入洞房，维纳斯上前亲吻，年轻人当场毙命，其妻立刻发疯。
2　此处作者依然假托与母亲对话。

有时我自问，时至今日我的读书方法是否仍旧更接近德·盖芒特先生，而不同于当代的评论家。在我，一部著作依旧是个活生生的人，我恭恭敬敬地听他讲话，只要我跟他在一起，总觉得他言之成理，我不挑选也不争论。当我读到法盖[1]先生在其《批评随笔》中说《弗拉卡斯统领》[2]上卷很精彩，可下卷平淡无奇，又说《高老头》中有关高老头的部分全部是一流的，有关拉斯蒂涅的部分则全部是末流的，我感到不胜惊讶，就像听到有人说孔布雷的周围，梅泽格利兹那边很丑，而盖芒特那边很美。法盖先生继续说什么业余爱好者只读《弗拉卡斯统领》上卷，不读下卷，我只能替业余爱好者感到惋惜，我本人就非常喜欢下卷；但他添加道，上卷是写给业余爱好者看的，而下卷是写给小学生看的，于是我对业余爱好者的同情变成了对自己的轻视，因为我发现我依旧是小学生。总之，他信誓旦旦地说戈蒂埃在写下卷时深感无聊，我惊异读起来津津有味的文章怎么写作的时候会那么厌倦烦恼。

就这样，圣伯夫和法盖对巴尔扎克进行一番去伪存真，认为初期作品令人赞赏，后期作品一文不值。颇为滑稽却相当令人放心的倒是，圣伯夫说："谁（比巴尔扎克）更

---

1 法盖（Emile Faguet, 1847—1916），法国批评家、法兰西学院院士（1900）。
2 《弗拉卡斯统领》（1863）是戈蒂埃的一部长篇小说，写的是 17 世纪上半叶路易十三治下一群江湖艺人的流浪生活。

精彩地描绘王政复辟时期的公爵夫人？"法盖先生则对巴尔扎克笔下的公爵夫人嗤之以鼻，于是求助于弗耶[1]先生。还有勃鲁姆[2]先生，他喜欢区别对待，欣赏巴尔扎克笔下的公爵夫人，但不把她们看作王政复辟时期的公爵夫人。此处，我承认，我同意圣伯夫下列说法："谁对您说的？对此您知道什么……就这个问题而论，我宁愿相信认识那些公爵夫人的人……"首先相信圣伯夫说的话。与童年相比，在这方面我能得到唯一的进步，我和德·盖芒特先生唯一不同的地方，就是他那个上流社会是不可改变的，铁板一块，难以突破，这个既存现实，我把它的界限扩大了一点，在我它不再是一本单独的书，而是一个作者的著作。我看不出巴尔扎克不同的著作有多大的不同之处。像法盖先生这样的评论家认为巴尔扎克的《独身者故事》是一部杰作，而《幽谷百合》则是一部最糟糕的著作。他们使我莫名其妙，就像德·盖芒特夫人认为德·X公爵有些晚上聪明，有些晚上愚蠢。我对人的才智的想法，有时会改变，但我清楚知道是我自己的想法变了，而不是他们的才智有什么变化。我不相信才智是一种变化的力量，什么上帝时而创造强智时而创造弱智。我相信才智在头脑里所处的高度是恒定的，无论《独身者故事》还是《幽谷百合》，恰恰处在那个恒

---

1 弗耶（Octave Feuillet, 1821—1890），法国作家，法兰西学院院士。

2 勃鲁姆（Leno Blum, 1872—1950），法国作家和政治家。

定的高度上，它耸立在同过去沟通的一个个花瓶里，这些花瓶就是著作……

然而，德·盖芒特先生所谓的"吸引人"，实际上就是供人消遣的，谈不上真知灼见，比如他觉得的"生活变化"，又如他觉得雷内·隆格维尔或费利克斯·德·旺德奈斯的故事"吸引人"，他经常通过对比来赞赏巴尔扎克所观察的内容的真实性："诉讼代理人的生活，公证人事务所，完全属实；我跟那些人打过交道；《赛查·皮罗托盛衰记》和《公务员》完全真实！"

有一个人不同意德·盖芒特先生的意见，我也给你列举出来，因为她是另一种类型的巴尔扎克读者，她就是德·维尔帕里济侯爵夫人。她否认巴尔扎克描写的真实性："此公对我们说：'我让你们听听一个诉讼代理人的谈话。'但从来没有一个诉讼代理人是如此说话的。"她尤其不能承认的，是巴尔扎克硬说描写了上流社会："首先他不去上流社会，人家根本不接纳他，那他能知道上流社会什么呢？后来他总算认识了德·卡斯特里斯夫人，但在她那里能看到什么？她什么也不是嘛。我在她家见过一次巴尔扎克，那时我是初嫁的年轻新娘。他是个非常普通的人，只说些毫无意义的琐事，我存心不让人把他介绍给我，我不知道他怎么最后削尖脑袋娶了一位名门贵族的波兰女人，她跟我们的查尔托里斯基表兄弟们有点亲戚关系。整个家族为此感到痛心，我向你们担保，要是有人跟他们提起此事，他们肯定会感到有失面子哩。再说，此事的下场坏透了。他婚后不久就死了。"她咕哝着低下头，眼睛望着自己的羊毛衫，接着说："我甚至听说有关他的一些丑事。您说他本该进法兰西学院，此话当真？（好像说进赛马俱乐部。）首先，他不具备'知识本钱'，其次法兰西学院是'筛选'的。圣伯夫，他才是人物，风流倜傥，敏锐机灵，很有教养；他非常知道分寸，等到人家什么时候想见他，他才出现。巴尔扎克则是另一回事。况且圣伯夫去过香普拉特勒[1]，他嘛，原本可以讲讲上流社会的事情，但他守口如瓶，因为他是有教养的人，而这个巴尔扎克，不是好人。他写的东西，没有高尚的情操，没有高尚的秉性。念起来总叫人扫兴，他始终只看到事情坏的一面。始终是恶。即使他描写一个可怜的本堂神父，也非得让他看起来可怜兮兮的，非得让大家都跟他作对。""我的姨妈，您不能否认您暗指的图尔本堂神父被描写得惟妙惟肖吧。外省生活，不就是那样嘛！"伯爵面对因参加如此有趣的舌战而兴奋不已的听众说了这番话，在场的人互捅胳膊肘儿，提醒注意侯爵夫人要"动肝火"了。"是那样呀，但对外省生活，我跟

---

1 系指位于香普拉特勒的莫莱古堡。莫莱（Comte Molé, 1781—1855），法国伯爵，生于巴黎，卒于香普拉特勒。曾做过七月王朝外交部长、右派议员，法兰西学院院士。

他一样知道得清清楚楚，让我看外省生活的复制品能引起我的兴趣吗？人家对我说，外省生活就这副样子。当然是，我了解嘛，我在外省生活过嘛。有什么趣味呢？"侯爵夫人使用了偏爱的论证，搬出她用来评论所有文学作品的通用观点。她对自己所坚持的推论非常自豪，把闪烁着得意微笑的眼光投向在场的人，她在最后平息怒火时，补充道："你们也许会觉得我很糊涂，不过我承认，每当我读一本书，我偏爱从书上学到一些东西。"关于这场舌战，他们可以叙述两个月，一直传到伯爵夫人最远房的堂表姐妹家，说什么那天在盖芒特夫妇家，发生了最最有趣的事情。

对一个作家来说，每当他读书，书中社会观察的真实性，悲观主义或乐观主义的成见，已是既成的情况，他不置可否，甚至视而不见。而对于"有智力"的读者来说，出现"虚假"或"阴暗面"，就被视为作家本人的缺点，他们为在他的每卷书中重新发现这个缺点而感到惊异，相当兴奋，甚至激动，好像作家改不了自己的缺点，到头来在他们眼里不知不觉显得叫人反感了，或使人悲观丧气，不如干脆敬而远之，以至每次书商向他们推荐一本巴尔扎克的新书或一本艾略特[1]的新书，他们一概谢绝："喔，不要，总那么虚

---

1　此处指的是英国女作家乔治·艾略特，不是诗人 T. S. 艾略特。乔治·艾略特（George Eliot, 1819—1880），共创作七部长篇小说（1859—1876），如《亚当·比德》等。

假那么阴暗，新出的比旧出的更虚假更阴暗，我才不要呢。"

至于伯爵夫人，当伯爵对她说："啊！巴尔扎克！巴尔扎克！需要花时间哪！您念过《德·梅尔公爵夫人》[1]吗？"她回答："我呀，不喜欢巴尔扎克，我觉得他过分。"一般来说，她不喜欢"过分"的人，因为"过分"的人对于像她这样不过分的人而言似乎是一种指责。有人给小费给得过分，相形之下，她显得非常吝啬；有人对自己家人不幸亡故表现出的忧伤超过常见的，有人对遭受不幸的朋友表现出的同情超过常见的，或有人专门去展览会观赏不属朋友肖像的绘画或不属"该看"的东西，都是"过分"。而她是不过分的，当有人问她在展览会上是否看了某幅画时，她直爽地回答："如果是该看的，我已经看了。"

受巴尔扎克影响最明显的读者是年轻的德·卡达耶克侯爵夫人，娘家姓福什维尔[2]。她父亲的房产中有位于阿朗松的福什维尔老公馆，对着广场的正面建筑，很宽大，就像巴尔扎克在《古玩陈列室》中所描绘的，而花园顺坡向下一直延伸到优美河，就像巴尔扎克在《老姑娘》中所描绘的。德·福什维尔伯爵当年毫无隐居阿朗松的雅兴，干脆把女儿交给公馆园丁们照管。现在年轻的侯爵夫人重

---

1　《德·梅尔公爵夫人》不是巴尔扎克的作品。
2　系普鲁斯特《追忆似水年华》的人物。这节中作者把自己作品中的人物和巴尔扎克小说中的人物（科尔蒙小姐、德·巴日东太太、杜·布斯基埃）交织在一起叙述。

新打开这座公馆，每年去那里度过几个星期，觉得那边有很大的诱惑力，用她本人的话来说，具有巴尔扎克式的魅力。原先福什维尔古堡顶楼弃置着一些过时的旧家具，还是德·福什维尔伯爵的祖母留下的，几件有历史因缘的物件或几个纪念物，带有家族感情和贵族身份的意义，她叫人把这堆东西搬来阿朗松陈列。确实，她已成为巴黎贵族社会年轻夫人中的一员，她们以近乎审美的情趣喜爱自己的社会等级，既以旧贵族的方式又以布列塔尼或诺曼底庶民的方式，就像圣米歇尔山或"征服者威廉"地区小心谨慎的旅馆老板，她们懂得自身的魅力恰恰在于保护这种古物，这种追溯过往的魅力，正是热爱她们固有魅力的文学家传授给她们的，这就使这种唯美主义的魅力具有文学和当代美（尽管是高贵的）双重折光。

今天贵夫人中间最美的照相，挂在阿朗松公馆的老橡树木做的托座上，该公馆原属科尔蒙小姐所有。她们摆出的姿势都是旧式的，充满艺术性，把文学艺术的杰作和旧时的贵族风韵巧妙地结合在一起，再加上背景的艺术魅力，更是美不胜收；但，那里一进前厅就有仆人在场，或进入客厅便听见主人们说话，这一切可惜必定是今天的。因此，对阿朗松公馆这种小小的回忆充满着巴尔扎克色彩，尤其对情趣多于想象的人来说，因为他们善于观赏，而且需要观赏，他们每次去过回来后都非常兴奋。但就我个人而言，感到有点失望。当我得知德·卡达耶克夫人在阿朗松时住在科尔蒙小姐的公馆或德·巴日东太太的公馆，而我头脑里存在的东西仍历历在目，相形之下，我得到的印象过于强烈，以至现实中不协调的东西难以使其恢复原状。

然而，最后离开巴尔扎克这个话题时，我应当说明德·卡达耶克夫人是作为非常风趣的巴尔扎克人物来指点我的。她对我说："您乐意的话，请明天跟我一起去福什维尔，您将发现咱们在城里产生的印象。明天是科尔蒙小姐套上她的牝马去普雷博戴[1]的日子。现暂请上桌吃饭。如果您有勇气一直待到星期一我'招待'的晚会，那您必定想亲眼见一见杜·布斯基埃和德·巴日东太太之后才离开我的省份，您将看到分枝吊灯火光通明，您必定记得，这让吕西安·德·吕邦泼雷激动得无以复加。"

知道内情的人认为这般诚惶诚恐恢复外省贵族的往昔是福什维尔的血统效应。而我，认为这是斯万的血统效应，德·卡达耶克夫人已经忘记斯万血统，却保留了斯万的才智、情趣，甚至像贵族那种相当完全的精神超脱（她自己增添了一些功利主义的情愫），最终发现贵族像一件陌生的、无用的、静止的东西，却具有美学上的魅力。

（选自《驳圣伯夫》）

---

1　巴尔扎克在《老姑娘》中写道："一年四次，每个季节之初，科尔蒙小姐去她的普雷博戴田庄住一些日子。"

# 藏　书

　　恰巧在我进入盖芒特书房的时候，我回想起龚古尔兄弟讲过关于独特版本的话，这间书房就收藏着精美版本的书籍，我既然单独待在这里，便决心瞧一瞧。我一边想着自己的心事，一边漫不经心地把珍贵的藏书一本本抽出来翻一翻。突然在心不在焉翻开的一卷书里发现有乔治·桑的《弃儿弗朗索瓦》，不快的感觉油然而生：当时得到的印象与我的思绪太不协调了；但随后我越来越激动，不禁潸然泪下，我终于承认这种印象与我的思绪多么协调哇。有如在灵房里殡仪馆的职工们准备把棺材抬下楼，曾为祖国效力的死者的儿子正在跟最后几个前来吊唁的朋友握手告别，突然窗外街上传来一阵铜管乐曲，他怒不可遏，以为有人在嘲弄他，无视他的哀悼；然而，直到那时一直控制自己的他，突然失声痛哭，因为他刚刚明白所听到的是军乐队的音乐：乐队前来参加哀悼，向他父亲的遗体致敬。我在德·盖芒特公爵的书房里看到一本书的标题时所感受到不快的印象与我当时的思绪非常协调，这一点我很快就承认了；这本书名启发我认识到文学真正给我们提供了充满神秘的世界，同时，我却不再感到文学有什么神秘了。这本书其实并没有什么了不起，就是《弃儿弗朗索瓦》。但这个名字如同盖芒特夫妇的名字对我来说已经不像我原先认识的人名了，这个书名唤醒我的记忆：妈妈给我念乔治·桑的《弃儿弗朗索瓦》时，我仿佛觉得书中的主题包含着不可思议的东西，正如每当我好久不见盖芒特夫妇，便觉得盖芒特的名字包含着许许多多封建制度的东西，而封建制度的东西也正是《弃儿弗朗索瓦》这部小说的主要内容；一时间，弃儿弗朗索瓦这个名字取代了乔治·桑描写贝里地区的小说息息相通的想法。在晚宴上，每当浮想联翩的时候，我可以谈论《弃儿弗朗索瓦》和盖芒特家族而不把他们与孔布雷的人们联系在一起，但每当我孤单一人时，就像此刻，我总往深层联想，于是我便觉得我在社交界认识的某个人居然是德·盖芒特夫人的表姐妹，就像幻灯上的人物那样不可思议。同样，我读过的最美好的书，且不说最出色的，都同奇特的《弃儿弗朗索瓦》相等。这是一种很久很久的印象，同我对童年和家庭的回忆亲切地掺杂在一起，只是后来我才意识到。但在意识到的最初一刻，我很生气，寻思是哪个不速之客来跟我捣乱。这个不速之客原来是我自己，是童年时代的我，《弃儿弗朗索瓦》使童年时代的我在我身上复活了：这本书呼唤出我这个孩子，只愿意让他的眼睛阅读，只愿意让他的心灵喜爱，也只愿意跟他说话。所以说，我母亲在孔布雷给我朗读到将近天明的这本书，对我来说一直保存着那个夜晚的全部魅力。正如布里肖经常喜欢说的那样，一本书是由"一支灵巧的笔"写成的，我母亲慢慢使她的文学趣味适合我的文学趣味，她以前一直以为乔治·桑的"笔"是一支神笔，而我却不以为然。我无意间像中学生经常玩耍的那样使一支笔摩擦生电，顿时孔布雷的锱铢琐事油然而生，尽管我很久以来没有放在心上，它们鱼贯地出现在磁化的笔尖，像一条长得不见尾的链子，闪烁着颤悠悠的回忆。

某些故弄玄虚的智者以为物件保存着曾经瞧过它的目光的余辉，认为文物和名画呈现在我们眼前时总披着世代无数的崇拜者用喜爱和观赏的目光所编织的薄膜。这种幻想将成为现实，如果他们把它移植到每个人独有的现实领域，移植到每个人自身的感觉领域。是的，在这个意义上，只有在这个意义上（这种意义要大得多），我们从前注视过的东西，当我们重新见到时，用我们曾投入的目光给我们反馈其中包含的一切映象。这是因为，物件，比如一本普通的红皮书，一旦被我们感知，便在我们身上变成某种非物质的东西，如同我们当时的一切忧虑或感觉，并与它们水乳交融。从前书中读到的某个名字在其音节之间包含着当时我们读书的气候：飒飒的金风和明媚的阳光。所以，只限于"描写事物"的文学只不过是一行行、一篇篇可怜的文字，自以为是现实主义的文学其实离现实最远，最使我们变得贫乏和伤心，因为它生硬地切断我们现时的自我与过去和未来的一切沟通：过去的事物保存着本质，而在未来这些事物促使我们再次领会其本质。名副其实的艺术应当表现的正是这种本质，如果失败了，我还可以从失败中吸取教训（而我们从所谓的现实主义的成就中吸收不了任何教益），就是说这种本质有一部分是主观的和不能转让的。

更有甚者，我们在某个时期见到的一件东西，所读的一本书，不只是永远与我们周围的东西相联系，它也忠实地留存在当时的我们的身上，所以它只能为我们当时的感觉、思想、身心所领会所回味；当我从书柜抽出《弃儿弗朗索瓦》，立即在我身心冒出一个孩子占据我的位置，只有他有权读这个书名——"弃儿弗朗索瓦"，像他从前阅读时那样读书名，带着对当时花园里的天气同样的印象，带着对家乡各地和生活同样的梦想，带着对未来同样的焦虑。让我重见过去的一件东西，等于在我身心中涌现一个年轻人。我今天的人只不过是一段被遗弃的生涯，以为过去的生涯所包含的一切都是相同的和单调的，但每个回忆都像天才的雕塑家从中引出无数的塑像。我说，我们重见的每件东西一概如此，比如书籍就包含在这类东西里面：

我们打开书页的方式、翻阅纸张的沙沙声和阅读书中的句子一样，都可以为我们留下鲜明的回忆，有如我当时想象威尼斯的方式和去那里的渴望，至今记忆犹新。甚至对前者的回忆更加鲜明，因为书中的句子有时佶屈聱牙，有如我们面对某人的照片不如我们只思念他更使我们清楚地记起他。当然，我童年时代读的许多书，包括贝戈特写的一些书，等到晚上累的时候才拿出来翻阅，就像每当希望调剂一下便乘火车看一看不同的风物，或者希望领略一番从前的气氛。然而，有时候这种追寻的联想适得其反，导致我一口气地阅读下去。从前冬季的一天，我无法见到吉尔贝特，于是翻阅贝戈特的一本书；这本书在公爵的书房也有，我随手把它打开，上面的题词极尽奉承拍马之能事，我翻来翻去怎么也找不到我从前非常喜欢的句子。某些话使我觉得好像就是那些句子，但又觉得根本不对劲。我当年阅读时曾得到的美感到哪里去了呢？然而，这本书使我想起我阅读的那天爱丽舍田园大街覆盖着白雪，对此我却始终记忆犹新。

为此，如果说我试图成为像德·盖芒特公爵那样的珍本收藏家，我也只是一个独特的收藏家，并不注重版本本身的价值，而像业余爱好者那样想知道某本书所在的书房，想了解它是在怎样的场合赠送的，通过哪个有权势的人送给哪位名人的，又是怎样辗转易手的，这样，对我来说，美的历史价值就不会失去了。但我更乐意不失去我亲身经历的价值，就是说不作为简单的好奇者把我经历的价值挖掘出来；我所注重的往往不是具体的一册书，而是作品本身，比如《弃儿弗朗索瓦》：我在孔布雷自己的小房间第一次凝视这本书，那也许是我一生中最伤心最甜蜜的夜晚，唉，我得到父母的第一次让步，我可以说，从此我的健康和意志开始衰退，对艰巨的任务越来越望而却步，当时神秘的盖芒特家族对我来说还是可望而不可即的，如今恰好在盖芒特夫妇的书房里，在最美好的日子里，重新见到这本书，不仅我从前的思想探索豁然贯通，而且我的生活目的乃至艺术追求也豁然开朗了。至于书籍本身，我以一种灵活的接纳方式对它们产生兴趣。我比较珍视第一版的书，但在我，所谓第一版，是指我首次读到的版本。我寻找原版书，就是说给我留下最初印象的那个版本的书。因为后来重读别的版本所得的印象不算数了。我愿意收集以前的精装小说，就是说我最初读的那个时代的精装本，那些小说让我多次听到我爸爸对我的提醒："身子坐直！"正如我初次见到一个女人穿的套裙，它有助于我重温我当初的恋情，重温我当初注视的美貌，后来对美貌的形象所投入的温情逐渐减退，所以为了重温她最初的美貌，现在的我不是见到她那时的我，必须让位于当时的我，今天我并不知道当时所认识的事物。从这个意义上讲，有一点我非常明白，就是我不会成为一般的珍本收藏家。我非常清楚，藏在脑子里的东西多么像海绵，浸透了许多的水。

　　我如此这般收集的藏书，其价值甚至更大，因为我从前在孔布雷、在威尼斯读过的书，现在通过我的回忆变得丰富多彩了，平添了许多景象：圣伊莱尔，停泊在圣乔治大教堂脚下的威尼斯轻舟，大运河两岸镶嵌着闪闪烁烁的蓝宝石；这些书称得上"有插图的书"，称得上有人像装饰的圣人传，称得上日课经，收藏家从不打开书阅读，但不时翻一翻，以便重新欣赏像富盖一类的好事者所作的插图[1]，而这些插图成了收藏的全部价值。不过，如果打开从前读过的书只是为了寻找还没有装饰的图景，那我认为十分危险，因此从这个意义上讲，有一点我非常明白，就是我不会成为一般的珍本收藏家。我非常清楚，头脑所留下的图像太容易被头脑抹去了。新的图像还不具备使旧的图像复活的能力时就代替旧的图像了。如果我至今仍保留当年母亲从外祖母送我做生日礼物的一堆书中抽出的那本《弃儿弗朗索瓦》，那我根本不去瞧它，因为我非常害怕逐渐插入我现时的印象，从而完全掩盖从前的印象，我非常害怕它会变成现时的一件东西，如果我想让它再一次使在孔布雷小房间辨认书名的孩子复活，那么孩子会感到莫名其妙，根本不理睬呼唤，最后永远被遗忘埋葬。

（选自《盖芒特那边》）

---

1　系指法国画家让·富盖（Jean Fouquet, 1425—1480）所作的《日课经》细密插图。

# 现实只在记忆中形成

梅泽格利兹那边和盖芒特那边对我来说始终是同许多生活小事相关联的，在我们并行不悖的各种生活中，这些小事往往发生在那种最富有波折、最富有插曲的生活中，就是我想说的精神生活中。想必这种精神生活在我们身上不知不觉地演进着：为我们改变了生活意义和面貌的真理，为我们开辟了新道路的真理，我们其实早就开始发现了，不过没有意识到罢了，而对我们来说真理只从我们看清它们的那一天、那一分钟算起。当初在草地上嬉戏的花朵，在太阳下流过的河水，一切环绕真谛显现的景色，至今当人们重温那些真谛时，依然保留其无意识的或不引人注目的风貌；诚然，这些景色当年被一个微不足道的过客、一个想入非非的孩子久久静观时，大自然的那一角、大花园的那一隅未必想到：多亏了他，它们那些昙花一现的特色才得以流传至今，有如一位国王多亏了某个回忆录作者才得以流芳百世；沿着篱笆的山楂花芬芳（尽管很快被大蔷薇花的芬芳接替），花间砾石小路上没有回音的脚步声，河水泛起向一株水草冲击而后很快破裂的水泡，因使我兴奋不已而牢记在心，历经那么多年至今难以忘怀，而周围的道路已经消失，走过那些道路的人们已经去世，对走过那些道路的人的回忆也随之泯灭了。这小片留存至今的景色有时从天地万物中突出地单独显露出来，像爱琴海中一座百花盛开的小岛浮现在我的脑海，漂流不定，我说不清它来自什么国家，来自什么时代，或许干脆来自什么梦境。然而，我想到梅泽格利兹那边和盖芒特那边事出必然，尤其把它们当作我精神土壤的深层矿床和我至今赖以立足的坚实地盘，这是因为当我踏遍那两个地方的时候，我相信那里的人与物，因为在那里所认识的人与物是我至今唯一依然信以为真的，唯一依然满心喜欢的。也许创作的诚意在我身上已经枯竭，也许现实只在记忆中形成，如今我首次看到别人指点的花总觉得不是真花。梅泽格利兹那边的丁香花、山楂花、矢车菊、丽春花，苹果树，盖芒特那边浮游着蝌蚪的河流，河上的睡莲和金盏花，在我心目中，永远是我喜爱生活其间的地域的风貌，在那里我首先要求能够垂钓、划船，观看哥特式堡垒的废墟，像在圣安德烈田园那样能在麦田里找到一座像大麦垛似的金光闪烁的、有乡土气息的、永垂不朽的教堂；矢车菊，山楂花，苹果树，如今我旅行时偶尔在田野里看见，立即与我的心灵沟通，因为它们早已处在我心灵的深处，与我的往事同处在一个层面上。然而因为各处有各处的天地，所以每当我想再看一看盖芒特那边时，如果有人领我到一条河边，河里的睡莲同维沃纳河里的一样美丽甚至更加美丽，我的愿望也不会得到满足；同样，傍晚回家，每当忧虑在我心头油然而生时（尽管后来这种忧虑移入爱情之中，可能永远与爱情形影不离了），我也不会指望有一位比我母亲更美丽更聪明的母亲来向我道晚安。不，为了我能高高兴兴地、安安稳稳地入睡，我需要的是我的母亲，是她向我俯来的面孔，尽管眼睛下方有个什么缺陷，我不在乎，同样喜欢；我不需要什么别的女人，任何情妇都不能使我安息，因为即使我们信赖她们，也还是存有戒心。我们永远得不到她们的心，而我在接受母亲的吻时却得到了母亲的心，完完整整的心，没有任何不可告人的想法，对我没有丝毫杂念。同样，我想重见的是我所熟悉的盖芒特那边，那座同另外两座毗邻的农庄相隔甚远的农庄，位于橡树夹行的林荫道口，还有那些牧场；草地上呈现斑斓的苹果树枝叶阴影，太阳照得草地像池塘似的映着反光；就是这片景色有时夜间进入我的梦境，其独特的个性以近乎神奇的力量紧紧扣住我的心弦，但等我醒来却再也无法复得了。梅泽格利兹那边和盖芒特那边之所以在我心上永远不可分离地留下各不相同的印象，只是因为它们同时让我受到切身体验，以至使我将来面对许多的失望，甚至许多的过失。因为，经常我想重见一个人时，觉察不出这仅仅因为此人使我想起山楂花篱笆；我觉得只要有旅行的欲望便会相信，也使人相信可以重获温情。也正因如此，它们给我留下的印象才与我新近获得的印象相沟通，不仅依然明显存在着，同时还增加了基础，增添了厚度，比别的印象更多了一围幅度。它们也为昔日的印象平添出一种魅力，一种只有我能领略的意蕴。每当夏日黄昏，晴和的天空突然像猛兽似的发出雷鸣，人人抱怨雷雨，我却想起在梅泽格利兹那边独自透过哗啦啦的雨声，心醉神迷地嗅着不见踪影而经久不散的丁香花的芳香。

我经常通宵达旦地想在孔布雷度过的时间，遐想我那些不眠的忧伤的夜晚，遐想晚些时候由一杯茶的滋味儿（在孔布雷人们称之为"香味"）所引起的形象逼真的往事，通过回忆套回忆，遐想我离开这座小城许多年后听说的有关斯万在我出生前的一段爱情，其细节精确无误，因为有时候我们对几个世纪前的古人的生平比对我们最好的朋友的生平更容易得到精确的细节，而获悉挚友的生平细节则似乎是不可能的，正像人们从一座城市向另一座城市传话，如果不知道通过哪种途径扭转这种不可能性，就不可能进行。所有这些递增的回忆堆积成块状，但并非不可分辨，其中有最老的回忆，也有新近的回忆，如某种香水引起的回忆，还有我从别人那里听来的回忆，它们之间即使不算裂痕乃至真正的断层，至少也有诸如某些岩石、某些大理石的花纹或杂色斑驳，从中可以看出不同的起源，不同的年代，不同的"构成"。

黎明来临，我初醒时短暂的迷离早已消散。我知道确实在哪间卧室里，因为我在黎明前的黑暗里已经把围绕我的这间卧室照原样设想过了，或只凭回忆决定方位，或借助于我放在窗帘下的一盏小灯的微光辨方向，我按建筑师和装潢工对窗和门的原始布局完整地设想一遍，配上各式家具，让镜子各得其位，把衣柜放在它通常的位置。然而熹微的晨光，不再是炉火余辉映在窗帷铜杆上的反光（曾被我误认为曙光），在黑暗中画出第一道白线，好似用粉笔画出的改正的白线，顿时，被我错位放入门框里的窗户，连同窗帘一起脱离门框，为了给窗户让出地方，原先被我的记忆乱放在那里的书桌赶紧跑开，推着壁炉向前，拨开与过道分界共有的墙壁。一个小院子占据了片刻前还是厕所所在的地方，我在黑暗中重建的住所，被窗帘上端透进的那道苍白的曙光驱赶得仓皇逃窜，最后落入我醒来时恍惚瞥见的许多住所的漩涡中。

（选自《失而复得的时间》）

# 真正的天堂是失去的天堂

　　我再次不等到达德·盖芒特公爵夫人的家门就下车，却又想起前几天我试图写作时的那种疲惫和烦恼：我曾试图实录在法国一处有名的、美不胜收的原野树丛上空分割光与影的线条。的确，我从中得出思考性的结论如今并不怎么影响我的敏感性。它们依然如故。然而，每当我依附我的习惯，突然不按时出门去一个新地方，我就感到极大的快乐。这种快乐今天在我看来属于一种纯粹无聊的小快乐，比如某个上午去德·盖芒特夫人家。但是，既然我现在知道除了无聊的快乐我什么也得不到，那么我何苦拒绝这种快乐呢？我转而念及，在试图描绘分割光与影的线条时，我虽然感觉不出丝毫的喜悦，但喜悦不是唯一的东西，而是第一次才华的选拔赛。于是我现在试图从我的记忆中引出其他的"快镜照片"，尤其是在威尼斯所摄下的快镜照片，但只要想起快镜这个词我就感到厌烦：记忆仿佛就是照片展览；我觉得没有兴致也没有本能描写于昨天用细心而忧郁的眼光所观察到的事情，更何况现在描写过去看见的事情。一会儿，许多好久不见的朋友大概会要求我不要再离群索居，而跟他们一起打发日子。我没有任何理由拒绝他们，因为我现在有证据说明我什么也干不了，也说明文学不能给我带来任何快乐，抑或是我的过错，因为我太缺天分；抑或是文学的过错，因为它所包含的真实性确实比我们相信的少得多。

我想起贝戈特对我说过的话："您身体不好，但大可不必同情您，因为您享有精神快乐。"他对我的看法大错特错了！没有效果，头脑清醒又有什么快乐呀！我甚至可以说，即使有时我或许获得愉悦（绝非动脑筋的愉悦），我也总是把它献给一个不同的女人，因此，命运即便让我多活一百年，而且活得没灾没病的，那么只是把一种存在逐渐加长延伸罢了，看不出不断加长有什么益处，更不用说长久地延续下去了。所谓"动脑筋的快乐"，是指冷静地察看，用我敏锐的眼光或准确的推理来察看而没有丝毫的愉悦，并且没有任何结果，难道这还称得上什么"快乐"吗？

然而，有时候正当我们觉得一切都完了，突然有个什么东西提醒我们，使我们得救了；这好比挨门敲遍了也不对头，只有一扇门可以进去，弄不好寻找一百年也白搭，但有时无意地乱闯一下，大门豁然洞开。

我一边在脑子里转悠着片刻前所说的那些令人发愁的

想法，一边踏进盖芒特公馆的大院，由于心不在焉，我没有看见一辆汽车开过来；听到司机的吆喝，我赶紧躲闪一旁，后退时脚跟不小心在相当粗糙的铺路石上绊了一下，后面正好又是车库。等我站稳，一只脚踩在一块较凹的方石上，顿时我心中转悲为喜：在我一生各个不同的时期都发生过这类破颜一笑的事情，诸如看到以为是在巴尔贝克附近乘车兜风时见到的树木，看到马丁维尔的钟楼，尝到在椴花茶里浸泡过的玛德莱娜小蛋糕，等等，这种种感觉我已经谈过，还有万特伊的晚期作品使我产生的综合性感觉。有如我品尝玛德莱娜小蛋糕时，对未来的一切忧虑，任何精神上的怀疑，顿时烟消云散。刚才因我文学天分的真实性乃至文学的真实性而产生的忧虑和怀疑困扰着我，现在这种忧虑和怀疑神奇地消失了。

我没有做出任何新的推理，没有找到任何决定性的论据，但刚才还是难以解决的困难，现在已经不在话下了。这次我下定决心不再迁就自己被蒙在鼓里，就像我品尝在椴花茶里浸泡过的玛德莱娜小蛋糕那天我的所作所为。我刚才感受到的喜悦确确实实跟我吃玛德莱娜小蛋糕时的喜悦一模一样，不过那时我没有探究其深刻的原因。两者之间纯粹有形的区别在于展现的形象；我眼前仿佛呈现一片深幽的蔚蓝色，顿时感到清新明亮、心旷神怡，我正想把所有这些感觉抓住，但又不敢动弹，直到我竭力把当年品尝玛德莱娜小蛋糕的感觉回味透彻，我宁愿让周围一大群司机笑话，也要保持刚才蹒跚的身姿：一只脚踩在那块较高的方石上，另一只脚踩在较低的方石上。每当我仅仅有意识地跨出同样的步子，这对我毫无用处；但我在忘记那天上午在盖芒特家发生的事的情况下，一旦能够重新获得绊脚时的感受，我眼前便再次浮现奇妙而模糊的景象，仿佛在引诱我说："你如果有力气就顺便抓住我，努力解开我给你带来的幸福之谜。"我几乎立即认出眼前的景象，那就是威尼斯，而我记忆里储存的所谓快镜照片和我想描绘这个景象的努力均没有给我任何提示，但我从前在圣马可洗礼小教堂的两块高低不平的石板上所产生的感觉油然重现，同我这天其他种种感觉融合在一起。所谓其他种种感觉，其实都各就其位地潜藏着，只是一个偶然的机会突然强行使它们显现出来，从而再现一连串已被遗忘的时日。有如玛德莱娜小蛋糕使我想起孔布雷。那么为什么孔布雷的景象和威尼斯的景象在不同的时刻给我带来如此大的快乐？这种快乐等于一种自信，不需要其他证明便足以使我对死亡漠然置之。

　　我一边寻根究底和决心当天找到答案，一边踏入盖芒特公馆，因为我们总是首先考虑我们所扮演的表面角色，然后考虑我们要解开的内心难题，而那天我的表面角色是宾客。当我到达二层楼上，一名总管请我先到与小餐厅毗连的小书房稍候片刻，直到乐曲演奏完毕，因为公爵夫人禁止在演奏时开门，然而就在那个时候，出现第二次提醒，加强了两块高低不平的方石使我产生的感受，激励我进一步解开我的那个谜。原来，一个仆人蹑手蹑脚，竭力不发出声音，结果弄巧成拙，反而把羹匙和盘子碰击得乒乓作响。我突然产生与高低不平的石板给我的同样的喜悦，两种感觉虽然都是热乎乎的，但内容却完全不同：听见碰击的响声产生的热乎感掺杂着火车头的烟味和森林发出的凉气；我承认使我感到心旷神怡的正是我曾经不屑观察和描绘的那排树木，当时我坐在车厢里，打开一小瓶啤酒，火车停在一片小树林前面，车站的一名职工正用榔头敲打车轮做检查，而刚才我在惊愕中一时觉得羹匙碰击盘子的声音使我仿佛又听见榔头敲打车轮的响声。那天，种种征兆频频出现，仿佛硬要把我从垂头丧气中援救出来，使我恢复对文学的信仰：一名为德·盖芒特公爵效劳已久的总管认出我后特地给我送来一盆花式糕点和一杯橘子汁，免得我去小餐厅。我用他递给我的餐巾擦了擦嘴，突然我像《一千零一夜》中的人物，无意之间完成了使灵异显现的仪式，只有他看得见一个百依百顺的神魔准备把他送往远方[1]，而我的眼前再一次出现一片蔚蓝色，但纯蓝中隐现食

---

[1] 参见《一千零一夜》中的《阿拉丁神灯》。

盐的白色，鼓鼓的，像一对对乳房，蓝中隐素的乳房；印象之深刻，当时的情景恰似此时此刻产生；更有甚者，我迷迷糊糊，弄不清是否真的受到德·盖芒特公爵大人的接待，抑或顷刻间将天崩地裂，我恍惚看见仆人刚把面向海滩的窗打开，一切在吸引我下去沿着防潮堤散步；我接过擦嘴的餐巾恰恰是我第一天到达巴尔贝克时所用的那种上过浆的硬餐巾，当时我站在窗口，擦嘴的餐巾叫人好难受；如今我站在盖芒特公馆的书柜前打开餐巾，仿佛从餐巾的毛边和褶皱中看见孔雀开屏似的大海，碧波粼粼，绿莹莹蓝晶晶。这些色彩不仅让我赏心悦目，而且一时间整个生命都被牵动了，大概是渴望已久的缘故吧？而当时在巴尔贝克由于感到疲劳或忧伤我没有享受到，但现在外部感觉的不完善之处被排除了，一切变得纯粹而超脱，我感到满心喜悦。

正在演奏的乐曲随时可能结束，我就得步入客厅。所以我竭力尽快看清刚才在几分钟内连续三次感受到的相同愉悦的性质，然后弄清我该吸取什么教益。我一直在探究两种印象的不同之处：一种是我们对事物的真正印象，另一种则是我们对事物的虚假印象，而我们往往有意对虚假的印象津津乐道。我清楚记得斯万在谈起从前被人爱慕的日子时是多么不在乎，因为他想到另外的事情，但万特伊的小乐句却突然勾起他心头的痛苦，这倒使他想起那些日子，正如他从前所感受到的那样。我十分明白，石板的高低不平之感、硬撅撅之不适、玛德莱娜小蛋糕之美味在我身上唤起的东西与我经常竭力回忆威尼斯、巴尔贝克、孔布雷所得到的东西毫不相干，因为后者借助于单一不变的回忆。我知道生活很可能被认为是平庸的，尽管在某些时候显得很美丽，因为人们根据与生活全然不同的东西来判断生活，根据与生活无关的形象来判断生活，从而贬损了生活。我最多附带加以说明，任何真实的印象之间存在着差异，这说明千篇一律描绘出来的生活是不可能像生活的，印象间的差异可能出自我们在某个时期所说的无足轻重的话，出于我们所做的微不足道的举动，而这个举动却得到众人的关心，因为它反映了逻辑上与它没有关联的事情，这些事情又被与它们没有关联的智者出于推理的需要分开加以考虑。比如庄园饭店布满花草的墙上折射着玫瑰红的晚霞，又如饥饿的感觉，再如女人的欲望，再如豪华的愉悦，还有早晨蓝色的涡形浪花裹着乐句款款行进，好似水中仙子微露的肩膀鳞次而行，乐声随之部分地传出水面；最简单的一举一动都被包裹着，有如千千万万封闭的器皿中每一个都装满颜色、气味、温度完全不同的东西，还不算堆积在岁月各种不同高度上的器皿，而且我们随着岁月的增高不断起着变化，哪怕只是思想和梦想的变化，这些纵向积存的器皿使我们感到具有特别不同的氛围。确实，这些变化我们在不知不觉中完成，不过，在突然重现的记忆和我们目前的状况之间，同样在不同年代、地点、钟点的两种记忆之间，距离大得足以使它们不可比拟，即便不算各自的特殊性。是的，即使由于遗忘，记忆在它和现时之间无法建立联系、套上链环，即使记忆待在原来的位置和原来的日期，即使它保持着距离，独自滞留在山坳里或山顶上，我也顿时感到呼吸了新鲜空气，恰恰因为这正是从前呼吸到的空气，这种空气比诗人们妄图使之笼罩天堂的空气更为纯净，只有这种曾被呼吸过的空气才会使人产生耳目一新之感，因为真正的天堂是人们失去的天堂。

（选自《失而复得的时间》）

# 过去与现在偶然重叠

偶尔我发现，虽然我还没有自觉下定决心，却无意中准备着从事艺术创作，尽管存在极大的困难。因为我要描绘一幅接一幅的画面必须使用几乎不同的材料，完全不同于用来描绘回忆海边的早晨或威尼斯的下午的材料，如果我想描绘里夫贝尔的傍晚，那时在窗户开向花园的餐厅里热气开始消散、降低、沉淀；最后一抹晚霞还在庄园饭店的墙上泛着玫瑰红，天边白天最后一批水彩画仍明显可见，其材料是独特的，崭新的，特别透明的，特别具有传声性能的，密集的，清晰而泛玫瑰红的。

我很快出神入定，但更急切希望找到这种喜悦的原因，找到这种喜悦浩然君临的原因，而以前这种探究一直被延误了。这种原因被猜到了，当我比较上述各种不同的、非常巧合的印象时，我无论在现时还是在久远的某时同样感觉到它们有着共同的东西，诸如羹匙碰击盘子的声响，石板的高低不平，玛德莱娜小蛋糕的滋味，直到把过去与现在重叠起来，甚至弄得分不清我处在过去还是现在，确实，我身上愉悦的感受在现时和过去的某一天是相同的，这种感受超乎时间，在现时和过去某个同一的状态下才出现，我的身子处在某个唯一的生存环境，享受着事物的本质，就是说与时间无关。这说明我在无意识地辨认出玛德莱娜小蛋糕时我对死亡的焦虑消失了，因为那一片刻我所处的状态是一种超时间的状态，故而把未来的兴败置于脑后。只有把握事物的本质才有这样的状态，但想象力如果不发挥作用，那就不可能抓住本质，事物的含义也不可能为我们提供本质，我们努力争取的未来总不让我们得到事物的本质。只有在不谋求什么的时候，只有在不考虑眼前的快乐的时候，这种状态才会在我身上明显地表现出来，此时奇迹般的相仿使我从现时金蝉脱壳。只有这样的奇迹才能使我重温过去的时日，使我复得失去的时间，而我凭有意识的回忆和开动脑筋却总是失败。

或许，刚才我之所以觉得贝戈特对精神生活的快乐的说法不对，是因为我当时管"精神生活"叫逻辑推理，而逻辑推理与精神生活并不相干，与我身上此时的感受也不相干，正如我可能觉得人世生活无聊得很，因为我是根据不符合实情的记忆进行判断的，而我现在觉得人世生活非常有意思，正因为过去某个符合实情的时刻在我身上重现了。

难道只是过去的一个时刻吗？也许它涵盖的内容要丰富得多，过去和现在共有的东西比两者之总和要丰富得多。

在我的一生中，现实许多次使我失望，因为当我感知现实的时候，我的想象力作为唯一享受美的官能不能与现实吻合，这是必然的规律；人们只能想象不在眼前的事情。然而，这种无情的规律突然丧失效应，暂时中止效应，取而代之的是一种美妙而自然的感受，非常有诱惑力，比如餐叉和榔头的声音，甚至书籍的标题，等等。这种感受同时在过去和现在显现，我借助想象力体会过去的印象，而凭借现时因声响、因通过接触餐巾而产生的器官实际震动又为朦胧的想象力增添通常所缺乏的存在意识；多亏这一招，我身上获得、分离、固定从来没有体验过的感受，即快如闪电的一点点纯粹状态的时间。这种状态的感受在我身上再现时，我有一种令人战栗的快乐，仿佛同时听到羹匙碰击盘子和榔头敲打铁车轮的声音，仿佛同时踩着盖芒特大院和圣马可洗礼小教堂庭院高低不平的石板，等等。这种状态的感受只能靠事物的本质来维持，唯有本质才给予它养料，给它带来乐趣。它在对现时的观察中由于感官不能给它提供养料而萎靡，在对过去的反思中智力使它枯槁，在对未来的等待中意志用现时和过去的片断来构思，但从片断的现实中只抽取适合于实用目标的东西，狭隘的人情目标的东西，而这个目标是由意志来指定的。然而，一个已经听到过的声音，或一阵从前闻到过的气味，仿佛同时在现时和过去再现，显得真实的而非实际的，理想的而非抽象的,这样,事物永久性的、通常隐伏的本质立即脱颖而出,而我们真正的自我,有时好像死亡已久又没有完全死亡,此时苏醒了,由于获得神奇的养料而生气勃勃。摆脱时序的一分钟在我们身上重新塑造了摆脱时序的人。这样的人,不难理解他充满信心,喜形于色,即使仅仅玛德莱娜小蛋糕在逻辑上似乎不能包含这种喜悦的依据,也不难理解"死亡"一词对他已失去意义——当他置身于时间之外,难道他还担心未来吗?

然而,这只是一种假象,即把与现时不相容的过去的一个片刻抛在我身边,但假象维持不久。诚然,我们可以用有意识的回忆延续景象,因为有意识的回忆不比翻阅一本画册更使我们费劲。比如从前在巴黎,我正要第一次去德·盖芒特公爵夫人家的那天,从我们家阳光明媚的大院懒洋洋地眺望,迷蒙中可见的景色任我挑选,时而孔布雷的教堂,时而巴尔贝克的海滩,仿佛我点亮了日光,像浏览水彩画册似的,照亮我曾经待过的不同地方,我像一个独享乐趣的收藏家,把记忆中的插图加以分类编目,心想:"不管怎么说,我一生中见到了许多美丽的东西。"我的记忆大概可以确认各种不同的感觉,但只能在它们之间组合同质的成分。而我上述三种回忆的情况就不相同了,非但没有使我产生自我欣赏的念头,反倒让我怀疑现时的现实。同样,我把玛德莱娜小蛋糕泡入热腾腾的椴花茶那天,我身处的地方，无论像那天在巴黎我的房间，还是像今天，此时，在德·盖芒特公爵的书房，或早些时候，在他公馆的大院，我身上产生一种感觉（浸泡过的蛋糕的滋味，金属的声响，脚绊的知觉），同时在我身子四周小范围内辐射，这种感觉在我当时待的地方是如此，在另外一个地方也是如此，诸如在我姨妈奥克塔夫的房间，在火车的车厢，在圣马可洗礼小教堂。正当我这样前思后想的时候，一条水管发出的刺耳声非常像夏天在巴尔贝克远处海面晚间游船有时鸣响的长而尖的笛声，我感到很熟悉，我已经有过一次这样的感觉，那是在巴黎的一家大餐馆，看见一间豪华的餐厅一半空无客人，夏季装饰，天气炎热，正如我在巴尔贝克傍晚前的那种感觉，餐厅里所有的桌子都铺上桌布，放上银器餐具，落地门窗向海堤敞开着，窗门之间没有一处障眼的地方，连一块玻璃或石头的"实部"都没有。当时太阳慢慢降落海面，游船开始鸣笛，想去会合在海堤上散步的阿尔贝蒂娜和她的女友们，我只需抬脚跨过木制窗门框就行：人们把成排的窗玻璃全卸下来，以使大厅通风。但我曾经爱恋阿尔贝蒂娜所留下的痛苦回忆却没有掺入上述感觉。只有对死者才会产生痛苦的回忆。而死者自行迅速消隐，在他们的坟墓四周只剩下美丽的大自然、寂静和纯净的空气。水管的声响使我产生的感受并不是过去有过的那种感觉的重复，甚至连一个回声都不是，而恰恰是那种感觉的本身。在这种情况下，正如上述的各种情况那样，共同的感觉竭力在其周围重建以前的地点，但现时占位的地点却全力抵制把诺曼底的一块海滩或把铁路的一处路轨迁移到巴黎的一家公馆。巴尔贝克海边餐厅的缎纹桌布就像用来迎候夕阳西下的祭台布，这个景象仿佛要动摇盖芒特公馆的牢固性，仿佛硬要闯入盖芒特公馆的大门，一时间仿佛驱动一张张长沙发围着我摇晃，就像那天驱动巴黎餐厅一张张餐桌那样。在这些复活中，围绕同一感觉所产生的远方的地点总像个摔跤家在一瞬间与目前的地点交手。胜者总是目前的地点，而我觉得败者最为美妙，以至我忘情地踩在高低不平的方石上一动不动，就像我对着椴花茶杯出神入定，竭力在它出现的时刻抓住它，在它从我身上溜走时使它重现：孔布雷、威尼斯、巴尔贝克无不时时侵袭我，时而从我身上溜走，然后把我抛入那些与过去息息相通的新环境。如果目前的地点不马上占上风，我想我会失去知觉，因为这些复活的过去在它们出现的那一霎，是那样的完全，使我们目不暇接，来不及放下它们闯入的房间不看，而去看路旁种树的车道或海边涨潮。它们强迫我们的鼻孔去呼吸远方的空气，强迫我们的意愿去选择不同的计划：我们整个身心仿佛被远处的地点团团围住或者至少在远处的地点和目前的地点之间徘徊，昏昏然忘乎所以，如同有时入睡前恍惚看见妙不可言的景象时的感觉。

因此，我身上刚才体会到三四次复活的东西，也许正是不受时间束缚的一些生活片断，但这种出神入定，尽管有永恒性，却是短暂的。然而，我觉得它给我带来的愉悦，尽管在我一生中十分少见，却是唯一有繁殖力的，唯一真实的。其他事情不真实的迹象比比皆是，或者在它们不可能使我们满足的时候，比如上流社会的寻欢作乐充其量能引起对消化不良的食物的反感，又如为了假模假式的友谊，艺术家出于某些道义的原因不得不放弃一个小时的工作去跟一个朋友做一个小时的谈话，心里明白他正在为某种不存在的东西牺牲一种现实存在的东西：所谓友谊，只不过是我们一生中的痴情，我们乐此不疲，可也清醒地意识到我们犯了疯子的错误，以为家具是有灵有性的，可以跟它们聊天；或者在它们使我们伤心的时候，比如我被介绍给阿尔贝蒂娜的那天，我没费吹灰之力便有所收获（认识她这位姑娘），但只是因为我得到了她才为她的矮小而伤心，难道不正是这样吗？甚至对一种比较深厚的愉悦也是如此，比如我爱恋阿尔贝蒂娜时所感受到的愉悦实际上是从反面觉察到的，即每当她不在的时候我便焦虑不安，因为每当我肯定她即将到来，例如她从特罗卡德罗回来的那天，我只感到一阵惆怅，而当我听见刀叉声或尝到椴花茶，我便仿佛在我的房间里看见莱奥妮姑妈的房间，接着扩及整个孔布雷以及它的两边，随着体会加深，我的喜悦越来越浓厚，情绪越来越亢奋。所以这种对事物本质的注视，我现在下决心抓住不放，把它固定下来。但怎么办？通过什么手段？大概，当硬撅撅的餐巾使我想起巴尔贝克时，一时间我的想象力不仅触及像那天早晨的大海景色，还包括房间的气味、风的速度、吃早饭的欲望、对多种步道选择的困惑，这一切与碰到餐巾时的感觉联系在一起，就像天使们一千只翅膀准时地转了一千圈。大概，当两块高低不平的方石引出我脑中已经枯槁和淡薄的威尼斯和圣马可印象，顿时这些印象从我的各种感觉伸展到四面八方，衔接广场和教堂，衔接码头和广场，衔接运河和码头，衔接触目所及的一切，想望的世界只印在脑子里，而我却真想去游览一番。即使，由于季节原因，去不了威尼斯，再度在春天的水上漫游。至少再去一趟巴尔贝克。但我一刻也没有坚持要去。不仅我知道，地方并不像它们的名字所描绘的那样，只有在我熟睡做梦时眼前才展现一个纯粹的地点，完全不同于人们一般看得见摸得着的东西，但在我主观想象时它也是普普通通的。而且我还知道，甚至有关另一种印象，即记忆中的印象，比如巴尔贝克的美景，当我在巴尔贝克时，我却感觉不到，即使是印在我脑子的美景，即记忆中的美景，等到我第二次再去时，又不一样了。我这方面的体验太多了，内心深处的东西在现实中根本不可能碰到；在圣马可广场不比我第二次去巴尔贝克旅行或返回唐松维尔看望吉尔贝特更使我复得失去的时间，旅行只能使我再一次幻想以前的印象存于我的身外，例如存于某个广场的角落，所以旅行算不上我要寻找的手段。况且，我不愿再次上当受骗，因为对我来说问题在于最后弄清楚是否真的可能碰到我认为不可实现的东西。无论面对地方还是面对人物，我总感到失望，尽管有一次举办万特伊专题音乐会的房间好像是个例外。我不想再走这条路子，很久以来我就知道这条路子走不通。像我试图固定的那些印象只在一种直接触发的喜悦的影响下才会消失，因为这种喜悦无法使它们直接产生。为进一步体会那些印象，唯一的办法是尽可能完全地认识它们，在它们所处的地方，即在我的心里，尽可能使它们鲜明，彻里彻外鲜明。我在巴尔贝克无法领略愉悦，与阿尔贝蒂娜生活在一起也好不了多少，我的愉悦只在事后才觉察得到。我把一生中所经历的失望回顾了一下，种种失望使我相信生活的真实不在于行动，而在别处，对失望的回顾不会使大小不同的失望顺着我生命的历程纯偶然地更加接近。我深感，对旅行的失望和对爱情的失望虽然并非不同的失望，但外表确实各异：在实际行动中获得和在物质享受中获得的东西，我们无法使其表现形式达到一致。重温或因羹匙声或因玛德莱娜小蛋糕的滋味而引起那种超乎时间的喜悦，我不禁心想："斯万在艺术创作上不得志，在爱情上又失意，而听到奏鸣曲那个小乐句却满怀喜悦，难道阴差阳错了吗？后来七重奏那红色而神秘的召唤使我预感到这种喜悦，其神奇的程度超过奏鸣曲小乐句，可惜斯万未能享受到，他已去世了，像许多死者那样，在他们身后真理才显示出来，是这样的吧？况且，奏鸣曲那个小乐句对斯万毫无用处，因为乐句可能很好地象征一种号唤，但并不产生力量，也不会使斯万变成作家，他原本就不是作家嘛。"

然而，片刻之后，即在对回忆的复现进行一番思考之后，我觉察到一些隐蔽的印象有时以另一种方式求助于我的思维，在孔布雷的盖芒特那边已发生过，就像模糊的回忆那样，但它们隐蔽的不是某种以前的感觉，而是遮掩一种新的实情，遮掩一种可贵的印象：我正试图通过某种类似人们努力回忆什么事时所做的努力来发掘这种印象，好像我们最美好的想法如乐曲似的不用听过就在我们的脑际萦回，我们只需努力凝听和誊写。我高兴地回想起早在孔布雷就专心致志在我脑子里树立的某个图景，迫使我正视它，诸如一片云彩、一个三角、一座钟楼、一朵鲜花、一块砾石，似乎这些都是征象，我应当在其背后竭力发现某些新鲜玩意儿，它们就像象形文字，人们以为只表示具体的实物，其实表达一种思想，而我应当找出这一思想。或许这类"看谱即唱"难以办到，但唯有它才揭示几分真情实感。因为，智力在光天化日之下直接捕捉到的真实是相当肤浅的，不那么必需的，相比之下，生活强加给我们的真实则较为深刻，较为必需，并通过我们的感官化为具体的印象，我们再把印象提炼成思想。总之，不管在哪种情况下，无论是马丁维尔钟楼的景象给予我的印象，还是两块高低不平的台阶石板或玛德莱娜小蛋糕的滋味给我留下的模糊回忆，都必须尽力像解释征象似的解释感觉，尽量运用规律和概念加以解释，同时努力思考，就是说努力把我感觉到的东西从半明半暗的状态解脱出来，把它转化为精神上相当的东西。然而，这种在我看来唯一可行的手段，是否就是创造一种艺术作品呢？我的脑子里已经充满了结论，因为无论是刀叉声或蛋糕滋味之类的模糊回忆，还是在我脑子里凭借图像写下的真情实况，我试图弄清其意义，但钟楼也罢，野草也罢，这些东西像天书一样复杂难懂，尽管像百花那般美丽，其首要特点是我不能自由选择它们，它们在强加于我。我觉得它们真实得咄咄逼人。我没有去寻找院子里绊我脚的两块高低不平的方石。但恰恰同一感觉相碰那种偶然的、不可避免的方式使过去的真实复活，引起我们联想，因为我们感觉得到这种方式的力量，使我们心明眼亮，感到复得真实的快乐。它同时真实地揭示过去一系列印象，其光与影、凸与凹、忆及与遗忘的比例相得益彰，这是有意识的回忆或观察所得不到的。

（选自《失而复得的时间》）

## 艺术是最为真实的东西

　　我的注意力在探索潜意识时所打开的书似乎充满显露的征象，它像个潜水员进去寻找，在里面碰撞一阵之后，绕道而行。至于阅读内心充满隐秘征象的书，那连注意力都帮不了忙，这种阅读是一种创作活动，谁都无法代替我们，甚至无法跟我们合作。所以有多少人避实击虚，不去写它呀！为了避开它，人们无所不用其极！每一个事件，无论是德雷福斯事件还是战争，总能给作家提供种种借口，不去辨读那本书，作家们情愿确保正义的胜利，重振民族统一的道德，而无暇顾及文学。但这毕竟是借口，因为他们没有或不再有才华了，就是说缺乏本能了。因为本能迫使接受义务，而才智为逃避义务提供借口。然而借口在艺术中没有地位，主观意愿不足为训，任何时候艺术都应当服从自己的本能，所以艺术是最为真实的东西，最严肃的生活学派，真正的最后审判。这本最难辨读的书也是唯一强迫我们接受现实的书，唯一让现实在我们身上打上"烙印"的书。生活在我们身上留下有形的印记，即生活给我们留下印象的痕迹，不管带着何种意蕴，毕竟是生活必定的真实的证明。由纯才智产生的意念只含一种逻辑的真实，一种可能存在的真实，其选择是随意的。用形象符号而不用文字写的书才是我们的书。并非我们产生的意念在逻辑上不正确，而是我们不知道这些意念是否真实。唯有印象是选拔真实的赛马，不管印象这匹赛马如何瘦弱，不管它留下的踪迹如何难以觉察，正因如此，唯有印象才值得头脑去领会：如果我们的头脑善于使真实从印象中脱颖而出，那么唯有印象才能把真实引到尽善尽美，进而为我们带来纯粹的喜悦。印象对作家来讲就像实验对学者那么重要，其区别在于学者的智力劳动在先，而作家的智力劳动在后。我们没必要通过个人的努力去辨认去廓清不属于我们的东西。只有我们从自己身心的暗处挖掘出来的并不为人所知的东西才是我们自己的。

一束斜照的夕阳光芒顿时使我想起我从未想过的时刻，那是在我幼年，由于莱奥妮姑妈发高烧，佩斯皮埃大夫担心她得了伤寒，家人让我搬到教堂广场的一间女用人欧拉莉的小房间住一个星期，房间里只有铺在地上的一张草编褥子，窗户上挂着竹布帘子，总有阳光在窗帘上闪烁，让我很不习惯。回想起从前的女用人的这间小房间，顿时我过去的生活平添了广度，是那样与其余部分不相同，那样令人回味，相形之下，我一生中在最豪华的公馆举办的最阔绰的聚会给我留下的印象都显得黯然失色了。在欧拉莉的房间里唯一有点使人不快的事是夜间传来火车尖利的滚动声，因为那边附近有一座高架铁路。但由于我知道这种牛叫似的响声出自有规律的机械运行，所以我并不感到害怕，有如史前时代人们不会因为附近有毛象在自由而无规律地出没时发出的吼叫声而心惊胆战。

这样，我便得出以下结论：在艺术作品面前，我们没有丝毫的自由，我们不能随意制造艺术作品，但艺术作品寓于我们的身心，我们应当去发现它，因为它是隐蔽而必然的，同时我们要把它当作自然规律来对待。艺术使我们得到的这个发现其实是我们最为珍贵的发现，通常我们根本不知道我们有如此珍贵的东西，这是我们真正的生活，也正是我们所感受的那种现实，与我们主观认为的现实截然不同，所以当我们偶然得到真实的回忆时，我们满怀喜悦。难道不正是这样的吗？我也为所谓的现实主义艺术的假象迷惑过，这样的艺术不显得太虚假，如果我们在生活中不习惯把感受到的东西以一种与其截然不同的词汇表达出来，不用多久我们便把它当作现实本身了。我觉得再也没有必要受五花八门的文学理论的束缚了，它们曾经使我动摇过，尤其在德雷福斯事件中批评界所主张的那些理论，后来在战争中又重新冒出来，其倾向是"让艺术家走出象牙之塔"，探讨非浮浅琐碎的、非多愁善感的主题，要描绘伟大的工人运动，不要描写芸芸众生，至少不要描写无足轻重的游手好闲者（"我承认描写那些无用之辈不大引得起我的兴趣"，布洛克[1]曾经说过），而要描写高贵的知识分子，或者描写英雄。

况且，那些理论甚至在讨论它们的逻辑内容以前，在我看来，就已经表明主张那些理论的人是低能之辈，有如一个真正有教养的孩子，当他被带到别人家吃饭时听到人家说"我们什么都承认，我们是坦率的"，他会觉得此话表明品德不高尚，等于什么也没说，不如无条件做件好事。真正的艺术无须大肆鼓噪，那是在静悄悄中完成的。况且，鼓吹那些理论的人尽用些套语熟语，非常像他们痛斥的笨蛋们所说的话。也许对智力和精神劳动的好坏人们倾向于从语言的质量来判断，而不大从美学的角度来判断。反过来看这种语言的质量，甚至为了研究性格的规律，人们也同样可以从一个严肃的人或一个轻浮的人着手，正如一个解剖实验室助手同样可以在一个笨蛋的躯体或一个天才的躯体上研究解剖的规律；无论伟大的精神规律还是血液循环的规律或是肾排泄的规律，在智力不同的个体身上没有什么区别，所以理论家们以为可以不顾语言的质量，而欣赏这些理论家的人很容易相信语言质量并不证明具有

---

1 让-里沙尔·布洛克（1884—1947），法国作家，主张遵命文学理论，从事遵命文学创作。

才华，而为了识别才华，他们又需要才华溢于言表，所以他们不善于从一个形象归纳出美来。由此产生赤裸裸的诱惑，引导作家写带有才华的作品。这是极其不诚实的行为。一部带有理论观点的艺术作品好比一个印着价格标记的物件。价格标记只表明一种价值，相反在文学上，逻辑推理减弱文学价值。每当我们没有本事强制自己用语言把一个印象从头到尾逐渐演变直至固定下来，我们便进行推理，就是信口开河。

现在我懂得，需要表现的现实并非寓于主体的表象，而寓于与表象无关的深层，正如羹匙碰击盘子的声响和上了浆的餐巾的硬邦邦所象征的那样，这些对于重振我的精神比人道主义的、爱国主义的、国际主义的、形而上的谈话更为珍贵。我听见有人说："不要风格，不要文学，只要生活。"人们可以联想到德·诺布瓦先生攻击"吹长笛者"那些简单的论点自大战以来是多么吃香。所有没有艺术感的人，就是说不能反映内心现实的人，都能够漫无边际地议论一番。只要他们参与当前的"现实"，尤其是外交家或金融家，他们乐于认为文学是智慧的游戏，注定在将来逐渐被淘汰。有些人期望小说像过电影似的把事情一一排列出来。这种观念是荒谬的。实际上，我们的感知要比电影镜头的排列深远得多。

（选自《失而复得的时间》）

# 一个小时并不是一个小时

　　"人民艺术"的观念如同爱国艺术的观念，即使不危险，在我看来也很荒谬。如果说为了使艺术让人民接受而牺牲精益求精的形式，即所谓"适合于游手好闲者"的形式，那么所谓上流社会人士我见得多了，其实真正没有文学知识的是他们，而不是电气工人。在这一点上，所谓人民艺术的形式是为赛马俱乐部的成员创造的，而不是为法国总工会创造的；至于主题，人民小说同样使老百姓厌倦，就像专门为小孩写的书使小孩感到乏味。人们读书是为了调剂精神，工人对王子感到好奇不亚于王子对工人感到好奇。战争一开始，巴雷斯先生就主张艺术家（像提香那样）应当首先为祖国的荣誉服务。但只能作为艺术家，为祖国的荣誉服务，就是说是有条件的，只有当他研究了艺术的规律，确定了艺术经验，有所发现，像科学发现那般精美，只应当考虑摆在他面前的真实，而不应当考虑别的什么，哪怕是祖国。有些革命者出于"公民责任感"蔑视华托和拉图尔，恨不得毁掉他们的画作。其实这两位画家比大革命所有的画家更使法兰西增光添彩哩。解剖也许不是心慈的手所要选择的事情。不是贤德的心促使绍德洛·德·拉克洛（尽管他德行高卓）创作《危险的私情》，也不是对小资产阶级或大资产阶级的兴趣促使福楼拜选择《包法利夫人》和《情感教育》的主题。有人说急促的时代的艺术是短暂的，就像战前有人预言战争是短促的。这么说，火车虽然使人无法静观，但惋惜驿车的时代是徒劳的，现在汽车照样完成驿车的功能，同样把旅行者送到被废弃的教堂观光。

　　生活中的一个景象其实给我们带来多种的和不同的感受。例如，看到一本曾经读过的书的封面，书名的字母使人联想起久远的夏夜的月光。早晨牛奶咖啡的味道使我隐约希望有个好天气，从前我们喝咖啡用的是白瓷碗，上面有波状皱褶，颜色白得像凝结的牛奶，每当完整无损的一天刚刚露头，好天气在朦胧的黎明中便向我们微笑了。一个小时并不是一个小时，它还恰似盛着芬芳、声响、计划和气候的花瓶。我们所称的现实是同时萦绕于我们的感觉和记忆之间的某种关系，这种关系，一个简单的电影图像就把它破坏掉了，因为它自以为抓住了真实，其实距离真实更远了；这是一种独一无二的真实，作家应当找到它，从而用词句把两者不同的关系永远连接在一起。在描写中，我们可择取两个不同的事物，确定它们的关系，这种关系在艺术世界中类似于科学世界中那种因果法则唯一的关系，并把它们置于具有优美风格的连环语句中。这样，就像在生活中使两种具有共同本质的感受接近，从中抽取它们的本质，同时用隐喻把它们连接起来，以便使它们摆脱时间的偶然缠绕。从这个观点来看，自然本身不是把我置于艺术的道路上吗？难道自然本身不正是艺术的开端吗？自然使我从另一个事物认识（往往在很久之后认识）一个事物的美，比如从钟声意识到孔布雷的中午，从热水汀的水声意识到东锡埃尔的早晨，难道不是这样吗？事物之间的关系可能并没有多大的意思，事物也可能微不足道，风格也可能很不高明，但如果没有这些，就什么也没有了。

更有甚者，如果现实是经验多余的东西，而且对每个人来说几乎都是相同的，好比我们说，天气恶劣，一场战争，一个出租车站，一家灯火辉煌的餐馆，一座鲜花盛开的花园，那么人人都知道我们想说什么；如果现实就是这些，那么用电影胶卷把它们拍下来大概就足够了，那么脱离事物简单素材的"风格"和"文学"便是画蛇添足了。但难道现实就是这个意思吗？我力求弄明白当一件事情给我们留下某种印象时，究竟发生了什么。比如那天我经过维沃纳河桥时一片云彩倒映在水上的阴影使我高兴得跳起来高喊："见鬼！"或者我听到念贝戈特作品中的一句话，我从自己的印象出发说出一句对他并不特别合适的话："这很精彩！"或者有一次布洛克对某个不像话的举动很恼火，突然说出对如此庸俗的行为完全不合适的话："他这么干，我觉得未免太神——神——神奇了！"或者那天晚上我对受到盖芒特夫妇殷勤的款待十分得意，加上他们的美酒使我微有醉意，在独自离开他们时我情不自禁地悄声说："不管怎么说，他们是和蔼可亲的人，跟他们过一辈子会很愉快的。"综上所述，我发现这本令人含英咀华的书，唯一真实的书，以通常的含义而言，一位伟大的作家不需要把它创造出来，因为它已经寓于我们每个人的身上，而只需把它翻译出来。一个作家的职责和任务就是一个翻译家的职责和任务。

然而，每当出现不准确的说法，例如对自尊心不准确的说法，我们就要把内心不坦率的话（离最初的中心印象越来越远）纠正到直接从印象出发的坦率的话，如果这种纠正因为不便而使我们的懒惰别扭怄气，那么这样的情形还多得很，比如涉及爱情，要做同样的纠正就变得很痛苦了。我们对爱情往往假装冷漠，但对爱情中非常自然的谎言（我们自己就经常制造类似的谎言）却十分痛恨。总之我们一直都是这么干的，每当我们遭到不幸或被欺骗，不仅对心爱的人这么说，而且在等待心上人时也喋喋不休地对自己这么说，有时在寂静的房间我们心烦意乱时大声对自己说"不，实在不行，这种举动是不可容忍的"，或"我想最后见你一次，我不否认这对我是痛苦的"，这与所感受到的真实相去甚远。要把这一切拉回到真情实感上来，那就得推翻我们最坚持的说法，即当我们形影相吊而思想斗争十分剧烈的时候，我们焦躁地思索在信中和准备采取行动时要说的话。

甚至在我们所寻求的艺术享受上，为了获得艺术享受的印象，我们总尽快地把难以表达的东西搁置一边，而这种东西恰恰是印象本身；我们总尽快抓住不求甚解的愉悦，以为可以用它来跟其他的爱好者沟通，跟他们可能谈得来，因为我们和他们讨论同样的东西，而把我们各自印象的实质去掉了。就在我们作为旁观者对自然对社会对爱情对艺术最不感兴趣的时候，一切印象也都是双重的，其中一半留在物体里，另一半延伸到我们身上，唯有我们自己认得出，就是说我们应当抓住这一半不放，而我们往往急于忽略它，另一半我们只能顾及，却无法深入了解，因为它是外部的，我们也不必为它劳神，比如看到一株山楂花或一座教堂而引起我们身上小小的波纹，我们很难凭努力觉察出来。然而我们可以重复演奏交响乐，可以一再去观察教堂，直到我们对它们了如指掌，以至不亚于精通音乐或建筑的爱好者，但这是逃避我们没有勇气正视的生活，也叫学识渊博吧。

所以有许许多多不求甚解的人从他们的印象得不到任何益处，庸庸碌碌地带着遗憾进入老年，他们始终是与艺术无缘的人！他们患有处女和懒汉的忧伤，生育或劳动可以治愈他们。对艺术作品他们比真正的艺术家更容易慷慨激昂，因为他们的激昂并非针对艰巨深入的艺术劳动，只是肤浅的外露，使得谈话更热烈，使得面孔涨得更红。他们以为在听完一首他们喜爱的乐曲之后声嘶力竭地喊叫"好极了，好极了！"是件了不起的事情。但他们的表露并不迫使他们弄清楚他们喜爱的性质，他们一窍不通。不过，这种未被利用的喜爱却影响着他们最平静的谈话，促使他们在谈论艺术的时候做手势，扮鬼脸，摇头晃脑。"我出席了一场音乐会。我坦率告诉你们，起初我觉得没劲极了。但四重奏开始了，嗬，真来劲儿！大为改观了。"音乐爱好者说着，脸上露出焦虑不安的神态，好像心里想："但我突然看到火星四溅，有焦味儿，着火了。"他接着说："活见鬼！我听到什么呀，真叫人生气，乐曲写得太差劲了，但很特别，反正啊，不是人人都能接受的作品。"他在扫视大家之前，语调依然焦虑不安，脑袋还在晃动，并再次手舞足蹈，这一切就像未长翅膀的小鹅，傻乎乎滑稽可笑，却一个劲儿地想飞起来。他的一生从音乐会到音乐会中度过，这个一事无成的爱好者当他头发花白时变得又尖刻又贪婪，已经朽木不可雕，几乎始终与艺术无缘。这种人虽然令人十分憎恶，刚愎自用又不能称心受用，但也有感人之处，因为他首次试验从依靠多变的客体到依靠他永久的器官获得精神的愉快，尽管这种试验并未成形。

不管他们如何滑稽可笑，他们毕竟不能被完全弃之不顾。他们是自然塑造艺术家的第一批试验品，就像当今动物的原始种类未成形那样缺乏成活率，他们是过渡性人物。这些仅有愿望没有行动又不成功的爱好者，对我们来说，他们的感人之处有如首批飞行装置，虽然离不开地面，起飞的手段还待发现，却具备飞行的愿望。"老弟，"业余爱好者挽住你的手臂说，"我，第八次欣赏这首乐曲，但我向您发誓，绝不是最后一次。"确实，由于他们没有吸收真正的艺术养料，他们始终需要艺术的满足，他们苦于食欲过盛，永远吃不饱似的。所以听完同样的作品之后，他们总要报以持久的掌声，另外他们还以为自己的光临是履行一项义务，完成一个壮举，好比有些人出席一次董事会议，参加一次葬礼。之后，又有其他作品，甚至截然不同的作品接踵而来，不管是文学的、绘画的，还是音乐的。提出想法和妙计的能力，尤其是吸收想法和妙计的能力，总比获得真正的情趣来得频繁得多，甚至在创作者身上也是如此，自从文学报章杂志急剧增长以来，这种情况更是有增无减，随之产生假冒的作家和艺术家。因此，最优秀最聪明最无私的青年只爱具有高度道德和社会学意义乃至宗教意义的文学作品。他们认为这是一部作品的价值之所在，从而重复了大卫们、什纳瓦尔们、伯吕纳吉埃尔[1]们的错误。人们喜欢一些思想似乎比较深刻的作家，只因他们写得不那么出色，反倒不大喜欢贝戈特，因为他写的一些最漂亮的句子实际上要求人们做深刻的反省。他的文体复杂，只为上流社会人士写作，这是某些民主派人士的说法，他们这么说是为了给上流人士涂脂抹粉。不过，一旦人们用机智的推理来判断艺术作品，那么没有任何东西是固定的、肯定的，人们可以随心所欲地论证。天才事实上是一种普遍的财富，一种普遍后天获得的东西，人们首先以思想和风格的外表样式来确认天才的存在，批评界根据这类外表样式来评定作者。一个毫无新意的作家只因为口气武断，对他前人的流派公开蔑视，便被批评界捧为预言家。批评界经常出现这种谬误，以至于作家差不多情愿接受广大读者的评判，即使读者不能理解艺术家试图在陌生的领域探求的成果。因为读者本能的生命力和伟大作家的天才这两者之间更有类似之处，作家的天才在于认真地倾听本能，当其他一切被迫默不作声时，只听取一种被人理解的高级本能，而被拉拢的评判者，其肤浅的夸夸其谈和多变的批评标准无法与之比拟。他们的连篇空话每十年翻新一

---

1　大卫（Jacques-Louis David, 1748—1825），法国画家；什纳瓦尔（1807—1895），法国画家；伯吕纳吉埃尔（Brunetière, 1849—1906），法国批评家。普鲁斯特不喜欢他们的作品。

次,因为万花筒不仅由上流社会的团体组成,而且由社会的、政治的、宗教的观念组成,这些观念由于折射面很广,时兴一阵,但毕竟有限,因为它们的寿命很短,其新意只能吸引那些对观念的证明不挑剔的人;因此相继出现的学派和流派所争取到的总是同一类人,相对而言比较聪明的人,总会着迷的人,反之比较审慎和对证明比较苛求的人总克制自己不要心醉魂迷。不幸得很,恰恰因为那些人只是半吊子智者,他们需要在行动中互相补充,所以他们比优秀的智者更加活跃,他们争取群众,不仅在自己的周围建立硬捧出来的声望和无根据的仇视,而且搞内讧和对外出击,以防止外界对他们的任何批评。

(选自《失而复得的时间》)

# 风格即启示

　　一位大师的崇高思想给具有真知灼见的人和心胸充满活力的人带来喜悦，这种喜悦大概完全健康，然而，不管真正享受这种喜悦的人（二十年中有多少？）如何可贵，他们毕竟只限于充分理解别人。某个男人千方百计要得到一个女人的爱，而这个女人只会使他不幸，他经过几年不懈的努力甚至做不到跟这个女人见一面，为此，他非但没有试图表达他的痛苦和幸免的灾难，反而觉得从她身上"获益匪浅"和得到他一生中最动人心弦的回忆，他不断重读拉布吕耶尔的想法："男人们往往乐意堕入情网，却不善于取得成功，他们想找到失败的原因，却总也找不到，因此，我冒昧说一句，他们不得不保持自由。"无论拉布吕耶尔写作时的思想是否指这一层意思（从这个意义上讲，必须是"被爱恋"而不是"爱恋"，否则更不得了），可以肯定这位敏感的文人确实有感而发，言过其实，甚至想一鸣惊人，只有在兴高采烈时才会重复他的这个思想，他觉得太真实太美妙了，但不管怎么重复，仍没有增加什么含义，仅仅还是拉布吕耶尔的思想。

寻章摘句的文字怎会有价值呢？文字所记下的现实包含在小事情中，诸如飞机从远处传来的轰鸣声，圣伊莱尔钟楼的轮廓，曾经尝过的玛德莱娜小蛋糕的滋味，等等，它们本身并没有意义，但人们可以从中挖掘意义，不是吗？

渐渐，记忆里储存了一系列不准确的俗语，我们真实感受到的东西已荡然无存，然而我们的真实感受才是我们的思想，我们的生活，即所谓现实，因此一大堆的俗语其实都是虚构的，只不过再现所谓"经验"的艺术，像生活那样简单，没有美，只有双重的作用：表达眼睛所见的和智力所确认的；这种双重的用处是那样使人厌倦和虚浮，人们不禁寻思醉心于这种艺术的人何处找得到令人喜悦的和具有原动力的火花，以便启动艺术，使之不断向前挺进。相反，真正艺术的伟大之处，即德·诺布瓦先生所称文艺爱好者之游戏的艺术的伟大之处，在于重新找到、重新抓住、重新了解一种现实，这种现实离我们现时的生活很远，随着我们用来替代它的常规知觉越来越迟钝和不受感染，我们离现实也越来越远，这种现实我们很可能到死也认识不到，而它却不折不扣是我们的生活。

真正的生活，终于真相大白的生活，唯一完全体验得到的生活，那就是文学。在一定意义上讲，这种生活每时每刻寓于艺术家身上，同样也寓于所有人的身上。但除艺术家外，其他人一概视而不见，因为他们不去设法廓清它。他们的过去充斥着数不胜数的无用的陈词滥调，因为智力没有使他们"健康成长"。我们的生活是这样，其他人的生活也是这样；风格对于作家如同颜色对于画家，不是一个技术问题，而是一个视觉问题。风格即启示，这种启示不可能用直接的和有意识的手段获得，在世界呈现于我们眼前的方式中存在着质的区别；如果没有艺术，这种区别将成为每个人永远的秘密，而风格使人对这种区别得到启示。只有通过艺术我们才能摆脱我们自己，才能知道别人是怎样认识这个世界的，别人心目中的世界和我们心目中的世界是不同的，在别人心目中这个世界的景色就像月球中的景色一样鲜为人知。多亏有了艺术，我看到的不只是一个世界，而是看到我们的世界变成许多的世界，有多少独特的艺术家便有多少不同的世界，它们之间的不同胜过茫茫宇宙间的星球，在发光体陨灭许多世纪之后，无论它叫伦勃朗还是叫弗美尔，还在向我们发射它们独特的光芒。

艺术家的这项工作，即千方百计在物质中、在经验中、在语词中瞥见不同的东西，正好与另一种艺术家的工作相反：每当我们不能正视我们自己的时候，自尊心、激情、智力和习惯便每时每刻在我们身上进行这种工作，它们堆压在我们真正的印象之上，使得我们完全看不清我们错误地称之为生活的实际目的和各类东西。简言之，这种如此

364　先驱译丛·普鲁斯特

复杂的艺术恰恰是唯一有生命的艺术。唯有它能向他人表现并且使我们看清我们自己的生活，而这种生活是不能"不看就明了"的，其外表需要说明，需要经常倒过来辨识和费力地辨认。我们的自尊心，我们的激情，我们的模仿意图，我们的抽象智力，我们习惯所做的工作，正是艺术所不做的，艺术反其道而行之，一直返回到真正存在而不为我们所知的深层，并把我们带到那里。

再现真正的生活，更新印象，大概具有极大的诱惑力。但需要各方面的勇气，甚至包括感情上的勇气。因为首先要打消令人最珍惜的幻想，要停止相信人们杜撰的东西的客观性，非但不可上百次自欺欺人地重复"她太可爱了"，而且要直截了当地说出"我很高兴吻她"。诚然，我在钟情的时刻所感受到的，也是所有的男人感受得到的。人人都有感受，但感受到的东西好比某些底片，若不把它们放在灯光下，它们只是黑乎乎的东西，观看底片时，需要从反面看：倘若不凭借智力，那就什么也看不出来。只有当智力启发了他，使他理智化了，他才费力地识别出所感觉到的东西的图像。不过，我早已意识到我起初和吉尔贝特一起经受痛苦颇有益处，尽管我们的爱情不属于引起痛苦的那种类型。而且，痛苦也是手段，因为不管我们的生活会怎样短暂，只在我们痛苦的时候，我们的思想才波动得十分厉害而且变化异常，就像暴风雨中的海浪，掀得高高的，我们一眼就看得见，但不管有规律的波动的海面有多宽，如果我们站在不面向大海的窗口，那我们就什么也看不到；等到风平浪静，海面便下降了；也许只对几个天才来说这种波动才始终存在，他们不需要亲身经历痛苦就能心领神会；然而也不一定，当我们注视他们活泼的作品广泛而有序地铺展时，我们不大会按作品的欢快去猜想生活的欢快，因为生活也许正好相反，一直是很痛苦的；不是因为我们所爱的不仅仅是一个吉尔贝特（这已经使我们极其痛苦了），也不是由于我们同时爱上一个阿尔贝蒂娜，而是由于我们内心有一部分比相继消亡的不同的自我要持久得多，不管这会给我们造成多么大的痛苦（况且是有益的痛苦），这一部分非常自私地脱离其他部分而留存下来，窥一斑而知全豹，把这种爱情，把对这种爱情的理解，加在所有人的头上，融入人们共同的思想中，而不是逐一进入个体的思想而后才融为一体。

我必须使我周围任何微小的迹象（有关盖芒特、阿尔贝蒂娜、吉尔贝特、圣卢、巴尔贝克等）恢复被习惯抹去的意义。当我们触及现实，为了表达现实，为了保存现实，我们必将排除与现实不同的东西，和习惯不断地很快给我们带来的东西。我既要排除才智选择的话语，更要排除摇唇鼓舌，包括平时谈话时充满幽默的话语，以及在跟别人长谈之后我们继续自欺的话语，因为这些话语使我们的头脑充满谎言；至于作家笔下的话语，那是全部落实成有形的东西的，作家百般无奈地把话语写下来，脸上的微笑时时被小小的鬼脸破坏，例如圣伯夫笔录的话语便是如此，而真正的书应该是昏暗和沉默的产儿，不是白光和谈话的产儿。由于艺术准确无误地重新安排生活，在人们自身触及的种种真实的周围总是飘荡着一种诗的气氛，一种神秘的温馨；所谓神秘，只是我们不得不穿越的明暗交界的残存暗面，只是一件作品深层的标示，就像用高度表那样准确无误地标出来。这个深层并不像一些追求物质享受的唯灵论小说家认为的那样，是某些题材所固有的，因为他们不能超越表象世界，他们种种崇高的意愿，酷似某些做不了一点点好事的人通常高谈的仁义道德，不应当使我们看不到他们甚至没有精神力量摆脱模仿来的种种平庸的形式。

至于由智力筛选出来的真实，即使由最聪慧的智力筛选出来的真实，由于阐明得很清楚，其价值可能很高，但真实所具有的轮廓并不那么柔和，真实平平淡淡，没有深度，因为不需要跨越深渊便可触及，真实没有被重新安排。经常有一些作家的心海深处已不再出现这些神秘的真实，他们上了一定的年岁之后便只凭智力写作，他们智慧的力量随之越来越强；他们年富力强时期的作品，由于这种原因，比他们青年时代的作品更有力量，但不再有同样的柔性了。

不过我觉得，智力直接从现实挖掘的真实也不可全盘嗤之以鼻，因为这些真实可以用一种虽不太纯粹却浸透思想的东西来衬托过去和现在的感觉给我们带来的印象，这种感觉具有超时间的共同本质，然而这类印象太宝贵了，也太稀有了，因此艺术作品很难只用它们来组成。这类印象既然可以派上这样的用场，我便觉得在我身上涌现许多有关激情、性格、习俗的真实。对这些真实的感知给我带来喜悦，不过我似乎记得我不止一次发现真实时是处在痛苦之中，另外许多次也不怎么高兴。

每个使我们痛苦的人可能被我们把他同神性联系在一起，他只是神性的部分折光和顶点，我们静观神性时即刻产生喜悦而不顾我们经受的痛苦。生活的一切艺术在于把使我们痛苦的人只当作可以达到神性的形态的阶梯来利用，这样我们便可以高高兴兴地让我们的生活充满神性。

于是在我身上产生一种新的光芒，相比之下，不如另一种光芒明亮，使我发现艺术作品是复得失去的时间的唯一手段。所以，我懂得文学作品所有的素材都是我过去的生活；我懂得这些素材在我寻欢作乐时，在我懒散时，在我满怀温情时，在我痛苦时，向我涌来，被我储存，而我却不知道它们的用途，甚至不知道它们还存活着，有如种子保存着所有的养料以便将来滋养植物。我好比种子，当植物成长之后，我会死去；我碰巧为创作活下来，尽管我并不知道会是这样的，尽管在我看来我的生活从来没有与我想写的书发生任何联系，从前我每当在桌旁坐下，连主题都找不到。我就这样生活下来，直到有一天，我问自己，我的全部生活是否可以用这个标题来概括："一种天职"。说它不可以，是从这个意义上讲的，即文学在我的生活中没有起过任何作用。说它可以，是从另一个意义上讲的，即我的生活，对生活中忧伤和喜悦的回忆，组成一种储备，酷似植物胚株中的蛋白，而胚株正是吸取蛋白的养分转化为种子的，其间人们并不知道植物的胚胎在成长，而胚胎却是秘密而积极的化学和呼吸现象演变的场所。这样，我的生活始终与其成熟所带来的东西休戚相关。之后，从我的生活得到养料的人，好似吃谷物的人，并不知道谷物所饱含的丰富的养料首先滋养种子和使植物成熟，而后成为他们的食物。

关于这个问题，如果说同样的比较在开始时是不恰当的，那么在结束时可能是恰当的。文学家羡慕画家，他也想搞素描搞细部草图，如果当真搞了，那他就完了。然而在写作时，他笔下人物的手势、面部抽搐、声调无一不是他通过回忆得到启迪的，没有一个杜撰的人名不是他见过的六十个人的综合，其中某一个提供做作的面容，另一个提供单片眼镜，某某提供怒色，某某提供手臂合适的动作，等等。于是作家体会到，如果说成为画家的梦想不可能有意识和自愿地实现，那他的梦想实际上已经实现，因为作家和画家一样也有素描本，不过是不知不觉搞成的。

因为，作家由于受本能的驱使，在他确认自己成为作家的很久以前，就经常对别人注视的许多东西不加注意，造成别人责难他心不在焉，连他本人也自责不善于听和看；但实际上他指使自己的眼睛和耳朵永远记住在别人心目中无谓的东西，比如说某句话时的声调，某个人在某个时刻的脸部表情和肩膀的动作，他也许对此人的其他方面一无所知，并且是在很久以前见到的，因为这个声调，他先前已听到过，或觉得有可能再次听到，认为这是某种可重复的和永久性的东西；正是这种对普遍性事物的感觉使得具有作家素质的人选择带有普遍性的东西，而后把它融入艺术作品中。他只注意谛听别人鹦鹉学舌似的重复个性相似的人说的话，不管他们如何愚蠢或如何荒唐，正因如此，这些人反倒成了先知鸟，成了心理法则的代言人。他只记得普遍性的东西。通过某些声调，通过某些脸部表情，哪怕是幼儿时期听到见到的，别人的生活留在他的心里，等到他后来写作时，就可取其一部分派上用场了，比如肩膀的一个动作，这个动作和许多人的动作相同，真实得就像解剖学家记录在案那样，但在他的作品中用来表现一个心理实况，把一个人的头部动作嫁接到另一个人的肩膀上，尽管两者的动作只在他眼前一晃而过。

（选自《失而复得的时间》）

# 人心隔肚皮

在文学作品的创作中，很难说想象和感觉可以相互替换，后者可以代替前者而且不会遇到很大的麻烦，好比有些人胃消化不良时把胃的功能交给肠子。一个天生敏感的人即便缺乏想象力也能写出精彩的小说。别人给他造成的痛苦，他为预防这种痛苦所做的努力，使他产生这种痛苦的人和另一个狠心的人之间发生的冲突，这一切若用智力来解释，可以成为一本书的素材，这样的一本书不仅可以写得和想象出来的、杜撰的书一样出色，而且可以不需要作者的幻想，如果他是关注自己的和幸福的，连他自己也感到意外，有如心血来潮想象出来的那样偶有所得。

最愚蠢的人也会通过手势、言语、无意表露的情感表达他们自己觉察不到却为艺术家捕捉的规律。由于艺术家的这种观察，庸人以为作家心怀恶意，他想错了，因为艺术家在一个滑稽可笑的人身上看到了一种极大的普遍性，他并不怪罪被观察的人，有如外科医生不会蔑视患经常性血液循环混乱的病人，所以他压根儿不会嘲笑滑稽可笑的人。不幸的是，在涉及他本人的激情时，与其说心怀恶意，不如说活该倒霉，因为他十分了解普遍性，他想摆脱激情给他自己造成的痛苦就不那么容易了。诚然，即便面对蛮横无理的人，我们仍希望得到他们的赞扬，而不希望受到他们的侮辱，尤其当一个我们喜爱的女人欺骗我们时，我们会不惜献出一切，以使事情变个模样！然而，耻辱造成的愤恨，背弃带来的痛苦，很可能成为我们永远得不到的土壤，所以发现这些土壤，对本人尽管是难堪的，对艺术家却是珍贵的。写抨击文章的作者不由自主地把他鞭挞的恶棍与他的盛名联系在一起。在一切艺术作品中，人们都认得出艺术家最憎恨的人，唉，甚至是他最热恋的女人。她们违背他的意愿给他造成极大的痛苦，其行为却给作家摆了模特儿的姿势。当我爱恋阿尔贝蒂娜时，我充分意识到她并不爱我，我不得不逆来顺受，只满足于她让我体验痛苦、爱情乃至起初的幸福是怎么回事儿。

在我们试图从自己的悲哀中提取普遍性并把它写出来时，我们稍微感到慰藉，兴许并不出于我上述的种种原因，而出于另一种原因，那就是按一般的想法，写作在作家的心目中是一种有益于身心和必不可少的活动，完成这项活动使他心满意足，正如锻炼、流汗、洗澡对人体的作用一样。说实在的，我对此有点愤愤不平。我很难让自己相信生活的最高真实性存在于艺术，另外，我也无论如何做不到凭记忆让自己感到我还爱着阿尔贝蒂娜胜于我惋惜外祖母的去世，我自问，一部她们不会知道的艺术作品，对她们来讲，对这两个可怜的死者的命运来说，算不算一种归宿。当初我看着外祖母奄奄一息，看着她在我身旁死去，我多么满不在乎呀！但愿作为赎罪，当我的著作完成后，让我无可救药地受伤并痛苦很长时间，被所有的人抛弃，然后死去！更何况我非常同情那些不太亲近的人，乃至毫不相关的人，以及许许多多人的命运，我在试图理解他们的同时还利用了他们的痛苦，甚至利用了他们的可笑之处。所有这些为我们揭示过真情实况的人，所有这些不在人世的人，在我看来似乎活了一辈子是为了专门为我所用，好像他们是为我而死的。我悲哀地想象我如此执着的爱情在我的书中那样随便地出自一个人的身上，以至各种不同的读者会准确地把它运用到他们对其他妇女的感受上。然而我应当对这种身后的不忠感到愤慨吗？这个或那个人可能会把我的感情用到陌生的女人身上，而这种不忠，这种把爱情分给好几个女人的做法，其实在我活着的时候就开始了，甚至在我写作以前就开始了。我曾相继为吉尔贝特、为德·盖芒特夫人、为阿尔贝蒂娜受苦，我也相继把她们遗忘，只有我献给不同女人的爱情是永恒的。陌生的读者糟蹋我的回忆，其实我在他们之前已经先糟蹋了。我几乎令人厌恶，有如某些民族主义政党所做的那样，他们以政党的名义从事敌对行为，所进行的战争只为其政党服务，不管在战争中有多少高尚的牺牲者受痛苦和死亡，甚至不知道斗争的结果将会怎么样，但对我外祖母来说也许是一种补偿吧。我唯一的安慰是她不知道我最终投身于创作，这可告慰亡灵。如果说她不能分享我的进步，那她也早已意识不到我的无所事事和虚度年华了，而这曾经使她十分痛苦。当然不仅仅我外祖母，不仅仅阿尔贝蒂娜，还有其他许多人，我借用过她们的一句话、一个眼神，但不记得借用过谁作为一个整体的人了，一本书好比一座大的公墓，大部分墓碑上的姓氏已经模糊不清了。有时候正相反，我们清楚记得姓氏，却不知道这个姓氏的人有什么事情残留在书里。比如那个眼窝很深、声音单调缓慢的姑娘是葬在这里吗？如果确实是的，那么在墓地的哪个部位？怎么在花丛下找到她呢？

既然人心隔肚皮，我们与每个个体相隔甚远，既然我们最强烈的情感，比如我对外祖母的爱、对阿尔贝蒂娜的爱，几年之后就面貌全非了，既然这些情感对我们来说只是一种未被理解的言辞，既然我们能够跟上流社会人士谈论这些死者，我们在他们家中还可以很愉快，当我们所爱的一切已经消亡；那么，如果我们有办法学会理解那些被遗忘的言辞，难道我们不应当运用这种办法吗？难道不应该为此把那些被遗忘的言辞首先用一种通用的语言翻译出来吗？至少通用的语言是远久的，它可以把去世的人们，以最真实的本质，变成世人永久性的财富。这种使我们明了难以理解的言辞的变化规律，一旦为我们阐明清楚，我们的缺陷不就变成一种新的力量了吗？

况且，这种掺杂着我们的悲哀的作品在我们未来既可理解为痛苦的不祥征象，也可理解为慰藉的吉祥征象。确实，诗人的爱情和悲哀对他有益处并帮助他创作，如果说陌生的女人有的出于恶意、有的出于嘲弄而没有料想到这一点，她们每个人实际上为她们见不到的丰碑添砖加瓦了，那么人们想象不到作家的生活并没有随着作品的产生而结束，也想象不到那种使他忍受痛苦的气质，尽管先前的痛苦已经进入作品，在作品完成后依然继续存在，那种气质使他在相同的条件下又爱上别的女人，如果时间使环境、使对象、使他对爱情的渴望、使他对痛苦的抵抗力所产生的一切变化没有动摇他的决心。从这个意义上讲，作品应该只被当作一种不幸的爱情，必然预示着其他不幸的爱情，表明生活将同作品没有什么两样，诗人几乎不需要再写什么了，他完全可以在已写成的作品中找到将会出现的人物。这样，我对阿尔贝蒂娜的爱情，不管有多么大的不同，已经寄寓在我对吉尔贝特的爱情中了，就在幸福的日子里我第一次听到阿尔贝蒂娜的名字，听到她的姑妈描绘她的模样，但没有料到这个微不足道的胚芽会长大、会有一天影响我的一生。

然而从另一个意义上讲，作品是幸福的征象，因为它告诉我们在一切爱情中一般与个别近在咫尺，从后者过渡到前者只需翻个跟头，以增强抵抗悲哀的力量，为了深化其本质而忽视其根源。事实果真如此，后来我试验过，甚至在恋爱和痛苦的时刻也试验过：如果在工作的时刻写作的使命得以实现，我们便觉得心上人溶解到更为广泛的现实中，以至不时将其遗忘，以至在写作时不再为爱情而痛苦，有如忘却与心上的人儿无关的纯肉体的病痛，有如忘却某种心脏的病痛。不过事实上这是稍纵即逝的事情，如果写作的时间稍微晚一点，效果似乎正好相反。因为充满恶意和平庸无能的人物强行摧毁我们的幻想，然后他们自行化为乌有，脱离我们自己塑造的爱情幻想；如果我们着手创作，我们的心灵再次使他们升华，为了满足对我们自身分析的需要，我们把他们视为可能爱我们的同等人物，在这样的情况下，文学重新开始脱离爱情的幻想，使不复存在的情感在一定程度上残存下来。

诚然，我们不得不重新体验一遍我们特殊的痛苦，其勇气不亚于医生在自己身上重扎有危险的针。但同时我们必须以一般的形式思考我们的痛苦，使我们在一定程度上摆脱痛苦的折磨，使所有的人分担我们的痛苦，甚至不无乐趣。生活禁锢的地方，智力总可打开一个缺口，因为即使无药医治不可分担的爱情，人们也可以察看痛苦得到解脱，哪怕从中得出它所包含的后果。生活禁锢的堡垒，智力没有钻不破的。

任何东西只在变成一般性的东西时才经久，而且思想会自行消亡，所以我们必须迁就这样的想法：甚至是作家最亲密的人，归根结底，对于他来说好比画家面前的模特儿。

在爱情上，幸运的情敌，可以说我们的敌人，是我们的恩人。在一个稍微引起我们肉欲的女人身上立即可以平添一种巨大的、不相干的价值，而我们却把这种价值与她混为一谈。如果我们没有情敌，或如果我们不认为有情敌，那么肉体的享受就会变成爱情。因为不需要真有情敌存在。不存在的情敌、我们的怀疑、我们的嫉妒导致虚幻的生活，它给我们带来的好处已经足够了。

有时候，当某个令人痛苦的片段还处在初坯阶段时，一种新的温情、一种新的痛苦油然而至，促使我们完成它、充实它。至于那些有益的巨大悲哀，我们不必叫苦，因为并不少见，而且不会姗姗来迟。尽管如此，仍应当抓紧利用，因为悲哀不会持续很久：抑或人们受到安慰，抑或悲哀太盛，因毅力不够而死亡。只有幸福才有益于身体健康，但悲哀却可以增强精神力量。况且，它不一定每次都在我们身上发掘一种规律，但每次使我们投身于真实却是不可缺少的，迫使我们认真对待事情，每次都可拔除习惯、怀疑、浅薄、冷漠的杂草。这样的真实虽然跟幸福跟健康不相容，但不一定跟生活不相容。悲哀最终是致命的。每次剧烈的悲痛，我都感到又多了一条血管沿着我们的太阳穴或在我们的眼睛四周鼓出来，蜿蜒着，硬化着。老伦勃朗、老贝多芬的脸就是这么一点一点地变得憔悴难看的，大家都嘲笑他们的脸。但既然一种力量可以转换为另一种力量，既然持续热可以变成光，闪电可以照相，既然我们内心隐约的痛苦可以在每次受到新的痛苦时像蝴蝶似的使一个形象翩翩起舞，永远可见，那就让我们接受它给我们带来的肉体痛苦吧，以便认识它给我们带来的精神痛苦；那就让我们的躯体崩解吧，因为每一小块崩裂的东西都会带来光明和清晰，进而补充到我们的作品中；为了使它完整，必须以接受痛苦为代价，尽管更有天赋的人不需要这种完整；为了使它更牢固，必须接受一次又一次的激动，尽管激动消耗我们的生命。思想观点是痛苦的代替物，而代替物在转化为思想观点的过程中，把一部分有害的作用力施加在我们的心上，即使转化以乐极生悲开始。再说，代替物只按时序产生，因为原始的因素似乎是思想，而痛苦似乎仅仅是方式，某些思想观点首先通过这个方式进入我们的头脑。然而在思想观点的系统中存在着好几种类别，其中某一些是喜悦的代替物。

上述的思考使我觉得一直被我揣测到的真实具有一种更强烈更确切的含义，尤其当德·康布勒梅尔夫人不明白我怎么会为了阿尔贝蒂娜而撇开一个像埃尔斯蒂尔这样杰出的人物。即便从学识的角度来看，我认为她也错了，但我不知道她低估了什么：这就是学习成为文学家所付的学费。艺术的客观价值在这一点上无关紧要，重要的是把我们的情感和激情，即所有人的情感和激情表现出来，使其大白于天下。我们所需要的女人，使我们痛苦的女人，引发我们产生一系列深沉的情感、必不可少的情感，胜过一个优秀人物使我们产生的兴趣。但有待弄清楚，根据我们生活的格局，我们是否认为不忠的女人使我们产生的痛苦与这种不忠给我们打开眼界所发现的真实相比是无足轻重的，我们是否认为乐于制造痛苦的女人无法理解这些真实，不管怎么说，这种不忠比比皆是。作家可以放心进行长期创作。就凭智力开始创作吧，在创作的过程中会出现足够多的悲哀，自然会充实、完善其作品。至于幸福，几乎只有一种用途，促使不幸可以令人接受。在幸福的时刻，我们应当建立温柔体贴、眷恋的关系，关系一旦破裂就会使我们心胆俱裂，这种痛苦极其珍贵，故称不幸。假如人们不曾有过幸福，对幸福怀有希望，那么不幸就没有残酷性，不会结出果实的。

（选自《失而复得的时间》）

# 幸福的岁月是失去的岁月

　　为了捕捉一种情感，作家需要接触许多人，有如画家为了画一幅教堂的画需要观看许多教堂，两者相比，前者比后者更需要观察，以便获得广度和厚度，获得一般，获得文学现实。如果说艺术是持久的，生活是短暂的，那么反过来可以说，如果灵感是短促的，它所描绘的情感也不会长久。我们的激情为我们的书拟定提纲，两次激情的间歇使书产生。当灵感再起，当我们重新投入创作，在我们面前为某种情感当模特儿的女人已经不再使我们体验到这种情感了。必须根据另一个女人的情形来继续描绘它，如果涉及人物的不忠，那么从文学观点看，由于我们情感的相似性，一部作品可以既是过去爱情的回忆又是未来爱情的预言，把两者代换无关大体。这是人们爱搞虚浮的研究的原因之一，总试图猜测作者在书中讲谁。因为，一部作品，甚至一部作者自白的作品，包含作者生活的好几个插曲，先前的插曲曾给过他灵感，后来的插曲也差不多，后面的爱情及其特点参照前面的如法炮制。我们对我们最爱的女人也不像对我们自己这么忠实，我们迟早会把她忘记，以便可以重新开始爱，这是我们的一大特色。我们热恋过的女人最多为我们新的爱情增添一种特殊的形式，使我们在不忠实中仍把她放在心上。我们将需要跟下一个女人同样在早上一起散步，或晚上把她送回家，或给她许多许多的钱。我们把钱给女人，这种钱的流通是件很奇怪的事情，女人为这个原因使我们不幸，就是说促使我们写书，几乎可以这么说，作品就像自流井的水，痛苦在心中钻得越深，苦水就涨得越高。这种代换为作品平添了某种无私的、更为普遍的东西，这也是一种严厉的教训，即我们应当依恋的不是人物，而是思想观点，因为真正存在的不是人物，而是可以用词汇表达的东西。不过在把握那些模特儿时必须行动迅速，不失时机，因为，摆出幸福模样的人一般表演不了多少场次，唉，摆出痛苦模样的人也一样，所以痛苦很快就消失了。

况且，即使痛苦在我们身上没有为作品提供素材，它对我们也是有益的，促使我们寻找。想象和思想本身可以是奇妙的机器，也可以是没有活动力的机器。痛苦使它们运转。为我们摆痛苦模样的人物给我们表演的场次非常频繁，以至在间歇期我们只去一个工作室，那就是我们自己的内心！间歇期好像一幅我们生活的图像，充满各种不同的痛苦。而痛苦之中又包含不同的痛苦，正当人们以为平静了，一种新的痛苦又油然而起。一种不折不扣的痛苦，也许因为出乎意料的情况迫使我们更深地潜入自己的心海，爱情时时刻刻向我们摆出的那些令人痛苦的窘境教育了我们，使我们逐步发现我们是什么。所以，每当弗朗索瓦丝看见阿尔贝蒂娜像狗似的随便从哪扇敞开的门进入我家，弄得到处乱糟糟的，还败光了我的家产，搞得我痛苦不堪，她便对我说："咳！先生要是雇一个教养好的小秘书代替这个专门浪费先生时间的女人，也好整理整理先生的各种纸张，那该多好哇！"因为那时我已经写过几篇文章和搞过几篇翻译了，我当时觉得她言之有理，现在看来她说得也许不对。阿尔贝蒂娜虽然浪费我的时间，虽然给我造成痛苦，但或许比一个替我整理纸张的小秘书对我更有用，甚至从文学的角度来看也是如此。不管怎么说，当一个人的形体长得那么不好，他不能不满怀痛苦地爱，不得不忍着痛苦去打听真情实况，这样一个人的生活终将令人厌倦。幸福的岁月是失去的岁月，人们等待新的痛苦才写作。预先受苦的想法和创作思想很协调，人们对每部新著都忧心忡忡，因为想到必须首先承受痛苦方能想出作品。但由于人们懂得痛苦是在生活中能遇到的最好的东西，人们就大胆设想了，差不多好像想到解脱，想到死亡。

然而，如果说这使我有点反感，那么还得注意我们经常拿生命当儿戏，利用活人为书本服务而不是与之相反。

维特[1]的情况，尽管十分高尚，可惜与我的不同。我虽然一刻也未相信过阿尔贝蒂娜的爱情，却二十次想为她而自杀，为了她我倾家荡产，为了她我毁了自己的健康。至于动手写作，人们就谨慎小心了，经过仔细观察后，把不真实的东西全部摒弃。但只要真的进入生活，人们为谎言倾家荡产，卧床不起，自寻短见。真的，人们只能从谎言的杂质中提取一点真实，如果年龄已过富于诗意的岁月，痛苦是卑微的、讨人嫌的仆人，人们与之抗争，结果越陷越深，他们是残忍的、不可替代的仆人，但他们从地道把我们引向真实和死亡。在死亡之前遇见真实的人们，算他们运气好。对于他们来说，不管真实和死亡之间多么邻近，真实的时刻总算敲响在死亡的时刻之前！

从我过去的生活中我懂得哪怕最小的生活插曲也有助于给我理想主义的教育，这正是我今天想加以利用的。譬如我和德·夏吕斯先生的会面，甚至在他亲德的态度给我同样的理想主义教育以前，就比我对德·盖芒特夫人或阿尔贝蒂娜的爱情和圣卢对拉谢尔的爱情更好地使我深信素材太无关紧要了，一切都可被思想当作素材来使用；同性恋的现象虽然非常不被理解，虽然受到无效的指责，却比非常有教益的正常爱情扩散得更快，这是事实呀。爱情向

---

1　系指歌德《少年维特之烦恼》的主人公。

我们表明美从我们不再爱的女人身上逃走，躲到我们喜爱而别人觉得最丑的一张脸上，而这张脸很可能，完全可能有一天会使我们讨厌；不过更令人激动不已的是看到我们不再爱的女人获得一位大爵爷的赏识，这位爵爷马上摒弃一位美丽的公主，戴着一顶公共汽车检票员的鸭舌帽跟她私奔。每次我在爱丽舍田园大街、在小巷里、在海滩上重新见到吉尔贝特的脸、德·盖芒特夫人的脸、阿尔贝蒂娜的脸，我都惊讶不已；这种惊讶不正好证明回忆只朝着与印象不同的方向伸展吗？回忆，起先和印象重合，然后远离它而去。

作家不应当为了同性恋者给其女英雄们蒙上一张男子汉的面孔而生气。唯有这个有点反常的特性使得同性恋者在后来的阅读过程按自己的特性举一反三。比如拉辛为了使这种特性具有普遍的价值，不得不让古代的费德尔一时变成一个信奉冉森主义的女教徒，同样，如果德·夏吕斯先生不给"不忠的女人"蒙上莫雷尔的面孔，他便不会痛哭也不会理解，正如缪塞在《十月之夜》或在《回忆》中对"不忠的女人"那样悲伤，因为正是通过这条唯一又狭窄又曲折的路他才触及爱情的真实。作家习惯用不真诚的言辞在前言和题献里只称"我的读者们"。实际上，每个读者在阅读时又是他自己的读者。作家的著作只不过是他献给读者的一种观察工具，使他能够认识到如果没有这本书他也许无法看到自己身心的东西。读者通过书中的话来印证他自身也是一本书，从而认识其真实性，反之亦然，至少在某种程度上，两篇文章的区别通常可以归因于读者而非作者。此外，对天真的读者来说，书可能太深奥太暧昧，这样，书只给读者提供模糊的眼镜片，而用这种镜片是无法阅读的。不过其他的特性，比如同性恋爱，可能导致读者需要某种特定的方法才读得懂，作者也不必为之生气，相反，作者应当让读者享受最大的自由，告诉读者："请你们自己瞧吧，只要你们看得清楚，用这块眼镜片，用那块眼镜片，用另外的眼镜片，都行啊。"

（选自《失而复得的时间》）

# 我的痛苦是由我的懦弱造成的

我之所以一直对人们熟睡时做的梦如此感兴趣，是因为梦在用潜能补偿时间的同时，有助于你更好地理解主观的东西，例如爱情。事实很简单，梦以惊人的速度完成人们通俗的说法：让你疯狂地爱上一个女人，以至刚睡着几分钟就在梦中出现一个丑女人如痴如狂地爱你，而在现实生活中要实现这一点需要几年经常接触或姘居才行，好像梦是某个神奇的医生所发明的爱情静脉注射，同样也可能是痛苦静脉注射。难道不是这样的吗？梦向我们暗示爱情来得快去得也快，有时候不仅爱神在我们面前停止显现，摇身变成众所周知的丑婆娘，而且某种更为珍贵的东西也消散了，好比整整一幅令人赏心悦目的情感画面：脉脉的温情、销魂的快感、隐约的憾恨，又如整整一幅登上爱情岛的情境，其引人入胜的真实色彩是我们在清醒时很想笔录的，但它很快淡出了，好像一幅褪色得很厉害的油画，无法复原了。而且，梦之所以让我入迷，也许和它与时间玩耍绝妙的游戏有关。我们经常在一个夜里，乃至在某夜的一分钟内，看到非常永远的时间全速向我们扑过来，相隔太长久了，我们根本无法识别当时所体验到的情感，这使我们眼花缭乱，仿佛它们是一些巨型的飞机而不是我们以为的苍白星星，使我们重见它们曾经为我们包容的一切，使我们感到激动，感到震惊，感到它们四周一片光明，但一旦我们醒来，它们又回到原来的位置，恢复它们奇迹般跨越的距离，以至我们错以为梦是复得失去的时间的一种方式。难道不是这样的吗？

我体会到只有粗俗和错误的感知才把一切归于客体，事实上一切在于主体；我真正失去外祖母是在实际失去她许多月之后。我看到人们改头换面，其实是根据我或别人的想法把他们乔装打扮的，一个人在不同的人眼里看起来变成好几个人，例如年轻的斯万就有许多不同的面目，又如德·卢森堡公主被视为法院首席院长；甚至在一个人的眼里随着时间的流逝对别人的看法也有变化，比如我对德·盖芒特的姓氏的看法，对斯万不同面目的看法。我看到爱情在一个人身上投入的仅仅是爱者身上的东西。因此，我进一步意识到我曾把客观现实和爱情之间的距离延伸到极端，比如拉谢尔对圣卢和对我的爱情，阿尔贝蒂娜对我和对圣卢的爱情，莫雷尔或那个公共汽车司机对夏吕斯或其他人的私情，尽管如此，夏吕斯温情不减，对缪塞的诗爱不释手，等等。总之，在某种程度上，德·夏吕斯先生亲德的态度如同圣卢凝视阿尔贝蒂娜照片的目光，有助于我暂时摆脱仇视德国的感情，至少不再相信仇视德国的纯客观性，有助于我使自己想到也许恨与爱如出一辙，眼下法国认为德国缺乏人道主义，在这种严厉的评判中凸显情感的客观化，使拉谢尔在圣卢眼里和阿尔贝蒂娜在我眼里显得特别珍贵的情感就属这一类。邪恶并不完全是德国所固有的，这一点确实很有可能，正如我个人接连有过几次爱情，在爱情结束以后爱的对象在我心目中就没有价值了；同样，我看见在我的国家接连出现几次仇恨，比如把德雷福斯派视为叛徒，因为他们把法国出卖给德国人，比德国人坏一千倍；如今爱国者们却与当年德雷福斯派的雷纳克合作，共同反对一个国家，因此这个国家的成员必定是骗子、猛兽、傻瓜，但那里的德国人除外，因为他们拥护法兰西的宏图大业，就像罗马尼亚国王、比利时国王或俄国女皇那样。当然，反德雷福斯派的人会反驳我说："这不是一码事。"确实，永远不会是一码事，也不会有一成不变的人，否则面对同样的现象，上当的人只能怪怨自己的主观性，而不会相信优点或缺点存在于客体。智力不必费劲就可在这种差别上建立一种理论，诸如，激进派所指的修会成员反天性的教诲，犹太种族民族化的不可能性，日耳曼种族对拉丁种族永恒的仇恨，黄种人暂时恢复的声誉，等等。况且这种主观性在一般人的谈话中也显露无遗，当你跟亲德派谈起德国人在比利时犯下的暴行时，他们居然有本事听而不闻，甚至听也不听。然而，暴行真有其事：我注意到仇恨的主观性如同视觉的主观性，但这种主观性并不妨碍客体可以具有真正的优点或缺点，一点也不会使现实在一种纯粹的相对主义中化为乌有。在过去了那么多年之后，在失去了那么多时间之后，我们仍感到内心行为这种巨大的影响，乃至波及国际关系，这在我幼年时代是猜想不到的，当时我在孔布雷的花园里阅读贝戈特的某本小说，直到今天，我若翻阅他的小说，重读几页早已忘却的章节，发现坏人的诡计，于是一口气读上一百页，直到最后这个坏人受到应有的羞辱，终于明白他的阴谋诡计已告失败，我这才放心把书扔下，这不是很自然的吗？因为我记不大清楚书中人物发生的事情，这使他们与今天下午在德·盖芒特夫人家的人们没有什么区别，至少其中好几个人是如此，他们过去的生活对我来说就像我从一本忘记一半的书所记得的那样模糊。德·阿格里让特亲王最终娶了X小姐吗？还是X小姐的兄弟不得不娶德·阿格里让特亲王的姐妹为妻呢？抑或我把此事同以前的读物或新近的梦混淆了？梦是我生活中出现的现象之一，它始终使我激动不已，最有助于我确信现实的纯心理性，我在创作过程中不会嫌弃它的帮助。当我对爱情不那么无私的时候，梦就会奇特地来关照我，跨越失去的时间所隔开的大距离，让我重新接近外祖母，重新爱阿尔贝蒂娜，因为她在我熟睡的时候给我讲洗衣女工的事已经大事化小了。我认为梦有时使我与真实、与印象更加接近，因为光凭我的努力，甚至与大自然接触都做不到这一点，而梦唤醒我的欲望，引起我对某些不重要的东西的遗憾，从而提供条件让我写作，让我摆脱具体，从习惯中升华。我并不讨厌这个二等诗神，这个夜间的诗神有时可代替白天的诗神哩。

我目睹高贵的人变成庸俗的人，当他们的思想变得庸俗的时候；德·盖芒特公爵的思想便是一例，正如科塔尔可能指出的那样："您倒不拘束。"我相信真理是某一种事实，但在德雷福斯事件中、在战争中、在医学中，我看到部长和医生掌握着不需要解释的"是"或"不"，这就造成 X 光底片指明患者得了什么病，不带说明；掌权的人知道德雷福斯是否有罪，他们不需要派罗克去实地调查便知道萨拉伊[1]是否有能力跟俄国人同时进军。我一生中没有一个时辰不在教我懂得，只有粗俗和错误的感知才把一切归于客体，而实际正相反，一切在于主体。

总之，凝神思索，我认为，我所经历的事情，即我著作的题材，来自斯万，不仅仅涉及他本人和吉尔贝特，而

---

1 罗克（1856—1920），曾出任国防部长（1916 年 3 月至 12 月）。萨拉伊（1856—1929），法国将军，在第一次世界大战中曾率领部队赴东欧与德军交战。

且他在孔布雷就开始让我产生去巴尔贝克的想法，否则我父母决不会想到送我去那儿的，否则我也不会认识阿尔贝蒂娜，甚至不会认识盖芒特夫妇，既然我外祖母不会重逢德·维尔帕里济夫人，我更不会认识圣卢和德·夏吕斯先生，进而通过他们认识德·盖芒特公爵夫人，再经过她认识她的表姐妹，以至此时此刻我在德·盖芒特公爵府也多亏了斯万，正是在公爵府我萌生了创作的念头，这样看来，不仅多亏斯万，我的作品有了题材，而且多亏他，我才下定了决心。这个支撑点也许有点脆弱，不足以承受我的一生（《盖芒特那边》从这个意义上讲，正是起源于《在斯万家那边》）。通常导演我们生活变化的人要比斯万低等得多，是最平庸不过的。随便某个同伴都可能向我指点某个可爱的姑娘，让我去追求，专程去巴尔贝克而很可能见不到，但同伴的指点不是足以让我跑一趟吗？经常还有这样的情况，晚些时候，我们遇见一个叫人讨厌的同伴，都懒得跟他握手，但如果仔细想一想，正是他无意说了一句"您应该去巴尔贝克"，促使了我们的生活革故鼎新，促使我们的作品脱颖而出。我们对他毫无感激之心，而且并不因此而显得忘恩负义。因为他说此话时根本没有想到他的话会对我们产生那么大的后果。我们的敏感和智力凭借时机，在他的第一推动力驱使下，油然而起，见机行事，而他并不能预见在盖芒特夫妇家举行的假面舞会，更不用说我与阿尔贝蒂娜同居。兴许他的推动是必要的，从这个意义上讲，我们生活的外部形式，我们作品的素材取决于他。没有斯万，我父母永远想不到送我去巴尔贝克。斯万虽然间接造成我的痛苦，但他没有责任。我的痛苦是由我的懦弱造成的。斯万的懦弱使他自己深受奥黛特的折磨。在确定如此度过我们一生的同时，排除了一切其他的生活，我们的生活不会被取代的。如果斯万不给我讲巴尔贝克，我就不会认识阿尔贝蒂娜，不会去旅馆的餐厅，也碰不到盖芒特夫妇。但我可能去别的地方，我可能认识不同的人，我的记忆如同我的书就会充斥完全不同的图景，我甚至难以想象会是怎样的图景，其新颖独到之处会使我心神陶醉，使我后悔不去别的地方而去追求她，后悔认识阿尔贝蒂娜和盖芒特夫妇，后悔知道巴尔贝克海滩和里夫贝尔。

诚然，我把某些或许要写的东西同她的脸联系起来，就是我首次在海边瞥见的那张脸。在某种意义上，我做这样的联系很有道理，因为，如果我那天不去海堤，如果我没有跟她结识，那么所有这些想法就得不到发挥，除非由另一个女人来引发。我这么说也不对，因为我们在回顾女人美丽的脸盘儿时所得到的性愉悦来自我们的感官：确实可以肯定我后来写的这些篇章，阿尔贝蒂娜，尤其是当时的阿尔贝蒂娜，不会看得懂的。恰恰因为如此，而且这是一种迹象，表明不可沉溺于过分推理的气氛中，因为她与我的差别太大了，这才给我造成如此大的痛苦，哪怕先简单设想一下与自己的不同之处，便可窥其一斑。这些篇章，她要是能够明白，那便不是她引起的了。

嫉妒是个好招揽者，每当我们的画面出现空白，它便到大街上给我们找来所需的美丽的姑娘。找来的姑娘失去原有的美貌，变得更美丽，因为我们嫉妒她，这样她将填补画面的空白。

将来我们死的时候，不会高兴这幅画如此拼凑而成。但这个想法丝毫不叫人泄气，我们感到生活比人们说的要复杂一些，甚至环境也是如此。指明这种复杂性已是刻不容缓。非常有用的嫉妒不一定产生于一道目光，或一篇记叙，或一次退避。嫉妒之心随时可能产生，时刻准备折磨我们，甚至在翻阅地址大全时也不例外，比如《全巴黎头面人物地址大全》和《乡间古堡地址大全》。我们心不在焉地听到美丽的姑娘说她必须到敦刻尔克附近的加莱去看望她的姐妹几天，因为她变得对爱情冷漠了；我们也漫不经心地想到美丽的姑娘很可能是 E 先生追求过的，但她跟这位先生后来不再来往了，因为她再也不去那间她从前经常跟他在那里见面的酒吧了。她的姐妹会是怎么样的人呢？也许是侍女？出于谨慎，我们没有过问。后来我们偶然翻阅《乡间古堡地址大全》，发现 E 先生在敦刻尔克附近的加莱拥有古堡。毫无疑问，为了取悦美丽的姑娘，他雇用她的姐妹当侍女；美人之所以不再去酒吧见他，因为他把美人请到家中，几乎全年住在巴黎，甚至去加莱小住时也离不开她。画笔蘸满愤和爱，随意走笔，挥洒自如。但如果事实并非如此呢？如果 E 先生永远不见美丽的姑娘，但出于热心助人，把姑娘的姐妹推荐给长年住在加莱的一位兄弟呢？因为她趁 E 先生不在那边时去看望她的姐妹，甚至也许是偶然去的，因为她与 E 先生早已互不关心了。除非那个姐妹不在古堡里当侍女，也不在别处当侍女，而在加莱有亲戚。总之，我们最初的痛苦被后来的假设消除了，进而妒火也全部平息了。但这有什么关系呢？藏在《乡间古堡地址大全》里的妒火趁机冒了出来，如今画面上的空白已经填补上了。整个画面写意达境，浑然一体，皆因嫉妒美丽的姑娘所受刺激而成，如今我们不再嫉妒她，不再爱她了。

（选自《失而复得的时间》）

# 时　间

　　我们若不接连指出我们生活中各个不同的景点，就很难讲述我们跟一个不太熟悉的人的关系。因此，每个个人，包括我自己在内，对于我来说，存在的时间是通过此人不仅在自己的周围而且在其他人的周围所完成的变革来衡量的，尤其通过他连接占据与我有关的位置来衡量。自从我在那次欢聚中重新领悟时间以来，时间把我的生活做了安排，使我想到在一本打算叙述一种生活的书里必须使用某种多层间隔的心理状态，与人们通常使用的单层平面心理状态相对照，这样，各个层次的景点就可能为我在书房里冥思苦想时通过回忆唤醒的事情增添一份新的光彩，因为回忆在把过去原封不动地移植到现在的同时，恰恰抹去了时间所具备的巨大的维度，而生活正沿着这种时间的维度得以实现。

　　我看到吉尔贝特朝我走来。在我心目中，圣卢的婚礼仿佛是昨天举行的，我的种种想法一直到今天早上还和昨天一样，所以我见到她身旁走着一个约莫十六岁的少女感到惊讶，少女修长的身材标出了我不情愿看见的时间的间隔。没有颜色的、不可捕捉的时间在她身上体现出来，使我看得清摸得着，时间把她塑造成为一个精品，但同时在我身上却粗制滥造，可叹哪！说时迟那时快，德·圣卢小姐已经走到我跟前。她的眼窝陷得很深，目光炯炯有神，可爱的鼻子略微有点拱，鼻尖呈鸟嘴形，不大像斯万的鼻子，却像德·圣卢的鼻子。到她这一代，盖芒特的灵气已化为乌有；可爱的脑袋长着飞鸟锐利的眼睛，架在德·圣卢小姐的肩窝上，使人久久缅怀那些认识她父亲的人。

我惊异她的鼻子和她母亲及外祖母的鼻子如出一个模子，向下延伸时突然在一道横线条上方悬住，线条尽管稍稍长了一点，但非常好看。一道如此独特的线条即使在一千尊雕像中也可一眼认出来，我赞叹自然在少女身上如此精确地再现，正像在她母亲身上，正像在她外祖母身上，只要看一眼这一道线条，便可知道独具匠心的雕刻家这一刀是多么有力和关键。我觉得她很美：她满怀希望，笑容可掬，前面有着我已失去的年华，她很像处在我的青少年时代。

总之，对时间的这种想法在我至关重要，是一种鞭策，催促我该开始行动了，如果我想实现在我的生活中有时感觉到的东西：我乘车同德·维尔帕里济夫人一起兜风时曾有过那种快如闪电的感觉，这种感受使我认为生活值得维持。如今生活在我心目中好像可以廓清了，暗中不为人知的生活可以大白于天下了，人们不断曲解的生活终于可以在一本书中认识清楚了！我心想，能写这样一本书的人该多么幸福，他面前摆着多么艰巨的劳动啊！欲知其大概，恐怕得与最高级最不同的艺术相比拟了，因为写这样一本书的作家应当精心准备，为了使每个人物显示出截然不同的性格，他必须像发动一场进攻似的不断组合各种力量，才能完成这本书，他必须承受它像承受一件重负，接受它像接受一条规则，建设它像建设一座教堂，遵循它像遵循一种制度，克服它像克服一道障碍，赢得它像赢得一次友谊，拼命养育它像超营养喂养一个孩子，创造它像创造一个世界，一个包括只能在别的世界找得到解释的奥秘的世界，而对这个世界诞生的预感是在生活和艺术中最使我们激动的东西。在这类伟大的书中，有些部分只来得及勾勒出个大概，或许永远完成不了，因为建筑师的设计规模太庞大了。有多少雄伟的大教堂未能完成啊！我们养育它、保护它，增强其薄弱的部分，等到它长大了，却由它划定我们的坟墓，帮助我们死后抵御谣言，使我们在某个时期内免遭遗忘。言归正传，还是谈我自己吧，我并不认为我的书有什么了不起，甚至想到那些即将阅读它的人们时，管他们叫我的读者也很不确切。因为，在我心目中，他们不是我的读者，而是他们自己的读者，我的书只不过像某种放大镜片，就像孔布雷的眼镜商递给顾客的那些放大镜片；我用我的书给他们提供阅读他们自己的手段。所以，我不要他们赞扬我或诋毁我，只要求他们对我说事实是否如此，他们在自己身上读到的词句是否就是我写下的词句，在这方面即便可能出现分歧也不应该总以为我搞错了；因为有时候读者的眼光与我的书所适合的眼光不相符合，以致不能很好地阅读他们自己。我按自认为更完好更具体的设想从事创作时，时刻变更比喻，我想在弗朗索瓦丝的眼里，我趴在很大的白木工作台上写书，等于在她身旁劳动，几乎像她那样劳动（至少像她过去那样劳动，因为她现在太老了，什么也看不见了），有如生活在我们周围谦逊的人们对我们的工作有某种直觉，我这么说，差不多把阿尔贝蒂娜遗忘了，因为我原谅了弗朗索瓦丝曾经做出对不起她的事情；写到这里，我别上附加的一页，继续造我的书，我不敢野心勃勃地讲像造一座大教堂，只是像造一件套裙罢了。每当我手边资料不齐全，正如弗朗索瓦丝说我的锅碗瓢勺不齐备，每当我缺少所需的材料，弗朗索瓦丝就明白我为什么紧张，她总说她若缺少所需的线号和纽扣就无法缝纫。再者，由于长期跟我一起生活，她对文学工作有一种本能的理解，别说愚蠢的人，就是聪明的人的理解都不如她准确。我当年为《费加罗报》写文章时，弗朗索瓦丝猜得到我的幸福，从而尊重我的工作，不像有些人对别人的工作总抱有那种夸张其艰苦性的怜悯，因为他们自己不从事那项工作，甚至想象不了那项工作，甚至不习惯那项工作，正如有人看见你打喷嚏时对你说："你这么打喷嚏该有多累呀。"我们家的膳食老总管真情实意地同情作家们，他说："那该多么伤脑筋哪。"不过，弗朗索瓦丝很不高兴我预先把我的文章讲给布洛克听，生怕他抢先发表，她说："对他们那些人哪，您不够警惕，他们尽抄袭别人的东西。"果然，每次我向他概述他觉得有新意的东西，他便为自己找个事后想起的托辞，对我说："瞧，多有意思，我也写了几乎相同的东西，我得拿来读给你听听。"他根本拿不出东西读给我听，而是当晚把我的想法拿去写东西。

　　弗朗索瓦丝之所以管我的手稿叫锅碗瓢勺，是因为我总把手稿剪剪贴贴，弄得破破烂烂，七零八落。这很像她把套裙磨损的部位缝上补丁，或每当厨房的窗玻璃破了，她在像我等待印刷厂经理那样等待装配玻璃的小商人来到以前，用报纸把破的部位先糊上，那么，必要时，弗朗索瓦丝能否帮我剪剪贴贴呢？她指着我那些像虫蛀的木板似的笔记本对我说："瞧瞧，破损成这副模样，真可惜，这一页只剩下一条花边了。"她像裁缝似的反复打量着说："我想我是没能耐把它补好了，完了。遗憾哪，没准儿您把最美好的想法给毁了。正如咱们在孔布雷所说的那样，皮货商不如蛀虫识货，蛀虫总往最好的料子里面钻。"

况且，由于在一本书里个体特性或物体特性是由取之于许多姑娘、许多教堂、许多奏鸣曲所得的许多的印象组成的，这些印象用来塑造一首单独的奏鸣曲，一座单独的教堂，一个单独的姑娘，所以我写的办法是否很像弗朗索瓦丝做胡萝卜焖牛肉？精选的焖肉块，量很大，上冻之后非常可口，曾受到德·诺布瓦的赞赏。我最终可能实现我在盖芒特那边散步时所渴望的并以为不可能的事情，正如我回家时以为不可能习惯不吻母亲就上床睡觉，或正如后来以为不可能接受阿尔贝蒂娜爱恋女人的想法，但对这种想法我最终不知不觉地习惯了，因为我们最大的忧虑，如同我们最大的愿望，都没有超越我们的力量，我们终究可以克服忧虑，实现愿望。

　　不错，对这样一部著作，上述有关时间的观念表明我该动手了。时不我待呀，这证明我踏进客厅时突然产生焦虑感是有原因的：一张张布满皱纹的面孔使我产生失去时间的概念。还来得及吗？我还有能力吗？头脑有其自身的景色，但只能观赏片刻。我有过画家的体验：顺着伸向湖泊的山坡拾级而上，但岩石和树木遮挡了视线，突然通过一处缺口瞥见湖光秀色，顿时全景尽收眼底，于是画家拿起画笔。然而，夜幕已经降临，无法临摹了，而这样的景色永远不再见天日了。不过，我刚才在书房里设想的那部著作有个条件，那就是必须首先通过回忆来加深已有的印象。

首先，一切还未开始我便可能心慌意乱起来，即使我相信因为年纪不大还有几年好活，但说不定几分钟之后我的丧钟就会敲响。必须从有个躯体这一事实出发，就是说我始终受着双重危险的威胁：外部的和内部的危险。我这么讲只为使用语词方便起见。所谓内部危险，比如脑溢血，作为躯体的一部分，也是外部危险。因此，拥有一个躯体，对思想而言，是极大的危险。人类有思想的生命大概不应说成动物有肉体的至善至美的奇迹，而应当说它是不完善不完美的，在精神生活构造上就像珊瑚骨原生动物群居那般原始，就像鲸鱼那般原始。躯体把精神牢牢封闭起来，一旦坚实的躯壳受到四面袭击，精神最终就不得不投降。

为了仅限于把威胁精神的两类危险加以区分，先从外部危险开始论述，我记得在我一生中经常出现精神亢奋的时刻，当然某种环境使我中止一切肉体活动，比如我似醉非醉地坐着车离开里夫贝尔餐馆去附近某家娱乐场，我便非常清晰地感觉出我是思维的对象，并且懂得不管这个对象是在我身上扎根，还是将与我的躯体一起消失，都取决于偶然。于是我就不把它放在心上了。我的喜悦不是谨慎小心的，也不是不知满足的。不管这种快乐将过一秒钟才结束还是已经化为泡影，我都不在乎了。反正已不是一码事了，因为我感受到的幸福并非来自纯主观的神经紧张（这种紧张使我们与过去隔离），相反，是来自我精神上的开阔，给了我一种永恒的价值，尽管是短暂的一瞬，因为"过去"在我的精神上已革故鼎新。我很想把这种永恒的价值传给那些从我的珍品得以充实的人。诚然，我在书房感受到的和我想方设法加以保护的，仍然还是乐趣，但并非利己主义的乐趣，或至少不是可用来对付他人的利己主义，因为人性中所有生殖力强的利他主义成分都按利己主义的方式发展，人类非利己的利他主义不会有任何结果，比如作家的利他主义：中断写作去接待一位不幸的朋友，去从事一项公职，去写宣传文章。我已经没有从里夫贝尔餐馆出来时的那种无动于衷的感觉了，我觉得我身上孕育的那部著作越来越沉重，就像有人委托给我一件珍贵而易碎的东西，我很想把它完好无损地交给应该得到的人手里，而不是留在我的手里。现在，感到身负一部著作在我仿佛是一起置我于死地的意外事故，非常可怕，甚至荒谬，如果我觉得这部著作是必不可少和永存的话，因为与我的愿望相矛盾，与我最初的想法相矛盾，但这不是不可能的，既然由质料因[1]引起的意外事故完全可能发生，同时截然不同的意志使其显得可恶可憎，尽管意外事故没等它们表现出来就把它们摧毁了，有如每天生活中所发生的最简单的小事，比如

---

1  此处作者用了一个哲学术语，与"形式因"相对。

你诚心诚意不发出声音，好让朋友安静睡觉，不料把放在桌边上的长颈大肚玻璃瓶碰掉，惊醒了你的朋友。我非常清楚我的大脑好比一座丰富的矿床，蕴藏着无比广阔的、种类繁多的珍贵矿脉。但我有时间把它开采出来吗？说我是唯一能进行开发的人有双重原因：如果我死了，那么不仅唯一能开采矿物的矿工随之消失，而且矿床也随之消灭；而我刚才回家的时候，只要我乘坐的汽车和另一辆汽车相撞，我的躯体就会被毁，我的头脑随着生命的结束不得不永远抛弃当时还未来得及完全入书的新思想，惶惶拖住颤抖的脑髓以求保护，但虚弱得只剩奄奄一息了。然而，事有出奇的凑巧，这种对死亡推理性的担忧在我心中油然而生之时恰逢我刚刚对死亡抱有满不在乎的想法。先前我一想到我将不存在就害怕得要命，每次我产生新的爱情（对吉尔贝特，对阿尔贝蒂娜），都有一种死亡的失落感，因为我无法想象热恋她们的人有一天将不复存在。但由于爱情不断地更新，这种惶惶不安自然变成泰然自若了。

大脑的意外事故甚至没有必要发生。它发生前的症状我能感觉得出来，比如脑子里出现某种空白和对偶尔用一下的东西的遗忘：在整理东西的时候发现一件已经遗忘的东西，甚至想不起来去寻找；这些症状使我变得像爱攒钱的人，随着往破裂的保险柜里放钱，钱也不断地流走了。曾经有一个时期我惋惜失去这些财富，对记忆力很抵触，但很快我感到记忆力在消退的同时把我的惋惜情绪也带走了。

　　如果说我那个时候一心想着消亡而使爱情显得黯然失色，那么对爱情的回忆早已帮助我不怕消亡了，因为我懂得消亡不是什么新鲜事，相反，我从小就消亡过许多回了。就拿最新近的时期来说吧，难道我不是珍视阿尔贝蒂娜胜于我的生命吗？难道我能设想我的人体而不继续把我对她的爱融于我的体内？然而，现在我不爱她了，也就不再是爱她的那个人了，而是一个与爱她的人所不同的人了。我并不因为变成另外一个人而感到痛苦，并不因为不爱阿尔贝蒂娜而感到痛苦。某一天即便失去我的身躯也完全不会像从前想到有朝一日不再爱阿尔贝蒂娜那样使我感到伤心了。现在不再爱她对我来说却完全无关紧要了！面对这类接连不断的消亡，我从前非常害怕被吞没，但消亡一旦完成，就变得无关紧要，悄然无声；当那个害怕消亡的我已经消亡，我很快便明白害怕消亡并不明智。然而，我对消亡无动于衷才不多久，又重新对消亡害怕起来，以另一种形式出现，说真的，不是为我自己，而是为我的书感到害怕：我的书在孕育出版的时候，我这条性命至少在一段时期内是必不可少的，尽管受到许多危险的威胁。雨果说：

让青草茁壮成长，让孩子们慢慢消亡。[1]

　　我说，艺术残酷的规律是让人慢慢消亡，让我们在受尽所有的痛苦的同时慢慢消亡，以便让永恒的生命的青草在排除遗忘的青草之后茁壮成长，让丰富多彩的著作构成茸茸的草地：子孙万代永远不会像躺在草地下的人们那样担忧操心，他们将高高兴兴前来《在草地上午餐》[2]。

　　我上面说了外部危险，内部危险也存在呀。如果我预防了来自外部的危险，谁知道我是否会有幸避免我体内突发的意外事故呢？如严重的内科疾病，以致得不到必要的岁月去写完我的书。

　　一会儿我从爱丽舍田园大街回家，心想我大概不会和外祖母得同样的病吧：一天她和我一起来爱丽舍田园大街散步，她哪里知道那是她最后一次散步，我们也不知道哇，她哪里知道时钟正好到达发条拨响钟的时间呢？也许我担心自己已经几乎走完时钟准备敲响前的一分钟，也许担心钟声即将震撼我的头脑，这种担心仿佛暗暗知道即将发生的事情，仿佛是意识到脑血管即将破裂的反映，这不是不可能的，有如伤病员突然接受死亡，尽管他脑子很清醒，尽管医生和他求生的愿望试图欺骗他，但他看清了将会发

<hr/>

1　参见雨果《静观集》中的《在维尔吉埃》。
2　即马奈的画作《在草地上的午餐》，象征无忧无虑的幸福生活。

生的事情，于是说"我要死了，我时刻准备着"，最后给他的妻子写下永别的遗言。

这发生在我动手写书以前确实奇异，而且是以大大出乎我意料的形式发生的。一天晚上我出门，大家觉得我的脸色比以前好，他们惊异我仍旧一头乌发。但我下楼梯时差点跌倒三次。其实我只出门两个小时，但等回到家，我觉得失去了记忆，失去了思想，失去了力气，失去了存在。人家来看望我，来任命我当国王，来捉拿我，来逮捕我，我一概听人牵鼻，不吭一声，不睁眼睛，有如晕船晕到极点的人，在穿过黑海的船上，即使有人对他们说要把他们扔下海去，也不会做出任何反抗的表示。确切地说，我没有任何疾病，但我觉得虚弱到极点，正如老年人风烛残年的信号，尽管摔断了腿或消化不良，但还能待在床上生活一段时间，毕竟死神不可抗拒，只是迎候死神的时间或长或短罢了。从前那个我，经常出席所谓的晚宴，其实是不文明的大吃大喝；对于衣冠楚楚的男士，对于袒胸露臂和饰有羽毛的女士，价值观念是完全颠倒的，比如有人接受了邀请而未来吃饭，或在烤肉时才姗姗而来，那便是大逆不道，比在晚宴上人们悄悄议论的不道德行为更不道德，只有因死亡或患重病而未出席才得到原谅，还得附加一个条件，那就是及时通知说你奄奄一息了，以便人家补请第

十四位客人 [1]；这样的我患了迟疑症，并且失去了记忆。另一个我，那个构思其著作的我却记忆犹存。我收到一份莫莱太太的邀请，得知萨兹拉太太的儿子死了。我决心先向莫莱太太表示歉意并向萨兹拉太太表示哀悼，然后我一言不发，舌头打个结，像我外祖母临终时那样，或像喝牛奶时那样。但片刻之后，我忘记应该做什么了。可喜的遗忘，因为想起了我的著作，记忆的唤醒把幸存的时间转移到我身上，从而打下了著作的基础。不幸得很，当我拿起一本笔记本准备写作时，莫莱夫人的请帖掉落我身旁。于是健忘的我，压倒另外的我，就像赴宴的那些既不文明又拘谨的食客那样，立即推开笔记本，给莫莱太太写信，她也许会非常敬重我，倘若她得知我优先答复她的邀请，然后再考虑我自己的建设工程。我在写回复的时候突然想起萨兹拉太太失去了儿子，于是我也给她写信，这样，我牺牲本责去尽虚假的义务，以便显得有礼貌和有人情味，但我被搞得精疲力竭，不得不闭上眼睛休息，弄得一星期什么事也干不了。可我始终准备为无意义的义务牺牲真正的义务，然而一旦种种无意义的义务离开我的头脑几分钟之后，我对工程的构思便一刻也不停止了。我不知道这项工程是不是一座教堂，信徒们将慢慢得知实情，发现和谐，看出宏

---

1　西方人忌讳 13 人同桌吃饭。

伟的整体结构；也不知道它会不会像孤岛顶上的一块德落伊教祭司的遗迹，无人问津。但我已决定为它献出精力，哪怕我的精力不情愿为之消耗，哪怕我的精力刚允许我在完成工程的外围之后关上"墓穴之门"。很快我便能拿出几份草稿。但谁也看不懂，甚至那些赞成我对实情的认识的人祝贺我说他们用"显微镜"发现了我在神殿上刻写的实情，而我却用望远镜观看事物，看出来的东西确实很小，但因为它们离得很远，每件东西好像都是一个世界。我在探求宏博的规律，人们却管我叫搜寻鸡毛蒜皮的人。再说，我干吗要搜寻鸡毛蒜皮呢？我年轻时就很有才气，贝戈特觉得我初中时写的东西就"无懈可击"[1]。但我无所用心，生活懒散，寻欢作乐，加上多病，治疗，怪癖，等到动手著书，已是病入膏肓，对我干的这一行仍一窍不通。我感到无力应付对别人的义务，也无力对我的思想和著作尽本分，更无力两者兼顾了。于前者，忘记写信等倒省掉我一些事情。但事隔一月，种种联想又勾起了我的内疚，我对自己的无能为力感到难过。我惊异于自己怎么会如此无动于衷，但自从我双腿颤抖，难以下楼梯，我便变得对一切无动于衷了，一心只想休息，期待着一劳永逸的休息到来。这倒并非因为我把人们可能对我著作的赞赏推移到

---

1　指我的第一部著作：《欢乐与岁月》。原注。

我身后，才对现时精英们的认可无动于衷。我身后的精英们怎么想都可以，反正我并不更加在乎。事实上，我之所以一心想我的著作而不考虑我应该回复的信件，也非因为我认为两者之间的重要性有多么巨大的差别，无论在我懒散的时期，还是在我后来勤奋的时期，直到我不得不倚傍扶手下楼梯。我的记忆和定见的结构和我的著作联系在一起，或许因为，当来信收到后立即被遗忘的时候，我满脑子想的是我的著作，始终如一的思想在不断地发生着变化。但它也纠缠得我难受。对我来说它好像垂死的母亲还得费力不断照料儿子，又打针又拔火罐。她也许还爱着儿子，但知道照料儿子只是出于超过限度的义务。在我身上，作家的力量不再适应著作的苛求。自从下楼梯腿打哆嗦那天开始，世上的一切，任何的幸福，无论来自人们的友情和我著作的进展，还是来自成名的希望，在我身上只好像得到一抹淡淡的阳光，不足以使我暖和，使我有活力，使我产生欲望，更何况对我太刺眼，即便非常苍白，我也情愿闭上眼睛，转身面朝墙壁。当我读到一位夫人来信说"我非常惊讶没有收到回信"，我觉得我的嘴角浮现一丝微笑，如果说我还能感觉得出自己嘴唇的活动。然而，她的话使我想起她的来信，于是我回复了。我想尽量把我现有的好意和人家对我表示的好意置于同等水平上，不至于让人家说我忘恩负义。我不得不给我濒于死亡的生命增添超乎人力的劳累。丧失记忆力有助于我减去一些义务，使我的著作占据更多的位置。

　　这种对死亡的构思最终在我身上扎下根，同我相结合了。并非我喜欢死亡，我恨它都来不及哩。因为时不时想起它，就如想起一个我们尚未钟情的女人，现在对死亡的思考已经完全融于我大脑的最深层，我做任何事情之前都首先联想到死亡，即使我什么也不操心，处在完全休息的状态，我脑子始终想着死亡，正如不停地想着我自己。我不想有一天变得半死不活的时候具有意外事故所引起的特征，比如不能下楼梯，想不起人名，站不起来等，因为意外事故使人以无意识的推理联想到死亡，联想到我已经濒于死亡，我希望死亡的特征一起到来，这样，思想这面大镜子不可避免地反映出一个崭新的现实。然而我看不出怎么从我所受的病痛不受警告过渡到完全死亡。于是我想到其他人，想到每天死去的人们，我们并没有觉得在他们的疾病和死亡之间存在间隙有什么奇怪。我甚至想只因我透彻地看待疾病，而不讳疾忌医，所以某些不舒服如果逐一加以分析，我不认为是致命的，尽管我相信我不久于人世，同样，深信末日即将来临的人们却很容易相信他们之所以一时说不出话与疾病发作、与失语症毫无关系，而仅仅因为舌头疲劳，或因为出现类似结巴的神经过敏，或因为患消化不良之后的疲惫。

而我，我要写的是另一回事，要写得长得多，而且不只写一个人的事情。要写很长时间。白天，我最多试着睡觉。若写作，只能在晚上。但我需要许多个夜晚，也许一百个夜晚，也许一千个夜晚。我将惶惶不可终日，不知道我命运的主人会不会比山鲁亚尔国王更仁慈 [1]；每天早晨我中断记叙，不知道我命运的主人是否愿意暂缓中止我的生命并允许我下个夜晚继续记叙我的故事。并非我硬想重写《一千零一夜》，根本不是，也非硬想重新修订圣西门的《回忆录》，虽然这两部书都是夜里写成的，更非硬想重新记叙我在天真烂漫的少年时代所喜欢的书籍，我当时把任何一部心爱的书都迷信地与《一千零一夜》和《回忆录》联系在一起，仿佛与我心爱的人联系在一起，很难想象世上会有跟它们不同的著作。但正如埃尔斯蒂尔·沙丹那样，人们只能在摒弃所爱的东西的时候才可重新创造。大概我的那些书也一样，正像我的血肉之躯，总有一天会消亡。应当甘心死亡。我们接受这样的想法：十年之后自己将不在人世，百年之后自己的书将不复存在。著作不比人更有希望永垂不朽。

我的书也许同《一千零一夜》一样长，但完全是另一

---

1　《一千零一夜》中的国王山鲁亚尔生性残暴嫉妒，每夜娶一个王后，翌晨即行杀害。宰相的女儿山鲁佐德为了拯救其他女子，自愿嫁给国王。她用讲故事的方法，引起国王兴趣，因而未遭杀害。此后，她每夜讲一个故事，一直讲了一千零一夜。国王终于醒悟，正式娶山鲁佐德为王后。

种类型的。大概每当人们喜爱一部著作时，总想写一些完全相同的东西吧，但应当牺牲一时的喜爱，不想自己的兴趣，而应当思考一种真理，这种真理不问你的爱好并禁止你想你喜欢的东西。只有遵循真理，才能在遵循真理的道路上不时遇到所摒弃的东西，只有忘记《一千零一夜》或《回忆录》才能写出另一个时代的《一千零一夜》和《回忆录》。但对我来说还来得及吗？

我心里不仅自问："还来得及吗？"而且还自问："我还行吗？"疾病好像粗鲁地领导着意识，使我永远弃绝上流社会，从而帮了我大忙，因为"一粒麦子不落在地里死了，仍旧是一粒；若是死了，就结出许多子粒来"[1]，疾病，在懒散地消耗我的敏捷之后，也许会保护我进一步受懒散的消耗，但疾病消耗了我的体力，甚至消耗了我的记忆力，这一点我早在中止爱慕阿尔贝蒂娜的时候就注意到了。印象在获得之后必须加深、阐明和转化为智慧，而通过印象记忆的再创造难道不是艺术作品的一个条件，甚至艺术作品的本质吗？我刚才在书房不就是如此设想的吗？哎，要是我还能原封不动地保留我瞥见《弃儿弗朗索瓦》那个晚上的精力，那该多好哇！正是从我母亲向我让步的那个晚上开始，我的意志和健康随着外祖母的缓慢死亡而

---

1　引自《新约全书·约翰福音》（12:24）。

衰弱。一切终于在那个时刻决定了：我无法忍受等到第二天才亲吻母亲的脸颊，下定决心，跳下床，穿着长睡衣走到窗前，在月光沐浴下一直到听见斯万先生告别的声响。我父母送他出门，我听见花园门打开，门铃叮当作响，大门重新关上……

于是，我突然想到，倘若我还有精力完成我的著作，第二天早晨，就像先前在孔布雷某些日子对我产生影响那样，同时使我产生创作这部著作的想法和可能写不完的担忧，那天早晨大概先确定我著作的形式，这种形式，我先前在孔布雷教堂已经预感到了，而在通常情况下我们肉眼看不见，即时间的形式。

诚然，我们的感官还出现许多其他错觉，以致我们认不清世界的真实面貌，正如我这部故事的好些段落所表明的那样。不过，我将尽量确切实录所见所闻，迫不得已时，我可以不改变声音的位置，不把声音同声源拉开距离。领会的智力总事后把声音确定在声源的附近，尽管把滴滴答答的下雨声引进卧房和把熬汤药的沸腾声比作庭院大雨倾盆，都不会比画家们经常的所作所为更令人困惑不解：画家们根据透视法的规律，无论离我们很远还是很近，描绘出颜色的浓淡，都叫我们第一眼看去会产生错觉，好像一张帆或一座山峰就出现在眼前，但经过推理，距离拉开了，有时距离还很大哩。我可以在过路的女人脸上平添一些线条，虽然阴差阳错会更加严重，其实在鼻子、面颊和下巴那些部位只有一小块空间，最多可容纳我们情欲的映象。即使我没有空闲准备一百张面具用来挂在同一张脸上（这事已经非同一般），哪怕亲眼见过这张脸和看出五官的特色，哪怕在亲眼目睹之下产生希望或忧虑，或相反产生爱情和习惯，不顾年龄的变化，长达三十年之久，甚至即使我不试图再现某些人物：不从外部而从我们的内心再现他们，在我们的心中他们任何一点点行为都会引起极度的纷乱，比如我和阿尔贝蒂娜的私情足以使我明白一切都是虚假的和骗人的，最后即使我不试图变换精神世界的光芒，或根据我们感觉上所引起的不同压力，或一小片乌云顷刻之间变成一大块，扰乱了我们泰然自若的心绪；我倘若能够把这些变换和其他的变换（其必要性在这部故事中能显现出来，如果想要描绘真实的话）注入对一个需要完全重新描绘的世界的实录中去，那么至少我可以在实录中不按人的长短而按人的寿命来描写人，让他的岁月跟着他一起迁流，此项任务越来越艰巨，但终将圆满完成。

再说，大家都感觉得到，我们在时间中占据的位置在不断扩大，这种普遍性只能使我高兴，因为这是事实，每个人猜得到的事实，而我则千方百计加以澄清。不仅大家感觉得到我们在时间中占有一席之地，而且这个席位，连头脑最简单的人也大致估计得出，就像他估计我们在空间中所占的席位，因为哪怕没有特殊洞察力的人见到两个陌生男人，两个留小黑胡子或不留小胡子的人，一眼就看出其中一个二十来岁，另一个四十来岁。这种估计经常可能出现差错，但人们认为可以估计本身就说明年龄是可以衡量的东西。实际上，第二个男人虽然也蓄黑须，但确实比第一个年长二十岁。

现在我之所以想特别强调时间与我们浑然一体的观念，与我们紧密相连的已逝岁月的观念，因为即便此刻我身在德·盖芒特公爵的公馆，仍听得见我父母送斯万先生出门的声音，那叮当的小铃声欢蹦乱跳的，含铁的，源源不断的，刺耳而凉爽的，向我宣告斯万先生终于走了，妈妈快上楼了，我甚至听见父母的声音，尽管他们处在过去非常遥远的地方。在我听到花园门铃的那个时刻和我在盖芒特公馆的这个上午之间不可避免地发生许多事情，联想到这些事情，我心里一阵发紧：正是那个铃声还在我的脑际回荡，而我毫无办法改变铃铛的噪声；由于不记得铃声是怎样停止的，为了重温铃声，为了凝听铃声，我不得不竭力不听周围装腔作势的人们的谈话。为了尽量听得真切，我得不断潜入我的内心。那铃声始终留在我内心的深处，在它和现时此刻之间存在着漫无边际的过去，而我不知道自己正背负着这漫长的过去。门铃作响的时候，我已经存在，但此后我为了再听见铃声，必须持续不断地听下去，不可有一刻的中断和休息，必须不停地存在，不停地思考，不停地意识到我自己，因为过去听见铃响的那一刻仍旧依恋着我，我还可以重新找到那一刻，返回到那一刻，只要更深地进入我的内心。正因为人的躯体包含着过去的时日才给爱恋它们的人们造成那么多的痛苦：它们包含那么多愉悦和追求的回忆，这些回忆对躯体而言已经消失了，但对按照时间顺序凝视心爱的躯体的人来说却是十分严酷的，因为他嫉妒这个躯体，嫉妒到恨不得把它摧毁。躯体死亡之后，时间便从躯体隐退；回忆，非常冷漠、非常暗淡的回忆，从去世的女人身上消失，很快也将从它们还在折磨的男人身上消失，它们将从他身上完全消失，当他追求一个活的躯体时，再也不怀旧了。当我望着阿尔贝蒂娜熟睡，我便觉得她深不可测，如今她死了。

我感到一阵疲惫和惊骇，当我觉出这么漫长的时间不仅未间断地为我所活所想所写，不仅是我的生活，不仅是我自己，而且我还得每时每刻牢牢地把它与我维系在一起，让它支撑我，而我，栖在时间令人眩晕的顶端，我若挪动，必须同时移动它，老不移动，就不能挪动了。花园门铃的响声是那么遥远又那么长久地滞留在我体内，以至我听见门铃的日期成了我在无法占有的巨大空间中的一个方位标。我朝身下望去，不觉头晕目眩，且不说还只朝我自己内心深处眺望，好像我处在几法里的高度，处在许多岁月的顶端。

我望着德·盖芒特公爵端坐在椅子上，欣赏他不显其老，尽管他身下的岁月堆积得比我多得多，但终于明白为什么他一旦起来想站稳就摇摇晃晃，双腿直打哆嗦，活像衰老的大主教的双腿，但大主教的头顶上方有结实的金属十字架，身旁有年轻壮实的修士竞相献殷勤，而德·盖芒特公爵走起路来好似一片树叶，颤悠悠的，他处在八十三岁那个难以攀登的顶端，好像人们栖在活的高跷上，高跷不断长高，有时长得比钟楼还高，越往上长就越使阶梯艰难和危险，最后人们突然从上面摔倒下来。正因如此，上了一定岁数的人的面孔即便在最不懂事的人眼里也绝对不可能与一个年轻人的面孔相混淆，只有透过凝重的乌云才显现其原来的面目。难道不是这样吗？我害怕我脚下的高跷已经长得太高，我似乎觉得没有力量把与我结合在一起的过去维系很长时间，它潜入太深了。所以，我的力量如果让我维持足够长的时间来完成我的著作，那么我首先不会忘记在著作中描写人，哪怕他们是恶形恶状的人物，描写他们占据非常大的地盘，然而把留给他们的地盘放到整个空间里看却是非常有限的，周围延伸出去的地盘大得难以估量，因为同时向四面八方伸展，好比生活在间隔久远的时代的伟人都在俯视脚下的悠悠岁月，无数的日子各就其位，它们所占据的地盘连接在一起就是时间。

　　　　　　　　　　　　　　　　（选自《失而复得的时间》）

# 我的全部哲学在于证实和重建存在的东西
（原著代跋）


一旦我阅读一个作家，很快就从字里行间识别出曲调来，每个作家的格调与其他作者的格调都不相同，念着念着，便不知不觉地吟唱起来，时而加速音符，时而减慢音符，时而中断音符，为的是划出音符节拍段及其回复，像唱歌那样，有时根据曲调节拍段，常常等待良久才唱完一个词的最后音符。

我非常清楚，如果说我因为从来无法工作而不善于写作，那我的耳朵则比许多人更灵敏，听得更准，所以我能写一手模仿作品，因为在一个作家的作品里，一旦抓住曲调，歌调很快应声而来。但这个天赋我没有使用，时不时在我一生的不同阶段，我感觉得出这种天赋像能够发现两种思想两种感觉之间深刻联系的那种天赋，在我身上骚动，但没有得到强化，不久就衰弱和消亡了。然而这使我很痛苦，因为经常在我病得最厉害的时候，在我头脑空空如也和全身无力的时候，我有时认出这个"我"来：我瞥见两种思想之间的联系，宛如经常在秋天没有花朵没有树叶的时候，我们感到景色的和谐是最深邃绵邈的。这个男孩就在我身心的废墟上玩耍，不需要任何食粮，他只靠他发现的思想给他乐趣就活得下去，他创造了思想，思想也创造了他；他死了，但思想使他复活，就像种子因在过分干燥的空气中停止发芽而枯槁了，但只要一点点湿润和热度就足以使种子复苏。

我想，寓于我身心的这个男孩乐此不疲，他应该就是那个耳聪目明的"我"，能发现两种印象两种思想之间存在非常细微的一致，而别人却感觉不出来。这是什么生命，我说不好。但如果说他近乎创造和谐一致，也靠这些和谐一致为生，从中吸取养料，很快勃发、长芽、长大，然后枯槁，因为养料就此中断，不能再维持生命。但不管他处于枯槁的状态持续多久（像贝凯雷尔[1]的种子那样），他都不会死亡，或确切地说，他死亡了，却可以死而复活，如果另一种和谐出现的话，即使仅仅在同一画家的两幅画之间，他瞥见相同的侧影曲线，相同的材料，相同的椅子，表明两幅画之间共同的东西：画家的偏爱和思想精髓。一幅画所具有的东西养活不了画家，一本书也养活不了作家；

---

1  贝凯雷尔，法国著名的物理学家家族，自18世纪末至20世纪初，三位贝凯雷尔都是法兰西学院院士，他们在磁学、光学、放射学领域有很高的成就，但与种子学有何关系，待考。

画家的第二幅画养活不了他，作家的第二本书也养活不了他。但，如果在第二幅画中或第二本书中，他发现了第一和第二幅画或第一和第二本书所没有的东西，几乎介于两者之间的东西，存在于一种理想的画中，这时他在精神上看见了画以外的东西，他吸收了养料，重新开始存在，便又兴高采烈起来。因为在他，存在和快乐是一回事儿。这幅理想的画和这本理想的书，每一种都足以使他兴致勃勃，但他如果在两者之间还找出更高级的联系，那他的兴致就更高了。他一在"个别"中枯槁，即刻开始在"一般"中飘游和苟活。他只靠"一般"苟延残喘，"一般"赋予他生命，提供他养料，此时他一旦进入"个别"就枯槁。但他充满生命的时候，他的生活使他心醉神迷，至福至乐。唯有他可能写得了我的书。这样写出来的书难道不是更美吗？

不要管别人对我们说：您因此而失去了技巧。我们所做的，是追究生活的底蕴，是全力以赴打破习惯的坚冰、推理的坚冰，因为习惯和推理一旦形成，立即凝固在现实上，使我们永远看不见现实；我们所做的，是重新发现自由的海洋。为什么两个印象之间的巧合使我们发现现实呢？也许因为其时现实与其"疏忽"的东西一起复活了，而如果我竭力回顾，我们或递增或取消。

优美的书是用像外国语似的一种语言写成的。我们每个人都可以从字里行间找到要找的意思，或至少找到要找的形象，而这往往是违背常理的。但在优美的书中，违背常理的东西也是优美的。当我读到《着迷的女人》所描写的牧人，我看到的是曼坦那画笔下的男人和波提切利《托纳布奥尼夫人》的色彩。[1] 也许完全不是巴尔贝所看到的。但在他的描写中有一个整体的关系布局，这种布局，为我违背常理提供一个虚构的起点，又为整个布局提供了美的相继进展。

天才人物的独创似乎只是一朵花，只是重叠在与我相同的同代庸才头上的一座顶峰；但天才的"我"，庸才的"我"，同时寓于他们的身心。我们以为缪塞、洛蒂、雷尼埃[2]是与众不同的人才。但，缪塞的艺术评论写得很草率，我们还厌恶地发现维尔曼[3]最平淡乏味的句子出现在缪塞的笔端，我们还十分惊讶地发现雷尼埃身上有布里松[4]的东西；洛蒂不得不撰写学院式的演讲，缪塞不得不

1 《着迷的女人》是法国作家巴尔贝·多尔维利（Barbey d'Aurevilly，1808—1889）的长篇小说，故事主要讲一位年轻美貌的妇女中邪似的爱上一个满脸伤痕的教士。《托纳布奥尼夫人》是意大利画家波提切利的作品，现藏于卢浮宫。
2 雷尼埃（Henry de Renié，1864—1936），法国作家，法兰西学院院士。
3 维尔曼（Abel-François Villemain，1790—1870），法国教授和政治家，法兰西学院院士。
4 布里松（生卒年不详），法国评论家，爱对文艺发表议论，说三道四，但多为庸俗之见。其岳父萨尔塞（Francisque Sarcey，1827—1899）倒是著名的剧评家。

为一家不重要的杂志提供一篇有关劳动力的文章，因为没有时间从平庸的"我"挖掘另一个可能重叠在庸才头上的"我"，我们看到他们的思想和语言满满登登的，没有回旋的余地……

当我们写作的时候，在我们身上起作用的原则纯属个人的，独一无二的，逐步指导我们的创作，以至于在同一代人中出现的作家有同类别的、同流派的、同素养的、同灵感的、同阶层的、同状况的，他们几乎以相同的方式执笔描述相同的东西，每人添加专属自己的独特花边，由此把相同的东西变成崭新的东西，这样别人的长处统统转移了。创新型的作家如此这般产生了，每人发出一个主要音符，但该音符以叫人难以察觉的音程顽强地表现出不同于前面和后面的音符。瞧，我们所有的作家一个个排列在一起，只算独创的作家，大作家也算在内，他们也是独创作家嘛，正因如此，这里可以不必加以区分。您瞧，他们并肩排在一起，却各不相同。他们顺序排列，宛如用无数的花朵精心编织的花环，而每朵花又各不相同，在一排上有法朗士、雷尼埃、布瓦莱夫、弗朗西斯·雅姆斯，他们平起平坐排在一起，但在另一排上有巴雷斯，在别的排上有洛蒂。

想必雷尼埃和法朗士两人开始写作时，他们具有相同的文化修养，相同的艺术观念，致力于相同的描绘。他们试图描绘的画面以几乎相同的观念建立在客观的现实上。对法朗士来说，生活是一场梦的梦；对雷尼埃而言，事物是我们梦幻的外表。尽管思想相似，事物雷同，但雷尼埃一丝不苟，探幽发微，更念念不忘验证相似之处，表明巧合，在自己的作品中传播自己的思想，他的语句拖得长长的，逐渐变得明确，峰回路转，一曲三折，像耧斗菜似的黑乎乎枝枝节节。而法朗士的语句则明亮夺目，喜气洋洋，平滑如镜，像一朵法兰西玫瑰花。

由于这种名副其实的现实是内在的，当它处在一定的深度并摆脱了种种表象的时候，它可以从一个人人熟悉的印象，甚至从一个浅薄的或社交的印象脱颖而出，因此我根本不区分高雅的艺术和背德的或轻浮的艺术，因为前者只注视爱情，尽管怀着崇高的理念，后者与其说是对学者或圣贤的心理分析，不如说是对上流社会人士的心理分析。况且，在性格在激情在反应方面，全都没有差别；上述两种艺术的性格是相同的，好比肺和骨，人人都有嘛，而生理学家，为了证明血液循环的重大规律，他才不管内脏是从艺术家的躯体还是小店主的躯体取出来的哩。也许当我们遇到真正的艺术家，他打破表象后进入真实的生活深处，届时我们将因为出现艺术品而更加关注涉及问题较广的一部作品。但首先要有深度，要达到精神生活的区域，因为在那里能产生艺术品。然而，我们看到一个作家处在每一页，处在他的人物置身的每种境况而从不做自身深化，不对自身重新审视，却满足于使用常言俗语，正如我们想谈一件事情，使用从别人那里学来的熟语甚至最蹩脚的套句，用以启发我们自己，如果我们不进入幽深的宁静让思想选择能完全反映自身的词语；一个看不到自己思想的作家，即认识不到自己思想的作家，只满足于粗俗的表象，让这种表象向我们每个人一辈子掩盖他的思想，而我们中间庸俗的读者则在永久的愚昧中自满自足，尽管作家也在拨开表象，竭力寻求思想深处的实质；作者遣词造句所做的选择，或确切地讲根本不选择，他描绘的形象都是千篇一律的俗套，任何情境都缺乏深度，从这几方面来看，我们将感觉到，这样一本书，即使每一页都谴责矫揉造作的艺术、背德的艺术、唯物质主义的艺术，也逃脱不了更浓厚的唯物质主义，因为作者根本没有进入精神生活区域，从这个区域产生一页页也许只描绘物质的东西，但要有才能，这个才能无可否认地证明一页页的描绘来自精神。作者硬说另一种艺术不是通俗艺术，而为少数人的艺术，也是徒劳的，而我们，则断定这正是他自己的艺术，因为为大家写作只有一种方法，那就是写作的时候不去想任何人，只把自己内心深处含英咀华的东西写出来。我们所说的那种作家，他写作的时候想着某些人，想着那些所谓矫揉造作的艺术家，并不费心观察这个艺术家从什么地方吸取灵感，他们探幽发微，甚至觉得他们给予他的印象是永恒的，这种印象所包含的永恒性如同山楂花所包含的永恒性，或任何我们能够深入其间的东西所包含的永恒性；但此处如同别处，不了解作家自己内心深处所发生的事情，只满足于千篇一律的套话，一味怄气发火，不想办法深入观察："小教堂有股闷味儿，到外面去吧。您的思想对我有啥用，嗳！当教士能管个啥用。您叫我恶心，那些女人应当被打屁股。法国没有太阳。无法谱写轻音乐。非得把一切糟蹋不可，等等。"写这番话的作家几乎不得不如此肤浅如此撒谎，因为他选择的主人公是个难以相处的天才，他极其平庸的俏皮话叫人听了十分恼火，却可能发生在一个天才人物的身上。不幸，当约翰·克利斯朵夫——我上面讲的正是他——停止说话，罗曼·罗兰则继续絮絮叨叨，俗套连篇，当他寻找一个确切的形象时，他写出的是矫饰的作品，而不是新颖的作品，在这方面他比今天所有的作家都低等。他所构思的教堂钟楼高不过长手臂，比起勒纳尔先生、亚当先生甚至勒布隆先生[1]的发现更低下。

所以罗曼·罗兰的艺术是最肤浅的，最不真诚的，最粗俗的，即使主题是精神，因为一本书要有精神，唯一的

---

[1] 勒纳尔（Juless Renard，1864—1910），法国作家；亚当（Paul Adam，1862—1920），法国作家；勒布隆（马绪斯，1877—1955；安德烈，1880—1958）两兄弟都是法国作家，此处不知指哪个，可能指他们两人。

手法，是把精神作为主题，创造精神。巴尔扎克的《图尔的本堂神父》比他塑造的画家斯坦博克的性格更有精神，也更为世俗。只有不知道什么是深度的人，才感叹："这是多么深刻的艺术呀！"同样，有人动不动就说："嗨！我呀，心直口快，我呀，直截了当说出我的想法，所有自诩其才的先生都是马屁精，我呀，我是大老粗。"这只能骗骗一些人，他们不知道这种声明跟艺术作品的大胆明快毫不相干，可明眼人是知道的。在道德上便是如此：说大话不能视为事实。说到底，我的全部哲学，正如一切真正的哲学那样，在于证实和重建存在的东西。在道德上，在艺术上，我们不再光凭一幅画去判断画家企图成为大画家的抱负，同样，不再光凭一个人的言论去判断他的道德标准。艺术家的良知，作品灵性的唯一尺度，就是天才。

天才是独创性的尺度，独创性是真诚性的尺度，愉悦（创作者的愉悦）也许是天才真实性的尺度。

读到一本书，说"这本书很有才气"，这是愚蠢的，正像说"他很爱自己的母亲"，几乎同样愚蠢。但第一种说法连讲都没有讲清楚。

书是孤独的产物，安静的孩子。安静的孩子不应该和话多的孩子，有任何共同之处，不应该和产生于渴望说点什么的想法，有任何共同之处，不应该和产生于一种指责一种主张即一种晦涩观念的想法，有任何共同之处。

我们书的素材，我们句子的内容，应当是非现存的物质，不是原封不动取之于现实，我们的句子本身，插叙亦然，应当是我们最美好的分分秒秒透明的物质，在这样的时候我们置身于现实和现实之外。正是这种一粒粒明亮的结晶体组成了一本书的风格和寓意。

此外，专门为人民写作是枉然的，专门为孩子写作也同样枉然。丰富孩子头脑的书籍，并不是孩子气十足的作品。为什么要认为一名电工需要您写得很糟糕，需要您讲法国大革命才理解您呢？事实恰恰相反。巴黎人爱读大洋洲游记，有钱人爱读有关俄国矿工生活的故事。老百姓也爱读同他们生活无关的作品。况且，为什么要设置这种障碍？一名工人蛮可以崇拜波德莱尔嘛，不妨读一读哈莱维 [1]。

上面提到的怄气发火 [2]，就是作家不愿意探究自己的内心深处，从美学上讲，内心的自己与外表的自己是人的两面，而人，想认识别人，又抱着势利的眼光，说什么："我需要认识那位先生吗？认识他对我有何用处？他叫我恶心。"这比我责备圣伯夫的问题要严重得多得多，尽管那位作家讲的只是思想观点，他的批评是粗俗的，耍嘴皮

---

1　系指法国学者达尼埃尔·哈莱维（生卒年不详）在 1901 年发表的《论法国的工人运动》。
2　影射罗曼·罗兰。

子，扭嘴横眉耸肩，虽然思想反潮流，却没有勇气追本溯源。不管怎么说，相比之下，圣伯夫作品的艺术性强多了，其艺术性所表明的思想性也强多了。

仿古是集不真诚之大成，其中有一种不真诚的表现，就是把古希腊罗马作家可学的天才特征视为仿作的外部特征和能引起联想的特征，但古希腊罗马作家，他们自己并没有意识到这些特征，因为他们的风格并非仿效前人。今天出现了一位诗人[1]，他认为维吉尔和龙萨[2]优美的诗格传到他的身上，因为他学龙萨的样也管维吉尔叫"曼图亚[3]博学之士"。他的《厄里费勒》[4]确是优美的，因为他很早感觉到优美必定是活生生的，他赋予女主人公可爱的嗲声奶气，"我的丈夫是个英雄，但他的胡子太讨厌了"，末了她像小母马似的摇头表示不悦（也许发现文艺复兴时期和17世纪仿古时无意间搞错了时代习俗）。她的情人（此公是追逐美色的好手，伯罗奔尼撒绅士）管她叫"高贵的夫

---

1　指莫雷阿斯（Jean Moréas，1856—1910），希腊裔法籍诗人，崇尚希腊罗马精神，模仿古典诗歌的形式，主张新古典主义。

2　龙萨（Pierre de Ronsard，1524—1585），法国诗人，贵族出身。作品有《颂歌集》四卷、《情歌集》三部、《赞美诗》一部等，其中《给爱兰娜的十四行诗》被誉为最佳情诗。他最早用法语写诗，并提倡用民族语言写诗。他是著名的"七星诗社"主力。

3　曼图亚（Mantua），意大利城市名，古罗马时代的文化中心。

4　《厄里费勒》（1894）是莫雷阿斯的长诗，以希腊神话为背景。厄里费勒明知丈夫去远征必定不会复返，却一味劝战。丈夫结婚时曾立下唯命是从的誓言，遵命出征后死于沙场。后来厄里费勒被儿子处死。

人"。他既附属于布朗热派[1]（？）又隶属于巴雷斯，把"派"字省去，反正都一样。这恰好与罗曼·罗兰相反。但他仅有一技之长，弥补不了内容之空虚和独创之缺乏。他著名的《节诗集》（1899—1905）得以成话，只因他故意让他的节诗有头无尾，平淡无奇，缺乏灵气，又像是情不自已有感而发，这样，诗人的缺点和他要达到的目的反倒相辅相成了。一旦他忘乎所以又想说点什么，一旦他脱口而出，他便写出像下列的诗句：

别说生活是欢乐的节日盛宴，
否则不是笨蛋就是卑鄙小人。
尤其别说生活是无边的苦海，
否则不是懦夫就是未老先衰。


笑吧，像春天的树枝那般骚动，
哭吧，像寒风或浪花留恋沙滩。
尝遍一切快乐，受遍一切痛苦，
请说这有多好，因为这是梦幻。

---

1  布朗热（生卒年不详），法国19世纪末和20世纪初新古典主义评论家，与莫雷阿斯志同道合。巴雷斯于1906年发表《斯巴达游记》，有感于法国骑士于8世纪在希腊建立雅典公国：一位法国作家去希腊观光却歌颂自己祖先的战绩，其民族主义倾向昭然若揭。而莫雷阿斯的仿古复古实质也是一种民族主义倾向。

我们所欣赏的作家不可以做我们的向导，因为我们自身有方向感，就像指南针或信鸽。但，当我们在这种内在的本能指引下向前飞翔和沿着我们自己的路行进时，有时当我们左右采获，看到弗朗西斯·雅姆斯或梅特林克的新作，发现儒贝尔或爱默生竟留下我们不熟悉的一页文章，我们发现我们现时表述的模糊回忆在他们的文章中已经提前表达了，其构思其感觉其艺术功力都相同，为此我们感到欣慰，仿佛见到可爱的路标向我们表明我们没有走错路，或，有如我们在林间稍息片刻时，发现朋友们因没有见到我们而在远足行程的路线上设置的树枝路标。可能是多余的。但，并非无用。这些指示性的东西向我们表明，寓于我们身心的"我"虽孜孜不倦，却毕竟是有点主观的"我"，对于众多相似的"我"，对于比较客观的"我"，有着比较普遍的价值，因为当我们阅读的时候，我们属于有修养的读者层，这个阶层不仅对于我们的个别世界，而且对于我们的普遍世界都有价值……

假如我们有天才，我们将写下优美的东西，而这些美的东西寓于我们身心时却是模糊不清的，有如回忆一个乐曲，它使我们陶醉，我们却描写不出乐曲的轮廓，哼都哼不出来，甚至描绘不出线谱的布局，说不出有没有全休止符，有没有快速音符组曲。有些真情实况，虽然从未感受过，却似曾相识，始终萦绕心头，这样的人是有天赋的。但，如果他们满足于说他们听到一首美妙的乐曲，却对别人说不出个所以然，那他们就没有才华。而才华似一种记忆力，使他们可以最终接近那模糊的音乐，可以听得一清二楚，把它笔录下来，把它复谱出来，把它唱出声来。随着年华老去，才华如同记忆力，逐渐衰退，沟通心理回忆和外界回忆的智力筋腱不再有力量了。有时，这样的年龄会持续一辈子，因为缺乏练习，因为急于自满自负。最后谁都无法知道，连他自己也不知道，乐曲以其难以把握却美妙动听的节奏曾经追随过他。

（选自《驳圣伯夫》）

附 录
# 普鲁斯特生平及创作年表

沈志明 编

1871年　1月28日巴黎投降，普法战争结束，但法国人难以吞
　　　　咽战争苦果。3月18日至5月28日巴黎公社起义，
　　　　后遭残酷镇压。在国家危亡中刚结婚不久的普鲁斯特
　　　　夫人已有身孕，但深受物质匮乏和精神焦虑的困扰。
　　　　马塞尔·普鲁斯特于7月10日诞生于奥特耶，身体
　　　　十分虚弱，一生备受先天不足之苦。

1873年　著名医生普鲁斯特教授夫妇带着马塞尔迁入玛莱泽尔
　　　　布林荫大道9号2楼的6间套公寓，他们一家在这里
　　　　度过了二十七年。

　　　　马塞尔的舅公路易·韦尔在奥特耶的宅邸后来成为他
　　　　们的第二住宅，也长达二十五年。但复活节假和暑假
　　　　一般都在伊利埃伯父家度过，这座小镇因《追忆似水
　　　　年华》而得名，现改名为伊利埃-孔布雷。

1879年　阿德里安·普鲁斯特教授入选医学科学院院士。马塞
　　　　尔捧读缪塞童话《尤物白乌鸫》入迷。

1881 年　春，马塞尔某天从布洛涅森林散步回家，首发哮喘病。

1882 年　马塞尔进入有名的孔多塞中学。

1884—1887 年　普鲁斯特教授被任命为全国卫生事业总督兼任巴黎医学院卫生学教授。马塞尔却经常缺课，高中的学业单总有"缺课"的记录。虽然高二留级，但文科成绩优秀，而且在家勤奋读书。写过有关克里斯托弗·哥伦布的一篇记叙《消没》和一篇散文《云彩》。他高中时期的思想和精神状况可从他的答问中窥见一斑：（1）你最喜欢的作曲家是谁？莫扎特和古诺。（2）你觉得什么是幸福？生活在我所爱的人们身旁，有优美的自然环境，有许许多多的书籍和乐谱，离一家法兰西剧院不远。（3）你觉得什么是不幸？离开母亲。（4）你最可容忍的缺点是什么？天才的私生活。

1888 年　文学爱好倾向发生演变，大量阅读巴雷斯、勒南、勒孔特·德·利尔、洛蒂的作品，但依旧喜欢经典作家。获法语荣誉奖。10 月进入哲学班，十分敬重哲学老师阿尔丰斯·达吕，他后来回忆道："他是对我思想影响最大的人物。"

1889 年　7 月 15 日获文学学士文凭，并获法语作文荣誉奖。秋，有幸认识阿纳托尔·法朗士，大喜过望，稍后给法朗士的信中写道："四年来我反复阅读您的神书，读得滚瓜烂熟。"11 月服义务兵役，在奥尔良充当二等兵，为期一年。

1890 年　同时注册巴黎法学院和政治学院。两次会见莫泊桑，
　　　　尽管不太喜欢其人，但还是向他父亲推荐了莫泊桑的
　　　　作品。

1891 年　大学生普鲁斯特结识奥斯卡·王尔德和雅克－埃米
　　　　尔·布朗什，后者是法国画家兼文艺评论家，为普鲁
　　　　斯特绘制一幅铅笔素描肖像，次年完成，遐迩驰名，
　　　　一直流传至今。

1892 年　与朋友们创办《宴会》杂志，开始在该刊和其他期刊
　　　　发表散文、杂文和评论。这个时期的情趣也可从他的
　　　　答问看出个大概：（1）您的性格主要特征是什么？需
　　　　要被人喜爱。（2）您希望男子富有什么性感？富有女
　　　　性的魅力。女子呢？富有男性的美德。（3）您主要的
　　　　缺点是什么？缺乏意志。（4）您最偏爱的事？被爱。（5）
　　　　您喜爱的散文家呢？法朗士和洛蒂。（6）您喜爱的诗
　　　　人呢？维尼和波德莱尔。（7）您喜爱的作曲家呢？贝
　　　　多芬、瓦格纳和舒曼。

1893 年　《宴会》停刊，但写作不止，发表中篇小说《闲人》。
　　　　从 7 月至 12 月，《白皮杂志》一连登载他好多篇文论，
　　　　后多半收入《欢乐与岁月》。10 月获得法学士学位，
　　　　并在诉讼代理人处实习了十五天。12 月开始准备文学
　　　　学士学位，但在父亲催促下，选择了图书馆管理员的

差事。

1894 年　发表诗篇《谎言》，用韵文为华托和凡·戴克描绘肖像，批评托尔斯泰的《基督教精神和爱国主义》。10 月，德雷福斯被诬告出卖军事情报而入狱。

1895 年　热衷阅读爱默生，这位美国思想家对普氏的美学观将起极大的影响。同年也对卡莱尔备感兴趣。频繁观看演出和听音乐会。在 5 月 20 日一封信中表述其音乐思想："音乐的本质在于唤醒我们灵魂神秘的深层，音乐始于有限的止处，始于一切以完美为目标的艺术（绘画、雕塑等）的止境，始于科学的止息，可与宗教相比拟。"

1896 年　3 月，《当代生活》发表《闲人》。6 月，《欢乐与岁月》正式出版，阿纳托尔·法朗士为之作序。7 月，《白皮杂志》发表《反晦涩》。大量阅读大仲马、巴尔扎克、圣伯夫、莎士比亚、歌德、乔治·艾略特等人的作品。

1897 年　动手撰写《让·桑特耶》。因与吕西安·都德的私情受到公开攻击而与人决斗。发表对阿尔丰斯·都德的悼词。继续阅读巴尔扎克，偶然发现罗斯金。

1898 年　11 月 13 日《黎明报》发表左拉的《我控诉》，不久该报发表由知识分子支持的复审德雷福斯案件的签名运动，法朗士、普鲁斯特均在名单之列。母亲因癌症住院动手术。普氏去阿姆斯特丹观看伦勃朗画展，参观居斯塔夫·摩罗博物馆。

1899 年　中断《让·桑特耶》的写作，全力以赴研究罗斯金，在《巴黎杂志》发表一篇论述罗斯金的文章，并在母亲的协助下翻译《亚眠圣经》。

1900 年　1 月罗斯金在伦敦去世，普氏发表一系列纪念文章，后收入其译著《亚眠圣经》作为序言。4 月与母亲去威尼斯旅行，在考察意大利建筑、绘画等艺术的同时，继续阅读和研究罗斯金。

1901 年　哮喘病多次发作。

1902—1903 年　开始对德彪西感兴趣，但真正发现其价值要到 1911 年。在法国和去荷兰进行多次艺术考察旅游。频频出入上流社会，例如经常出席诺耶阿伯爵夫人家的晚宴。与好几个贵族青年过从甚密。1903 年 11 月父亲阿德里安·普鲁斯特因脑溢血猝然去世，获得军人荣誉葬礼。他后来在《失而复得的时间》中写道："身为替祖国鞠躬尽瘁的人的儿子，尽管竭力克制自己，也难以忍住眼泪，因为他听得军乐队为其父哀悼、为遗体增光添彩。"

1904 年　完成罗斯金著作的翻译和研究，在给巴雷斯的信中写道："我试图向自己译述我可怜的灵魂，倘若其间我的灵魂尚未泯灭。"

1905 年　为《芝麻与百合》法译本作序，文中首次披露撰写《驳圣伯夫》的文论计划和回忆童年的小说《在斯万家那边》。9月陪母亲去埃维昂，不料她刚到就尿毒症发作，返回巴黎后不久死于肾炎，时年57岁。普鲁斯特悲痛欲绝，写道："我的生活从今失去了唯一的目的，失去了唯一的温馨，失去了唯一的情爱，失去了唯一的慰藉。"

1906—1907年　失去母亲后尝试组织自己的生活，雇请男女用人，会见和拜访朋友熟人，浏览风景和观光胜地，修改译稿和撰写文章。这些文章零星发表，看似鸡零狗碎，但后来都分散插入《追忆似水年华》的前后章节中。

1908年　普鲁斯特在确立自己独特的风格之前，经历了漫长的探索，其中包括模仿前人。这年《费加罗报》文学副刊先后发表他好几篇仿作：模仿巴尔扎克，模仿米什莱，模仿法盖，模仿龚古尔《日记》，模仿福楼拜，模仿圣伯夫，模仿勒南，还有未发表和死后发表的模仿夏多布里昂、罗斯金、圣西门。11月决定撰写《驳圣伯夫》。

1909—1910年　1909年3月《费加罗报》发表他最后一篇仿作：模仿雷尼埃。他多处试探出版其仿作专辑，但无人肯承担。《驳圣伯夫》的计划也到处受挫，连《费加罗报》都拒绝《驳圣伯夫》的最初手稿。但他已认真投入一部真正的长篇小说创作，并着手写下"孔布雷""斯万的爱情""盖克维尔海边""斯万夫人周围""盖芒特那边"等章节的许多片段。

1911 年　完成《失而复得的时间》第一部分，并叫秘书打印出来。
12 月观看中国画展。同月在交易所玩股票输了许多钱。

1912 年　修改完成《失去的时间》，开始寻找出版商，继续完
成《复得的时间》，总题为《心跳的间歇》。年底遭
法斯凯尔和伽利玛退稿。作者没有气馁，继续补充《盖
芒特那边》。

1913 年　屡遭多方拒绝后，普氏决定自费在格拉塞出版社出版
《在斯万家那边》。3 月校清样，5 月确定总题《追忆
似水年华》。11 月正式出版《在斯万家那边》。

1914 年　男友阿哥蒂纳利在航校驾机飞行不幸坠海身亡，普氏
痛彻心扉，其痛苦可与失母相比拟。继续创作《盖芒
特那边》以及后来收入《金屋藏娇》《失而复得的时
间》等的许多章节。6 月《新法兰西评论》发表有关"巴
尔贝克小住"的篇章，格拉塞决定出版《盖芒特那边》。
但战争爆发，格拉塞应征入伍，出版社关门停业。普
氏因病免于应征。

1915 年　写下许多章节，后用于《索多姆和戈摩尔》《金屋藏娇》
等。5 月 30 日去亡友阿哥蒂纳利墓前献鲜花。

1916 年　至关重要的一年。2 月 25 日，曾拒绝出版《在斯万
家那边》的纪德请求普鲁斯特允许新法兰西评论出版
社出版普氏全部著作。普氏取得格拉塞同意后与加斯

通·伽利玛签约，从此普氏手稿畅通无阻。结交科克托、保尔·莫朗等多位年轻作家。重新外出看戏会友，出没上流社会沙龙。

1917—1918 年　增加外出，或因健康好转，或因与伽利玛关系良好，或因进一步体验生活，总之，普氏身心愉快，积极参加各种社会活动。伽利玛重版《在斯万家那边》，但直到 1919 年 6 月才出版，其间买下格拉塞出版《在斯万家那边》未售出的全部样书，改成白皮封面出售。《在如花少女们情影旁》印刷完毕。

1919 年　《在如花少女们倩影旁》获龚古尔文学奖。《在斯万家那边》再版。《仿作与杂谈》出版。这是普氏少有的丰收年。普鲁斯特反对一切民族主义表现，不同意布尔热、雅姆斯、莫拉斯等著名人士签发的宣言。10月搬家。

1920 年　1 月，在《新法兰西评论》发表《论福楼拜风格》。8 月，《盖芒特那边》付梓出版。普鲁斯特被授予荣誉军团骑士勋章。

1921 年　在《新法兰西评论》多次发表后来收入《追忆似水年华》的片段以及《论波德莱尔》。出版《盖芒特那边》第二卷和《索多姆和戈摩尔》第一卷，校对《索多姆和戈摩尔》第二卷。5 月，观看手球馆荷兰画展时身感不适，后又多次发病。《索多姆和戈摩尔》第三卷交稿。

1922 年　校对《索多姆和戈摩尔》第二、三卷。初春重阅《失而复得的时间》手稿，掩稿凝思，唤来女秘书郑重其事地宣称："昨夜发生了一件大事……这是大新闻哩。昨夜我写下了大功告成的字样。"然后接着说，"现在，我可以死了。"9 月身体恶化，10 月初患支气管炎，拒绝医嘱，急于完成手稿，11 月初终于寄出《金屋藏娇》打印稿。在给加斯通·伽利玛最后一封信中写道："此刻我想迫在眉睫的是给您交付所有的书稿。"支气管炎转为肺炎，11 月 18 日与世长辞。11 月 22 日举行葬礼。

同年出版《索多姆和戈摩尔》第三卷，《金屋藏娇》二卷本。

1925 年　《痛失阿尔贝蒂娜》出版。

1927 年　《失而复得的时间》二卷本出版。

1952 年　《让·桑特耶》二卷本出版。

1954 年　《驳圣伯夫》附录《杂谈》出版。七星丛书首版《追忆似水年华》三卷本。

1971 年　七星丛书出版《欢乐与岁月》和《让·桑特耶》，同时出版《仿作与杂谈》《随笔》和《驳圣伯夫》。

1987 年　七星丛书出版《追忆似水年华》四卷本。

Collection de précurseurs

# 先驱译丛

主编 沈志明

我思，我读，我在
Cogito, Lego, Sum